雕塑师

师小童 著

万卷出版有限责任公司
VOLUMES PUBLISHING COMPANY

图书在版编目（CIP）数据

雕塑师 / 师小童著. -- 沈阳：万卷出版有限责任
公司，2024.12. -- ISBN 978-7-5470-6721-5

Ⅰ. I247.5

中国国家版本馆CIP数据核字第2024RB2963号

出 品 人：王维良
出版发行：万卷出版有限责任公司
　　　　　（地址：沈阳市和平区十一纬路29号　邮编：110003）
印 刷 者：辽宁新华印务有限公司
经 销 者：全国新华书店
幅面尺寸：145 mm×210 mm　　1/32
字　　数：350千字
印　　张：12.75
出版时间：2024年12月第1版
印刷时间：2024年12月第1次印刷
责任编辑：王　琪
责任校对：刘　洋
装帧设计：姿　兰
ISBN 978-7-5470-6721-5
定　　价：78.00元
联系电话：024-23284090
传　　真：024-23284448

目录
CONTENTS

雕塑，乃雕刻与塑造之结合体。雕，除掉一些不想要的东西；塑，添上些必要的东西，使之成为心目中的理想形态。

——题记

序　章

一个人在什么情况下会冒出想死的念头？这个问题十年前我就有了答案。昨天夜里我吃了最大剂量的佐匹克隆片也没能睡着，心一直在恐惧焦虑的油锅里煎熬。恍惚中催命鬼又来了。一个人想自杀必先失眠。一旦连续多日失眠，人就少了甚至没了自信心和抵抗力。这时，或债务压顶，或大病缠身、情感失衡、工作无着，于是，一条绝望的大河或立陡的山崖横在眼前了。

午饭吃了几口，迷迷糊糊从餐厅出来，站在空旷的操场发呆。点支烟。天空白云悠悠，马路对面的山坡五颜六色。我慢悠悠走出校门，过马路，下沟，经过山脚下的几户人家时，从院墙外的小路边捡起一根拇指粗的木棍，顺着沟筒子这条走过无数回的毛草小道往山里走。我一边走一边警惕脚前的毛草小路，昏沉的大脑此刻打起了精神，沉重焦虑的心情此刻已经被时刻可能出现在脚前的盘蛇冲淡。正午时分，山蛇最爱盘在无遮挡的小路上安安静静享受日光。我如此紧张地走了约七十米，手机响了。

"喂，李娟。"

"我的侯大主任，办公室没人。你是不是又去找那位妖媚妖艳的半老婆娘啦?"

"什么半老婆娘?"

"妖媚妖艳的半老婆娘，哈哈……"

"没明白。你啥意思?"

"今天《溪城晚报》上的一首诗。我给你念念啊:

我在收割山坡的玉米，
为何老是直起腰看你?
午休时我在地头吃饭，
嘴里嚼着面向你呆看。
即使在深夜里梦的故乡，
也如痴如醉你那俊俏模样。

啊，秋山!
你这妖媚妖艳的半老婆娘!
终日里金发朱唇红衣绿裳，
撩得我寝食难安神情恍惚。
近期无论我有多忙，
一定抽时间带足好酒，
去你那狂欢与你大喝一场!

完了。"

"没懂你啥意思。"

"你知道这首诗谁写的? 竹石! 哎，你说，这个竹石，是不是咱校退休的那个展玉程老师？他的书法落款不就是竹石吗？"

"那我知道。可是，也许这个诗人的笔名也叫竹石呢。"

"你看，他把秋天红红绿绿的山比作妩媚妖艳的半老婆娘，多形象啊！你说是不？"

"嗯，有点儿意思。"

"你是不是又上山啦？走到哪儿了？等我一会儿。今儿天儿好，嘻嘻，我也想去看看那妩媚妖艳的半老婆娘。"

"不妥吧？我怎么能带一个和我关系纯洁的女人进山呢？再说了，你要不怕一脚踩上大花蛇，来吧。"

"哎呀妈呀，那我可不去了。你自己和那妩媚妖艳的半老婆娘亲热去吧！哈哈哈……"

我缓慢地顺着沟筒子向山坡上走。一只喜鹊从眼前飞过，另一只喜鹊紧随其后。两只大鸟飞进不远处的落叶松林。望着喜鹊飞进的那片金灿灿的林子，我深吸一口气，拿出手机，终于按下那个寄托我唯一希望的号码。

"喂，侯大主任，这个时候打电话来，要请我吃饭吧？"方大馒头的声音充满愉悦。

"啊——是啊。你真厉害，能掐会算！"

"那是啊，你老弟我是谁呀？"我原想在电话里向大馒头张口，若遭拒绝，免得过于尴尬。此刻我忽然改了主意。

"今天晚上，阁下是否得闲？"

"得——闲。鄙人我啥时候都得闲。哈哈……哎，侯子，我正要找你你就来电话了，真乃心有灵犀一点通！你这样，五分钟后在学校门口等我，我去接你。"

十分钟后，我和方大馒头已经坐在"岭西酒家"靠窗的一个包间里。店里客人不多，点的菜很快上来了。我和大馒头对面坐着。大半年未见，这家伙又胖了一圈。一杯酒下肚，他点了支烟，两只永远睁不开的眯缝眼盯着我。

"你气色糟透了，糟透了。浑身瘦成了一把骨头。她都死半年多了，你还没走出来？她那德行还值得你如此怀念？"我不说话，长舒口气，目光转向窗外。

"我一个同事，离异。长相嘛，还算有点儿姿色。我搭个桥，哪天你俩见个面？"我看着窗外，沉默。

"算了。就你这瘦得跟骷髅似的，就算你看中了人家，人家也不会看中你。"

我心里紧张，魂不守舍，耳畔回响着电话里儿子的诉求。

"哎，我说哥们儿，你打电话请我吃饭。就这状态，酒还能喝吗？你不是心里有什么事儿吧？有事儿你就说。完了我也有事儿跟你说。"大馒头用力吸口烟，看着我，目光里满是真诚。我一下干了杯中酒，胆子壮起来。

"上周我把县城的房子卖了，卖了十六万。还了些零星外债。本想用剩下的钱给我儿子买婚房交首付，女方家已经多次催促结婚了。可是，去年从二表哥那借的那八万块钱答应今年还。他闺女这个国庆节结婚，等着这笔钱买车做嫁妆。"

"这么说，你儿子要买婚房，首付钱还没着落，是吧？"我看着酒杯，轻轻点头。大馒头拿起酒杯一饮而尽。"别闹心了。大侄儿买房子，首付我出了。孩子想结婚就尽早结吧。他一结婚，你也就了去一块心病了。"

我的心在剧烈颤动，眼里涌出了泪。

"昨天午后梅校长把我叫到她办公室，警告我说，如果我再整天迷迷瞪瞪工作不见起色，年底让我自动辞职。下班回到家，孩子来电话说要买婚房。这一夜，我怎么都睡不着，吃了四片安眠药也不管用。我真想把那一板药都吃了，死了算了。"我捂着脸，眼泪顺着脸往下淌。"三年里已经从你那拿了二十万，再和你张嘴，实在拉不下脸了。儿子没房结不了婚，我心难受啊。我实在实在想不出别的办法了。"

"行啦，你的问题解决了，该研究我的问题了。"大馒头拍拍我肩膀，从纸抽盒里抽出两张纸递给我。

"你们花岭镇宣传干事牛威，你认识吧？几天前他向我推荐了一个采访对象。此人是花岭中学退休教师，叫展玉程，笔名'竹石'。牛威说这老头儿特牛，公益善举已经做了十几年。你们镇考入北大的那个叫康健的，你知道吧？初中毕业前就得益于这老师的辅导。这事儿让我特感兴趣。今儿上午牛威陪我去了这老头儿家，你猜结果怎么着？"

"热情接待？"

"先是热情接待，随后就把我们给轰出来了。"我很诧异，瞪着眼睛看大馒头。他拿起酒杯一仰脖，干了。

"老头儿是怎么拒绝你们的？"我一边嚼着一块小黄鱼一边问。方大馒头往上推了推圆框金丝边眼镜，白白胖胖的脸上两只眯缝眼看着我。

"车开到院门前，我几乎惊呆了。哎呀！山下这座孤零零的房子整个被通红的枫树叶围盖着，简直太漂亮、太震撼了！牛威领我走进院子，主人左手握着烟斗迎了出来。我一看，这哪是七十多岁的老头儿啊。他上唇蓄着一字胡须，铁灰色老式分头，动作协调，干净利落。尤其那眼睛，特有神。这老家伙开始时很客气，把我们让进客厅，请我们坐下，喝茶。我向四周一撒目，这间书房兼会客厅很大，落地式大玻璃窗，两侧垂挂着暗绿色窗帘，南面山坡的景色尽收眼底，两个竹制书架上摆满了书。茶几是一个由天然大树根刨出的大平面。屋角立着两盏落地灯。一个是一棵扭转向上的枯木挂着一盏老式灯笼；另一个是立着的一棵弯弯曲曲的小树干，挑着一个圆形的、竹条编的鸟笼灯。这简直太艺术太有感觉了！我心里正暗自感叹着，牛威向老头儿介绍我说，这是县文化局的方嘉梁科长，今天特意来采访您。老家伙抽两口烟斗，不慌不忙，笑呵呵地看看我，冲牛威说：'我哪有什么可值得采访的？不就是周末招来几个孩子陪我玩儿，让我快乐快乐嘛。你们千万别在这儿浪费时间，喝完茶该干吗干吗去吧。'"

"然后呢？"我笑得肚子直颤。

"然后？哪儿还有什么'然后'？喝几口茶，讪搭搭地起身走人吧。"看着眼前这张沮丧的胖脸，我哈哈笑起来。好久没这么笑了。

"出来后在车里，牛威被我一顿贬损。他要请我喝酒，这酒能喝下去吗？他建议我找一个跟展玉程共过事的人，去他家进一步了解情况。我一听，这倒是个路子，就立刻想到了你。刚要给你打电话，你就来电话了。"

"这个采访，重要吗？"我认真地看着大馒头。

"实话跟你说，全县范围内已经物色了几个采访对象。竹石这老头儿特有感觉。我想写一部乡村题材的大作品，让领导看看我方嘉梁是有才华的。怎么，这事儿对你来说有困难？"

"困难倒谈不上，只是觉得没脸见他了。"

"怎么回事？"

"竹石不但是我的初中老师，更是我儿子的恩师。我儿子在他家补习了六年英语，学费分文不收，"我沉默了几秒钟，"算起来，我有五六年没去看他了，完全把他给忘了。"

"这就是你的不对了。"

"是啊，现在回想起来，十分愧疚。我怎么会把他给忘了呢？"

"这几年你能熬过来，已经阿弥陀佛了。我想他不会挑你理吧？"

午后三点多了，大馒头把我送回学校。借着两瓶啤酒和一颗落地的心，我伏在办公桌上一觉睡到四点半。骑电动车到家后拿出手机，大馒头半小时前转来十万元。看着手机上的金额，我的心突突欢跳，马上回复："收到，多谢！"从冰箱里拿出一瓶啤酒，一口气喝下半瓶。打开电视，想看看CCTV-5体育频道正在播放什么体育比赛。手机响。

"喂，嘉梁！"

"春光啊，你得好好休息一阵子了。就你今天这状态，丁点儿精气神都没了。我很担心你的身体。"

"无所谓了。官虽说不大，也当了二十多年；我儿子婚房一解决，死了也能闭上眼睛了。"

"别死啊？死了我冲谁要钱啊？"

"呵呵，放心，我儿子会妥善处理后事的。"

"开玩笑。真正哥们儿一场，你以为我在乎你那三十万块钱？我是在乎你能否圆满完成我交给你的任务。你可不了解当下的网络。从战略眼光看，玄幻、穿越、历史、仙侠，这些种类的小说很快就过时了。现实题材的故事越来越受网络读者青睐。今儿下午通过你对展玉程概括性的介绍和描述，加上我去他家看到他家的环境，可以断定：这家伙可是太有故事了。为了我，你要千方百计、绞尽脑汁、使出浑身解数、不惜一切代价地去接近他。我跟你说，春光，这件事要是干得漂亮，我会重重赏你！"

"怎么赏我？"我在顺嘴跟他开玩笑。

"你要是把这个任务圆满完成了，我奖励你三十万！"我立刻来了精神。

"你的意思是说，我要是圆满完成了这'间谍'任务，我欠你的三十万，一笔勾销？"

"是。君子一言，驷马难追！"以我对大馒头人品的了解和我们之间的深厚情谊，他的话无可置疑。其实，就算他不奖励我，我也会竭尽全力去回报他。

"好！一言为定！等我休息几天，身心恢复恢复就着手这件事。"

"我说春光，如今天下事可是瞬息万变啊，这件事务必尽早着手。我的意思是，后天周六，你就开始工作吧。"

第一章 白

1

　　清晨，群山环抱的县城和浓雾遮掩的山岭还没有醒来，宁静的街道偶尔有汽车驶过。我在小区附近的"山城早点"吃完两张馅儿饼和一碗豆腐脑，骑上破旧的电动车离开县城，向西北花岭镇方向飞驰。县城离花岭镇二十一公里。这条路我已经跑了十一年。为了儿子能在一所较好的学校完成中学六年学业，二〇〇五年夏天，我向方大馒头等几位同学筹款，在县城买了一套五十二平方米的旧楼房，从此开启了一年四季县城—花岭中学两点一线的通勤。

　　秋天的山，很像好看的山水画。清清的太子河水缓缓向西北流淌，河对岸那一面面秋天特有的多彩山崖倒映在河水中。我无心观赏这沿途风景，眼前全是竹石的身影。我能顺利完成这项意义重大的"间谍"任务吗？昨晚我给竹石先生发去短信，说明天上午去看望老师。竹石回信说："你工作忙，事儿多，不用来，发个信息就行了。"

　　我带着从花岭镇街边买的好烟好酒和几种水果，骑车从镇政府门前的公路拐向路西的一条村中小路，经过村子，一直向西北驶去。竹石家的房舍坐落在距离村子约八百米远的山脚下。目标渐渐近了，我心跳加速，做贼似的忐忑不安起来。

　　到了竹石家院门前，我忽然发现，原有的三间正房东侧又盖起了三间宽大的起脊房。房子外面，几个孩子在站着读书。我正从车筐里往外拿东西，竹石先生手托着烟斗，微笑着从屋里出来了。我手拿东西，向先生深鞠一躬，随他来到书房。

先生赐座，沏茶。我紧张得脖脸发热，在先生忙着沏茶的时候仔细端详他。几年未见，先生几乎没有任何变化。浓密的铁灰色老式分头，鼻子下面的"一字胡"，黑色方框眼镜，目光有神，动作利落。我迅速环视这间来过无数次的客厅兼书房、餐厅。几年没来，除了原有的藤椅、书架、字画，房间多了一个大树根制成的茶几，南窗的左右屋角立着两盏分别由枯木和树根制成的落地灯。此刻先生坐在我对面，手托着烟斗，正以那微微露齿的标志性微笑看着我。我极不自然地避开他那亲和而锐利的目光，讪讪地笑着环视房间。

"院子变化不小啊。"我深呼一口气，一边朝南窗外看一边说。

"嗯。三年前，盖了东面那三间活动室。"

"老师，这些年我家里变故多，一直没来看望您。"我后背燥热，像一个犯了错在老师面前忏悔的小学生。

"无须自责。你的情况我听说了一些。你比以前瘦多了，瘦得吓人了。"

"可不是咋的，前天一称体重，八十七斤了。"竹石和善的目光让我的心稍稍平静一点儿。

"侯旭好吧?"竹石脸上又现出了笑容。

"他，挺好的。工作没的说，单位领导很看重他。"

"时间如白驹过隙。侯旭都大学毕业工作了，"竹石吸两口烟斗，"你父亲走了，母亲跟你一起生活?"

"我让她来县城，她不来，说城里住不惯，自己过自在。我想半年后搬回村去，和她一起生活，"竹石轻轻点头。"老师，我这次来，一是看望您，好几年没来了，很想念。二是我还想跟您学学书法，练练字，让浮躁的心静下来。"

"春光，你或许不知，我可从来不教曾经半途而废者。"我浑身一热，心脏骤然狂跳起来。时间在紧张的沉默中流逝。就在我无地自容、不知所措时，竹石说话了："这样吧，今、明两天你若没别的事，先在我这放松放松。书法的事以后再说。马上有学生来上课了，你去外面随意转转吧。"我唯唯诺诺连说了几声好，尴尬地起身向外走。迎面进来两高一矮三个男生。三张脸似乎都有点儿印象。他们无疑都是花岭中学八年级或九年级的学生。见了我他们愣了一下，彼此间做个鬼脸。

我来到院门外，环顾四周。蓝蓝的天空白云朵朵，连绵的山岭背景下，以红枫掩映的房舍为中心，左侧矗立着金黄色落叶松林，右侧是墨绿色红松林。活动室外面，几个孩子正站着低头看书。面对眼前罕见的景色，我拿起手机横竖连续拍起来。我的"间谍"工作就此拉开序幕。

就在我聚精会神拍照时，一个男生从活动室里出来，吹了三声哨子。屋外的孩子迅速跑进屋里。我拿着手机，小步跑向活动室，拉开门进屋。二十多个大小不一的孩子，围着由旧课桌拼成的大型"会议桌"坐成一圈。听到屋门响，孩子们的目光纷纷向我投来。一个长相较为成熟的男孩儿起身朝我走来。

"老师好！"男孩儿向我鞠躬，"我叫曹睿。请问您找谁？"

"不找谁。我和你们一样，也是来学习的。"我怕吓着这些孩子，说话时故作微笑，语气温和。

"学习？向谁学习？向我们学习吗？"曹睿说着，转头向身后的同学笑笑。屋内顿时响起稀稀拉拉的笑声。我也笑了。

"我也是竹石老师的学生。像你们这么大的时候，竹石老师教过我。从今天起，我……"

"竹石老师教过我妈。"

"我爸也是竹石老师的学生。"

"你爸是竹石老师的学生牛啥呀？我爸、我大爷还有我妈、我姑、我舅，全都是他学生！"一个胖乎乎的男孩儿说完，左右看看，一脸得意。

"你不是我们学校的主任吗？"站在我面前的曹睿问。

"啊是。我姓侯，叫侯春光。你们都是这个村的吧？"我向坐成一圈的孩子扫了一眼，其中几个有点儿眼熟。

"你们在做什么？"我问曹睿。

"我们在搞活动。"

"哦，我能和你们一起活动吗？"

"你会讲幽默笑话吗？"那个家人几乎都接受过竹石先生教育的胖男孩儿大声问。

"哦，参加活动的人都要讲吗？"

"那当然！必须讲。"胖男孩儿大声说。

"好吧。但是，我想先听你们讲。可以吧？"

"可——以——"几个孩子齐声说。

必须讲？竹石规定孩子们必须会讲幽默笑话？我走到那个活泼爱说话的胖男孩儿身边坐下。胖男孩儿红着脸笑呵呵地打量我。我的出现，让孩子们显得有些紧张、兴奋。

"马东旭，该你讲了。"曹睿说完，一个瘦高男孩儿红着脸站起来，瞭我一眼又左右看看。

"讲啊，怕什么？"我身旁的胖男孩儿说着瞥我一眼，诡秘地笑了。

"别磨蹭，快讲吧！"曹睿严肃地催促道。

"今天，我讲的这个小幽默，题目叫'母亲的自豪'。有个叫大龙的男孩儿，期末考试没考好。母亲看了他的成绩单很生气，她说：'去年期末，你是班里成绩最好的学生，妈妈很为你感到自豪。可是今年……'大龙听了妈妈的话很难过。他想了一会儿，一本正经地对妈妈说：'妈妈，我同学的母亲也都很想为她们的孩子感到自豪。如果我总是考第一，那些母亲不就没有自豪的机会了吗？'马东旭话音刚落，孩子们便嘻嘻哈哈笑起来。我也笑了。接着，轮到一个叫柳欣的女孩儿讲了。女孩儿有些羞涩，声音不大，娓娓道来。

"我今天讲的小幽默，叫'鸟吓飞了'。明明是一个顽皮的孩子，他最怕画画了，尤其不会画鸟。一天，美术老师在黑板画了一只鸟蹲在树枝上，然后让学生们照着黑板上的示范画出来。明明画完了树，鸟怎么也画不出来。见同学们都交了图画本，他也跟着稀里糊涂地把本子交了上去。明明还没有回到座位上，美术老师就把他叫回来了。老师把黑板擦"啪"地一声拍在讲台上，厉声说：'你画的鸟哪儿去了？'明明吓了一跳，赶忙说：'鸟被你吓飞了。'"屋子里顿时爆发出一阵嘻嘻哈哈的笑声。我也呵呵笑了。我已经很久很久没这么开心地笑过了。

"老师，该你讲了。现在听老师讲笑话，大家鼓掌欢迎！"曹睿话音刚落，掌声响起。刚才孩子们讲小幽默时，我一直在大脑中紧张搜寻着。

"我要讲的这个笑话，叫'转让'。这个故事是很多年前，我在花岭中学读九年级时，竹石老师给我们讲的。这是个外国笑话。我记得那天竹石老师用英语讲完，又用汉语讲了一遍。"我清了清嗓子。

"一天，一个叫马丁的老头儿正在马路上悠闲地走着。突然，有人在他后脖颈上狠狠拍了一下。马丁转身一看，打他的人是个不认识的小青年。

"'你，为什么打我?!'马丁气愤地质问道。打人的小青年笑嘻嘻地说，他弄错了，以为马丁是他的一个朋友。而且认为，马丁没必要因为这点儿小事儿大吵大嚷。见小青年如此无礼地捉弄他，马丁气坏了，立刻把这个小青年拽到法官那里去评理。

"受理这桩案子的法官是这个小青年父亲的朋友。法官表面装作十分公平的样子，心里却在考虑怎样才能让打人者不受处罚，同时还显出他处罚公正。过了一会儿，法官对马丁说：'我十分理解您现在的心情。如果让您像小伙子刚才打您那样去打他后脖颈一下，您同意吗？'马丁说不同意，小青年对他如此无礼，应当受到应有的处罚。

"'那么，'法官对小青年说，'我判决你赔偿这老头儿五元钱。'对于这样严重侮辱老人的行为，五元钱的处罚实在太轻了。小青年说身上没带钱。法官就放了他，让他回家取钱。马丁无奈，只好在法官办公室等着。法官开始忙别的事务，不理他了。老头儿等啊等，几个小时过去了，小青年还是没回来。法院下班的时间就要到了，法官还在那里忙着。这时，老头儿从法官身后悄悄走过来，照准法官的后脖颈狠狠拍了一下。'对不起，法官先生，我不能再等了。那小子回来时，告诉他，我把那五块钱转让给您了。'"笑话讲完了，屋子里安静了几秒钟，随后响起了各种声调的笑声。我看到了每个孩子快乐的笑脸。这场面让我想起当年竹石先生给我们上课时，那轻松愉快的情景。随后，孩子们依次讲起了各自的小幽默。笑声中，时间过去了一小时四十分钟。十分钟休息完毕，各就各位。曹睿拿出一本由打印纸装订成的白皮书。

"下面是'家乡美故事汇'时间。今天我给你们讲的故事，名叫'天女木兰的传说'。"曹睿停顿了几秒钟，镇定自若，开始了讲述。

"很久以前，我们本溪东部的一座大山里有一个村子。村子里住着一户姓田的人家。田家有三口人，老两口和一个女儿。女儿名叫田女。田女长到十三四岁时，就像桃花一样好看。她不但长得漂亮，还特别勤快。夏天来了，田女经常到河边洗衣裳，一边洗衣裳一边唱歌，歌声和着叮咚的流水，好听极了。村里人都爱听田女唱歌。洗完了衣裳，田女就坐在石头上梳洗头发。她的头发又黑又亮又长。俊秀的脸蛋被黑亮飘逸的长发一映衬，美得像天上的仙女。因为田女美得像天女，村里人就把田女叫成天女了。

"一天上午，天女洗完了衣裳刚要洗头发，忽然看见河里有一条大黑鱼正追逐一条小鲫鱼。小鲫鱼逃到天女脚下，天女赶忙拿起洗衣的棒槌打跑了大黑鱼，小鲫鱼得救了。它围着天女游了几圈，就游走了。

"晚上，天女躺在炕上，迷迷糊糊见那条小鲫鱼向她游过来。小鲫鱼对她说：'感谢你救了我的命。为了报答你，我告诉你一件生死攸关的大事。'天女问什么事，小鲫鱼说：'几天后，这里要发生山洪，山洪会把三里五村的房屋、土地和人畜通通毁掉。你要趁早和你的父母逃命。这件事只许你自己知道，千万不许对外人说。'

"'我要是把这件事告诉了别人，会怎样？'天女急切地问。

"'你要是告诉了别人，老天爷就会派雷神来劈死你。'小鲫鱼说完就游走了。天女想喊小鲫鱼回来，刚一喊出口，就醒了，原来是个梦。天女醒了就再也睡不着了，梦里的情景老是在眼前转悠。她来到父母的房间，把梦里的事告诉了他们。

"爹说：'咱就信那小鲫鱼的话，赶快逃走吧！'

"妈说：'我就去收拾东西，天一亮咱就走！'

"天女对爹说：'咱家逃走活命了，全村的人，还有三里五村的人不就都死了吗？人都死了，谁还和你们一起下地种田、上山砍柴呢？'

"天女又对妈说：'若是村里的大娘婶子们都死了，谁和你一起纺线织布、推碾子磨米磨面呢？'

"妈说：'是啊是啊！可是，有什么办法救这些人呢？'

"天女说：'好好想想，总会想出办法来。'天女爹想了想，说：'离咱村五十多里有座庙，庙里有个老道士很有道法。去问问他吧，也许他会有好办法。'

"天女说：'我去那里问问他。'

"爹说：'我路熟，还是我去吧。'

"天女说：'爹，您年岁大了，走路不便，会耽误时间，还是我去吧。'天女问清了路线，带上干粮，天一亮就上路了。

"天女来到那座庙，把梦里的事向老道士复述了一遍。老道士闭目掐算了一会儿，说：'三天后这里要下一场暴雨。大雨过后，暴发山洪。山洪会把山下的人、庄稼和牲畜通通毁掉。要想解救这场灾难，必须有一个人甘愿赴死。'

"天女问：'什么样的人？'

"道士说：'此人必须是一个会唱歌的漂亮姑娘。'

"天女问：'然后呢？'

"道士说：'让你们村和你们村附近的村民都躲进大山洞里，姑娘要站在山洞外面的山顶上，她的头发要绑上各家用纸做的小人。纸人的数目要和藏在山洞里的人数一样多。天一下雨，人们就必须躲进山洞里，姑娘要站在山顶唱歌。这样，人们就得救了。但是，那姑娘可就……'

"天女还想问什么，老道士闭上了眼，说：'有些事是不可以和盘托出的。你知道的已经够多了，回去吧。'

"天女拖着疲惫的身子回到村里。她顾不上休息，走家串户，告诉村里人按照各家的人数扎小纸人；又到东、西、南、北各村挨家挨户通知，让大家扎好纸人，带上吃的用的，赶着牲畜，躲进大山洞里去。

"第二天天刚亮，人们就带上东西来到山洞里。天女把各家扎好的小纸人收集起来，将自己的头发打开，把小纸人一个个拴在头发丝上，然后走出山洞，爬上山顶。

"天开始下雨了。雨越下越大，轰隆隆雷声不断。雷击倒了树木、劈开了岩石、劈开了山皮，山洪暴发了。洪水和泥流把山下的房屋、土地都淹没冲毁了。这时候，躲在洞里的人们才明白，是天女救了他们的命。大家把天女的父母围起来，纷纷夸赞他们生了个好女儿。

"雷声越来越响，暴雨越下越大。人们听到天女唱起了歌。歌声悠扬，一点儿也不悲哀，和她平时洗衣裳时唱的一样好听。忽然，雷声向歌声劈来，咔嚓嚓打在天女头上。雷每响一声，天女头发上的小纸人就被击碎一个。闪电晃得人眼花缭乱，炸雷震得人一阵阵耳鸣。可是，天女一点儿都不害怕，歌声还是那么动听。

"不知过了多久，雷住了，雨停了，天晴了。人们纷纷走出山洞，爬上山顶。只见天女看着大家笑，人却一动不动了。她头发上拴着的纸片全都变成了一朵朵白花。在白色花朵映衬下，天女比从前更好看了。

"人们把天女安葬在了山顶。不久，人们看到天女的坟上长出一棵漂亮的小树，树的枝条就像天女的头发一样秀美。又过了不久，枝条上开出了一朵朵好看的白花，花朵飘出奇异的芳香，比兰花还香。于是，人们就把这树这花叫'天女木兰'了。据说，天女木兰只生长在咱本溪的东部山区。这种树长得奇特，花儿好看，异常芳香，而且还具有药用功效。天女木兰如此珍贵，几十年前，本溪市政府将它确定为了本溪市市花。好了，天女木兰的传说故事讲完了。"曹睿说完，转过脸看着我说："老师，请你给我们讲个故事吧。"几个孩子鼓掌。我猛然间从天女木兰故事中走出来，赶忙说："哦，今天我没有准备，还是听你们讲吧。曹睿刚才讲得真好。我只知道天女木兰是咱本溪市的市花，却不知道还有这样一个美丽传说，真是长知识了。谢谢曹睿。谢谢！你们继续吧。"

曹睿神情严肃，很有点儿领导者派头。接下来，由马东旭给大家讲"努尔哈赤传奇故事"。马东旭翻开手中的 A4 纸打印本，这个刚才讲"母亲的自豪"的瘦高男孩儿又一次红了脸。

我小时候听过父亲讲努尔哈赤的传奇故事。印象最深的是为了纪念大青马驮着主人脱险，努尔哈赤的后代将国号改为"清"（青）。我认真听着这个瘦高男孩儿讲述满族传奇人物的传奇故事，心中备感自豪、无限敬仰。

故事讲完了，孩子们到外面去观察秋日风景了。

我快步来到曹睿的座位，拿起那本《家乡美故事汇》。这无疑是一份极有价值的情报。我做贼似的以最快速度翻页拍照。刚拍完几页，曹睿突然走进来。我假装若无其事地把"白皮书"合上，缓步来到屋外。

孩子们三三两两或在房前屋后漫步，或在南山坡红松林边嬉戏。我站在距离墨绿色板条大门约十米远的小溪边四下远望。看着眼前画一般的秋天美景，茫然若失，一股无以名状的愁绪涌上心头。竹石让我在这里放松两天，什么意思？委婉地下了逐客令？即便是逐客令，我也要在这里赖上两天，把有价值的情报统统搞到手。

几声哨响。孩子们从四面八方跑向红枫掩映的小院。刚才坐在我身旁的胖男孩儿从红松林中跑来，经过我身边时顺手塞给我一个癞瓜手雷似的挤满松子的松塔。孩子们回座坐好。口述开始了。

"倪琳琳!"曹睿把最先举手的女孩儿叫起来。

"我站在高高的山坡，眼前一片美丽景色。蓝蓝的天空下，枫树红红的，松树有黄有绿。大地里站着的玉米成熟了。秋天真美。我爱秋天，因为她是最美丽的季节。"女孩儿坐下，掌声响起。一个叫刘鑫的矮个男孩儿微笑着站起来。

"我爱秋天，因为它是温暖的。山上有好多好多好看的花，有好多好多好吃的果儿。有山楂、山里红、山梨，核桃、榛子、栗子。秋天来了，我和妈妈高高兴兴上山看山花、采山货。周末到集上卖了钱，给生病的爸爸买肉补养身体。"掌声。孩子们一个接一个口述金色秋天。

"老师，该你说了。"曹睿的话立刻引来众人目光。曹睿带头鼓掌。

我微笑着拿起手机，胸有成竹地站起来。

"秋天来到了辽东山区。蓝蓝的天空，太阳闪着耀眼的光芒。远远望去，一棵棵枫树红得像绿色山林中燃起了大火。一片片绿色的落叶松林齐刷刷换上了金黄色的秋装。那片身披绿衣的红松林伟岸昂然地挺立在色彩斑斓的山坡上。大地奉献出金黄的稻谷、火红的高粱。奉献出各种果品的群山穿上了五颜六色的花衣裳。鸟儿在微风中尽情欢唱，它们在歌唱美丽的秋色，它们在歌唱慈母般的大地又迎来一次沉甸甸的收获。啊，秋天，你给予人世间最豪华的装饰。你是成熟而喜悦的象征，你是季节的皇后、人生的峰巅。愿我们的人生像秋天那样果实丰硕，愿我们的人生都像秋天那般浓郁壮美。"结尾几句，我在声音里明显加入了抒情色彩。对着手机朗读完这段刚刚从网络粘贴过来的抒情小文，我的心情很紧张。活动室里响起热烈掌声。我冲着眼前鼓掌的同学微笑点头，内心泛起一波波惭愧的涟漪。如果时间充裕，我会写出一段不敢说很精彩的秋色观感。出身于师范学院，口头作文还是有基础的。

孩子们在聚精会神地把自己刚才对秋天的赞美写在统一的简装日记本上。

这时，给我松塔的胖男孩儿和一个小眼睛女孩儿从门口走进来。胖男孩儿回到我身边。

"干什么去啦?"

"去做午饭了。"

"你回家做饭，这么快就跑回来啦?"

"回家做饭?我没回家做饭，在老师家做饭，今天午饭由我和李楠做。"胖男孩儿一边从书包里往出拿日记本一边说。

屋门上方的石英钟指向10点47分。我手握松塔，起身去看活动室后面墙壁上的装饰。活动室后墙的"学习园地"，左右两侧各挂着半幅用苍劲雄健的隶书体写的楹联。楹联白纸黑字镶入玻璃框内，高约一米八，宽约四十厘米。左联：难也易也苦也乐也人人奋进精神健。右联：强者弱者进者上者日日攻坚意志高。左右两联中间老大的空当贴满了孩子们各种笔体的钢笔、毛笔书法作品。楹联无疑是竹石先生的墨宝，他的书作都是以'竹石'落款。环顾四周，这间宽大的活动室里没有黑板。南北两侧窗子旁的墙壁挂有几块空白白板。板架上放着白板笔和板擦。屋门两旁各挂一幅镶入玻璃框的隶书体白纸黑字楹联。上联：宝剑锋自磨砺出。下联：梅花香自苦寒来。落款：竹石书。这时只听曹睿大声说："午饭时间到！"孩子们迅速收拾好桌面上的东西，贴北墙对着屋门站成一排。给我松塔的胖男孩儿和那个小眼睛女孩儿，从门外推来一个类似医院急救病人时用的平车。平车分上下两层。上层坐着一盆大米饭，一盆白菜肉炖豆腐，一盆苹果，一盆朝鲜黄梨。下层躺着一捆方便筷子和一摞白铁自助餐盘。

竹石怎么一直未露面？我是去他书房，还是排在队伍后面跟孩子们一起用餐？我尴尬地犹豫了一会儿，走过去一边站在不断前移的打饭队伍最后，一边翻看手机照片。孩子们坐在各自的座位上，边吃边小声交谈。我打了饭，和孩子们一样从盆里拿一个苹果、一个梨放进餐盘中，回到胖男孩儿身边坐下。几个孩子不时把目光投向我。我边吃边和胖男孩儿聊天。

"你叫什么？"

"李彤。"

"读几年级了？"

"八年级。"

"在这儿学习多久了？"

"快一年了。我爸我妈一直在外地打工，我就跟着他们在当地学校上学。去年我爸被车撞了，腿撞坏了干不了活了，就回来了。"

"撞你爸的车主赔偿了吗？"

"跑了，现在还没抓到。"

"你会做饭？"

"咱们谁都会做饭。到这儿来了，老师首先教我们做饭、做菜、洗衣服、剪指甲。"

"噢。咱们这最大的就是你这样八年级的学生吧？"

"嗯。"

"最小的呢？"

"那边紧挨着那三个，小学四年级的。"我顺着他手指的方向看：两个男孩儿、一个女孩儿，一脸稚气，女孩儿一副害羞的样子，两个男孩儿表情略显胆怯、木然。

"他们是这学期开学后刚来的。"李彤大口大口吃着。

"哦。你们在这吃饭，花钱吗？"

"不花钱。不但吃饭不花钱，我们的运动鞋、运动服、背心、短裤，都是老师给买的。还有我们用的记事本、大楷本、毛笔、墨水，都是竹石老师免费给的。"

这时，先生进来了。他身穿白色圆领 T 恤衫，黑色运动裤，白色运动鞋。他打了饭，端着餐盘来到我身边，让胖子李彤挪向一旁的空位置，他挨着我坐下。

"上午补了两拨课，刚下课。怎么样？我这些孩子可爱吧？"竹石边吃边说。

"可爱。没有一个像学校里的嘎子调皮捣蛋。午后您还给学生补课吗？"

"午后我不安排任何补课。和这些孩子在一起，尽情享乐。"

最后一个学生吃完了。胖子李彤和李楠把平车推出活动室。竹石说回屋休息一会儿，起身走了。半小时后，先生拿来三把吉他，将其中两把递给胖子李彤和一个有些文气的高个女孩儿。竹石拉过一个凳子坐下，李彤和那女孩儿各拿过一个凳子分别坐在老师两侧。竹石开始教授两个孩子弹奏。过了一会儿，竹石招呼几个学生过来唱歌。我忽然想起了方大馒头，想起自己的任务，赶忙拿出手机，若无其事地按下录音键。

"小小少年——预备——起！"竹石起了头，几个学生唱起来。两个学琴的孩子和老师边唱边弹琴。

> 小小少年很少烦恼，
> 眼望四周阳光照。
> ……

"好，成功！"竹石高兴地边说边起身，伸手和伴奏、演唱者一一击掌，口中喊"Yeah!"。先生如痴如醉，完全沉浸在和孩子们一起歌唱的快乐中。

曹睿拿着哨子出去了。哨声响起，孩子们从外面跑回活动室。回到座位上，齐声唱《小小少年》。

这时，瘦高的马东旭和三个男孩儿走到竹石身旁，站成半圆形，齐唱一首我叫不出名字的歌。唱得不齐，中间停了几秒钟。继续唱时，几个男孩儿你看看我、我看看他，似乎都没了信心，唱两句便停下了。竹石站起身，对着面色尴尬的几个男孩儿温和地说："演唱时，表情不可以像这样木头似的。"说着，他做出了傻乎乎的样子，引得孩子们哈哈大笑。

"表情要随着歌词的意境走。快乐，就要表现出高兴的样子；悲伤，要表现出伤心的样子。但表情都不能过于夸张，微微表现出一点儿就可以了。懂了吗?"竹石示意李彤弹前奏，四个男孩儿重新唱起了刚才演唱失败的歌。孩子们一边演唱，竹石一边按节拍挥动双拳给予鼓劲。演唱完毕，竹石鼓掌，掌声响起。竹石举起双手，兴高采烈与四个男孩儿一一击掌喊"Yeah!"。又转身与胖子李彤击掌说"Yeah!"。李彤忽然大声说，"现在，咱们欢迎侯老师给我们唱歌好不好?"大家齐声喊好。我急忙站起身，双手做投降状："对不起同学们! 竹石先生了解我，我实在不会唱歌。"竹石赶忙为我解围。

"没错儿。自从侯春光老师像你们这般大时起，我与他相处三十多年了，从未听他唱过歌。他确实不会唱歌，一开唱，就把调子一路跑到沈阳去了。"哄堂大笑。那两个刚来不久、表情木然的四年级男孩儿也咧开小嘴儿笑了。

"今天没有演唱的同学，准备准备，明天午后演唱。唱不好不怕，只要开口唱，唱成什么样都好。"

活动室里安静下来。竹石自弹自唱《东方之珠》，之后三位吉他手弹前奏，全体齐唱《龙的传人》。这首《龙的传人》三十多年前我看过竹石先生的演唱。那是一九八三年国庆节前夕，那天午后全校师生聚集在操场领操台前，观看迎国庆全校师生大联欢。那天先生身穿一套灰色中山装，黑皮鞋，铁灰色三七分短发。他肩挎吉他走向表演台的一刹那，台下六百多学生方阵里立刻爆发出一阵极为热烈的掌声。竹石稳步走上表演台，向台下"观众"浅鞠一躬，便弹唱起了《龙的传人》。

竹石走到"会议桌"的"董事长"位置坐下。

"大家知道了，天女木兰花是白色的。那么，它凭什么成为我们市的市花?"竹石环视。曹睿举手起立。

"因为天女木兰这种花洁白、芳香，它代表了美好、大爱和勇于献身的高尚品格。回答完毕。"

"好！曹睿说对了其中的主要部分。白色是一种高雅颜色，西方国家的婚礼上新娘穿的婚纱是白色的。我们国家现在的婚纱也是白色的。白色代表高雅、快乐、圣洁。本溪乃山清水秀之地。本溪的天女木兰乃世界稀有之名花。一九五六年，辽宁的一位植物学家在桓仁山区发现了这一稀世花种。消息一公布，立刻引起国内外植物界极大震动。这种花开在六七米高的树上，这种树一般生长在海拔四百至八百五十米的阴坡。一九八八年在本市市花评选中，天女木兰以其圣洁、华美、优雅、飘逸之品格一举夺魁。为此，一位诗人写了这样一首诗：'群芳去后瑞云开，天女翩翩下界来。塞北木兰争国色，岭梅洛牡惭登台。'诗的大意是：五颜六色的花凋谢之后，山间开出一片片白云样的花。这些花犹如无数仙女飘然来到人间。北方的木兰花足以和国色天香的牡丹一争高下，连秦岭的梅花、洛阳的牡丹都羞于登台亮相。"

"老师，天女木兰什么时候开花？"上午讲《鸟吓飞了》的那个女孩儿问道。

"一般的花都在四、五月份开，天女木兰六月开花。在桓仁的老秃顶子山、花脖子山和离我们不远的关门山都能看到。你们想不想看？"

"想看——"异口同声。

"好！明年六月，我领你们去关门山看天女木兰！"掌声四起。

自习开始了。有看书的，有写作业的，有请教问题的。一个小个子男孩儿在向其身旁的女孩儿请教数学。女孩儿在窗边的白板上一边画图一边给他讲解。两个男孩儿拿着英语课本向站在窗边的竹石先生请教。竹石给那两个男孩儿讲解着，不时说几句我似懂非懂的英语句子。

我走出活动室来到院门外，点支烟，蹲在静静流动的小溪旁，看清澈的山泉溪水欢快地向西流淌。溪水是从东面山谷流出来的，这样的小溪在花岭和附近随便哪座山中不知有多少。溪流在山脚下的路边、地头或村口汇聚成一条条小河，流入我们的母亲河——太子河。

我沿着溪流岸边的毛草小路向东走了约五十米时猛然意识到，午后的这个时候，蛇最喜欢在日光朗照的山间空地、毛草小路或阳光下、淙淙流淌的溪流边舒舒服服享受日光浴。有时，它们还会顺着小溪悠然地逆流而上或顺水流而下。

我站在小溪边四下眺望了一会儿，原路返回。这时，只见活动室里人影异常活跃。几个男孩儿正在从活动室对门的小屋里往外拿垫子和哑铃。"竹石周末快乐营"三间房，一间为储藏间和厨房外带走廊，其余两间通开作为快乐营活动场所。我跟随他们回到活动室。一侧三张，一侧两张，五张垫子分别铺在两侧靠窗的地面上。随后，三个男孩儿、两个女孩儿分别在垫子上做俯卧撑和仰卧起坐。椭圆形的"会议桌"旁，几个男女生手握哑铃在练臂力。这时，一个男孩儿从垫子上离开。竹石平躺在垫子上，小腿收拢膝盖隆起双手抱头，一连做了四十个仰卧起坐，接着又做了三十个俯卧撑。他起身走向正在做哑铃弯举的曹睿。

"多少个了?"竹石微笑着，语气温和。

"四十三……个了。"曹睿咬着牙，双手一边吃力地向上提哑铃一边说。活动室里，一派运动景象。孩子们轮换着，有序地做着上身各部位的力量训练。曹睿放下哑铃，从脖子上拿下毛巾擦汗。竹石双手拿起哑铃，轻松地由下向肩头来回弯举了五十次，推肩三十次。

"你来试试。"竹石放下哑铃，微笑着冲我说。我拿起桌上的哑铃，立刻感到了它们的重量。弯举了十来次，手臂就抬不起来了。

"你需要锻炼了。"竹石说。

"是啊，这些年体能明显下降。老师，您的身体太棒了!"

"呵呵，几十年了，一直没停止锻炼。不锻炼浑身就不舒服。"说着，他握着拳头做了几下扩胸运动。这时只听曹睿大声说："同学们，胸腹部和上肢力量训练结束，该锻炼心肺功能和下肢力量了。大家换好衣服，到外面排队！"

我第一个走出活动室，来到大门外，点支烟，站在小溪旁看着从院子里陆续走出来的孩子们。男生穿白背心、蓝运动短裤；女生穿白T恤、红运动短裤。男女生一律穿相同样式的白色运动鞋。孩子们自动站成一列纵队，竹石也位列其中。曹睿一声令下一至二报数后，两个小组立刻形成了。

"预备——开跑！"竹石一声令下，两组各自最先出战的两名选手出发了。四个孩子朝村口方向跑去，原地等候的孩子们在做着热身运动。日光耀眼，空气燥热，没有一丝风。竹石家的房舍距离村口约八百米。跑去跑回，最先出战的李彤最终被曹睿落下约四百米。李彤跑到了终点（也是起点），他顺脸淌汗，一屁股坐到地上，大口喘气。我来到李彤身旁，蹲下。

"累坏了吧？"

"一会儿还得跑呢。"李彤皱眉咧嘴做鬼脸。

"还跑？"

"啊，六年级以上的跑两轮。"

"你还能坚持跑第二轮吗？"

"必须坚持。老师要求我……必须……在一年内……把体重降到……五十五公斤以下。"

"有信心吗？"

"没有也得有啊。不然……就对不起老师，对不起我爸我妈了。"

"竹石老师也跑吗？"

"当然跑了!"

竹石先生从院子里出来了。他已经换上和男生一样的装束。看着正在走出大门的情报目标,我顿生感慨:此人再过多少年才会老去?二十年?三十年?

竹石接过曹睿组那个小眼睛女孩儿递来的接力棒出发了。他脚步轻快,一路小跑奔向村口。竹石接近村口的时候,李彤组的第十位选手柳欣才大汗淋漓跑到终点。瘦高个儿马东旭出战了。他和先生一样,要连续跑完两次往返。马东旭跑得真快。凭我的观察,他是这群孩子中跑得最快的一个。此刻,竹石已经从村口向回跑了。

"老师!加油!老师!加油!"曹睿组集体呐喊着。

"马东旭!加油!加油!马东旭!"李彤组喊得更欢。

竹石轻快地将要跑到终点时,马东旭已经向回跑过一半路程了。竹石的脚步触到起点线后迅速转身再次向村口跑去。

"加油!老师!老师加油——"竹石跑出约三百米时,马东旭从起跑线转身去追老师。

"马东旭!加油!马东旭!加油啊!"集体呐喊过后,胖子李彤高喊:

"老马加油啊——老马狂奔起来!"马东旭大步飞奔。他在渐渐与老师缩短距离。

"老师!加油!老师!加油!"

"老马!加油!加油!老马!"

在距离终点约一百米时,马东旭和老师的距离缩短到约三十米了。

"老师加油——老师加油啊——追上啦!快跑,追上啦!"

"马东旭!加油!马东旭!加油!看!老马开始冲刺啦!"

我站在两群啦啦队一旁,心情紧张地举着手机连连拍照。我感到惊奇的是，这个"年轻"老头儿竟然也加快了速度，明显带着终点冲刺的架势。马东旭的速度越来越快。竹石和马东旭一前一后离开村路，朝我们冲来。在距离终点约二十米时，马东旭超过了老师，并继续以百米冲刺的速度冲过终点。

快乐营一天的活动结束了。竹石留我在他家吃晚饭。我犹豫了一下，谎称回去有事，骑上电动车回县城了。

2

吃了碗炸酱面，躺在床上翻看今天手机拍的照片。竹石先生和马东旭最后冲刺的这几张照片太帅了。七十四岁的"年轻"老头儿和风华正茂的少年在秋日空旷的蓝天下向着终点冲刺，实在经典。我爱不释手，反复欣赏。手机响。

"喂，嘉梁。"

"怎么样啊，我的大特工？首日侦探，成果如何？"这"特工"俩字就像一块石头投进我平静的心河。"怎么不说话？工作受阻啦？"我长出一口气，沉默。

"说话呀！"

"拍了不少照片，录了一些音。"

"说具体点！"这应该是命令了。

"内容太多，不知从何说起。"

"你马上过来，咱俩喝点儿。"

方嘉梁的别墅坐落在县城东侧，太子河北岸。来到别墅区，门卫与

28号业主交流两句后放行。我骑着电动车，绕过水面宽阔的荷花池来到28号。大门半开着。主人穿一身宽松的白底红格睡衣站在大门里面，把我引到凉亭下。矮脚长方形茶几上摆着两瓶红酒，圆形的白色盘中倒扣着几只高脚杯，旁边是两个果盘和几块点心。

我和大馒头对坐在藤椅里。他给两只酒杯分别斟少半杯红酒，递给我一杯，拿起酒杯与我碰杯。我喝一小口，转头环视庭院。

"状态不佳，不顺利吧？"他说着，伸手揪一粒葡萄扔进嘴里。

"还可以。"

"都弄到啥情报了？"

"拍了不少照片，录了两小时音。"我拿出手机，翻开相册递给他。他认真翻看照片。我揪一粒葡萄吃，味好，有股奶香。

"这些东西你回家后传给我，以后慢慢看。你先大概说说这一天的情况。"我向他简单回顾起一天来的见闻。

"没有黑板，不给学生上课。讲笑话、讲故事、口头作文、唱歌、自习答疑、体能锻炼……"大馒头在自言自语，"那些孩子都是村子里贫困家庭的孩子吧？"我嗯了一声。"他为什么没答应教你书法，而是让你在他那儿放松两天？"

"我曾经两次心血来潮跟他学书法，都没坚持多久。"我没把竹石拒绝我的原话说给我的雇主。太丢人了。

"你让他失望了。这次你一定要表现出由衷的虔诚，让他看出你是真正下了决心。"

"可是，眼下我并不想练习书法，我已经没那份心情了。"

"没心情也得装着真心想学的样子，不然你怎么跟他套近乎！再说了，练字能静心养气，没准儿还能根治你的失眠症。"大馒头点支烟。"初中的时候竹石教过你。后来你大学毕业回母校工作，和他是同事，直到他退休。这么长时间里，你大脑里一定有些印象深刻的场景吧？"
我想了一会儿。

"我上七年级第一天，竹石第一节课的开场白印象最深刻。那是节美术课。他缓步走进教室，站在讲桌后面，微笑着说：'我叫展玉程，来自沈阳城，下放到花岭，体音美全能。'同学们先是一愣，随后都笑了。课堂气氛顿时活跃起来。"

"嗯，这个自我介绍挺别致。给人的印象会贼拉深刻。"大馒头揪一粒葡萄投进口中嚼，期待的目光看向我。

"当时我就想，体音美全能？吹牛吧？可是不久，我就亲眼见识了。他没有吹牛，"我喝口酒，"竹石当年可是学校里无人不知的名人。他教全校七年级、八年级两个年级的音乐、美术；这个人不光擅长音乐、绘画，足球也踢得特别专业。我记得除了冬季，几乎每天中午，教工队都和学生队进行足球比赛。教工队由体育组的三个老师和各年级组的年轻老师组成。竹石是教工队主力前锋。当年他已经四十多了，奔跑速度仍然很快，带球过人的技术让人看得眼花缭乱，临门一脚更是十射九中。每天中午师生进行足球比赛时，都会引来大量学生围观。各班的嘎子上科任课时，都不听课，搅闹课堂玩。竹石的课即便那些嘎皮子不听课，也不搅闹课堂，或悄没声儿地玩，或睡觉。"我揪一粒葡萄吃。

"你和他在花岭中学共事多长时间？"

"十二年。"

"他的习惯和为人也一定很有特点吧？"我仰起头想了一会儿。

"是啊，很有特点。他从不去其他办公室，也从不和任何老师闲唠家常。除了上课，就待在自己的办公室里弹琴、写字。教工每周三、周五开会学习时，他总是坐在最后一排，认真听，认真做笔记。有件事我记得特别清楚。我参加工作的第二年春天，那天是周五，学校召开教工大会。陈校长公布完校级领导和教师的结构工资方案让大家讨论时，竹石第一个发言。他说：'我认为这套结构工资方案极不合理。不教课的校级领导凭什么拿的结构工资和一线教师一样多？校级领导的工作量远比不上一线教师的工作量大。一线教师太辛苦了，他们的付出，理应获得最高级别的报酬。这样，既能保证一线者高昂的工作热情，也合情合理、令人欣慰。'竹石突然发出的这一重磅炮弹震动了整个会场。会场气氛顿时紧张起来。陈校长的脸色紫得像猪肝。"我感到口渴，拿起酒杯一饮而尽。

"那天去竹石家，他给我的第一印象是个饱读诗书的家伙，说话文绉绉的。没想到，老先生还这么单纯。哎，你这件T恤有年头了吧？"

"啊，十多年了。"

"都掉色了还穿？"

"也没破，凑合穿呗。"

"你那辆破电动车也有年头了吧？"

"是啊，来县城之前就骑两年了，算起来有十三四年了。"

大馒头看了看天，在烟灰缸里弄灭烟头，站起身说："我回屋换件衣服，你陪我出去吃点儿烤串，逛逛街。"

大馒头开着奔驰来到一家烧烤店。我俩在店里喝了几瓶啤酒，吃了不少烤串，然后来到县城商厦。他买了一双北京板鞋、一双耐克牌运动鞋；又在二楼男士服装专柜买了两件T恤、一件米色夹克衫、两条米黄色老板裤。从商厦出来，来到一家电动车专卖店，在店里转了一圈，买了一台金黄色豪华电动车。这时，我忽然预感到了什么，心跳猛然间加快了。

他把拎着的装衣服、鞋子的大塑料兜递给我，把车从店里推出来。

"把它骑回去。你那辆破车归我处理了。"我心慌耳热，长出一口气。

"扶贫吗?"

"不。"

"那干啥跟我扯这个离根儿睖?"

"你是我哥。我不想让人看着一个堂堂的中学主任,成天整得跟要饭花子似的。"

几分钟后,我把新车骑回家。从车筐里拿出装满新衣服、新鞋的塑料袋放到床上,呆愣愣看着眼前的东西,心底泛起一阵悲凉。

<h1 style="text-align:center">3</h1>

起床,洗漱,下面。

换上新 T 恤、新夹克、新裤子、新鞋,戴上新头盔(随车赠送的),骑着豪华霸气的崭新电动车跑出县城,沿太子河向西奔驰。阳光朗照,一路金秋风景。来到花岭镇商业街,从水产店买了二十只母林蛙,向竹石家驶来。来到小院儿门前,摘下头盔,从车筐里拿出装林蛙的塑料袋直奔先生居所。两座房子的窗子都敞开着。活动室里,几个孩子在看书,室外两个孩子在轻声朗读。我悄然走进竹石的客厅。先生正在给昨天那三个男生上课。见我进来,先生点了点头。我把林蛙袋递给他,他看了一眼接过去,举起林蛙袋对学生说:"wood frog,林蛙。"起身将林蛙放入屋角冰箱内。走回来对三个男生说:"My student gave them to me as a present. Understand?"

"He, your student?"一个戴眼镜的男生指着我,一脸惊讶地问老师。

"Yeah, of course. He was my student when he was your age." 三个男生重新审视我。我冲他们说了声"Sorry!"，转身走出书房来到院门外，点支烟，站在门前的小溪边观赏四周晨景。阳光从东面的山峰照过来，蓝天下，远处的村庄升起袅袅炊烟，覆盖着竹石家房舍的枫树在初升的阳光照射下红得异常鲜艳。曹睿叼着哨子在吹，几个孩子向活动室跑。我急忙掐灭烟头，走向活动室。

曹睿说："今天的幽默笑话，午后由竹石老师和我们一块儿讲。上午先给大家讲两个故事。第一个故事由李彤讲'二傻子当保镖'，第二个故事由李楠讲'本溪水洞的传说'，大家欢迎!"掌声过后，胖子李彤从桌洞的一个蓝色布袋子里拿出一本"白皮书"。

"今天，我给大家讲一个'二傻子当保镖'的故事。"

"什么? 二傻子当保镖?"

"嘻嘻嘻……"

"哈哈哈……"

"对，二傻子当保镖。这家伙老厉害啦! 听完你们就知道了。"李彤开始了他的故事：一个傻小子用九年时间练习用手抓苍蝇、用筷子夹苍蝇、用筷子夹苍蝇翅膀。功夫练成后，最终当了保镖。

故事讲完了，我关闭手机录音，拿过李彤的故事本拍照。

第二个故事开始了。这是一个关于本溪水洞的神话传说。由昨天和胖子李彤一起做饭的小眼睛李楠讲。这个不起眼的小女孩儿讲起故事来竟如此生动流畅! 这女孩儿有些文气，学习能不错。从教多年的人一看便知哪个孩子"吃书"。俗话说，"三岁看大，七岁看老"。通过两天来的观察，我感觉活动室里的这些孩子面相"吃书"的不多。竹石先生能把这些孩子培养成爱读书的人吗?

午后的活动还是由唱歌开始。竹石和两个学生用吉他伴奏，孩子们表情轻松自然尽情歌唱着。我虽然不懂音乐，但我知道，唱歌最能让人开心了。不然朋友们聚会喝完了酒，怎么都愿意去歌厅唱卡拉OK呢？有资料统计：唱歌和大笑为健康长寿第一要素。再过一年多，我就五十岁了。五十知天命。可是，我的健康在哪里？我的天命在何方？

几个"幽默笑话"讲完后，小话剧开始了。第一幕小话剧名叫《冲动与魔鬼》。曹睿报出剧名后，我十分好奇。两个将要出场的"演员"马东旭和小眼睛女孩儿李楠已经站在"书法作品园地"那面墙边。"台下"二十多位"观众"在竹石先生的带头下热烈鼓掌。掌声停止，李楠上场了。

李楠（羞涩地）：我叫江艺，今年十五岁。今天，我的同学滕萌萌突然生病了。我怕她在去医院的路上发生意外，经老师同意，由我陪她去医院看病。看完病，我把她送回了家。她妈妈夸我助人为乐有爱心，热情地留我在她家吃饭。萌萌也坚决留我在她家陪她一起吃。我在萌萌家吃了晚饭。天快黑了，赶紧往家走。（疾步走下"舞台"。）

马东旭（气呼呼地走上场）：这天都快黑了，西院大宏都放学回来老半天了，江艺咋还不回来？这孩子，准是逃学去玩了，回来看我非狠狠收拾她一顿不可。

（李楠走上场。）

马东旭（气愤地）：你还知道回来？哪儿疯去了？

李楠：我同学萌萌病了，我陪她去诊所看病，看完病把她送回家，她妈非要留我在她家吃饭不可。

马东旭：你撒谎。同学病了有老师呢，用你陪她干啥？

李楠：老师上课，没时间陪她去医院。

马东旭：你就是不想学习，找借口逃学了！你是不是搞对象扯犊子去了？你学习不上进。我一看你，气就不打一处来！你看人家大宏，每回考试都比你强。我算白养活你了！（气愤地走下"舞台"。）

李楠（表情痛苦，气愤，渐渐变得绝望）：你不相信我，你一直不相信我！我……我……我今天就死给你看！（她从屋角拿起一瓶农药，一口气喝光了，坐在窗边的凳子上，闭上了眼睛。）

马东旭（上场）：都早晨七点多了，这孩子怎么还不起来吃饭上学去？（做敲门动作。）起来吃饭！吃完饭赶紧上学去！（没有声音。他继续敲，还是没声音。他生气了，用力敲门，仍然没有声音。他一脚将门踹开。见李楠躺在地上，他蹲下用手推她肩膀，手放在她鼻子底下看有没有呼吸。他看见了她身边空空的农药瓶，他拿起瓶子，大哭起来）啊——小艺啊，我说你几句，你怎么就想不开喝药啦——啊——啊——啊，你怎么就想不开寻死啊——

（李楠坐起来，和马东旭来到"台前"向"观众"鞠躬。掌声。）

"孩子们，"竹石说，"你们现在生活在家庭和学校里，是不是会经常被人误解？"孩子们有的点头，有的说是。"你们将来到了社会上，也会经常被人误解。一旦被误解了，怎么办？像江艺那样冲动吗？"竹石说着，亲切地环视每个孩子的脸。

"冲动是魔鬼！魔鬼要人命！"几乎异口同声。

曹睿说："下面表演第二幕小话剧——《投河》。"

两个将要出场的"演员"曹睿和柳欣已经站在"书法作品园地"那面墙边。"台下观众"热烈鼓掌。曹睿上场，他手拿一束红枫叶，表情略显忧郁。

曹睿：我叫阎文涛，今年二十六岁。我工作认真，积极进取，可是，一周前却被单位老板解雇了。这几天，我心情糟透了。母亲一个月前生病了，病得很重，我却拿不出钱给她看病。我十一岁时，父亲去世了，母亲含辛茹苦把我和弟弟养大。弟弟正在大学读书。他学习非常勤奋，课余时间在快餐店打工。昨天晚上我和我的女朋友微信语音通话聊天，想向她说说憋在心中的苦闷。我的女友叫关薇，她在一家大型超市上班。也许是因为工作了一天累了，她的情绪特别低沉。我冲着手机说了一会儿近来的心情，她一声不吭，什么反应都没有。我想她是工作累了，说了声"休息吧"，就挂了电话。今天中午，她约我今晚七点钟在这太子河大桥上见面。（看一下手机。）都七点十分了，她怎么还不来呢？

（柳欣慢慢走过来，表情严肃、心情沉重的样子。曹睿忙迎上去。）

曹睿：你来了！（柳欣眼睛看着地面，轻轻点了一下头。）累了吧？（柳欣轻轻摇摇头。）你，怎么不说话？

柳欣：（慢慢抬起头，又低下了）文涛，我想了好几宿，我们分手吧。

曹睿：什么？你说什么？

柳欣：我们相处半年了。我觉得，我们俩不太合适，以后……以后别再来往了。

曹睿：怎么不合适？你说说。（柳欣低头不语。）（曹睿情绪激动起来，抓住柳欣的双肩。）你说呀，咱俩怎么不合适?！

李彤：（快步走过来。）放开她！（抓住柳欣的手臂。）走！

曹睿：（呆呆地望着两个人一步步走远。瞪着眼睛，表情由惊讶、愤怒到忧伤、绝望。他慢慢蹲下，紧闭双目低下头。几秒钟后，他猛然站起身，绝望地大喊了一声。）妈妈，我对不起你了！（做个跨越栏杆、纵身下跳的动作。）

活动室里寂静无声。曹睿从地上站起身，柳欣和李彤走上来，三人站成一排向"观众"鞠躬。掌声响起。胖子李彤一边笑一边向座位走来。柳欣走向座位时也微笑着。曹睿一直绷着脸，眼含忧伤，这个大男孩儿还没有从剧情中走出来。竹石说："看完这场小话剧，大家认为他们演得怎么样?"孩子们纷纷叫好。

"人长大了，都要谈恋爱、结婚。会遇到许多闹心事儿，遇到……"竹石的话被胖子李彤打断了："老师，你谈恋爱、结婚、找工作，遇到闹心事儿了吗?"

"遇到了，都遇到了。也曾经想过自杀。"

"后来呢?"小眼睛李楠问。屋子里安静极了。

"后来，是我母亲和花岭大山救了我。"

"老师，人长大了为什么要谈恋爱、结婚呢?我妈说，我不减肥就找不着女朋友。"胖子李彤一本正经地说。

"人长大了，要谈恋爱、结婚，这就好比饿了要吃饭、渴了想喝水，是生理和心理上的自然需求。"

"马东旭，你长大了要去工作、要谈女朋友。假如你被上司解雇了，恰巧这时候女友抛弃了你。你会怎么样?"竹石微笑着问马东旭，环视孩子们的脸。马东旭大大方方地说："我决不会冲动自杀。被老板解雇了怕什么?工作没了再去找。被女朋友抛弃了也不怕，再去找呗。"

"吴玥，你说说。"竹石的目光投向一个长相秀气的女孩。吴玥慢慢站起来，红着脸，微笑着眼睛向上看。

"我长大了，如果失业了，就再去找工作;如果被男朋友给甩了，可能会痛苦一段时间。但不会去自杀，因为好男人多的是，再去找嘛。"这时，先生将目光投向曹睿。

"曹睿，你刚才表演得非常生动。祝贺你!"说着，竹石向曹睿竖起了大拇指。"你长大后，假如遇到了刚才你扮演的那个角色的那种情况，怎么办?"

曹睿昂着头说:"人不可能一辈子就干一样工作,不可能谈一次恋爱就成功。遇到困难了,就应该想办法解决;遇到挫折,就应该去勇敢面对。你不是多次告诫我们嘛,长大以后,'恋爱不怕被人抛,天下何处无芳草?''工作没了怕什么?看成败人生豪迈,大不了从头再来!'"

"好!"竹石说着,带头鼓掌。

"老师,你谈恋爱时,被抛弃过吗?"马东旭的问题引来一阵窃笑,所有的目光都集中到竹石脸上。竹石眉毛上扬,眼球转圈,张开嘴扮个鬼脸。

"老师,你工作时被开除过吗?"先生的脸恢复了常态。他长舒一口气,慢慢仰起头。

"老师上大学时,因为某种特殊原因,被学校开除了。后来,当了很多年农民。当年老师恋爱时,不是被抛弃,而是被棒打鸳鸯。"

4

醒了。窗外黑。抓过手机看时间。手机有大馒头三个未接来电。点开一个语音微信:"怎么了?为什么不接电话?过来喝酒。"我立刻打电话给大馒头,说回来后睡了一觉,刚醒。问他:都快十点钟了,是否还需要过去。他说十点算啥,下半夜两三点睡觉是常事。别磨蹭,赶紧过来。我心说,你两三点睡觉没事,明天我还得按时去上班呢。我穿好衣服,骑车来到大馒头府上。别墅的一楼餐厅里,我和他相对而坐。红木餐桌上,摆放着一瓶红酒和几罐绿色商标图案的青岛啤酒。

听了我的汇报,大馒头手指夹着烟,眼睛看着杯中红酒陷入沉思。

我一边喝啤酒一边吃点心。这"北京御膳糕"真好吃，我一连吃了三块。据说喝啤酒肚子容易长肉，我特别希望我这瘪腔瘪肚很快长出些肉来。

"接下来你想怎么办？"大馒头说着，递给我一款苹果牌手机。"你的手机快老掉牙了，别耽误了录音大事儿。"我接过这款新手机，边看边说："还能怎么办？只能下个周末去了再说。昨天竹石让我在他的快乐营先放松两天，学书法的事儿以后再说。"

"这两天你看他对你的态度怎样？"大馒头说完，掐灭烟头，端起酒杯喝了一大口。

"不温不火，不冷不热。"我把手机放到一旁，又拿起一块方糕吃起来。

"你不能等到下周末再去，间隔时间太长了。什么叫夜长梦多知道吧？从你这两天的情报看，我对这位老先生更加感兴趣了。毫无疑问，竹石是一座储量丰厚的矿藏。至于是煤矿铁矿还是金矿，还有待你去进一步挖掘。反正你下班回县城也没啥事儿，咱们必须趁热打铁，接着开采这座矿。明天下班后你别回来了，直接去他家正式拜师学艺。"大馒头下达完命令，直盯盯看着我。我沉默不语，低头看杯中的金黄色液体。我生来羞于求人，死乞白赖去拜师学艺在我看来不亚于乞人施舍，况且我已经有过两次拜师学艺而浅尝辄止的"不良记录"了。

"嘉梁，我一直没跟你说。昨天早晨我到了他家，把跟他学书法的想法说了。你知道他说什么？"

"说什么？"

"他说，'我不能再教曾经两次半途而废者了'。当时把我整的，有地缝都能赶紧钻进去。"

"我知道，这种事儿确实不好办。好事多磨，好事多磨嘛。这么重大的事，哪能那么容易办呢？但是，我们必须明知山有虎，偏向虎山行。越是艰险越向前。春光，为了我，这回你得放下尊严，脸皮厚点儿。有道是'脸皮厚，吃个够；脸皮薄，吃不着'嘛。这回咱真诚点儿，拿出确实想学的态度来。刘备三顾茅庐，诸葛亮才出山，你就一而再再而三拿着厚礼去他家。我就不信，打动不了他。这么着，我给你拿两盒北京御膳糕，再拿两瓶上好的红酒。明天下了班，你就带着这些东西去他家，进屋就跟他唠书法的事儿。然后，你就厚着脸皮不走，赖在他家跟他喝酒。"

5

今天周一。还有一周就是国庆节了。本周三午后，学校将召开迎国庆文艺会演。周四、周五两天开秋季运动会。我负责中学部教学工作。我的工作主要是听课、评课，检查老师教案，调研各年级组单元验收的进度，组织周考、月考、期中考、期末考以及组织老师进行课堂教学观摩。本周内，学校将安排两项大型活动。所以，本周的周考暂停，与月考合并在一起，推延到国庆节七天长假回来后进行。这样一来，本周除了审查中学部三个年级各学科教研组长送来的九月份月考考卷，我就再没什么其他活儿了。

我骑新车、穿新衣上班来了。因两件大事压在心头，情绪低沉。儿子的婚房解决了，新的焦虑来了。上周四下班前，梅校长已经对我发出警告：如果工作再无起色，年末我将被解职。我感到前所未有的压力和恐惧。如今这种压力又被无奈的"间谍"身份加了砝码。我嘴里生出几个水泡，右嘴角起了很大一块溃疡。

吃过午饭回到教务处。我一边来回踱步，一边想下班后去竹石家拜师学艺时话怎么说。这件事已经烦了我整整一上午。困意袭来，我坐在椅子上，刚把头伏在手臂上要睡觉，李娟敲门进来了。我坐直身子，示意她坐在我对面。

"老同学，今天帅呀！有啥喜事儿吧？快快如实坦白交代，让我也分享分享！"

"我是癞蛤蟆垫桌腿——瞪俩眼硬撑着呢。哪还有什么好事儿？你是看这身行头感觉奇怪了吧？我一哥们儿，看我混得快去要饭了，前天晚上拽我去买的。"

"早晨你骑车一进大门，我就惊讶了，这人怎么突然间改头换面、焕然一新啦？你这家伙，整得跟新郎官似的，肯定有啥好事儿了！上午一直在班里忙，不然上完间操我就过来了。你得和我说实话，是不是有好事儿瞒着我？快快如实招来！"

"那天不是和你说了嘛，我在为儿子买婚房预付款的事儿上火闹心，三天前顺利解决了。两年前，我就跟这哥们儿借了二十万。一听说我在为儿子的婚房发愁，当天晚上又给我转来十万，还给我买了电动车、衣服、鞋。"

"这哥们儿怎么跟你这么铁？他是谁呀？哪儿的？干什么的?"

"哎呀——说来话长了。我这哥们儿叫方嘉梁，外号'大馒头'。三十多年前我考入县十一中，和他同桌。我，黑瘦；方嘉梁，白白胖胖。两周后，'大馒头''瘦猴儿'的外号就在班里叫开了。我住校，大馒头家在县城。周末总带我去他家玩。他父母都是工人，待我特别好，我一去就给我做好吃的。你知道，我家离县城二十多公里，一个月回家一次。我和大馒头成了无话不说的好朋友。春天'五一'放假，我领他来我家。我俩一起上山采山野菜，什么刺嫩牙、猫爪子、猴腿儿、驴夹板，多多采，回县城返校时，让他带回家。高二那年国庆节放假，大馒头带他父母来我家。我们两家一起上山采蘑菇，采板栗、山核桃，采山梨、山楂、山里红。晚上，我父亲杀了一只大公鸡，炖了一锅鸡肉粉条松蘑。一个月后我再回家返校时，给大馒头家扛去五十斤新的山泉水大米。大馒头这家伙贪玩，几乎每天午后都在操场踢球。这家伙脑瓜儿聪明，就是不肯用功，许多作业都抄我的。"我点了支烟。"高二那年夏天，有一天大馒头在操场踢球，脚被钉子扎了。当时没当回事儿，几天后在课堂上，大馒头的脸突然痉挛起来，紧咬着牙，嘴角向外展，那表情像在苦笑。当时，同学们还以为这家伙在搞怪逗周围同学笑呢。我心说不好，赶紧跟老师请假，用自行车把他推到县医院。经医生诊断，大馒头感染了破伤风。医生说，如果再晚来一会儿，病人就有生命危险了。大馒头在医院住了三周，我每天都去护理半天。"

"后来呢？"李娟追问道。

"高中三年，在紧张的学习中很快结束了。我考上了师范学院；大馒头偏爱文科，数学只考了二十四分，落榜了。三年后，我回花岭中学教书。大馒头文章写得好，在县报连续发表几篇小文章后，被聘到一个乡镇搞宣传。两年后，大馒头转正。又过了三年，大馒头被调到县委宣传部当县报编辑。"我起身给李娟倒杯水。"如今，当年县十一中咱们高三5班五十三个同学中，住上别墅的，只有大馒头一个人。"

"他一个县级公务员，怎么会那么有钱？"李娟睁大了眼睛看我。

"十年前，也就是二〇〇六年，春节期间我和大馒头小聚。他告诉我，二〇〇五年他当网络写手，一年赚了几十万。我当时就问他，可不可以帮帮我，让我也能通过网络发点儿小财。他立刻回绝了，说：'你不是当网络写手的料，还是老实教书育人吧。咱们是亲哥们儿，用钱你说话。'"

"对呀，你是学中文出身的，写作应该没问题呀？"

"可不是嘛，我也这么想啊。我并没听大馒头的话。当天晚上我就开始上网看小说。随后，在网上尝试了两个月，最终……"

"怎么样？"

"最终不得不承认：写作，即便写网络小说，也需要很高天赋。我天生一教书匠材料，就别再做梦想那发财美事儿了。"

"这十多年，他可挣老鼻子钱了吧？"

"不清楚他到底挣了多少钱。你知道，我从不探问别人的隐私。不过据我所知，除了县城东侧太子河北岸那栋三百六十多平方米的别墅，大馒头在三亚和云南丽江都有房子。冬天去三亚海滩光着身子享受日光浴，伏天去丽江悠然避暑，尽情享受美食、美景，享受人生。"

又闲扯了一会儿，李娟走了。我正要把头伏在手臂上想睡一会儿，手机响了一声。我抓过手机打开一看，竹石发来一条微信："若今日班后无事，请来山舍小酌。"一阵惊喜。我长舒一口气，一直悬着的心瞬间落下了。

6

五点十分，我已经坐在竹石先生的"山舍书屋"兼客厅、餐厅里，和先生对饮了。

"你不该连续三天给我买东西，这几年你本来就钱紧。"

"这些年，本应该经常来看望您。唉，回想起来心里实在过意不去。"

"家家有本难念的经。只要你们过得好，偶尔发个信息问候一下就行了，无须来看我。"一杯酒下肚，我的心情渐渐舒展了。

"周末两天忙，一直没和你详细交流。周六那天我看你第一眼，心里咯噔一下。我知道你一直不胖，可万没想到，你竟然瘦成这样。孩子，跟我说说，到底怎么了？"竹石亲切地看着我，我的心颤动起来。

"十多年前我搬到县城后，我妻子就整天打扮得花枝招展，经常夜不归宿。为了孩子，我忍了又忍。我失眠上火，吃不下东西。三年前我爸得病，病了一年半，走了。我爸一走，给我打击特别大。我妈脾气暴，我爸性格好，小时候他总抱我。春天秋天带我上山玩，经常给我讲故事。我和我爸感情特别好。他一走，我几乎崩溃了，晚上吃了安眠药也睡不了仨小时。没食欲，吃不下东西。紧接着，我妻子有病，折腾了一年多。新来的校长对我的工作十分不满。儿子侯旭谈恋爱，没房子结婚。这三年把我整的，好几回想一死算了。"

"侯旭结婚了吗？"

"还没呢，马上要贷款买房了。"

"首付的钱有吗？"

"有。一个同学给拿的。"

"前天你来了，说要跟我学书法，我立刻拒绝了你，"竹石点着了烟斗，很神秘地看着我的眼睛说，"我是在跟你开玩笑呢。我可以委婉拒绝任何人，唯独不拒绝我曾经的学生。知道这里的原因吗？"我看着先生，轻轻摇头。

"教的学生毕业了，还能经常来看望我，有求于我，和我探讨人生。这种快乐大了。人的快乐有许多种，助人乃最大之快乐。一个人可能缺钱、缺异性的爱，可能缺很多东西，但无论缺什么，最终缺的是快乐。快乐属于形而上的精神领域的东西，帮助他人解除困苦，内心的快乐感就上升到了终极高度。"先生拿起酒杯和我碰杯。我喝着酒，心情舒畅起来。

"记得我第一次跟您学书法时，您说过'中国书法是中国艺术的最高境界'。这个论断从何而来？"过去两天是在"探矿"，此刻，我已进入正式"开采"了。

"说到中国书法，需先言说中国书法之载体与根——汉字。说到汉字，则需了解汉字的前世今生。"竹石吸口烟。"那么，汉字究竟从何而来呢？传说是根据飞鸟从空中划过的一段段优美轨迹、轻风于丛林中留下的一排排曲折印痕、草地上昆虫爬过后一闪即逝的足纹，仓颉以其真挚的情感、空前的热忱和无限的期许，博采众美，将这些纯粹、洗练、含蓄、飞扬、灵动、巧拙而绚丽的线条，用树枝一个个、一行行画在地上，描摹、契合、组拼、叠加。然后再描摹、再契合、再组拼、再叠加，这样反复多次，最终创造出了几多基本的汉字。"我忽然想起忘了手机录音，拿起手机，匆忙点点。

"中国汉字，单纯简洁，朴实无华。中国汉字天生丽质、婀娜多姿。有人说，'中国汉字是中国人对全世界贡献的第五大发明'。中国人手中的毛笔，举一反三、得心应手、淋漓尽致、潇洒自在。它于悄无声息中写遍了人间百态，道尽了茫茫宇宙万物之变化。如果说汉字是中国文化的核心，那么中国书法则是中国文化的核心之核心！"先生攥紧的拳头在眼前有力地挥动了几下。我心里着急，担心刚才是否确实按下了录音键，但我不敢再拿起手机确认。我感到此刻我除了上身端坐、眼睛看着先生的脸并不时深深点头，其余动作都将是对他的大不敬了。

"汉字属于方块字，而西方国家的文字是字母文字。汉字之所以与其他国家的文字迥异，其根本就在于其符号性与全息性。也就是说，汉字是象形表意文字，每一个汉字里都包含了丰富的信息量。比如'忍'字。它既象形又表意。忍是一种心理活动，'心'字头上一把'刀'，表明了'容忍''忍耐''忍受'的极度痛苦的心理感受。再比如'好'字，它属于左右结构。古时候，'子'字除了指'孩子''儿子'，更是对有道德有修养的男人尊称，比如孔子、庄子、男子汉等。'好'字也是一种心理感受。你说，一个女人和一个有德有才的男人在一起是什么感觉？"

"感觉一定好啊。"我笑着说。

"不是有这么句话嘛，'男女搭配，干活不累'。这意思就表明了：男人和女人在一起，彼此的心理感受是愉悦的、美好的。再比如'妥'字。这个字属于上下结构了，上面一个'爪'字，下面一个'女'字。这个'妥'字可是太有内涵了。"竹石喝口酒，"所以说，一个小小的汉字，它可能是一幅画、一段人生哲理、一座小小的历史博物馆。它能跨越时间与空间的阻隔，传递大量的人文信息。鲁迅先生曾说过：'汉字具三美。意美以感心，一也；音美以感耳，二也；形美以感目，三也。'"竹石喝口酒，若有所思。

"汉字的内涵如此丰富，中国书法的内涵就更丰富了吧？"我继续挖矿。

"你说对了。中国书法，是文学，是言志，是抒情，是寄托；是音乐，鼓瑟如歌、管弦如聆；是建筑，丰而不怯、实而不空；是舞蹈，意态雄姿、婉态妍华；是雕塑，各自为状、形见神藏。它囊括了天地间万物之态而裁成人间一相！它表达了宇宙中最高形式的人性之美。法国前总统希拉克也曾经这样评价说：'中国书法是艺术中的艺术！'中国书法的历史，就是一部中国史。"竹石说着与我碰杯，喝下一大口，扬了扬眉毛说："我出去方便一下。"

先生出去了。我在感叹先生的学问和精准记忆的同时，迅速拿起手机——录音在继续。我将手机倒扣着轻轻放在饭桌上，目光漫无目的四下撒目，最后落到了靠着山墙的那几个竹制书架上。我想起身看看先生近些年又添了哪些书，转念一想不能动，此时的环境和气氛不能有一丝变动。我点支烟，静静等先生回来。

"你还记得八年前的奥运会开幕式吧？"先生一坐下，就又开讲了。"二〇〇八年八月八日晚八时，在北京鸟巢，第二十九届奥林匹克运动会开幕式现场。当那柔和润泽的中国毛笔写出的如梦如幻的'BEIJING·2008'，和鲜红美艳的'中国印'在鸟巢中央一亮相，我相信，全世界会有无数人为中国书法之大美而倾倒、陶醉！"我深深点头。

"老师，我又有疑问了。咱们的汉字，它怎么会发展成如此重要的一种书法艺术了呢？"

"汉字之所以发展成为书法艺术，是因为它体现了大千世界的生命美、自然美、形态美、韵律美等诸多之美。它融会了我们中华民族的道德情感、思维方式、哲学观念与审美情趣，它闪耀着我们中华民族正直高洁、崇尚自由、富于创造的人文精神。欧洲古希腊神庙前有一块石碑，上面刻有这样一句名言：'认识你自己。'译成英文：'Know yourself.'中国书法的艺术实践和创作过程，其实就是帮助我们了解浩瀚自然界与生命奥秘的一种手段。它基于真境实相，自然而然体现出对茫茫宇宙和渺渺人生的诸多感慨，以及书写者的人生体验、个性气质及学识修为。"

"您是说，从一个人的书法中，可以看出这个人的人生经历和内涵修养？"

"然也。"竹石微笑着从盘中拿起一只肚皮朝上的林蛙，撕下一条后腿放进嘴里，撸光腿上的肉。又撕下另一条后腿放入口中，抽出牙签一样细的腿骨放进手边的一只小碟里。然后撕开蛙肚，拿出一团黑子放入口中大嚼起来。我也拿起一只林蛙，掏出肚子里那团最有营养价值的黑色蛤蟆子，掰下一块放进嘴里嚼。山里人都知道，这东西大补壮阳，据说入冬前吃下几只母林蛙，一冬天都不会感到寒冷。

过了一会儿，竹石又拿起一只林蛙。他指着盘中的三只林蛙说："吃，一共六只，我俩每人三只。都消灭了，别剩下。"我应了一声。几秒钟后，下了最大决心伸出左手。我没去拿林蛙，而是缓慢地拿起放在桌面左侧的手机。阿弥陀佛，录音在继续。我长舒一口气，拿起一只大肚林蛙，剖开肚皮，取出那块具有神奇功效的"黑金"整个放入口中大嚼。我一边嚼一边想，要是大馒头听了竹石先生刚才那番长篇高论，肯定高兴死了。

"您平时都什么时间喝酒？中午？晚上？"

"每天晚饭，我都会喝上二三两枸杞泡酒。今儿晚上之所以改喝啤酒，是因为啤酒可以大口大口喝。谈论艺术我高兴，"先生笑着说，"我这后半生，根雕是我情人，一得空，就跑去和她厮混；酒呢，是我老伴儿，每天晚上都由她陪我沉入梦乡。"我看着他身前的酒杯，能隐约体会到他内心深处的孤独。半年来，这种孤独感也一直在困扰我。

"你喝了酒，住在我这儿别走了。"我的心高兴得慌跳起来。下班前我曾经梦想过：如果能在竹石家住下，该多好！

"这——方便吗？"

"方便。你就睡书房这儿。"

"我……还是在那边活动室睡吧。"

"随你便。哪儿都行。"

和竹石吃喝完了，我帮他收拾餐桌。竹石先生的房舍为三间坐北朝南的正房。房门中间开。进门的半间是个小厅，里面那半间是厨房。小厅左右有门，向左进卧室，向右是书房。先生的书房兼做会客厅和餐厅。那些年春节期间我来给他拜年时，常常会赶上十几个人聚在那里。这时，他就从厨房搬来那面大圆桌，桌上摆放几大盘从温室大棚里现摘的草莓和冬藏在地窖里的苹果、朝鲜梨。春节来拜年的人，多半是他教过的学生和一些前来感恩他的学生家长。也有当地与他交往密切的村民。这些人来了，都会在祥和的气氛中放开肚皮吃大棚里的新鲜草莓。前来拜年者中，只有一个人对圆桌上那些色泽鲜艳的冬季水果不感兴趣，几乎一个不吃，他就是远近闻名的花岭镇草莓大王郭天福。郭天福曾经是竹石班里的一个淘气包。竹石先生教学的一大特色，在于他从不对学生发脾气，从不歧视任何学生。由于郭天福各科成绩都不好，课上还特别淘气，教郭天福的各科老师都会以不同方式体罚他、训斥他。只有班主任竹石先生不仅对他不打不骂不罚，还经常跟他交谈，为他解决学习上所需的各种费用。郭天福念完八年级就辍学去了丹东。起初在一家建筑工地当力工，几年后，去丹东一家九九草莓基地打工。由于他聪明勤快厚道，三年后被基地老板看中，让他担任基地的技术员兼日常劳务总管。又干了三年，郭天福完全掌握了栽培、管理、销售等技术和销售门路后，回到家乡，先后在花岭镇的三个村，承包五百多亩山边沙土地，建起四十六座百米长的温室大棚，温室全部由仪器自动化管理。

　　承包土地修建大棚之初，竹石亲自帮郭天福找镇里主管土地的领导，以便获得镇政府大力支持。当初郭天福启动资金不足，竹石拿出十多万元积蓄雪中送炭。三年后，郭天福还清了三块草莓基地初建时欠下的所有债务。随后，他出资帮助竹石在其房舍西侧建起一座六十多米长、八米宽的小型温室草莓大棚。每年产出的草莓全部由他包销，年收益可达五万多元。竹石用这笔钱每年资助两名花岭镇贫困家庭的大学生。在竹石先生带动下，郭天福联络几个做大生意的朋友，每人每年出资十万元，以帮助花岭镇贫困家庭的在校大学生。

如今，郭天福住在县城东侧太子河北岸的那片富人别墅区，与大馒头家相距不过五十米。自从毕业后回母校工作那年起，每年春节我都来看望竹石。有两次正赶上郭天福来给先生拜年，这小子个子不高，笑呵呵的，一点儿没有千万富翁的架势。今晚睡觉前，我要把我所知道的竹石和郭天福的人生过往这一有价值的信息上报给大馒头。我要兢兢业业、竭尽全力做好这意义重大的"采矿"工作。为了感恩，我要绞尽脑汁拿出全部智慧。如果说"厚脸皮"和"欺骗"也算一种智慧，那么，对不起了，我的竹石先生。

7

周二，下班后我又回到竹石家。山里天黑得早，五点钟天就黑了。竹石先生的书房里，屋角那两盏古怪的由枯树和树根雕刻成的落地灯，灯光淡黄而柔和。我和先生边喝酒边聊天。聊我儿子侯旭小时候在这里学习英语时的样子；聊本镇草莓大王郭天福上学时淘气的那些事儿；聊在镇政府做宣传工作、几天前领着方大馒头前来采访他的牛威。

"两年前，牛威就领着两个县委宣传部的人来采访我。我说我退休了闲着没事儿，周末为几个孩子辅导是为自己寻找乐趣，并非像你们想的那样倾其所有，无私奉献。牛威很牛，在街上和我碰了面，也常常装作没看见。即便打声招呼，也是一脸严肃，大大咧咧，仿佛我不是他老师，他倒是我的老师。"

"人一有了权，心态容易变。"我感慨了一句。

"他对我这个态度我并不生气。在学校里教书是我的工作，这份工作国家已经给了我报酬，无须学生再给我什么了。那次他们从我家走后第三天，《溪城日报》刊发了一篇报道文章。说我退休之后的十多年里，常年义务为乡村贫困家庭的孩子辅导；说我平日里省吃俭用，资助了三十多个贫困大学生。实际上，我每天都吃香的喝辣的。这些年来，我总共才资助过二十几个贫困家庭考入大学的孩子。"

"所以，上周他带人来再次采访您时，您就委婉地把他们轰了出去。"

"这事儿你怎么知道？"竹石这一问，我立刻觉察到说走了嘴。

"哦，那个——前天在街上碰见了牛威，听他说的。"我耳热心跳，赶忙将话题岔开。

"您对那些生了病也要坚持上班的优秀教师，和报纸上曾经报道的那些为资助贫困大学生而节衣缩食的退休教师都怎么看？"

"我不认为那样做是一种所谓的伟大'奉献精神'。那样做，近乎'杀鸡取卵'。留得青山在，何愁没柴烧？只有保证了自身健康，才能对社会有更多贡献。我认为，他们那样做并非智慧。"我点头表示深以为然。

"您昨天晚上讲了那么多有关中国汉字和书法的东西。没想到书法里竟然会蕴含那么多高雅高深的东西。"我又开始"挖矿"了。

"说中国书法为艺术中之艺术，是因为它着重表现了人类的主观精神。书写的过程有助于我们消散个人烦忧，陶冶自我情操，澄滤我们的品格，提高自我审美意识，从而进入沉静而深刻的内省状态。书法这东西至高无上，神秘异常。有人概括它为'纸上之舞蹈、无声之音乐、有形之诗歌、抽象之画卷、人生之哲学'。'中国书法为中国艺术之最高境界'，如此一说，毫不为过。"

"您写书法有五十多年了吧？"

"从拿毛笔写字算起，六十九年。我五岁开始写毛笔字。"

"那么早就开始写啦?!"

"那个年代,中国还没开始使用铅笔、钢笔,写字一律用毛笔。"

"谁教您写字呢? 学校老师?"

"不是。我母亲教我。当年我姥爷是张学良的马弁,就是贴身侍卫官。我母亲读过八年私塾,有文化。"

"五岁学书法,真早啊!"

"说起五岁,五岁那年我开始了三件事。"竹石喝口酒,一脸笑意。

"五岁那年,我开始了练书法,开始了踢球,开始了吸烟。"

"五岁就……开始吸烟?"我呵呵笑起来。

"我母亲抽烟袋。她老让我给她点烟。我好奇,就央求她让我也吸几口。就这样,慢慢我也学会了抽烟。"

"您母亲允许您抽烟?"

"我抽烟,她不管。那个年代抽烟很普遍,男人女人都抽。那时候的人还没认识到吸烟的危害。"

"您踢足球也是从五岁开始的?"

"嗯。那个时候踢球没人教,自己踢着玩儿。成天踢,除了吃饭、学字、写字,整天就是踢足球玩儿。晚上睡觉前,母亲给我讲故事。讲《西游记》里的故事,讲《水浒传》里的故事。"

"您几岁开始学画的?"

"七岁那年,我父亲给我请了一位画师。每个礼拜去学一次,回来就自己画。我父亲给我买宣纸,买画画用的各种颜料。"

"你累吗? 不累一会儿跟我上山走走。"竹石说。

"不累。这周学校里活动多,基本没我啥事儿了。"

没有月亮。星光下的小溪静静流淌着,能听到淙淙的流水声。星光下的远山呈暗黑色。近处山坡的草木蒙上了一层淡淡薄雾。我跟在竹石身后，顺着小溪向东走了约四十米便拐向右面的南山北坡。竹石步履轻快。上坡时，速度也丝毫不减。我小声问他是否会踩到蛇。他说蛇属于冷血动物，喜热怕凉，中秋时节早晚凉，它们都早已躲进了洞里。竹石的话音很轻，生怕惊动了林中归巢的山鸟。

我和竹石走进红松林。他轻声说："这片红松和北山坡那片落叶松，都是三十年前栽的。这两片山原是我妻子的叔叔承包的。叔叔无儿无女，一辈子没结婚。一九八五年秋天，他患癌住院了，自己没钱，一切费用都由我们出。他自知时日不多了，就把这两片荒山的承包协议过户到了我妻子名下。第二年春天，我就把这两片山坡分别栽上了红松和落叶松。"

在松林里踩着松针走，脚下不时发出干松针被踩断的轻微声响。林中并不十分黑暗，十几米远的物体大致能看清其外部轮廓。在一处树木略稀的林间空地，星光从空缺的树冠上方洒下来。竹石仰望星空。我也顺着他的视线向上望去：树冠的缺口处，墨蓝色的天空，几颗星星眨着眼。一颗卫星在星星间从左向右匀速飞行着。我仰着头，大口大口呼吸松脂放出的充满松香味的新鲜空气。竹石听到我过于夸张的呼吸，看看我，继续仰望星空。

"松脂对于人的健康可谓益处多多。在医药工业里，松脂可用来合成镇静剂、避孕药。许多治疗癌症的药物里，都有松脂成分。"我一边听一边大口呼吸。"除了冬季，几乎每天我都来这儿待上一两个小时。躺在吊床上，或读书或睡觉，或者什么都不干，只静静看着上面的松枝树冠。"

我的目光从半个篮球场大小的星空移到竹石那张仍在仰望星空的脸上。心想，我什么时候也能过上这般美妙的日子？竹石的手机响铃。

"喂，洪山，你好。"竹石的声音很轻。

"老师您好！这么晚打扰您了。"

"No, not at all! I'm taking a walk with one of my friend on the hill. 没事儿。我正和一位朋友在山坡散步。你入学一个月了，大学校园生活习惯了吧?"

"大学生活实在太美好了。我也开始勤工俭学了，给两个小学生补习数学。"

"好啊好啊！与寝室的同学相处得好吗?"

"唉，怎么说呢? 我记住了您前不久告诫我的话，对于身边躲不开的人，包容，宽容，和睦相处。"

"有什么不开心的，跟我说说。"

"啊，我寝室里的一个'富二代'，他老是指使我给他打水、帮他买东西。晚上他总是很晚回寝室，回来后洗脚，大声放摇滚歌曲，弄得我心里很郁闷，睡不好觉。"

"哦，还有什么不开心的事?"

"刚才在图书馆看书时，一个男生和一个女生在离我不远的地方说说笑笑。我看他们几眼，他们还是说笑不止。我让他们小声点儿，那男生过来就打了我两个耳光。我问他为什么打我? 他说我破坏了他的好心情，应该受到惩罚。"

"还有别的让你心堵的事儿吗?"

"没有了。"

"好，我们先说今晚发生的事。现在大学招生看的是升学考试成绩。所以，大学里有这样的学子不足为奇。面对今晚对你无理施暴的这类人时，最好的办法就一个字——躲。对于你寝室里的那个富家子弟，你可以和颜悦色和他谈，千万千万不要与他争吵。包容、宽容，多数情况下能收到较好效果。还记得我曾经给你们讲过'忍'字的结构和它的深层含义吧？一般情形下，有多大忍耐力便会取得多大成就，可见容忍与包容在一个人的奋斗中何等重要。你说是不是？好了不早了，休息吧。Good night!"

走出红松林，我随竹石先生下山，绕过快乐营活动室爬上北山坡。这是一片落叶松林，没有了红松林中那种压抑感。红松的树冠呈伞状，枝厚叶密。此处的落叶松林，塔状树冠，枝疏叶稀。这里没有醉人的松香。走在树冠晦暗的林间，脚下的松针发出微弱的声响。白天在阳光照耀下，这片松林呈现出醉人的金黄。

"如果从经济价值讲，这片松树远不如南山坡那片红松。红松林每年光松子就可获利近十万元。红松本身的价值也相当大。这片落叶松的价值，在于它每年秋天呈现出的浓厚的金黄色彩。松叶一黄，我就常常在午后太阳落山之前来这里站一会儿。蓝天映衬下，夕阳中的这片林子黄得醉人啊。看够了，回家炒菜喝酒。"先生的话让我联想起昨晚他说的书是他情人，酒是他妻子。我又一次感觉到，竹石的内心相当孤独。

"从秋天变色叶落的特点看，落叶松与枫树很相似。金黄、火红，人世间最暖人的色彩呀。每年秋天，我都尽情享受这两种暖入心窝的色彩。"

"您房屋后面那几棵枫树栽多少年了？"我想起了竹石家那些几乎包围、覆盖了整座房舍的红枫。

"我退休那年栽的，十几年了。近些年，树越长越大。每当进入中秋枫叶红了，清晨里朝阳从山后升起，我就坐在房前的山坡，看覆盖了房舍的枫叶，看红枫后面山坡这片金黄的松林，看远近色彩斑斓的山坡。看啊看啊，常常看得我泪流满面。"我忽然想起李娟几天前提到的刊登在《溪城晚报》的那首诗。

"老师，几天前《溪城晚报》上刊登了一首诗，题为《致妩媚妖艳的半老婆娘》，是您的作品吗？"

"啊哈，是我的诗。那天，我的老友林枫山来我家喝酒。说秋天来了，有没有什么诗作让他分享分享。我就把去年写的两首诗发给了他。没经我同意，他就把诗发给了《溪城晚报》，他的一个学生在晚报做编辑。看了我这两首诗，觉得很有味道。上周发了那首《致妩媚妖艳的半老婆娘》，今天发了《十六字令三首·枫》，是一首词。"

"是写枫叶的吧？明天我回学校找报纸看看。"

"不必找报纸了。我这就朗诵给你听：

枫，木中风流隐平生。秋意浓，色胆向天呈。

枫，素常谦逊远纷争。金风至，山野亮丹红。

枫，赤子秋山性难更。情如火，霜天傲放翁。"

"好词好词！真是好词！"我边喊边用力鼓掌，掌声在夜色的松林中显得异常响亮。我忽然后悔出来时没打开手机录音，没能把先生的几番话录上。好在不多，我都差不多记住了。可是，谁知道他还会说些什么呢？我不再考虑先生对我的举动怎么想了，拿出手机，开始录音。

"在所有树木中，让我最敬仰的要算南山北坡的那片红松，高大伟岸，容颜常青。据说红松的寿命可长达一千两百年。沈阳东陵和北陵的红松都两搂粗，四百来年了。"沉默。我想起了烟。刚要往出掏，便意识到满地松针，秋季火险。

"绿色象征生命。常青象征年轻。祝寿的时候人们常说，祝你'福如东海长流水，寿比南山不老松'。所以，当年我就把常青的红松栽到了南山，把秋天落叶的这种变色松栽到了这片山。"我朝一旁走出几米，小便，借机查看手机是否仍在录音。我忽然发现一旁有座孤坟。

"这座坟是——"

"我父亲。原先在东崴子我家后山坡，我退休前把它迁到这儿了。"

沉默。

"你知道'松'字的内涵吗？松乃'木'中之'公'。这个'公'字不得了，在古代，它可是对祖先的尊称，也是对高大伟岸、公正严明、刚直不阿、不畏险阻、富有英雄气概的男子汉大丈夫的尊称。你看，古人造字，何等厉害！松，树中之祖；松，木中之伟丈夫。"

九点多了。我躺在快乐营活动室的那张简易行军床上，许多画面在眼前晃动起来。方大馒头手拿酒杯冲我说话；孩子们讲笑话、讲神话、演小话剧；松林里竹石眺望星空……忽然，一个女人的形象浮现了。算起来虽然已经过去了二十六年，但这个形象一直铭刻在我记忆深处。时隔多年，为什么这个形象突然浮现了？我想了一会儿，终于想起来了：竹石在松林中说，这两片山坡是他妻子从她叔叔名下过户来的。于是，这个被遗忘多年的形象猛然间在脑海中浮现了。我立刻意识到这个人物对于我的"上司"的写作将十分重要。于是起身开灯，从随身携带的挎包里拿出几张打印纸和笔，坐在活动室的课桌前，写了如下回忆：

一九九一年大学毕业后，我回母校教书。母校内，竹石是我最钦佩、敬仰的老师。他最初教音乐、美术，后来教英语。再后来，由于英语组连续进来几个大学英语专业毕业生，竹石就又被安排去教音乐、美术了。我回到母校后，和竹石既是师生又是同事，亦师亦友备感亲切。午后学生放学了，我就常常去他的办公室待一会儿，听听他的琴声，看看他挂在墙上的书法。竹石习惯抽烟斗。烟抽得狠，喜欢喝浓茶。我现在每日无茶不爽，绝对是受了他的影响。见我来了，他总是笑呵呵地给我倒杯茶。赶上他正在弹琴，就示意让我自己来。我在他那里十分随便。

一天午后，我去音美组。刚一进门，见一农妇模样的中年女人坐在竹石的办公桌上。这女人头发很厚，脸色黑黄，两只眼睛很小，鼻梁高大，鼻孔一大一小。嘴很大，嘴唇外翻。见我来了，竹石笑呵呵地向我介绍：

"这是我内人。这是我学生，也是同事，侯老师。"我说了声"师母好"。这女人突然张开大嘴说："小伙儿长得挺帅啊！哈哈哈……"这粗憨的嗓音加上满口泛黄的牙齿把我吓一跳。我忙抬起头，目光避开她，假装欣赏墙上的书法作品。竹石若无其事地继续弹琴。

第二天午后我没课。写完教案，批完作业，我来到竹石的办公室门前。办公室的门上挂着锁头，对面的物理实验室传来歌声。这时，我发现竹石的妻子正躲在门外向临时的排练室内张望。我走了过去。她发现了我，冲我笑笑，继续警惕地向里面张望。

"师母，有事儿吗?"我问。

"没事儿。"

"有事儿就说。展老师正忙着，我有时间。"

"没事儿。"

"没事儿最好别到这儿来。这是学校。你总来，会影响展老师工作。"

"影响他什么?!"这女人说着，目光凶狠地看着我。我愣了一下，明白了：竹石让内人不放心了。

竹石有一个孩子叫展新程。我参加工作那年，竹石的儿子在东北师大读大三，后来读了硕士、博士，如今在省城的一所大学教英语。竹石的家原先在花岭村的东崴子。东崴子在花岭这座十几里长的大山东面，距离学校五里。后来，他妻子的叔叔把自己的破房子和那两片承包山转到了竹石妻子名下，竹石就把坐落在这两片山之间的那两间土房扒倒，盖起了现在这座三间起脊房，命名为"山间书屋"。房舍距离村子约八百米，离学校约一千二百米。竹石的妻子在东崴子有些责任田，农忙时去侍弄庄稼，农闲时跟踪监视竹石。

一天午后，我和竹石一边喝茶一边闲聊，聊着聊着，就说起了他妻子。我说："您怎么找这样一个爱人呢？"竹石笑呵呵说："不是爱人，是女人。那年月我没资格找爱人。"竹石说到这儿，沉默了。他转过脸面向窗外，我低头沉思。不久，我对书法产生了兴趣。于是，午后去竹石的音美办公室就更频繁了。

那些日子，有两个八年级女生跟竹石学吉他。这俩学生的家都在花岭中学西墙外，放学后有时间跟竹石学琴。竹石早晨起得早，起来后吃口饭就去学校音美办公室写字，下班后教那两个女生弹琴。

这天早上，我刚走进语文组办公室，是同学也是同事的李娟很神秘地告诉我，竹石挨打了，打竹石的是他媳妇和她娘家一帮人。李娟说，竹石和一个女学生正做那种事儿呢，被媳妇当场逮个正着。我说，竹石绝对不会干那种事，你别瞎说。李娟严肃地瞪着眼睛说："竹石媳妇能瞎说吗？都当场抓着了。竹石被打得没人样了，胳膊都打折了。"

第四节下课后，我急忙骑车来到竹石家。屋子里就他一个人，妻子回娘家了。竹石头上缠着白纱布，两只眼睛肿得老高，一边脸肿得很大。我吓坏了，几乎认不出他了。见我进来，他挣扎着从炕上坐起来。我问他怎么回事，他讲了事情经过。那天下班后，他教那两个女生练琴。他告诉一个女生手指按哪个品位，那女生没理解他的话，他就用手去拿她的手指放在那个该放的品位上。这时，他家的那个"妖怪"冲进来，说竹石摸学生手，大骂他耍流氓，打了那两个女生几个耳光，琴也给摔碎了。随后她跑回东崴子找来她哥哥和两个侄子，拿着棒子把竹石打成了这样。他的一只胳膊被打得抬不起来了。听完竹石的陈述，我骑车回学校请了假。陈校长安排学校那辆一三二车司机，把我和竹石拉到市医院。

　　从那以后，竹石变了，早晨不再去办公室练字，也不再教学生弹琴了。不知为什么，他除了上课就趴在办公桌上睡觉，人日渐消瘦，一下子苍老许多，两只眼睛再也没了精神。

　　打完竹石的第三天上午，那个女人在校长室大闹一场，还砸了书记办公室玻璃。为了不影响学校教学，也怕竹石的妻子再来学校闹事，学校领导就安排竹石去管理学校农场了。

　　那年十月末的一天午后，我去农场看他。我轻轻推门进屋，屋里没人。农场房后传来琴声。我绕过山墙来到农场后院，只见竹石正背对着我，面对不远的花岭山自弹自唱《天天想你》。张雨生的这首情歌我很熟，我上大学那些年十分流行，校园里天天有人唱。虽然我唱歌不好，也曾抄过歌词偷偷学唱。竹石在这样阴冷的秋日午后，在这阴冷的农场后院孤零零地自弹自唱，我想他一定在怀念往日的幸福时光，思念自己的心上人。那一年竹石四十八岁。二十五年弹指一挥间，往事如烟，许多人和事早已淡忘。而竹石妻子的形象以及那天午后先生在寂静的农场后院孤零零自弹自唱的情景，始终历历在目。

　　写完这段经历，我又写了今晚与竹石交流时的一些想法、感慨和体会。我把写好的这些资料放入我的挎包，点支烟，穿上夹克衫走出活动室，推开墨绿色板条木门，来到院墙外。清亮的星光下，一排齐胸高的白色板条篱笆墙一直延伸至远处的村路。篱笆墙内，由近及远排列着先生的房舍、草莓大棚和精致的小果园。果园的尽头就是那条从村头延伸过来的沙土路，这条路一直通往西北的几条山沟。我顺着篱笆墙向村路漫步。夜空如洗，浩瀚而深邃。清亮亮的繁星在墨蓝色的天幕中眨着眼。手机叮咚响两下，进来两条信息。大馒头转来两千块钱，附一段话："哥们儿，啤酒能使人很快发胖，每天晚上你务必喝两三瓶，多吃些肉、蛋、奶类食品。总之，你不能再瘦了，再瘦就彻底废了。一旦你废了，正在开采的'大矿'也就蛤蟆跳进开水锅了。"

8

一觉醒来，天光大亮。山林，天然氧吧。睡前山上转转、林中走走，睡眠还需服用什么药物吗？我正呆望着棚顶，传来轻轻的敲门声，接着是竹石那底气十足的浑厚声音。

"Time to get up! 起床啦！"

"啊，马上起来！"我立刻坐起来，穿上衣服来到先生的厨房洗漱。他早已为我准备好了电动剃须刀和一把新牙刷。吃过丰盛的早餐，骑车来到学校。几天来，生活发生了意想不到的突变，这些变化让我这个灵魂漂泊、几乎躺平的人忽然间有了活力、有了精神。上班时，我提起百分之百的精神认真工作；下班后，去竹石先生那"挖矿"。这是近期我要用心做好的两件大事。

上午听了两节数学课，课后在教研组进行评议。然后检查七年级组语文科教案。各学科教案每月检查一次，检查后要写些简单评语。老教师写简单教案即可，新近参加工作的年轻教师必须写详案。新教师没有教学经验，写教案时，几乎一律照搬参考书上的教学步骤。其实，真正的备课除了吃透教材，更主要的在于研究学生，如哪些学生能全部接受本节课所讲授的新东西，哪些学生只能接受其中一部分，哪些学生完全不能接受。然后，考虑如何使新讲授的东西让不能完全接受的学生接受，让一点儿不能接受的学生也能理解一些。有经验、有责任心的老师会这样备课。如果竹石先生还在学校教课，他一定会这样做。

吃完午饭，出校门刚要过马路上山坡转转，大馒头来电，问我现在在哪儿。我说现在我就在学校大门口。他说那好你别动，我马上到。

"你早早在此恭候，何以得知我要过来？"我上了车，大馒头笑呵呵一边开车一边逗趣。

"吃完饭，我正要去山坡溜达。咱们……去哪儿？午后我还有活儿。"

"就在前面路边待会儿。"

我开始讲过去两天晚上收获的一些特有价值的"情报"。然后把整理出来的两份文字资料交给我的"上司"。

"录音我都听了。竹石说话干净利索标准，文绉绉的，吐字清晰流畅。你气色可以呀！睡得比在家好吧？"

"实话实说，确实睡得比家好。和他在一起，心就安稳了。"

"我带来一盒丹东黄蚬子，一盒盘锦河蟹，一箱小瓶装北京二锅头，一箱青岛啤酒。一会儿把东西放在学校门卫值班室。下班后，你把这些东西给竹石带去，就说是老同学送的，你把它们拿来孝敬老师。"

9

下班后，我又来到竹石家，见我又拿来更多礼物，竹石笑了。

"如此投资，看来这回你是下定决心要学书法了！"

"老同学送的。我现在一个人，我妈又不吃海鲜。"我又说谎了。其实，母亲最爱吃海鲜了。我跟着竹石在厨房里转，没说走也没说不走。一小时后，我和他又坐在书房里对饮畅谈了。

"现在写书法的人真多，懂书法的人也不少，"我很快引入话题，"我和县教育局普教科的施宏章很熟。有一天我请他来家做客，他看了您赠送我的墨宝，非常惊讶。他说您的隶书功夫实在了得，隶书写到您这种程度的他还从来没见过。"

"书法这东西神奇无比。它很像一面透视心灵的镜子，能全方位反映出一个人的修养、性情、家庭环境甚至人生经历。我五岁开始学习书法，五至十岁的字，轻柔而无骨。"

"为什么会那样？"

"年龄太小，阅历尚浅。"

"您的童年，一定很快乐吧？"我对准了"矿脉"，准备"开采"了。方大馒头今天中午在车里说的那番话很有道理。他说，任何现象的后面都有其原因，比如竹石训练学生长跑，让学生自己讲幽默讲神话传说，让学生演小话剧，等等。竹石说他做这些只是为了从中获得快乐。这事儿绝对没他说得那么简单。挖出了这些，也只是"矿藏"的表层而已。更重要的，是要深挖出竹石各阶段的生活经历。

"童年，那是一首多么欢乐的歌——"先生突然唱起来。

"那个时候，我家住在省城北市场的一条胡同里。北市场是当年省城的文化娱乐中心：有茶馆、说书馆、二人转馆、京剧院、评剧院；有摆地摊的，打把式卖艺的，还有摔跤武术场地；有古书店、书画店，有各种商铺。"竹石抽两口烟斗，喝口酒。我的手机录音早已开启。

"您童年的生活环境非常有利于您良好的文化熏陶。"我点了支烟。

"我家周围的文化环境好，家庭环境也好，我父母特别和睦，从来不吵架，在家里说话，声音都很轻。我母亲特别爱看书，爱看电影，看戏，听评书。"

"所以，您的性情特别温和、儒雅。"

"所以，我十岁之前的书法就形成了我刚才说的'轻柔而无骨'。"他微笑着把烟斗放在饭桌一旁，吃蚬子，一连吃了几个。

"您的少年时光也一定很美好吧?"我警惕着不能让话题跑偏。

"啊,少年时光。少年时光,昨日的辉煌。你是那么令人怀念、神往!"竹石仰起头,动情地朗诵起来。

"走过了人生几十年后再回首,我的少年时光,在我六十岁之前的大半生里,最是幸福、美妙了。什么是人生最大的幸福?最大的幸福首先在于你心无挂碍,自由自在做你最喜欢的、在生活群体中尽情展现自我的事情。我家住的那个大院儿里,有那么爷儿俩。父亲会拉京胡,边拉边唱京戏段子;儿子叫邢宝田,比我大六七岁,二胡拉得好。我小学四五年级那时候,经常去他们家看他们爷儿俩玩乐器。有时候宝田哥拉二胡,我唱歌,唱《我的祖国》,唱《英雄赞歌》,唱《听妈妈讲那过去的事情》。有一天,宝田哥带我去联营逛乐器店时,给我买了一把秦琴,是那种三根弦的琴,用塑料拨片弹。回来练习一段时间后,我就和宝田哥的二胡合奏曲子了。我非常崇拜宝田哥,他不光会乐器,还会武术、会摔跤,下班后经常和一些爱好武术的哥们儿在我们大院里练拳脚。我也特别渴望学武术。宝田哥就教我劈腿、下腰、打旋子,还教我一套拳术和几招摔跤绝活儿。"竹石仰起头,微张着嘴想了一会儿。

"那些年,在学校里除了上课就在操场踢球。回到家里,吃完饭就去宝田哥家玩音乐、练武术。星期天去吴寿增先生家学国画。中国画不同于西方油画、水粉、水彩画。中国画讲究诗、书、画、印同时体现在一幅画面上。也就是说,学习绘画,同时还要学习刻制印章、学习作诗、练习书法,有一段时间我对刻制印章特别痴迷。"他又拿起烟斗,吸两口。

"在石料上刻字的过程十分艰辛。下刀刻字前,首先在石料上练习写'反字'。不知你发现没有,印章上的字都是反写的。"我点头示意明白他的意思。"刻制印章首先要在石料上写'反字',几经反复,才能定稿下刀。不同石料的软硬度不同，需要反复实践摸索，刻字时稍一跑刀，全稿尽弃。用砂纸把石料打磨平后，再重新设计、重新下刀。若再跑刀，还得从头再来。一枚印章，时常需要如此反复多次方能最终刻制成功。那时，常常晚上一刻就刻到后半夜，几乎到了废寝忘食的程度。这也无意中为我多年后去北京信访期间的谋生打下了基础。"他喝了口酒，放下烟斗吃了块排骨。

"您去北京信访期间，还给人刻印章？"

"不刻印章。在天安门广场游客的钢笔上刻字留念，在游客的眼镜腿上刻龙凤，以此来挣点儿生活费。"

"我忽然想起来，您刚才说，您家附近有三家电影院，您经常去看电影吧？"

"经常去。我最爱看电影了。那时候，一部影片电影院一天之内循环放映，买一张票可以在里面看一整天。我记得有一年北市电影院举办印度电影周。为了学唱《流浪者》里的那首《拉兹之歌》，这部电影我看了三十多遍。'啊吧啦咕，嘣——嘣嘣嘣，啊吧啦咕，嘣——嘣嘣嘣，啊兹玛乞吉梅乌，啊兹玛尼咖咔啦咕——啊吧啦咕，嘣——嘣嘣嘣，啊吧啦咕，嘣——嘣嘣嘣，啊兹玛乞吉梅乌，啊兹玛尼咖咔啦咕——啊吧啦咕——'"竹石闭着眼睛如痴如醉唱完一段后，睁开眼哈哈笑起来了。我边笑边鼓掌。

"您什么时候开始练习写诗的？"不能把话题扯远了，赶紧扯回来。

"我从小学四年级开始练习写古体诗词。上初中后，就开始写自由体诗了。一九五七年那年，教我画画的吴寿增先生被打成了右派，关押起来。我得知这一消息后无比痛苦，心潮难平。两个月时间里，写了二十几首现代诗。而恰恰因为这些诗歌，我的命运发生了巨大转变。生活大放异彩。"竹石的眼里放出了光。我也兴奋起来了。

"我会写毛笔字，画画。所以，从七年级开始，班级后墙的'学习园地'就由我来布置了。班级里只有我会写诗，我就把我写的那二十几首诗都贴在了'学习园地'上。班里的同学都看，外班喜欢诗歌的也过来看。班主任芮老师看了这些诗后，脸色有些紧张，说这些诗的内容都有股辛辣味，让我把这些诗从'学习园地'中撤掉。一想到要把这些诗拿掉，我心里非常痛苦。芮老师上午间操时找我谈话。我情绪激昂，想不通。中午，我心里烦闷去操场踢球。午后上课前回到教室。芮老师说，校长来了，他看了你那些诗，让你去校长室。我有点儿慌了，胆怯地走进校长室。校长个子很高，头发侧分，清瘦，戴米色圆框眼镜，说话语气温和。

"'你的诗我看了，很有才情。只是里面对社会某些现象有些愤慨。这样吧，我就不处分你。你回去立刻把那些诗拿掉，销毁。'

"第二天中午，芮老师告诉我，校长已经把我转到市第五中学了，让我明天去五中报到。我特别沮丧，恐惧。许多年后我反思这件事，那个校长之所以把我转学，他没有向上级汇报，或在校内处罚我，说明此人心存善念、德正行端。如果恰巧碰上那种借杆往上爬的可怕小人，我的人生不会等到两年以后，当时就毁了。"

"两年以后发生了什么？"我急切地问，可话一出口便后悔了。不可操之过急嘛，应该稳妥一点儿。"稳妥稳妥"，"稳"字在先，才得以把事情办"妥"。

"那段'走麦城'的故事以后说。今天就说风光的。"竹石情绪高昂，伸手拿起杯子，将杯中酒一饮而尽。

"我这一转学，因祸得福了。我转到五中不到一个月，就赶上'五一'节全校文艺会演。演出那天，我表演了宝田哥教我的那套武术——形意拳，一下子在全校轰动了。第二天，校长就责成学校体育组组长，从学生中选拔人员组成'第五中学武术队'，由我任武术队队长兼教练，训练了将近一个月。在参加庆'六一'全区中小学文艺会演时，我们第五中学武术队表演的节目一举夺魁，获得了一等奖。"我拿起酒杯，和先生碰杯、喝酒。

"在区里表演获奖后回到学校，第二天间操暂停。全校学生集中在操场上，观看武术队在宽大的领操台上向全校师生进行汇报表演。我除了表演那套'五一'节表演过的形意拳，还表演了一套'少林达摩杖'。这套武术是我在指导校武术队期间，照着宝田哥的武术书上的图解学的。这一次，我又成了学校名人。"竹石脸上洋溢着自豪。他从桌上一个小铁盒里拿出一捏烟丝放进烟斗，我拿火机给点着。

"紧接着，我们五中全校各班进行足球比赛。我们八年二班经过八轮厮杀，获得全校八年级组冠军。随后与九年级组冠军进行对决，三比二险胜。在临近终场不到一分钟时，我射进了一粒任意球。观战的八年级八个班的学生激动得嗷嗷叫，都乐蒙了。随后，学校组成了'第五中学足球代表队'，由我担任队长。在接下来的市初中生暑期足球赛中，五中足球队过关斩将，一路杀入决赛。只因赛前过于兴奋，以致决赛前的那天晚上我几乎整夜失眠，严重影响了第二天比赛的场上发挥。我们被人家踢了四比一，最终获得亚军。在接下来的全省初中生足球赛中，我们获得季军。"

"太厉害了！"我由衷发出一声赞叹。"您这样才艺出众，一定有众多美女同学粉丝吧？"我笑着问，十分想知道他出名后异性对他的态度。

"没有。那个年代不像现在。那个时候，男女生之间都不敢随便说话，还是旧社会遗留下来的风俗——男女授受不亲。只有我同桌的那个女生，对我表现出一丝爱慕之情，送了我一个日记本。我也没做出什么反应，随后就不了了之了。"

"那女生长得不漂亮吧?"我微笑着大大方方注视先生。

"也不是。说不好什么原因。当时我对绘画和足球的热爱超出了一切,时间和精力都投入在那些上了,真正的恋爱季节尚未到来。"

10

今天周四,学校召开运动会。事先我和校长请了假,说带我母亲去看病。我牢记方大馒头最新指示:只争朝夕,多、快、好、早地完成任务。上午九点钟,我又回到竹石家,先生正在他的小果园里摘果。我把车放好,走进果园。竹石正站在架凳上摘苹果。一个用油条枝编的篮子坐在树杈间,篮子里的苹果快装满了。

"这些树每年能产不少苹果吧?"

"今年是丰年。苹果能收获一千三百斤左右,朝鲜梨能收获六百多斤。这些水果差不多够孩子们吃一年了。"

"今儿你没去上班?"

"学校今天开运动会,没我啥事儿。"

竹石把装满苹果的篮子递给我。我放下篮子,扶他从架凳上下来。我登上架凳,两只手同时摘,很快装满了篮子。地面上五个箱子都装满了。我和竹石各抱一箱,往快乐营活动室对门的仓房运。仓房下有一个一点八米深的地窖。五箱苹果都搬运到窖口旁,从仓房里又拿来五个空纸箱来到树下。我重新登上架凳。

"当年我们那拨从花岭中学毕业的同学,每次聚会都会谈到您,说您有某种神秘力量,让学生乖乖跟您学。"

"我哪有什么神秘力量,"竹石朗声大笑,"我只是尊重了你们这些半懂事不懂事的孩子罢了。"

"您留作业时，从不给我们压力。让英语基础好的，背诵、默写全篇英语课文；英语基础差的，就背诵一两段；太差的，就背诵一两句。您这种方法从哪儿学的？"

"我没读过师范学院，从哪里来的什么方法？都是自己根据学生实际状况想出来的。我英语水平不高，在北京信访那三年中，空闲时间多，就跟电台学了点儿英语。教你们的时候，我英语也就高一水平。一九八二年八月给我落实政策后，被安排到花岭中学教书。原来不是教你们音乐和美术嘛。你们八年级下半年，英语老师中有两个相继生孩子、生病。领导知道我会点儿英语，就让我代课。这一代课，反应不错，就让我继续教。结果你们这拨中考成绩出来后，全校轰动了。我教的班英语成绩全县排名第二。后来学校相继来了几个英语专业师范毕业生，领导就又让我教音乐、美术了。再后来，因为我妻子大闹学校的事儿，领导就安排我去管理农场了。这事儿你知道，那时候你已经大学毕业回来教书了。"我深深点头。"也就是从那以后，我才有时间大量读书。"

"管理农场期间，您都读了哪方面的书？"我忽然对先生的读书内容发生了兴趣。

"读历史，读文学、诗歌、哲学，教育方面的书也读了不少。一位叫克里希那穆提的美籍印度哲学家写的一本书，给我留下的印象最深刻。这本书名叫《一生的学习》。在这本书中，我找到了当年我取得那不可思议的教学成果的根源。书中的几段论述特别经典，至今还记得一些。关于教师，他说：'培养对他人的尊重，是正确教育中的主要部分。如果教育者自身缺乏这项品格，他便无法帮助学生成为一个完整的人。''真正的教师是一个内心充实的人。他对个人私利毫无所求。他没有野心，不追求任何形式的权力。'这位哲学家还说：'并未获得学位的人常常是最好的教师。因为他们乐于实践，乐于学习，乐于了解生活。对于真正的教师来说，教育不是一项技术，而是他的生活方式，就像伟大的艺术家一样，宁愿饿着肚子也不放弃他那创造性的工作。'对这话我可有深刻体会。小的时候鼓捣篆刻，一整就整到后半夜。现在整根雕，也是常常忘了时间，一上手就大半天。"竹石点支香烟。

"关于教育，这位印度哲学家还说：'仅仅培养智力并不能产生智慧。智力与智慧的最大区别在于：智力是思想脱离情感而独自发生作用；而智慧，则是理智与情感合二为一的能力。'关于'智慧'，这位哲学家还说：'智慧远比智力重要。因为智慧是理智与爱的结合。智慧是无限的，它包括知识和行为方式。唯有爱与智慧并存，才能使人获得外在的安全。而唯有正确的教育，才能唤醒智慧，培养一种完整的生活。而唯有这种教育，方能创造出一种新的文化和一个和平的世界。'"

"太高深了！很多地方我一时还无法理解。"我对竹石超好的记性和精准的表述由衷感佩。

"呵呵，有趣的是，这位哲学家在这本书的最后部分还论述了'性'。他说：'由于我们缺乏创造力。因此，我们仅存的唯一创造方式便是性了。性属于心智范畴，而属于心智的事务必须得到满足实现，否则便会出现麻烦。我们的人生受到来自四面八方的围困。性，便自然成了我们唯一的发泄之途。因为性能在刹那间给予我们那种忘我的快乐状态。'克里希那穆提还说：'唯有当爱不复存在了，感官的刺激才成了让人心焦的问题。因为没有了爱，性对于感官刺激的追求就成为一项使人精疲力竭的问题。只有当爱存在时，贞节才存在。只要爱存在，性永远不会成为问题。一旦缺失了爱，问题就来了。'"

"这番高论，我还一时不能完全理解呀！"我站在架凳上，感叹了一声，点支烟，眺望村路方向的远山。

地面上五个纸箱都装满了。我把树枝间装满苹果的篮子拿到架凳上，稳步走下架凳，拿下架凳上的篮子放到地上。我忽然想起，刚才忘了在与竹石聊天之前打开手机录音，一阵焦躁、恐惧瞬间掠过心头，这种情况近来已经有过几次了。我已经渐渐忘了自己来竹石先生家的目的了。我感觉自己又回到了学生时代，每天都想着来这里听先生讲课。前天夜里，一个念头忽然在大脑中闪现。那念头既让我心生恐惧，又让我兴奋不已。自从那个念头在大脑中闪现，它就时常在我闲暇时间里再现。恐惧的原因我清楚，可是它为什么令我如此兴奋，答案还处于朦胧中。尽管我曾多次告诫自己不去想它，应力排一切干扰把目前的任务顺利完成。可是，这次还是忘了录音。怎么办？

"老师，您刚才说的那本书，书名叫什么？您这儿有吗？"我急忙问。

"书名叫《一生的学习》，克里希那穆提写的。这本书我有，在省城我儿子手里。你若急着想看，最好从网上买一本。三天就到，很薄的一本书。"

摘苹果，运送苹果，最后将十箱苹果下窖，我和先生忙了三个多小时。吃过午饭，我回青石寨村看望母亲。母亲见我骑新车、穿新衣，眼神里出现了久违的喜悦。我在炕上睡了一会儿，起来整理"情报"资料，下单购买《一生的学习》。连续六天和竹石几乎零距离，忽然感觉自己的头脑太空太空，有了想看书学习的渴望。

11

今天周五，在母亲的炕上睡到上午十点多。吃过午饭，前往竹石家。先生不在家。打电话，他说在南山红松林。我找了根树棍，从那天夜晚上南山的小路往上走。为了谨防有蛇拦路，一路上用树棍抽打脚前的毛草棵子。走进松林，见竹石闭着眼睛躺在一张吊床上。我缓缓朝他走过去，走到距离他约五米时，他说话了。仍然闭着眼睛。

"运动会今天继续吧?"

"嗯。继续。"

我在距离竹石的吊床约两米远的地方靠树坐下。我俩都面朝山下那座被红枫围盖的房舍。

"从这里望去，眼前的景色实在太美了!"我由衷感叹。

"秋天是一年中最宜人的季节。每天在这林子里躺着，哪儿都不想去了。"沉默。"上周末那两天，你和孩子们在一起，有何感触?"

"感觉这些孩子都很活泼，很快乐。孩子们除了周末在快乐营锻炼身体，在家也锻炼吗?"我又开始"采矿"了。

"在家也几乎每天都锻炼。拿砖头当哑铃练臂力，做仰卧起坐。我鼓励他们每天坚持跑步。锻炼身体是件让人开心的事儿。我经常和他们的家长沟通，绝大多数孩子都能坚持。"

"看来，您非常重视孩子们的身体素质培养。"

"这些孩子都来自村里的贫困家庭。这样的家庭无法为孩子将来的社会生活提供创业资金和人脉资源，家长也没有任何能力为其孩子把握奋斗方向。强壮的体魄和良好的心态，将成为他们唯一可靠的生存资本。"我忽然想起没有开启手机录音。瞥一眼吊床上闭着眼的先生，拿出手机点下录音键，扣放在满是黄褐色松针的坡地上。竹石坐起来，双腿叉开，双脚着地，从地面的双肩背包里拿出一瓶水。

"您是从什么时候开始注重孩子们身体素质培养的?"话一出口，我有些紧张，这有点儿像记者采访的口气了。

"二〇〇二年退休后，我开始开班教授英语，当时是有偿辅导。贫困家庭、中等家庭、富裕家庭的孩子都在一块儿上课，按年级分班。贫困家庭的孩子免费。二〇一〇年起，我开始举办'竹石周末快乐营'，有偿补课停办。专门培养贫困家庭的孩子学习英语、语文。后来觉得，只单一提高他们的课业水准是不明智的，于是从二〇一三年起，我就开始系统而全面地培养他们了。"

"您退休后开班有偿授课，我们学校老师都知道。没人对您的教学能力存有任何怀疑。几个老师家的孩子经您的调教，高中毕业后相继考上了理想大学，我家侯旭就是其中一个。不过您后来的理念和实践，远远超乎了我的认知。上周末看了孩子们在快乐营的种种活动，我一直纳闷：都说知识改变命运。怎么没见您给孩子们辅导课本呢？听您刚才一番话，我有点儿似懂非懂了。您的意思是说，贫困家庭的孩子，最需要的并非学习成绩，而是牢固的生存根基。您认为，健壮的身体和健康心态，才是这些孩子面临未来生存挑战的最可靠的两大资本，对吧？"竹石立刻睁开眼，举起双手与我击掌。他那放光的眼神好像在说：终于有人理解我了！先生的这一动作让我深感意外，我的心脏剧烈跳动起来。

"这些生于贫困家庭的孩子十分不幸。让人看了揪心。他们当中绝大多数自卑、怯懦、敏感，缺乏自信心、上进心。如果不帮助他们除去身上那些不利于他们心灵健康成长的东西，如果不想办法给予他们自信、鼓励他们自强，他们的未来，将注定还会陷入他们父辈那样的贫困中。而且即便他们通过刻苦努力考上大学，如果没有健康体魄、健康心态和健康品质做支撑，一场大病或几次精神打击后，照样会击垮他们。"

"自信需要身心健康做后盾啊！"我发自内心感叹道，"多年来，我内心苦闷抑郁，夜里失眠，白天乏力，对自己几乎失去了自信。"竹石身子后仰、双腿抬起重新放进蓝白条帆布吊床上，闭上眼睛。

"那天你一来，我就十分惊讶于你的精神状态和身体状况。我立刻意识到，你一定过得很不开心。所以，我就示意你去孩子们那里换换环境，换换心情。"

"和孩子们一起活动，心情确实好了许多。同时我也感觉出，您寓教于乐，乐在其中。"我顺着这个话题继续挖："快乐营的活动内容可真够丰富多彩呀！"

"生活真是有趣得很。三年前我怎么都不曾想到，晚年会组建一座'竹石周末快乐营'。这个灵感，应该归功于那段愤懑与无奈的补课。"

"是吗？那一定是些很有趣的故事。"我一边向纵深探秘，一边拿起手机，检查录音状态。

"有些事令人愤懑不已，但过后一想却大有启发，获益匪浅。事情起因于二〇〇〇年中秋节那天晚上。一个姓孔的远房亲戚打电话请我去喝酒赏月。他是某煤炭公司董事长，本县知名的大富豪。那天晚上，孔董事长邀请了许多朋友饮酒赏月。董事长的儿子孔山，正是当时我教的八年级学生。孔董事长当众宣布：如果孔山期末考试英语在九十分以上，他奖励儿子一辆豪华老爷车。

"寒假一开始，孔山就开着一辆豪华老爷车在山间村镇到处跑。大年初五这天，孔山开车把花岭村一个叫武斌的四年级男孩撞了，由于没能及时送往医院，孩子的一条腿最后截肢了。孔家最后赔偿武斌家三万块钱私了了。我每天上下班都路过武斌家。这孩子的母亲是个半盲人，父亲心智不全，靠种几亩山坡地维持生活。武斌出事一个月后，我每天晚上去他家给他辅导英语，还给他买了一些课外读物。武斌每天都挂着拐杖上下学，看着一个天真活泼的孩子忽然间变得神情木然、眼含悲伤，我的心痛苦不已。我给他讲了世界上许多残疾人励志成才的故事，鼓励他生命不息，奋斗不止。"竹石的眼里流出了泪。"出事之前，武斌的学习成绩一般。出事之后，他学习十分刻苦。初中毕业时，以全县第三名的成绩考入县一中。三年后，又以优异成绩考入东北大学计算机数控专业。上大学之前的那个假期，我出资给他安了一条假肢，效果不错。如果不注意看，走路时还真看不出来。二〇一二年，武斌大学毕业后，应聘到省城通信总公司下属的一家分公司。"沉默。

"痛苦陷得太深了，我也时常自欺欺人地自我安慰：武斌的今天是否应了那句成语——塞翁失马，焉知非福？非也！他一生都无法像常人那样打球、爬山，像风一样自由自在跑动。"竹石自言自语。他静静地躺在吊床里，一脸悲痛。

"您也别太难过了。武斌很大程度上确实属于因祸得福。若是凭他一己之力，恐怕很难彻底跳出贫困深渊，使他的整个家庭摆脱贫困。"

"武斌还算属于'吃书'的孩子。贫困家庭的孩子很多不'吃书'，那些不'吃书'孩子长大后有没有出路呢？有。我家早年的邻居田叔有个孙子，叫田德厚，今年四十多岁。初中没念完就不念了。这小子身体结实，人品好。当装卸工二十多年，每天早上都提前一个小时来到车主家，把车擦得干干净净，把东家的院子扫得干干净净。装车卸车，干起活来一点儿不藏奸，还老替车主想事儿。东家特别喜欢这个装卸工，冬季运输活儿少时，就算留用一个装卸工，也非田德厚莫属。这样，他就常年有活儿干了。这小子特别诚实，没有任何不良嗜好。一些事儿上就算吃了些亏，也从不与人计较，成天乐呵呵的。四十岁那年，这小子在自家院子盖起了四百多平方米的二层小楼。小楼造型很洋气，里面设施应有尽有，装修得相当好，一点儿不比别墅区的房子差。于是，武斌和田德厚各自不同的人生，给了我莫大启发。"竹石的手机响了。

"喂，枫山。"

"在家吗？"

"在山上呢。"

"我钓了二十几条鲫鱼，想吃鲫鱼炖豆腐吗？"

"好啊，我也正想和你喝点儿。来吧，顺便带块豆腐。"

我和竹石往山下走，心里矛盾着。在花岭中学，林枫山是竹石唯一的好友。林枫山喜爱喝酒、钓鱼、养花、写诗填词；竹石先生更是琴棋书画、诗酒茶花。好友相聚，如果有我在场，定会有碍他们敞开胸襟、畅所欲言、把酒言欢。可是，为获取更多有价值的信息，我是否该厚着脸皮不走？

下了山来到竹石家大门前，我戴上安全帽正准备走，大馒头来电：问我回来没，让我立刻去他家吃饭。

12

回到县城出租屋，冲了澡，换上另一套新衣装，走着来到方府。方大馒头亲自下厨做菜。天上飞的，地上跑的，水里游的，全是硬菜。这家伙喜欢吃也喜欢做。有一次喝酒，他说他只有在品享美酒、美食以及和最爱的人融为一体时，才感到自己活着。他说这是法国人的生活态度。大馒头在一男一女两位小学同学的协助下，做好了最后一道菜。

餐厅里，灯光柔和温馨，长方形餐桌上摆好了酒菜。除了红酒、啤酒，还有一种叫"味美思"（France vermouth）的法国开胃酒。两位同学一个叫山花，一个叫大岗。大馒头回卧室换了件白色T恤衫，一条带蓝条的睡裤。他让山花陪我坐在他和那位男同学对面。

"今儿的晚宴，是专为我们'采矿'大功臣举办的。你们俩想听我和春光高中那会儿的故事吗？"两个同学点头。

"当年在咱县城读高中的三年里，侯兄没少帮我忙。那个时候，我整天在操场踢球。不学习呀，作业净抄他的。那三年，他们家山上的山野菜、蘑菇、核桃、榛子、栗子，还有泉水大米，都没少往我家拿。有一回我踢球，脚被钉子扎了。没几天，破伤风感染了。那天要不是侯兄把我及时送到医院，命就没了。实话跟你俩说，这个人是我生命中最信赖的人。当然啦，还有大岗。要问我人生中最信赖的女人是谁，当然非山花莫属了。"山花看着大岗，做个鬼脸。

"咋的，不相信？"大馒头一本正经地问。

"信，信。"山花连声说。

"你俩若是不傻不茶不缺心眼儿，好好想想，我要是不相信你们，能让你俩见救过我命的哥们儿吗？我今天跟你们说，一旦我有个三长两短，我会把我孩子、我父母、我家产，全都托付给这个人！怎么样，这下你们相信了吧？"大馒头这番话我头一次听见，这让我十分感动。

喝了一会儿，我发现大馒头给山花使眼色。随后，山花的手从桌子下面慢慢伸过来摸我大腿。我浑身猛然一热，下意识地将她手拿开。

"这回见识了吧？"大馒头严肃地说，"我哥们儿都到了知天命的年龄，还这么庄重纯真呢。什么叫绅士？这就叫绅士。泰山压顶能挺直，美女坐怀不乱性。整个一当代柳下惠呀！来！共同举杯，为我哥尽快发福起来，干杯！"干杯后的空酒杯拿在手中，方大馒头继续说，"哎，你们信不？春光要是像我这么胖，肯定是个大帅哥。你们看，这双大眼睛，多漂亮！哎，我若是长了他这双眼睛，你们信不？女电影明星都能来和我约会。哈哈……"

一边说笑，一边喝酒，很开心。吃喝完了，大馒头引我来到书房。

"你发来的录音太有价值了。如果没有录音，那将是不可想象的。竹石的语音实在太干净、太标准了。七十四岁的人，很难想象思维还能这般缜密，语音吐字还这么清晰。你要千方百计保证录音质量，更不能让他发现了。一旦被他发现。他可能会觉得自己被耍弄利用了。如果真到了那种地步，那可就是蛤蟆跳进开水锅了。"这些话大馒头已经说过不止一次了。我点支烟，长舒一口气。

"听了那些录音，感觉他的童年、少年时光简直太美好、太疯狂、太幸福了！"大馒头异常兴奋，一边说一边起身接水，泡茶。"你给我的材料我也看了，都很有价值。这座'矿'现在已经开采出一些'矿石'了。接下来怎么干，你有什么上好的计划？"大馒头的眯缝眼里射出两道格外有神的光。以往都是他发号施令，今天竟然让我说接下来的行动计划了，我陷入了沉思。

"我一直担心夜长梦多。你相信我的眼力吧，春光兄？我不会看错。竹石这家伙妥妥的一座'矿'，一座储量超大的'富矿'！"我仍然沉默不语。

"你是不是还有什么顾虑，有什么难心事儿藏在心里？有事儿你只管说嘛。"大馒头点支烟，用力吸两口，慢慢吐出，眼睛盯着我。

"上周四，梅校长给我下了最后通牒：如果我的工作还像过去那样不见起色，期末让我自动辞职。"

"这个梅校长何许人也？"

"女的，四十七，一年半之前，从王石寨中学调来的。"

"知道了。咱还说去竹石那'采矿'的事儿，你看接下来怎么办？"

"我在考虑，既然你看准了他是一座'大矿'，那就把握好时机一点儿一点儿开采。夜长梦多这观点我赞同。可是，心急也吃不了热豆腐。嘉梁，我知道你对这事儿在乎到什么程度。说实话，我比你还在乎。你的事儿就是我的事儿。"

"哥们儿，我要的就是你这句话！"说着大馒头站起身，拍拍我肩膀。

"我还没和你说呢。昨天上午和今天午后，我都去了竹石家，又挖出了许多成色上佳的'矿石'。"

"是嘛！好啊！"大馒头兴奋地又拍拍我肩膀。

13

今天周六，国庆节，竹石快乐营放假一天。我吃过早饭，骑车前往竹石家。来到先生家，客厅没人，卧室没人。我走出房门站在院子里，一边四下撒目一边喊老师。

"我在这儿！"声音从开着窗的仓房传来。先生家的两间仓房位于正房西南侧。小的那间放置农具杂物；大的房间里，摆放竹石的那些宝贝树根。我走进仓房。竹石坐在一把老式学生靠背木条凳上，系着一片旧帆布大围裙，正聚精会神地在一块约两尺高的树根上雕刻着。我看了一眼堆放在屋子一角的那些大小不一的树根，走过去欣赏摆放在里面地上或木架上那些大大小小的成品、半成品。有半人高挂着拐杖的寿星老，有满身满头毛发的原始人，龙头拐杖，蹲在岩石上的鹰，站着的天鹅，等等。竹石曾和我说过，自从一九六〇年下放到花岭村以来，五十多年不画画了。除了毛笔书法一直在写，有感而发时写点儿诗词。退休后，他迷上了根雕。

我来到先生身旁。

"你看它像什么？"竹石一脸得意，眼睛始终没离开他胸前的那块树根。

"身穿长袍，头戴官帽，昂首眺望远方。您这件作品，像古代一位爱国的仁人志士？屈原？岳飞？"

"根雕艺术讲究'三分人工，七分天成'。一块树根，先看它大致像什么。然后再对其进行加工。"

"那边的那几个大树根，您是怎么从山上弄回来的?"

"冬天我去山上溜达，遇到多年的老树根，就去村里养马车的人家，出些钱，一匹马就拉回来了。"他放下刻刀，点着烟斗。我站起身，又走过去看那些木架上的根雕作品。我搬到县城十多年了，其间和竹石很少交流。我见过他书房兼客厅、餐厅的那面根雕大茶几和那两盏一人高的根雕落地灯。仓房里的这些东西第一次见。

"根雕属于雕塑吗?"我点支烟，悠然欣赏着老师的根雕艺术作品。

"属于。雕塑是一个统称。依照其环境和功能，可分为城市雕塑、园林雕塑等;按照其使用的材料，又分为石雕、铁雕、木雕、冰雕、根雕、骨雕等。"

"根雕，除了刻掉树根上那些多余部分，也需要往上加东西吧?"

"除了将成品涂上色漆和亮漆，有些根料残缺不全，雕刻过程中，根据需要，还会时常添加些物件。比如那尊寿星老儿手里的那根龙头拐杖，就是粘贴上去的。"

"哦。"我转头看那尊手握拐杖的寿星老儿，微微点头。

"雕塑一词，实际上包含两层意思，它是雕刻与塑造的结合体。雕，就是除掉一些不想要的东西;塑，就是添上些必要的东西，使之成为雕塑者心目中的理想形态。"我的目光落在了一个酷似原始人的作品上:他手握木棒，目视前方，长发披肩，全身是毛。

"我退休后，白天有大把时间满山转悠，经常在悬崖陡坡处遇到暴露在外的老树根或枯死的小树。能拽的我就拽回来;搬不动的，就雇一匹马拉回来。十多年下来，积攒了这么多。"我忽然想起，进屋前忘了打开手机录音。竹石在凝视身前矮桌上的那件正在雕刻的根艺作品。我转回身背对着他，尽量自然地拿出手机，点动录音键。

"有一天，我雕刻一块树根时，忽然来了灵感。有人把教师比作人类灵魂工程师，我觉得这个比喻太笼统。其实，教师更像雕塑师。孩子们七岁入学前，因家庭环境等因素，心灵中已经形成某些有碍于健康成长的东西，教师必须用某种方式将其除掉，添上其缺少的东西，使之成为教育者理想中将来能够适应社会的人。贫困家庭出身的孩子尤其需要精心雕塑。"我不再插话，听先生说下去。

"贫困家庭的孩子拥有一个强壮的体魄和一颗健康的心灵至关重要。无论社会怎样发展，科技如何进步，人一旦拥有了这两样资本再加上好的道德品质，即便出身贫寒，日子也会过得幸福而有尊严。比如我昨天说的那个装卸工田德厚。"

"贫困家庭的孩子要想彻底摆脱贫困，努力学习也非常重要吧？"

"学习对于这种家庭的孩子来说只能说很重要，但并非至关重要。无论上不上大学，有了上面说的那两项素质加上好品质，就能确保他们告别贫困。因为现今体力劳动者的收入并不比企事业公职人员差多少。"

沉默。

"一些贫困家庭的孩子学习十分用功，却忽视了身体、心理锻炼。历尽艰辛考上大学后，有的因多年劳累而患病退学；有的因家庭贫困而自卑压抑，经受不住来自校园、社会等各种打击而患上各种心理疾病。"

"所以，您就增加了快乐营的活动内容？"竹石看着桌上的茶杯，轻轻点头。

"那么，每次活动，孩子们都要讲家乡的历史传说故事，这对他们的成长与未来，意义深远吧？"

"你说呢？"竹石看着我反问道。我避开他深邃而犀利的目光，看桌上的茶杯，使劲想也没找到令自己满意的答案。于是，我抬起眼帘正视他的目光，摇摇头。

"不了解家乡，灵魂的根何在？"他微笑着看我。

"我……不太理解，什么是灵魂的根呢？"我谦卑地笑着看他。

"爱。不爱家乡何谈爱国？灵魂无根而随风飘动，人就无法沉静下来。人若心浮气躁，幸福又从何谈起呢？"我转头向窗外远望。我的灵魂有根吗？心浮气躁了这么多年，我幸福吗？知子莫如父，知生莫如师。我忽然间意识到：竹石示意我加入他的快乐营，莫非意在为我补课？

14

傍晚，我回到了母亲家。姐姐、姐夫午后来了。

"小弟的状态不错呀！"姐姐见了我，一脸喜色地对母亲说。

"也就这些日子吧，十天前还不行呢。"母亲一边往桌子上端菜一边说。

"是不是谈恋爱了？啊？如实招来！"姐夫嬉笑着说。

"谈恋爱？做梦吧。我这瘦得跟猴似的，黑了吧唧，一身债务，谁跟我呀？"我立刻意识到说走了嘴。外债的事我一直瞒着母亲，姐姐、姐夫知道。母亲站在姐姐身旁没有反应，她没注意到我的话。

"小弟对象不愁。大学毕业，堂堂的中学大主任，月月开工资，一辈子不愁吃穿。还有知识有文化，身体也不错，哪能找不着好女人呢？"姐姐对我从来都自信满满。

"哪方面条件都不错，就是瘦了点儿。"姐夫说。

"瘦不是毛病，有骨头不愁肉。心情好了不用多，大吃大喝大睡它一个月，保准能长二十斤。"母亲的语气很坚定。

"唉，这二十多年，小弟一直跟那个短命鬼憋气，没过几天舒心日子。这回再找，可得长正眼珠儿，好好了解了解。"

15

天空瓦蓝，阳光朗照，路旁的山坡多彩如画。今天十月二号，周日。县城通往花岭镇中央大街的路上，车流不断。节日游玩，这条公路是前往水洞、铁刹山、关门山等景区的首选。本溪市，省城的后花园，这些车多半是辽A牌照。我从花岭镇中央大街买了二十只林蛙、一条十三斤重水库大鲤鱼、五斤上好的橙子、一条竹石常抽的玉溪牌香烟（他总是把香烟剥开，将烟丝集中到一个精致的小铁盒里，然后装在烟斗里吸）。骑车来到竹石家。先生看着这些东西，笑了。

"你准是意外发财了。"

"同学送的。"

"林蛙也是你同学送的？"

"哦，这个，我想吃，补补身子。顺路就买了。"

"可惜呀，运动会那两天你没在现场。马旭东三千米第一，五千米第二；曹睿三千米第四，一千五百米第二；柳欣，八百米第三，一千五百米第二；小不点儿李嘉，四百米第五，八百米第三。"竹石一脸喜色。

"很遗憾，没能亲眼看到这些孩子在运动场上的风姿风采。孩子们真是取得了了不起的成绩！"

"这些孩子，得奖的没得奖的，都特别高兴。谁谁谁获得了什么成绩，晚上回家后，就用家长的手机向我报喜。"竹石的脸上满是自豪。

八点钟，先生给那三个前来学英语的孩子上课；我提前十分钟来到快乐营活动室，坐在曹睿对面的老座位。没有看见胖子李彤的身影。今天的快乐营活动从歌唱《我和我的祖国》开始了。

"我和我的祖国，一刻也不能分割……"这首歌歌词太美、太细腻感人了！我一定要学会这首歌，以备将来再有人请我去歌厅唱歌时，无论跑不跑调，我都要唱唱这首歌。跑调无所谓，唱不好逗大伙一乐呗。"开心"将是我后半生追求的最宝贵的东西，这是我做"间谍"九天来，自身的第一收获。

曹睿开始讲杨靖宇的故事了。杨靖宇将军在本溪老秃顶子山一带抗日的故事，多年前我念高中时读过，他的故事用可歌可泣形容毫不为过。他曾经在我们本溪市桓仁满族自治县境内老秃顶子山的山林中建立了许多秘密抗日根据地，最后因叛徒出卖，杨靖宇一个人同几百日伪军激战，身中数弹，壮烈殉国，时年三十五岁。他牺牲后，敌人割下他的头颅，剖开他的肚子。胃肠里没有一粒粮食，只有草根、树皮和棉絮。敌人为之骇然，不得不承认他是一个极为可怕、令人肃然起敬的人。

"……杨靖宇将军牺牲了。但他没有倒下。他和许多革命志士一样，是矗立在我们心中永久的丰碑。杨靖宇将军的抗日故事讲完了。下面由柳欣讲一个古代爱国故事。这个故事和我们村南面的太子河有十分密切的关系。现在，欢迎柳欣来讲这个感人的故事。"曹睿说完，柳欣微笑着拿出一个白色本子，大家的目光集中在这个文静女孩的脸上。

"我们本溪市最大的河，也是我们的母亲河——太子河，古称衍水。那么，它什么时候改称'太子河'了呢……"这个故事我读高中时就读过了。太子河名字的由来和著名历史故事"荆轲刺秦王"有关。柳欣快讲完时，我把桌子上倒扣着放置的手机再次拿起来，看是否在正常录音。我伏在桌子上，迷迷糊糊睡着了。

不知睡了多久，忽然被一阵欢呼声吵醒。我缓缓抬起头，赶忙擦去嘴角的口水。四个孩子——曹睿、马东旭、柳欣和一个不知名的小个子女孩儿正站成一横排，竹石在给他们每人发一本精致的日记本和一本精装书。四人接过奖品，向先生深鞠一躬。先生鼓掌，快乐营活动室响起了热烈掌声。

竹石拿过一把吉他，站在孩子们面前自弹自唱起《我和我的祖国》。先生唱完第一段，示意孩子们齐唱第二段，我也自觉加入了齐唱行列。接着，大家唱《我爱你，中国》。这首歌太好了，我拿过手机翻开"百度"，查找它的歌词。

"一个国家或民族，其爱国者是最令人敬仰的。两个月前，大家讲了我们本溪市抗日英雄邓铁梅、苗可秀、刘仁与绿川英子的故事。今天，曹睿讲了我国抗日民族英雄杨靖宇将军在我们本溪市抗战的故事。杨靖宇将军不仅是中华民族的自豪，也是东北人的自豪，更是我们本溪市人的自豪！明年十一国庆节，我要领你们去老秃顶子山，看看当年杨靖宇将军带领抗联将士在那里生活战斗过的一些遗址。你们想不想去？"

"想去——"异口同声。

午后的活动暂停。孩子们吃完丰盛的节日午餐，回家了。

16

遵照指令，六点半准时来到方府。大馒头正在和牛威喝酒，见我来了，牛威瞭我一眼，把脸扭向一旁。

"你俩认识吧？"大馒头看着牛威问。

"见过，没说过话。"牛威面无表情。

"我来正式介绍一下。这位是花岭镇党委秘书、宣传干事牛威；这位,我最最最好的哥们儿——侯春光,花岭中学教务主任。"我把手伸向牛威,牛威慢腾腾抬手和我轻轻握一下。

"我深知哥敬业,凡事说到做到。说说这两天的收获吧。"我瞭一眼牛威,不想在他面前谈论竹石先生,更不想让他知道我在为大馒头充当"间谍"。看架势,大馒头已经把我的身份暴露了。

"但说无妨。打虎亲兄弟,上阵父子兵。牛威不是外人,他也是我哥们儿。"

"当时我听入了迷,忘了录音。"

"什么?"大馒头惊讶地看着我。他笑了。

"不可能,你在吓唬我,绝对不可能。你办事,我放心。"他说着,瞭一眼牛威。

"我真疏忽大意了。不过我可以凭回忆,把一些东西写出来。"

"皇天不负苦心人,吉人自有老天助。不管怎样,我相信你绝对不会让我失望。来,哥儿仨干一个!"碰杯,干杯。

"今天下午,牛威老弟陪我在花岭村走访了几家贫困户,这些家庭都有孩子在竹石那参加周末快乐营活动。哎呀,今天我算是大开眼界了。我从出生就一直生活在县城,从来没见过山村贫困户家庭这么个状态。"大馒头喝了口酒。"那个叫马东旭的,个子瘦高,见了我们就躲出去了。他父亲说,这孩子两年前还蔫了吧唧的毫无上进心。去展老师那半年以后,变了。学习也来劲了。每天往山上跑,练胳膊练腿。地里活儿、家务活儿都帮他们干。这回开运动会,他拿了三个奖,回来可高兴了,学习更来劲儿了。"牛威喝了口酒,大大咧咧地拿起一只螃蟹。我觉得这家伙不仅在记恨竹石,也在鄙视我。

"还有那个叫柳欣的女孩子。她妈说:'这孩子两年前一点儿都不爱学习,也不爱说话。咱家穷,她自卑,总觉得比同学矮三分。自从去了展老师那，孩子变得活泼了，爱说话了，身体也越来越壮实了。学习越来越努力，成绩越来越好了。原来在班里倒数几名，现在排到前五六名了。'"大馒头点了支烟，继续讲他今天的见闻。

"有个叫张龙的男孩儿，现在上小学六年级，家里老穷啦！屋子里黑乎乎的，粮食、破旧衣物、鸡、狗都在屋子里。破纸盒子、化肥袋子，屋子里都堆满了。炕上地下找不到一块干净地方，进屋连坐的地方都找不着。张龙父母都有病，干不了重活。张龙妈说，这孩子从前一点儿不懂事，回家也不看书。放学了就出去玩，天黑了才回家吃饭。去年春天开始，去展老师家参加快乐营活动。去了仨月，这孩子就像变了个人，天天干家务活，还经常给咱们做饭做菜。早晨往山上跑，晚上练胳膊劲儿、肚子劲儿。天天晚上看书。对英语特别感兴趣，说长大了要考大学，当翻译。"我在回想张龙的模样。有印象，这小子虎头虎脑的，看书、做活动都十分认真。

"还有，家长们都提到了，说展老师每个月开一次家长会，教家长怎样在平时的家庭生活中教育、引导孩子。要求家长做到关键两点：一、不打骂呵斥孩子，每天拥抱孩子两次；二、夫妻俩不在孩子面前打架争吵。"

"你没问问那些孩子的家长，他们是否用行动感谢过竹石先生？"我冲大馒头说着，从盘子里拿起一只螃蟹。我始终不看牛威一眼。

"当然要问了。这么重要的问题岂能忽略？有的说，过年过节给展老师送过鸡蛋、鸭蛋；有几个家长说送过杀完收拾好的鸡、鸭、鹅。还有的送黏火勺、黏豆包；秋天送榛子、核桃、栗子。送什么的都有。有的展老师收下了，有的让孩子拿回去了。后来，有些家长就晚上去展老师家，悄悄把拿来的东西挂在大门里面。鱼肉之类怕被野猫野狗叼走，就把东西裹上几层塑料兜挂在大门里侧。展老师不知道那些东西谁送的。每年春节孩子们去给他拜年时，除了每人一百元压岁钱，每个孩子临走时，都会带上一盒五斤装的草莓。那些草莓都是孩子们在温室大棚里亲手摘的。"

"你写网络小说，了解这么细干吗？随便瞎编一通不就完了嘛。"牛威说着，瞭我一眼，一脸不屑。

"你懂个茄子？写网络小说就可以胡编乱造吗？"大馒头目光转向我。

"竹石跟你提过他三十多年前去北京信访的经历吗？"

"还没呢，估计也就这两天吧。"

"越快越好。还有，他在花岭落户前，在凌源劳教所那两年劳改生活也要尽快整回来。最后，再挖掘他在花岭村那整整二十年的生活历程。这座'大矿'，储量太丰富啦！啊？哈哈！喝酒！"

我刚拿起酒杯，手机响了。我站起身，一边掏手机一边朝厨房方向走。

"喂，老师！"

"春光，说话方便吗？"

"方便。您说。"

"我有急事，明天要外出，快乐营的孩子你能帮着照看一下吗？"

"没问题，您放心吧。"

"好，挂了。"

刚才我来方府的路上天就阴了。此刻，窗外传来阵阵雷声和雨打葡萄叶的啪啪声。风夹着雨点从半开着的窗口扫进来，大馒头跑去关窗。我心跳加速。先生那里到底发生了什么事？从他低沉的声音里我隐约感到：出事了，出大事了！

第二章 黑

17

他会怎么样？他会像某大学的两个研究生那样跳楼自杀吗？与侯春光通完电话，恐惧、焦虑驱使我在书房来回踱步。窗外的夜空电闪雷鸣、秋雨滂沱。如果不是雨夜，此刻我会在南山红松林中。每当陷入焦虑、恐惧，松林里的松脂香气会予我抚慰，给我灵感，赐我智慧，帮我走出心灵困境。一小时过去了，半瓶红酒未能带给我一丝抚慰，焦虑的火焰仍在熊熊燃烧。我看着根雕茶几上的手机，看着这个传递声音、沟通情感、呈现表情的扁平而精致的长方体机器，恐惧的浪涛再度向心头袭来。我清晰记得，这种异乎寻常的恐惧感在我过往的生命中曾出现过四次：被体院开除，押往少管所；被逼迫和常丹丹分手，与冯俊英成婚；结婚当晚被突然破相；在办公室里被冯俊英家人暴力殴打。

我端着红酒杯在书房里来回踱步。几度拿起茶几上的手机，想再听听刚才与她通话的录音。然而，无形的恐惧立刻把这一萌生的欲念消弭。我的耳畔回响着她那几乎绝望的声音、绝望的恳求。我的心在阵阵发抖。我感到浑身发冷，从墙角的衣架上取下那件一周前拿出备用的羽绒马甲穿上，拉上拉链。喝酒应该浑身发热，可是，我却感到身体由内而外阵阵发冷，额头冒出了冷汗。

怎么会发生这种事？他会跳楼自杀吗？廖玉芳那充满恐惧而悲惨的声音再度于我耳畔响起："康健躺在床上，脸煞白，闭着眼睛，瘦得我都认不出他了。呜呜……"她的哭声撕裂了我的心。

康健到底瘦成了什么样？七年前他接到北京大学录取通知单后来我家看我时，可谓意气风发、神情昂然，不大的眼睛里放射出志得意满、由衷自豪的光。三年前，每年的春节他都会来看我。我为他骄傲，为他自豪。临毕业时他告诉我，大学毕业他不想马上工作，要继续考研。对于我培养过抑或为其付出过诸多心血的孩子，我并不希望他们每年都来看望我。只要每年的教师节寄来一张明信片，或发来一条祝我节日快乐的手机短信就可以了。当然，这样的短信也可以不发，即便把我忘了也不会责怪他们。感恩之情颇具时限性，随着时间推移，它会被渐渐淡忘。其实，将感恩之情表达过一次足矣。终生感恩者，非心慈德厚弗能为之。

窗外的雨哗哗下，霹雳在屋顶上空不时炸响，闪电的强烈白光在窗帘上反复隐现。墙上石英钟的指针已指向八点半。去睡吧，明天有一项无比艰巨的任务在等着你呢。

我拿起手机、关掉书房的两盏落地灯回卧室。卧室漆黑。屋外夜空的电光在窗帘上不停闪动。摸到床头开灯，屋内黑暗顿然消失。我看着立于床头柜上这盏蘑菇状的台灯发呆。明天我能否像这盏灯一样，在他面前一出现就立刻驱散他心房的黑暗？不会，一定不会。心灵之黑暗犹如癌症，任何灵丹妙药也绝非三两日能将其驱逐。通过手机传来的廖玉芳的哭诉声能明显感觉到：此刻她儿子的心灯似乎已行将熄灭，她引以为荣多年的那座山巅灯塔已经严重倾斜，随时或有倒塌之危。所以，她在手机中伤心欲绝地向我呼救："你快来吧！我跪着求你啦！快来吧！呜呜呜……快来救救我的孩子，救救他、救救我吧……呜呜呜……天老爷呀，你为什么要要我全家人的命啊……"

换上睡衣躺在热炕上，廖玉芳的哭声没有消失。我该怎么办？我该采取怎样的行动才能拯救她儿子，进而拯救这个可怜的女人？我有那么高深的智慧与道法吗？不知道，不知道啊。不曾越过那悬崖峭壁，激流险滩，怎能知晓能否安然翻越渡过？即便曾经越过，也无法保证每次都能有惊无险而最终如愿。

又一阵雷声轰鸣，雨似乎比刚才更大了。关灯吧，你目前最要紧的任务是睡觉。睡好了有了精神，才会更有信心去面对一场生死攸关的挑战。睡吧，好好睡一觉。我竭力控制大脑不去想那三小时前突然听到的震惊心灵的噩耗。然而，用力过猛往往适得其反，她的哭声很快又在耳畔回响起来。心灵这台无形机器如不经过超常之训练，便无法掌控自如啊。

已经十点多了，我还在炕上翻来覆去、覆去翻来折腾着。这时，廖玉芳发来一条信息："明天你坐八点钟车来，就说来城里买书，听说了这件事，顺便来看看他。"

我立刻回她："这些我都想到了，放心睡吧玉芳。相信我，我会竭尽全力来办好这件事。"

"他要有个三长两短，我就不活了。"

该说的已经说过了，继续相互发信息只会消耗体能、浪费时间，解决不了任何实际问题。

"我要睡了。明天见。晚安！"

<h1 style="text-align:center">18</h1>

清晨，一碗热汤鸡蛋面下肚，换上一套外出穿的衣服，上路。

在前往本溪市的客车上，我一直在考虑如何与一个患了精神疾病的北大研究生这样高智商的人对话。客车到了本溪市火车站站前广场。下了车，我来到站北一家麦当劳店。廖玉芳正坐在店里的一个角落等我。我问她是否吃了早饭，她说姐姐做了，吃不下。我去前台点了份简餐加两杯咖啡，回来在她对面坐下。她面色晦暗，眼白血红，眼神呆滞。这个女人仿佛一朵盛开的山菊花一夜之间遭遇了北风寒潮。简餐和两杯咖啡送来了。

"他怎么样？"我喝了口热咖啡，看着她。

"我出来时他还没起来。"她低垂着眼帘说。

"你打算怎么办？"话一出口我立刻觉得这显然是句废话。她闭上眼睛摇头，眼泪下来了。

"别怕，有我呢。一会儿我去看他，任何事情都会有解决的办法。别怕。"我在安抚一个突遭重创的灵魂，一个因儿子而自豪了十年的灵魂。我真的有解决如此难题的能力？不知道。但我知道，眼前这个人的心灵正遭受煎熬，她急需安慰，而唯有我能给予她如此需求。因为从昨夜起，我已经成了她全部希望。

二十分钟后，我拎着两袋水果打车随廖玉芳来到她姐姐家。女主人微笑着轻声向我问好，热情地给我拿烟，斟茶。这是一套老式的两室一厅楼房，客厅不大，很整洁。房门旁有一张折叠沙发床，床对面低矮的电视柜上坐着一台薄薄的长方形液晶电视。我一时不知说什么好，尴尬地坐了一会儿，拿出手机看时间：九点三十七分。

"他还在睡吗？"我看着女主人问，又看看廖玉芳。玉芳低着头，听到我的问话，慢慢抬起头，目光投向左前方关着的那扇门。

"你去看看？"女主人对妹妹说。廖玉芳犹豫了一下，起身缓步走向那扇门，轻轻敲两下，没有反应，又敲了几下。

"康健，快十点了，起来吃饭吧。"廖玉芳站在门旁，回头看看我们，里面没有回应。

"康健啊，起来吃饭吧。"屋里传出微弱的回话声。廖玉芳不知所措，回头看我。我招手示意她过来。她快步走回来，我站起身冲她耳语。她又走向那扇门。

"康健啊，展老师来了。他今天进城办事，顺便过来看看你，"她停了停，温和地说，"展老师已经等你十多分钟了。"里面没有动静。我站起身，示意她回来。她快步走回来，神情紧张。我让她别急，耐心点儿。我稳步走向那扇门，轻轻敲三下。

"康健，我是展玉程。听说你回来了，我今天来城里办事儿，顺便过来看看你。"过了二十几秒，门开了。康健穿着睡衣，低着头木然地说了声：

"你好，展老师。"

"你好，康健。我，能进来吗？"康健面色惨白，神情恍惚。他茫然地点点头，动作迟缓朝卫生间走去。我走进他的卧室。床头柜上放着一盒烟，一部手机，一盒药。我拿起药盒——喜太乐。我站着点支烟（出门时我不抽烟斗），在升腾的一团烟雾中，刚才的那张脸又浮现了：满脸胡茬儿，精神萎靡。无论从凹凸分明的面部还是从他睡衣内的肩胛骨看，这孩子已经瘦得堪比侯春光了。

大约过了十分钟，康健从卫生间回来了。脸上的胡子没了，黑框眼镜后面眼窝塌陷。我坐在床边，递给他一支烟。他伸手接烟，手臂颤抖，面无表情。我拿起火机给他点烟。

"回来多长时间了？待在这里，感觉怎样？"康健低头不语，对于我的问话似乎完全没有听见。

"你换上衣服，吃点儿饭，然后陪我去望溪公园走走？"他迟疑了一下，"嗯"了一声，眼睛始终不看我。

　　二十分钟后，我和康健打车来到望溪公园西门，沿着环山柏油坡路向上漫步。公园里的人不少，有林中舞剑、打拳的，三三两两上山下山的。向上走了约六十米，他停下了。我从背包里拿出两瓶水，递给他一瓶。他慢腾腾接过水瓶，手颤抖着，扭开瓶盖的动作显得十分吃力。

　　"我走不动了。困，想睡觉。"

　　"那就回去吧。"

　　我和他朝山下走。我在自责不该来爬山，即便爬这座海拔不足两百米的小山，也会透支他那几乎一阵风都能吹倒的瘦弱之躯。

　　打车回到康健姨妈家。康健回他睡觉的房间了。

　　"你们唠，我去做饭。"廖玉芳的姐姐说着，转身要去厨房。

　　"别忙了，午饭在外面吃吧。我们，出去走走？"两个女人立刻同意我的建议了。

　　廖玉芳诱逼我与她合欢那天夜里，告诉我她有个姐姐叫廖玉芬，家住本溪市。姐妹俩长得很像：个子都不高，妹妹比姐姐略高一点儿。长得都小鼻子小眼，薄嘴唇，皮肤黄白，身材细柳，慈眉善目。廖玉芬当年中专毕业后分到本溪市铸造厂，工厂解体后摆摊卖菜。丈夫开公交车。一个女儿四年前结婚了。孩子结婚后，廖玉芬就待在家中操持家务了。

　　我们步行来到望溪公园山下的那座广场。广场人很多。放风筝的，坐在木条凳子上聊天的，有几个大人带着孩子在喂地上成群的鸽子。我们来到广场东北角人少的地方，站成三角形，听廖玉芬讲述一个月来从她患病的外甥口中得知的一些事情。

　　"刚来我们家的时候，这孩子什么都不说，怎么问都不说。后来我就和他姨父慢慢跟他聊天，他才一点点和我们说了。起初，他想毕业后留在北京。他对自己的名校出身很乐观，目标瞄准了跨国公司。最低也得是国内著名的超大型企业，月薪起码一万元打底，而且有良好的发展空间。三年前的一月下旬大四实习时，他去应聘一家跨国企业。接待小姐看了一眼他的资料，就把材料退给了他，说报名应聘的人太多，他们已经临时修改了招聘条件，要求应聘者必须有大公司三年以上相关工作经历和硕士以上毕业文凭。后来他又去了几个人才市场和招聘公司，这才发现，他一直引以为荣的名牌大学的光环，其实并不能帮上他什么。竞争对手中，很多都是硕士甚至博士。康健开始调整目标，放眼全国，在上海、广州、深圳等城市人才交流会之间赶场。由于缺少应对经验，面对考核评委们提出来的那些刁钻古怪的问题，应答不当，最后都被淘汰了。后来他决定考研。"廖玉芬讲述的时候，廖玉芳在默默流泪。

"孩子这些事儿，我一点儿都不知道，"廖玉芳流着泪说，"孩子大学毕业那年，电话里说先不去找工作，继续在北京考研。我一听，乐坏了，还以为孩子有更大志向呢。我又东拼西凑了几千块钱，打到儿子卡上。谁承想……"廖玉芳哭出了声。廖玉芬接着说："第二年，康健以优异成绩又被北京大学化工系录取了。"廖玉芳擦擦眼泪，说："孩子考上北大研究生的消息一传来，我们当地人又一次震动了。县里又送来一万块钱，帮着解决了当年的学费。邻居们也都高兴坏了，都说我养了个好儿子。我就想，孩子为我又一次争了光，将来咱孩子肯定能挣大钱，将来我一定会享大福。谁承想，根本不是表面那回事儿。"廖玉芳拿出两片纸巾擦去脸上的涕泪。我很想点支烟，舒缓一下压抑的心情。面对两位女士，忍住了。

"去年下半年，研究生面临实习了，"廖玉芬继续讲述她外甥的坎坷经历，"康健再一次满怀信心去找工作。他很快应聘到了一家跨国公司中国分公司总部实习。这家公司的正式员工月薪都在万元以上，而且有良好的发展空间。康健很希望能通过实习期间的良好表现获得公司领导认可，实习期满后转正。可是，三个月实习期结束后，上司告诉他说：

'对不起，公司通过对你的考察，认为你缺少创造力和良好的团队合作意识，我们公司无法为你提供个人发展空间。'我外甥说：'我对自己的工作尚未完全熟悉，创造力从哪儿来呢？我初来乍到，别人对我都拒之千里，怎么说我没有团队合作意识呢？'咱孩子一百个不服气。可是，根本没有解释的机会，就被'请'了出去。"此刻，我似乎已经找到了康健求职失败的根源。廖玉芬继续说："这个经历给孩子的打击太大了。今年五月，他成功应聘到中关村附近的一家大型公司。这一次，康健和一个本科学历的应届毕业女生竞聘同一个工作岗位。他一盘算，自己不但有性别优势，而且学历明显高于对方，机会显然在他这边。于是，我外甥勤勤恳恳工作了三个月。八月九号，终于到了谜底揭晓的时候了。他胸有成竹。可是，做梦都没想到，公司人力资源部经理找他谈话，说'真的很抱歉，公司没有选择让你留下'。我外甥对我说，一听这话，他脑袋嗡的一下，蒙了。他都不知道自己怎么回到学校的。他实在想不通，一个堂堂名校硕士生，竟会败在一个普通院校应届毕业女生手里。当天晚上他就病了。在医院住了一个星期。身体已经大伤元气，他每天无精打采，只想睡觉。可是一躺下，就开始做乱七八糟的梦。有时候半夜从噩梦中惊醒，脑袋疼得他恨不得撞墙自杀。"我实在忍不住了，拿出烟盒，点支烟。

"我外甥说，从那时候起，他突然对找工作完全失去了信心和勇气。他好像接受了这样的现实：反反复复的求职经历证明，自己的确是一个除了考试什么都不会的废物。"廖玉芳在默默流泪，"研究生寝室的室友察觉到了他情绪的变化，催他尽快去看心理医生。北京的几家大医院他都去了。大夫一致认为，他已经患了抑郁症，不适合继续留在学校，建议他休学一段时间回家休养。等情绪调整好了，再回学校完成学业。就这么着，孩子请了病假，从北京回来了。他害怕回到家乡回到村里父母受不了，就来我们家了。我和他姨父对他百般劝啊。孩子觉得，爹妈省吃俭用培养我这么多年，好不容易考到北京名校，到头来连个工作都找不到。不但没让父母扬眉吐气过上幸福生活，还让他们在村里抬不起头，自己简直就是一个废物。"廖玉芳捂着脸哭出了声。廖玉芬又流泪了。两个女人在我面前如此痛苦，我的心碎了。廖玉芬哭着说："这孩子恳求我和他姨父，无论如何不能把这个消息告诉他父母。一开始我们答应了他。可是，这孩子成天闷在屋里，老是睡不醒，有时候一天就起来吃一顿饭，一天比一天瘦。我和他姨父就害怕了。我们从邻居那里、从他姨父的同事那里听说了不少得抑郁症的人寻短见的事儿，我们俩特别害怕，怕孩子万一有个三长两短，怎么向妹妹、妹夫交代啊？前天晚上，我就把这事儿告诉了我妹妹。"廖玉芳泣不成声了。

"展老师，听我妹妹说，您是她老师，也是康健的老师。我妹妹实在走投无路了，才麻烦您来了。看在我可怜的妹妹、可怜的孩子的分儿上，您就救救他们吧！"说着，廖玉芬脸色涨红流着泪向我连连作揖。廖玉芳双手捂脸浑身颤动，呜呜哭起来。

我请姐妹俩在肯德基店吃了午餐，然后回到廖玉芬家。我敲了敲康健房间的门，叫了两声康健，里面没有反应。我对姐妹俩小声说昨晚没睡好，我去站前如家旅馆睡一会儿。我会用手机与康健沟通交流。廖玉芬让我在她和丈夫的卧室休息。我怎么能在主人的卧室睡呢？

在如家酒店办理了入住手续，我拿着房卡乘电梯来到9楼916房，脱衣上床。

昨夜睡得晚，且睡眠质量不佳，突来的噩耗打乱了我多年睡眠习惯，几乎整个上午都被困倦驾驭着。此刻我渴望尽快入睡，让昏沉难受的大脑彻底放松，让堵闷的胸腔和疲乏的身子尽快复原。

睡不着，昏沉的大脑一直处于恐惧状态。口渴，起来喝水。点支烟，头昏胸闷体乏感似乎缓解了一点儿。酒能驱闷解乏，烟也能。姐妹俩的哭相在眼前浮现，康健毫无生气的死人脸在眼前晃动。侯春光发来信息：老师，今天孩子们的活动一切顺畅，您放心吧。我立刻回复：辛苦了，谢谢春光！

窗外乌云低垂，晚上还会下雨。白天阴夜里下，暮秋时节天气时常这样。侯春光的状态有所好转。这孩子的不幸婚姻让他痛苦多年，外债压身使他不堪重负，几乎瘦成了类似癌症晚期的人。对此，我岂能袖手旁观？廖玉芳命运不济啊。十多年前死了丈夫。这些年，孩子给了她莫大安慰与希望。可谁会想到，这个内心充满了无比自豪感的女人猛然间从天上落到万丈深渊的悬崖边。唉，对于康健，我该怎么办？

醒了，意识渐渐清晰。窗外黑，手机时间显示：六点四十三分。廖玉芳一小时前发信息让我回去吃晚饭。我忙回信说，刚才睡了一会儿，晚饭已在旅馆吃过了。发完信，下楼吃饭。

吃喝完走出餐厅，站在旅馆大门口，点支烟，看繁华大街人来车往。广场上，迎国庆的诸多装饰景物在彩灯下格外亮眼。康健是否晚上也时常出来观赏如此街景？如此景色会让他想起什么？光明？还是黑暗？

回到房间，给康健发信："康健好！今天上午，我从你姨妈那里得知你几年来求学、求职的艰辛历程，特别同情你的遭遇，我想陪你走出困境。相信我吗？请回信。"我把手机放于枕边，等待回信。我又拿起手机给廖玉芳发信。她立刻回信说，孩子到现在也没起来吃第二顿饭。十几分钟后，手机响了。我急忙拿起手机——廖玉芳："我在你旅店大门口。你下来领我上去。"

旅店大门外，廖玉芳举着雨伞站在路边，我快步走到她身边。"冷不冷？""冷。"我转身走向旅馆，她紧跟在我身后。走进旅馆大厅，我下意识向前台服务员瞭一眼。一男一女两个服务员在低头玩手机。我和玉芳步入电梯。灯光下，她的脸越发惨白，眼圈黑，眼袋浮肿，比起上午来更加憔悴了。

走进房间插上门卡，灯亮了。她放下雨伞一把抱住我，放声大哭。"你可得救救我呀，呜呜……他要有个三长两短，我不能活啦——啊啊……"我轻轻拍她后背，把她扶到窗边的沙发椅里。

"我已经给康健发去了信息，他还没回我。这件事我想了一整天，如果他同意，我带他回我家休养。我那环境你知道，远离村子，和谁都不接触，没有人知道他回来了。等他身体休养好了，就回北京完成学业。毕业后，我陪他去找工作。"廖玉芳不哭了，眼里有了光。

"你说，他会不会自杀?"

"他虽然病得不轻，但我想他不会自杀。"我心说，他病得很重，这种时候什么事都可能发生啊。这时，我的手机短信提示音响了。我急忙拿起手机，康健回信了："我相信你。"

我长舒一口气，告诉廖玉芳，她儿子回信了。廖玉芳站起身，看我给她儿子回信。

"康健，看你现在的身体状态，最好先到我那里休养一段时间。我那里的环境你知道，几乎与世隔绝。你还可以帮我干些活儿，摘摘苹果、摘摘梨。再过一个多月，大棚里的草莓就开始熟了。那时，我俩每天就有活儿干了。"我停下来想了想，继续敲字："你不必考虑生活费问题。我除了每月工资外，每年的草莓和松子的收入还有十几万。你若同意，明天打车跟我回花岭。我向你保证，封闭一切消息，谁都不会知道你的现状。"发完信，我的心跳又加快了。不是恐惧，是茫茫黑夜忽然间看到一束光。

"如果他同意去我家休养，就几乎没大问题了。"

"你一定有办法，我从来都相信你。"廖玉芳满眼含泪，沙哑着嗓音说。

雨，淅淅沥沥一直在下。已经夜里十点多了，我打车把廖玉芳送回她姐姐家。返回旅馆时，康健仍未回信息。他此刻在想什么？如果他不跟我回花岭怎么办？我想了想，给康健发信："都市里的环境不利于休养。以我的自身经历，幽静而多彩的大山最能帮助一颗受重创的心愈合。我也曾在人生的节点时期遭受过心灵的致命重创，是花岭的大山帮我走出了心灵暗夜。"信息发出后十几分钟，康健回了："谢谢老师，让我考虑考虑。"

我点支烟，陷入了沉思。康健今天的结果，其原因何在呢？

有一次，廖玉芳骄傲地和我说起让她备感自豪的儿子。她说，"康健这孩子从小就知道刻苦用功。他爸是个'大学漏'，比我有文化。他说，咱孩子将来一定会有大出息。从古到今，那些有大出息的人没有不用功读书的。只有刻苦读书，才能改变贫困命运。这孩子从小到大，很少出去和同学玩。家务活儿、地里活儿，从来不让他干。为了供他读高中，我把原来前后院子很大的三间房卖了，买了前后院子只有二十几平方米的两间小房。我知道，孩子大学一毕业就能挣大钱。我暂时住着这窝窝囊囊的小破房委屈几年，将来一定会住上大别墅。"

当年廖玉芳述说康健的成长及其家庭教育时，我并未意识到这孩子的未来潜藏着某种危机。书上说：少儿时期是人生非常重要的时期。孩童间的玩耍看似随意，其中潜藏着对自己和他人各种能力的认知。孩童的群体，实为一个小社会啊。从小只顾看书学习而从不出去和同学玩，这就无意中把自己与社会隔绝开来，从而失去了了解自己和了解他人的宝贵时机啊。康健从小学到高三毕业这十二年间可谓一路"学霸"，他几乎不参加任何活动，也从不与任何人交往。长年累月集中精力攻下一个又一个由数字与文字为其设置的各种虚拟障碍，这无形中给了他大量注了水的自信。因其从未认真接触过社会，视野狭隘而无法知己知彼；又因其在几近虚拟的书本世界里一路过关斩将从而自视甚高。在不存在虚假与肮脏的书本面前，他是权威是王者；然而一旦进入复杂多变的现实社会，如此一个书呆子便不堪一击，轻而易举成了一个无力竞争的弱者。他就像一个自视甚高却不懂打扮的村姑，在相亲的时候也不懂得用语言或情感或虚假的礼仪外衣将自己精心打扮一番，以致男方因无法对她一见倾心而与她喜结良缘。于是，自尊心遭到致命打击。经过三番五次这般打击，脆弱的心灵怎能不濒临崩溃？克里希那穆提说："在一个充满竞争的社会中，人与人之间的团结和友爱是不可能的……一颗仅仅被训练来接受知识的心，将无法应对生活中的种种变化与奥妙以及生活中的深渊与峻岭险滩。"由此我联想到与我有联系的那些正在学校就读的贫困家庭的大学生和刚刚毕业正在找工作的那几个大学毕业生，他们正在或马上或不久就将从简单的校园进入复杂的社会，我要尽快将我的认知告诉他们。今天晚了。从明天起，我将经常与他们沟通，主动打电话给他们，把社会的样子以及他们毕业后自己的角色早早告诉这些孩子。让他们尽早认清社会、认清自己，早早做好应对社会挑战的各种心理准备。避免如康健这样，因缺乏起码的社会常识而刚一接触社会便陷入了几近绝望的黑暗深渊。

19

早晨醒来，窗外雨停了，天空乌云密布。

吃完早餐来到旅馆大门前，点支烟。天空黑云压顶，空气凉而湿润。假日的早晨街上行人稀少，过往车辆也不多。不远处的广场上有人在晨练、玩轮滑。我拿出手机解除静音，转身回旅馆房间，倒出旅行背包里的东西，将一瓶水放入包中，下楼，坐公交车来到市中心最大的一家新华书店。

我楼上楼下转了一会儿，转到"医学·心理学·心理疾病"专柜。有关"抑郁症"方面的书籍不下十余种，我一本本快速浏览着其前言、目录与后记。最终买了《抑郁症：走出心灵的黑暗》《精神科医生话自杀、妄想、抑郁、毒瘾、酒疯》《跟抑郁者聊天》等六本书。我背着这些书如获珍宝。在回旅馆的公交车上，坐在最后排的一个座位上迫不及待翻看《抑郁症：走出心灵的黑暗》。这是一本德国心理治疗师吕迪格·达尔克写的书。三年前冬季的一天，我在儿子家的书房见过这本书，当时读了其引言、部分章节和书后总结。虽然具体细节记不清了，但总体印象较深刻。我上车后一坐下就沉浸在了这本书中，它的引言中有几段令我大开眼界。

……据世界卫生组织（WHO）统计，有1/5的女性和1/10的男性曾经历过轻度抑郁。在发达国家，抑郁症已经成为第二大疾患。在发展中国家，抑郁症是第四大疾患。而在所有疾病中，抑郁症引发的治疗费用遥遥领先于其他疾病。

抑郁症患者时刻被莫名的伤感、绝望和麻木包围，如同陷入沼泽，无法自拔。一位曾患过抑郁症的学者这样描述自己的感受："伤感就像癌细胞一样，不可遏制地迅猛扩散开来。"

在老年人中，抑郁症是最常见的心理疾病，甚至有些阿尔茨海默病，病因也是抑郁症。抑郁症是世界上最危险、最昂贵和最致命的疾病。根据世界卫生组织统计，在迅速增加的抑郁症患者队伍中，全球抑郁症患者已达2亿人。居首要位置的，是心理原因引起的反应性抑郁症。抑郁症是对严重超负荷的系统所作出的正常的应急响应……

因全身心沉浸于书中，我坐过了站。

回到酒店，躺在床上继续看这本书。进来一条信息。康健回信了："好吧老师，那我就去你那里试试。"我立刻给他发信："好！天快黑时，一起打车回我家。"心落了底。我继续如饥似渴地快速阅读起《抑郁症：走出心灵的黑暗》。我完全忘了饥渴，也忽略了长时间阅读所引起的眼睛干涩。到午后四点一刻，将这本三百一十九页的专著通读完毕。我放下书，长舒一口气，闭目休息。此刻，我的心踏实了许多。这时，腹中的饥渴猛然涌现，躺在床上给康健发信："晚饭想吃麦当劳吗？"等了一会儿，没回信。我起身收拾东西下楼，来到距离酒店约五百米的麦当劳店，买了五份汉堡，打车来到廖玉芬家。男主人还没下班，两个女人的脸上明显有了些精神。我打开背包，将五份夹着菜叶和炸鸡块的汉堡拿出来放到茶几上。我一边大口吃着，一边示意玉芳给她儿子送去一份。廖玉芳拿着东西悄悄走进康健的卧室，十几秒钟后空着手从里面出来，脸上略显一丝笑意。

天色渐暗，我和康健坐上了返回花岭镇的出租车。四十分钟后，车开到我家大门口。这时，天完全黑了。我从车后备厢里拿出康健的旅行箱。车在一路向后倒，灯光雪亮。我从背包中取出一串钥匙打开大门，进屋将几个房间的灯全部开亮，领康健进卧室。康健呆愣愣站在屋地中央，拉杆箱立在身旁。我把旅行箱拉到床尾，贴墙立好。

"你先把衣服换了，在床上躺一会儿。我马上烧炕，炕热了，你愿意在炕上睡还是在床上睡，随意。到我这别见外，就像回家一样。书房有一张行军折叠床。如果愿意自己一个房间，你可以在书房睡。"康健还是愣愣站着，面无表情。我转身出去，搬来劈柴烧炕。我一边烧炕一边不时向卧室瞭一眼。康健坐在床边，头耷拉在胸前。我忽然想起放在厨房罐子里的苹果和朝鲜梨，拿出几个，洗好放入果盘，端进卧室，放在床头柜台灯旁。随后从厨房拿起香皂毛巾，端半盆温热水来到卧室。

"前天新摘的苹果、梨。洗洗手，吃吧。"他仍然低着头，塑像般坐着。我转身去厨房继续烧炕。大灶锅里的蒸帘上蒸着两碗鸡蛋糕。我坐在灶前的板凳上，不时起身透过屋门的玻璃瞭一眼卧室里专程请来的尊贵病人。大锅里传出开水滚动的咕嘟声，浓雾般的热气在不断上升。我架好最后一灶大柴，站起身来到卧室。康健仍雕塑般坐着。我拿起毛巾放入水盆中，拧干，摘下他的近视镜给他擦脸。随后拿起他一只手刚要擦，他的手抖动着接过毛巾，擦擦手，把毛巾递我。然后继续呆坐着，面无表情，宛如一个机器人，一具僵尸。

回到厨房，揭开锅盖。朦胧的热气中，两碗香味扑鼻的鸡蛋糕安坐于铝制大蒸帘上。我从柜橱里拿出一个木制方盘，小心翼翼地将两碗鸡蛋糕放入盘中，端到书房茶几上，转身回卧室。

"蒸了两碗鸡蛋糕，咱俩趁热喝了。我这还有北京御制糕点，很好吃。"我微笑看看康健那张苍白的毫无生气的瘦脸，等着表态。他低着头，一动不动。十几秒钟后，他的喉咙里终于发出了微弱的声音：

"没有胃口，不想吃。"

"这里山清水秀，名副其实的天然氧吧。雨后的空气更好，甜丝丝、软绵绵的。"他慢慢抬起头向窗外看。

"山里晚上凉，吃点儿东西身子暖和。吃完了，我带你出去走走。"

来到书房，康健呆坐在茶几一端的藤椅里，低着头，样子像极了一个犯了错等待惩罚的孩子。我把羹匙递给他。

"喝吧，尝尝我的厨艺合不合你口味。这有酱油，觉得淡就放点儿，"我拿起羹匙喝一口，"嗯，味道不错。你尝尝。"他木雕泥塑般坐在那里。

"尝尝吧，味道挺好的。"他还是没动。我拿着羹匙，站起身走到他身边。

"人是铁，饭是钢。为了健康，没有胃口也要吃。来，吃!"他伸手接过我递来的羹匙。

"吃吧，吃饱了才能睡得着。尝尝这个，这是从前北京城皇上王爷们吃的糕点。"他微微抬起头，看看送到他嘴边的美食，接过来，放入口中。看着他慢慢嚼着口中食物，我忽然意识到：过于心急了吧？怎么可以像对待几岁孩子那样对待一个北大研究生呢？莫不是在对他进行某种变相侮辱吗？病人就是孩子，但愿他别介意。

我起身走出书房来到院子，点支烟，仰望天空。夜空中，乌黑的薄云飘移着，云缝中偶尔现出几颗闪着微光的星星。雨后的空气湿润而清新，气温明显比本溪市凉。我回卧室穿上毛衣毛裤，来到大门外。山体黝黯，四野宁静。伴着油葫芦那一阵阵悠然的嘟噜声，传来蟋蟀节奏欢快的鸣叫。不能急躁，不可操之过急。一颗冰冻的心，怎么可能被几句暖心话语瞬间消融？一颗近乎破碎的心，怎么可能在三五日内复原？书上说，一颗濒临绝望的心灵黯然无光，唯有爱能使其再度燃起光明的希望。竹石，你的大半生都是或顺着兴趣爱好去画画、踢球、练琴，或忍气吞声顺应命运安排。唯有三十几年前进京那段时光，算是在顺应大潮之流的一次主动逆行，那是一段为自己正名的充满希望之旅。而今的问题可谓巨大无比了，它将无情地对你的终极智慧展开挑战。既然接受了挑战，你别无选择，必须冷静、冷静、再冷静，耐心、耐心、再耐心，按照计划一步步来。竹石啊，你能最终赢得这场旷日持久意义非凡的战役吗？你能吗？

我心情志忑，回到书房。康健仍坐在藤椅里，低着头，茶几上的那碗鸡蛋糕喝了约三分之一。

"好，吃了就好。胃里有食，睡得安稳。咱俩到大门外走走吧，入睡之前，从大山这座天然氧吧吸足氧气。"

我和康健刚走出大门，侯春光发来信息："老师，您回来了吗？没事儿吧？"我立刻回他："没事儿。"他发来一个 ok 手势。看着侯春光的问候，我忽然心生一念：侯春光曾说过，他属于那种微笑型抑郁症，已经抑郁多年。何不让这两个人见见面，相互述说一下自身的痛苦经历？书上说：抑郁症患者间的相互述说，对于减轻彼此病情十分有益。可是，康健能在自己曾经的母校领导面前袒露心扉吗？我可是答应过他，将他的现状对任何人保密。不妥不妥，此举不可贸然而行。我将手机放进衣兜里。

"感觉冷吗？"康健摇摇头，继续向西南方向远望。西南方向有什么呢？北京？我不再和他说话了，让他完全沉浸于夜晚山岭间巨大的天然氧吧中。

人若焦虑恐惧，难以安然入眠。若想一夜安眠，唯有赶走焦虑和恐惧这两个扰乱睡眠的坏蛋！黑暗中，康健躺在床上，头朝西。因炕头位东、炕梢位西，脚比腰背更需要温暖。于是，我在炕上也头朝西横躺着。我知道，康健不可能立刻入睡，每个夜晚与白天都是抑郁症患者一道道暗无天日的难关。书上这么说，也是我四十多年前的亲身经历。那段痛不欲生的经历，让我深刻理解康健目前的精神与身体状态。当年如果没有我母亲的开导和邻居田婶一家那发自内心的关爱，我可能早已成为山坡上荒草中的一堆黄土了。

我拿起手机，播放一支舒缓的轻音乐曲，声音调到刚好隐约听到。乐曲中不时传来山间流水声、鸟儿美妙婉转的鸣唱，晨雾，清风，阳光……伴着乐曲呈现出的大自然舒缓而美妙的旋律，我渐渐进入了梦乡。

大雾弥漫。我和康健肩并肩沿着门前小溪向山中漫步。

"康健啊，我知道，这段时间你的内心十分痛苦，内心之苦会无情摧毁睡眠，而失眠又导致身体诸多器官与精神陷入混乱。"我的语气如晨曦中的林间清风。"你的痛苦不是你自身造成的，责任在于教过你的老师，包括我。在你走出校门步入社会之前，我们就该培训好你的精神抗压能力。"我的声音舒缓，语气宛若身旁轻柔平缓的溪流。此刻，话语的流动不可过于连贯，应给予听者消化吸收留出时间。"当年你大学毕业时去一家比较理想的公司应聘，尽管你对自己所分担的工作兢兢业业、一丝不苟，可到头来却未能被聘用。原因你并不清楚吧？其实，学历这东西在应聘时只约占三分之一，工作经历占三分之一，社会的人情世故要占三分之一。几个月前你与那个大学应届毕业女生竞争失利，恰好印证了这一现实。尽管那女孩儿各方面条件逊色于你，但最后还是成功被录取了。显然，这里与人交流、沟通的能力起了一定作用。"

浓雾遮掩的四野异常安静。

"你从高中到大学，都是在较为简单而公平的环境里生活。在没有充分准备的状况下一旦贸然进入复杂而多面的社会，开门黑就当属必然了。那么，什么样的人走出校门后有开门红之可能呢？是那些通晓社会群体中所必备的人情世故之人。而你，却恰恰缺乏这方面常识。这一点不怪你。我们应该提前告诉你：进入公司实习时除了认真工作，还要做哪些方面的功课；求职应聘时，要预先做好哪些必要的心理准备。可悲的是，你事先丝毫没有接受过这方面的告诫和训练。所以，当我从你母亲和你姨妈那里听说了你的遭遇后，十分难过，十分自责。我怎么会没想到你这样优秀而天真纯洁的孩子走出校门时会遭遇开门黑呢？得知你几个月来如此痛苦以致身体瘦成这样，我恨不能替你承担这一切！"最后这句话由于情绪激动，语气明显加重了。

"康健，请相信我，我能教会你一些进入社会时所必备的人情世故之妙法。这并不难，但重在实践。这都不是问题，我会陪你反复演练。"我抬手拍拍他瘦削的肩膀。我的手猛然间感到了疼痛，忽悠一下，醒了。原来，我的右手于梦中拍康健肩膀时，手背打在了柞木炕沿上。这个梦清晰异常，真真切切。我仰躺着，心在慌跳。哦，幸亏是个梦，若刚一来此就给他讲这番长篇大论，那可就犯了"大跃进"式的荒诞错误了。

20

梦中惊醒，睡不着了，迷迷糊糊到了东山上空泛白。如果不是康健在这儿，如果不是安排了八点钟三个九年级学生来补课，我会一直睡，直睡得浑身哪都舒服了。

早餐好了，比往日丰盛：油煎刀鱼段，柿子酸辣鸡蛋汤，蒸两碗米饭。大灶锅蒸饭，香。书上说，饮食对于抑郁症病患来说十分重要。我没有招呼康健起来吃饭。抑郁症患者因夜间失眠，晨起就像攀爬一座高山那样艰难，严重者甚至起床这样简单的事都不能自理。当年我虽然没严重到不能自理，但因大脑昏沉浑身酸软无力，早晨起炕成了大问题。毫无疑问，康健昨夜仍然不能睡好。因抑郁而催生的失眠恶魔强大无比，几句温软的语言棍棒尚不足以将其自大脑中轰打出去。于是，我先吃了早餐。把康健的那一份放在大锅蒸帘上温热着。

"我在客厅给孩子上课。早餐在大锅中热着，起床后自己在卧室吃吧。"我在半张纸上写了上面几句话，放在康健床头台灯旁。康健面朝里侧身躺着。

八点钟准时上课。这两女一男三个学生是半月前孙晓云介绍来的。三个孩子都是花岭中学九年级备考县重点高中的培养对象。孙晓云比侯春光小一届，当年是我的英语科代表，沈州大学外语系毕业。半月前的那天中午，她拿着水果来看我，说她班里有三个学生有望考上县重点高中。"这些孩子除了英语其他学科都不错，请您帮帮他们，求您啦！"说着她双手合十向我鞠躬。我乐意无偿帮助贫困家庭的孩子而不愿辅导拿钱来求我补课者。因为高中招生，人数固定，假如来我这儿补课的孩子上去了，无形中会将别的孩子顶下来。如此这般，我在无意中就坑害了因我而落榜的孩子，从而破坏了公平竞争（fair play）这一应有原则。辅导九年级学生这种事八年前我就不再做了。然而我可以委婉拒绝任何前来花钱请我补课者，唯独不能拒绝我教过的学生向我发出的由衷乞求。

我正在给三个孩子讲动词enjoy的几种特殊用法。偶然间抬头，瞥见侯春光从大门走进院子。我立刻紧张起来，忙起身迎了出去。经过房门内的小厅时我迅速朝卧室方向看一眼，生怕这时恰巧康健从卧室里出来。我大步走出房门，把侯春光引向一旁的快乐营活动室。他跟在我身后，手里拿着一塑料袋鲫鱼。

"春光啊，我家里现在出现了点儿新情况。这个……本想对你保密，你……你能发誓这件事决不外传吧？"

"能，当然能！我发誓，决不外传！"他瞪大眼睛看着我，眼神紧张而疑惑。

"这个……是这样，你还记得一个叫康健的学生吧?"

"当然记得。岭西村的，考入北大的才子，花岭镇的骄傲。"

"他患了严重抑郁症。"

"啊?!"

"现在就躺在我的卧室里。现在他很自卑、羞愧，非常害怕认识他的人知道他的现状。所以我想，为了使他安心休养，近期内你回避一下吧。"侯春光愣愣地看了我一会儿，神情惊异而尴尬。他转脸看向一旁的墙壁。我没想到暂时不让他再来我家，他会如此反应。

"好。有什么事需要我办，您随时给我打电话。"

十一点钟刚过，几个学生补课结束。这时我的手机响了。

"喂，春光。"

"老师，打扰您了。我曾经和您说过，一直以来我也是抑郁症患者，程度虽说不十分严重，但也曾有过几次想自杀的念头。只是一想到上有老下有小责任重大，才竭力控制着自己。您也看到了，我都瘦成不到九十斤了。我想，在不影响您调养康健的同时，我也特别特别希望能够在您身边接受您的教诲和指导。"侯春光发自肺腑的请求无形中给我出了道难题。我的理念从来都是：我可以婉拒任何人，唯独不能拒绝我的学生。可是，这件事非比寻常，一旦失误，后果不堪设想。

"春光啊，这件事非比寻常。你看这样行不? 你先等一等。他昨晚刚来，情绪尚未稳定。等过两天他情绪稳定了，征得他同意后你再过来好吧?"

"唉，那就……只能这样了。我真想现在就在您身边。"

"别急，时间是解决一切问题的金钥匙。"

"但愿这个过程不会太久。"

"但愿如此。"

我回到卧室，康健仍然脸朝里躺着。我转身来到厨房弄了些温水，端着水盆拿着毛巾回到卧室，拉开窗帘。

"康健，起来吃饭吧。中午了。"我轻声说。他动了一下。

"起来吧，外面天儿不错，空气也好。吃完饭我带你上山坡转转。山上的景色可美了。"他又动了一下，闭着眼睛，眉头紧蹙。书中说，起床是抑郁症患者每天面临的一道难关，不能任他所感，适当采取一点儿强制措施有助于他渡过难关。

"康健，你猜早餐我给你做了什么？"他鼻子动了一下，没回答。

"大锅蒸米饭。还有油煎刀鱼段、酸辣柿子鸡蛋汤。来，起来。起——来——喽！"我抱着他上身坐起来。他睁开眼，表情木然。我把床头柜上的眼镜拿给他戴上；把衣服拿过来，一件件帮他穿上。洗完脸，扶他来到书房，安置在茶几旁的藤椅里。我从大锅中取出饭菜放到他面前，转身去厨房取来盛着苹果和黄梨的果盘。

康健呆坐在藤椅中，像一个戴着眼镜、皮包着骨头的机器人。我把筷子递给他。他手颤抖着接过筷子，呆视着盘中的刀鱼段。我去厨房取来透明的薄膜手套，拿起盘中的一块刀鱼，剔除两边毛刺，从中间的大刺骨上拆下鱼肉放进他饭碗里。接着拆第二块。康健拿着筷子，手抖动着，呆呆地看着饭碗。

"吃吧，很好吃。多吃点儿，吃完了上山有劲儿。"我站起身，慢慢走出客厅来到院门外，点支烟。正午的日光很好，蓝蓝的天空缀着一堆堆白云。雨后的枫叶红得格外鲜艳，南山红松林墨绿色树冠清新厚重；北山坡的落叶松金黄耀眼。门前上涨的溪流渐渐恢复了往日的水位。我忽然想起侯春光刚才的电话，这个内心压力巨大的孩子也实在可怜。

我掐灭烟头，顺手扔进大门旁的塑料垃圾桶，走进卧室，将吊床装入双肩背包里，坐在床边对着南窗，想着一会儿在松林中该和康健说些什么。忽然，廖玉芳出现在大门口，她肩挎一只小红包、手提一个装得鼓鼓的塑料袋。我急忙起身迎了出去，抬手示意她向存放根雕的仓房走。

"你怎么不先招呼就来了？"我声音急促，紧张地向房门方向看。

"今天镇上有集，我来赶集呀！天凉了，给康健买了秋衣秋裤，还有鞋。你干吗这么紧张啊？"廖玉芳瞪着小眼睛看着我。"你告诉我保密，没说不让我来呀？"廖玉芳也紧张起来。我告诉她见了康健如何说，然后示意她去东屋书房。

我随廖玉芳走进书房。她蹲在康健身旁，握着他一只手，微笑着看儿子的脸，满眼都是怜爱心疼。

"展老师是我们家大救星。你能考上北京大学，展老师帮了大忙。你现在生病了，展老师又伸出手来救咱们。你可要……"我不能再让她继续说下去了，她的话只会给康健带来压力。

"哦，这都不算什么。这些年来，我为村里不少大学生提供过帮助。不光为康健一个人。你们千万不要多想。我之所以这么做，没别的企图，就是想从中获得一点儿快乐感和存在感。"康健低着头坐在那里，廖玉芳蹲在儿子身旁怜爱地看着他的脸。康健面前的饭碗里，我放里面的那些鱼肉不见了，饭也下去了一半。

"康健，你妈妈希望你尽快康复起来。她不再希望你能给她挣多少钱，只希望你健康、快乐。"廖玉芳站起身，抱着儿子的脸亲一下，拿起小挎包往外走，边走边擦脸上的泪。

我和康健来到红松林。我放下吉他，往树上绑吊床。康健呆立在我身旁。眼前是几棵高大红松，透过树干，可以看到山下红枫围裹的房子以及房子后面落叶松覆盖的那片"金山"。蓝天下，远近群山起伏，色彩斑斓。

"来吧，躺上去感觉一下舒适不。"康健没有动，仍然塑像般面向远方。我走过去，顺着他的目光向远方眺望。

"从前你总是闷在屋子里埋头看书演算题，很少注意过家乡如此美妙的秋天景色吧？"他没吭声，目光呆滞，面向远方。

"刚才上坡累了吧？来，躺在吊床上歇会儿。"我扶他躺上去，从背包里拿出两瓶纯净水，拧开一瓶递给他。他接过水瓶喝了一口。我拿起吉他，坐在距离康健约三米远铺满松针的林地上，看着眼前风光旖旎的景色，随意弹起一支抒情小曲。

"你躺着休息吧，我在林中溜达一会儿。"

我向松林深处漫步。因树干阻隔，已经看不见躺在吊床上那个可怜的年轻人。我顺着山坡朝来的方向坐下。四周肃静，无风，空气中弥漫着松脂清香，一只松鼠从不远的地面蹿上一棵高大松树。我拿出手机给廖玉芳发信息。

"玉芳，以后没有特殊事不许来我家，让孩子安心静养，别来打扰他。记住，别给他打电话。每天上午给他发一条短信。这样写：'儿子，好好休养，我们爱你。''只要你健康快乐，我们就开心幸福。''相信展老师，他一定能带你走出困境。'短信内容不说别的，就写上面我提供的那些话中的一两句。我还要和你说，这不是什么见不得人的事，你们也别上火。相信我，康健一定会慢慢好起来。"信息发出后，我忽然感到身心疲惫，身子后仰，躺在山坡上。看着树干上方浓密的松枝，心绪不宁。我真的能带他走出困境吗？

回到康健身边坐下。康健闭着眼躺着。

"感觉怎样？空气比城里清新吧？"他没说话，闭着眼轻轻点头。

"当年我遭受重大打击之后，抑郁程度与你现在差不多。如果不在这连绵起伏的大山中，不是山中这蓝天、白云、花草、树木，我肯定活不到今天，早就绝望而终了。"我看着远山，长出一口气。"是大山拯救了我。"我继续眺望远山。"看到你现在的状态，想起了我的当年。开始的时候，我整天趴在炕上，起不来呀。我母亲就劝慰我、开导我、鼓励我。后来，我天天上山，在大山里漫无目标地走啊，走啊，走过了秋天走冬天，走过了冬天走春天。到了来年六月中旬，身体明显康复了许多。接着，我几乎还是每天上山。"

"吃药了吗？"康健微弱的声音一发出，我愣了一下。哈哈，他终于开口说话了！

"没吃药。当时没有想到去医院。书上说：一九五七年，世界上第一个三环类抗抑郁药'丙米嗪'问世；一九六八年，另一个抗抑郁药物百优解上市。二十世纪六十年代末，中国可能还没有像这些专门治疗抑郁症的药物。"雨后，山林地面潮湿，无火险。我点支烟递给他，也给自己点一支。

"一开始，也是整夜整夜失眠。我从村医那里买来那种叫'安定'的安眠药。后来听说安眠药吃了会上瘾，就干脆不吃了。那些日子，我整天在山里走。秋天观赏五颜六色的草叶树叶、蓝天白云；冬天在白雪漫山的大山里漫游；春天，漫山遍野的山花让人沉醉不醒。春风中，山鸟在树上或空中欢叫。天天都有山野菜吃。在山里漫游，我认识了许多许多山野菜和花草树木。"我沉浸在那不堪回首的往日时光里。

"什么原因导致你抑郁的？"啊，他又说话了！我兴奋得立刻从往日时光中跳回现实。

"两个原因。一九五九年九月，教我乐器和武术的邢宝田大哥被打成右派后，我给他家写了一封信，说他是好人，不可能犯什么罪。信被查收后，他们顺藤摸瓜来到体育学院，说我为现行反革命分子鸣冤叫屈。我被学院开除学籍，押往少管所。两年后，解除劳教来到花岭村落户。当时虽然抑郁，却不严重。一九六八年九月，全国掀起城里中学毕业生上山下乡接受贫下中农再教育运动。一个从省城下放到花岭村的姑娘看上了我，我也特别喜欢她。就这样，我俩恋爱了。第二年八月初的一天傍晚，我们正在山坡的一棵大树下亲热，村治保主任突然出现了。他黑着脸说我破坏知识青年上山下乡，拉拢革命青年下水。把我带到大队部，给我两条路让我选择：一、与那个女青年一刀两断，和他奇丑无比的妹妹结婚；二、如不同意，就开批判大会把我打个半死，然后把我押送至公安局，判我二十年徒刑。为了我父母，也为了给自己留条活路，我选择了第一条路。治保主任的妹妹长得五大三粗，貌似妖怪。半个月后，治保主任逼我和他妹妹结婚。结婚的当天晚上，这个女人险些一口把我的鼻子咬下来。"

"为什么?"

"她说，'给你破了相，就不会有别的女人喜欢上你了，你就死心塌地跟我过日子了'。"我的心一阵酸楚，吸口烟，目光从远山移到康健的脸上。他闭着眼，瘦削惨白的脸上没有一丝表情，仿佛躺在吊床里的一具死尸。

我忽然想起了侯春光。他强烈要求来我家，看我如何拯救我们花岭镇曾经的骄傲。他很想参与其中，从中受益。从这十天来的情况看，春光这孩子似乎正在主动从往日的消沉迷惘中向外挣脱，他已经向我明确发来乞求，我应尽力帮助他。

"花岭中学的侯春光主任，你认识吧?"我看着这张双目紧闭、毫无生气的脸，试探道。他微微摇摇头。

"他也是我的学生。和你母亲是一届的，不同班。他也患了抑郁症。一米七三的身高，瘦成了九十多斤。国庆节前，他连续来我家好些天。"

我希望看到康健的脸能有所反应。

"今天早上他又来了，没看见你。我怕影响你，让他走了。"康健的脸依旧木然。"这位侯主任实在可怜，忍受妻子给他戴了二十年绿帽子。他和他父亲感情最深，他父亲脑中风，一年前去世了，这对他是雪上加霜。今年三月，他妻子患癌走了，给他扔下三十万元外债。现在，他严重失眠，学校教务处的工作勉强撑着。"康健的脸上仍然没有表情。一股愤怒情绪从我心头猛然升起。我特别想听到康健这样说："让他来吧，我们一块儿攻克难关。"书上说，抑郁症患者间的交流对于他们的康复十分有益。然而对于尚未走出北大校门的研究生，此刻要求他迅速放下虚荣心、羞耻心而敞开胸怀，也确实勉为其难了。

侯春光电话里的请求让我的心火烧火燎。

我忽然想起自己还没吃午饭，看看手机时间显示：两点十三分。

"我回去吃点儿饭，半小时后回来。"我站起身，拿着背包朝山下走。

回到家，我将康健吃剩的饭菜吃光，拿了两袋牛奶和几块方糕，将果盘里的苹果和梨装入保鲜袋里两个。十分钟后回到康健身边，打开背包，将带来的东西放到盖满松针的林中地面上。

"吃块糕点吧。"康健睁开眼，慢腾腾从吊床里坐起来。我把保鲜袋打开，递给他。他的手抖动着从里面拿出一块方糕，脸上呈现出愤怒。我清楚记得，昨晚他曾经浮现过这种表情。假如不曾读过抑郁症方面的书，我确保会对他这一表情感到惊讶。我忽然想到另一个问题：康健会不会因为我答应他保守秘密，却怀疑我将他的事泄露给了侯春光而对我强烈不满呢？我的手机响。

"喂，枫山。"

"竹石兄，你在哪儿呀？"

"我在山上。你在哪儿？"

"就在你家大门口。你下来还是我上去？"我猛然紧张起来。

"哦，有事吗？"

"没事就不能来呀？"

"啊哈，那个……我这就下山啊。"

十分钟后，我和林枫山对坐在书房窗前的根雕大茶几两侧。他从背包里拿出几听精致"龙干"、一盒油炸花生米、两根俄式火腿肠和一袋切好的酱牛肉。我非常后悔：眼前这位刚才来电话时我为什么不走走脑子，说自己在省城或别的什么地方。怎么办？

"知道我今儿为啥来和你喝酒吗？"我摇摇头。"猜猜看，咱俩才喝完几天？为啥今儿又来和你喝？"

"莫非贤弟此刻正身处恋爱季节？"我笑着问。他伸手打了我肩膀一拳：

"你这家伙真是火眼金睛！何以一猜就准？"

"交往三十载，还有什么不能了解的？"说着，我向南山坡瞭一眼。

"我跟你说竹石兄，这回和我恋爱的女人是谁，你知道吗？咱学校李娟的表姐！"看这家伙得意的架势，今天这顿酒恐怕两个小时下不来。现在已是午后三点，再过一个半小时太阳落山，山上吊床里的那位怎么办？我又下意识地向南山瞭一眼。

"我七十，她五十五，不算老牛吃嫩草吧？"林枫山心花怒放着，一脸幸福。

枫山身高一米五六，他的原配妻子高大粗壮。两个人的身高形成了极大反差，可谓一个似猴，一个如熊。枫山当初是花岭中学民办教师。为了弥补自己的身高劣势，在其强烈的虚荣心驱使下，特意娶了一个大自己两号的邻村姑娘。多年来每次与我对饮，他都很痛苦地后悔自己当初的选择。两年前他妻子病逝后不到一个月，他便开始了崭新的恋爱生活。枫山说，他不太看重容貌，但身材必须娇小。他每月工资五千多元。两个女儿家庭富裕，无须他贴补。娇小温柔、通情达理成了枫山晚年择偶的最高标准。枫山虽然没有高大身躯，但人长得精明帅气。他每开启一段新恋情，都会高高兴兴带着酒菜来与我分享，我也十分愿意分享他的由衷快乐。然而，今日不比往常。

"竹石兄，你眼神飘忽，魂不守舍。心里有事儿咋的？"

"哦，是……是有事儿。这事儿非同一般，我本不想让你知道，可是——枫山，我说了，你能不能发誓保守秘密？"我自知已经无路可走，尽早坦白是唯一出路了。

"对我你还怀疑？什么事儿这么神秘？说吧，我发誓，听了之后，一辈子烂在肚里。"我沉默了几秒钟。

"你一定记得一个叫康健的学生吧？"

"康健？咱们镇考上北大的那个孩子吗？"

"对。他得了严重的抑郁症，休学回来了，现在就在我家。"枫山瞪大了眼睛："他，现在在——"林枫山惊异地伸出手，指向卧室。

"不，在山上。我刚才就从他那儿回来。"

"那他……怎么在你家呢？"

"唉，一言难尽。我是从康健的母亲那里得到的信息。康健的母亲是我教过的一个学生，她实在没办法了，向我发出求救。"

"噢，康健得了抑郁症。这孩子，可惜了可惜了。那她母亲为啥向你发出求救啊？这里想必有故事吧？啊？快快向我如实招来。"枫山的脸上闪过一丝诡谲的嬉笑。

"是，有故事。如果光明正大，早就与你分享了。"

"什么光明正大不光明正大，咱俩谁跟谁呀？说吧，我保证至死烂在肚子里。"于是，我向我的老友讲述了十年前那个雨夜发生在我家的故事。

康健考入县一中之前，在我家学习了五年英语。当初我了解了他家状况后，学费给他全免了。上县一中的第一年学费，我也给予了资助。当时我并没多想。你知道，我每年都会拿出不少钱来资助贫困大学生。康健家里那样贫困，学习又如此出色，我愿意资助这样的孩子。

那是十年前九月的一天傍晚，雷雨交加。康健的母亲在午后三点多给我发来信息，说孩子以全县第二的成绩考上了县一中，她要来答谢答谢我。我回信说，孩子成绩好是他自己努力的结果，我并未特殊为他做什么。那女人没再说什么。六点多天黑了，我正在厨房刷碗，有个人开门进来了。我一看，是她——廖玉芳。她穿着透明的半截塑料雨衣，雨水正顺着雨衣下摆往下滴答，她前额的头发也在往下滴水。我急忙擦擦手，递给她一条毛巾。来答谢我，怎么没带礼物呢？我一边继续刷碗。一边疑惑着。

"我的衣服裤子都湿了，你的衣服借我穿一会儿呗？"我又擦擦手，低着头去卧室衣柜里拿衣服。她跟了进来。我把一件白衬衫和一条牛仔裤递给她就出去了。回头告诉她，茶几上的暖瓶里有热水，自己倒。我在厨房继续洗刷锅碗瓢勺，整理餐具，抹灶台，扫屋地。收拾完了，洗洗手回卧室。刚一进门，眼前的情景把我惊呆了：前后窗帘已经拉严了。廖玉芳躺在炕上，露着光溜溜的肩膀。我刚要转身退出去，她掀开被子跳下地来，从前面抱住我的腰，哽咽着说："老师，你给我儿子补习英语，五年来没收我家一分学费，还给我孩子买那么多课外书读。孩子上县一中学费不足，你还赞助了三千块钱。我……我实在没有别的办法来报答您了。"我的头扭向一旁，但眼睛的余光还能看见她。我掰开她的手，去外屋把房门插上。

"你赶紧穿上衣服，别感冒了。"我低着头说。

"你要是不答应我，我就一直这样站着。"她双臂抱胸，浑身哆嗦。我低着头走过去把她扶到炕边，让她上炕躺下，给她盖上被子。我不敢看她的脸。

"玉芳，我给学生补课，并不是给你一家免学费，贫困家庭的孩子我都免。至于给康健买课外书，那是我发现他是一块学习方面的特殊材料，将来会有无法估量的前途。他以第二名的成绩考入县一中，我特别开心。至于资助他那点儿学费，你也千万别多想。我月月工资花不了，还有草莓大棚和南山坡那片红松松塔每年都出不少钱。你这份心情让我特别感动，可是，我不能接受。给予他人帮助，我从中获得快乐，这对于我，足够了。"

她呜呜哭起来。我尴尬地站在炕边，不知所措。

"我知道，你学问大，瞧不上我这样长得不水灵又没什么文化的女人。呜呜……"她一边哭一边说。我的心软了。我从来不以学问多少作为我对异性喜爱与否的标准，也从不以貌取人。国色天香的牡丹固然可爱，素白芳香的茉莉同样怡人。廖玉芳小鼻子小眼睛薄嘴唇、个头适中、身材苗条，而且慈眉善目。古人云：心慈则貌美。

"玉芳，你想错了，想错了。其实，一个女人如果身心健康、心地善良、待人真诚、勤劳又节俭，那是最美了。"廖玉芳不再哭了，她起身下地，流着眼泪给我脱衣服。我不再说什么了。当时我妻子已经去世两年多了。我身体健壮，渴望女人。

激情的肉体之欢平息了，廖玉芳躺在我身旁，自言自语地回顾往日时光。

"我念七年级那年，国庆节之前班里排节目。你还记得吗？那年迎国庆咱班大合唱《我的祖国》，我领唱。你来给咱班指导时，告诉我这句怎么唱、那句怎么唱，手什么时候该做什么动作。那天演出，咱班得了优秀表演奖。"

我闭着眼睛，无心听她在说什么。我做了一件见不得人的事，我对不起我那远在省城的初恋情人常丹丹，对不起在县城读高中的康健。

随后，廖玉芳讲述了她的家庭。她二十岁时嫁给了邻村的康永吉，婚后生了康健。她丈夫很能吃苦。结婚后第二年，就外出到附近的小煤窑去打工了。那些年她丈夫月收入很高，她们家的生活很不错。可是，天有不测风云。在她三十岁那年，丈夫得了硅肺病，再也干不动体力活儿了。他整天胸痛、呼吸困难、咳嗽，不久开始咯血。去医院看病，花光了那几年的所有积蓄。前年秋天，康永吉走了。她就每年靠种几亩山坡地，偶尔出去打些零工度日了。

"生活虽然苦，康健给了我们很大希望。这孩子从小就特别爱学习。从上学第一年起，就回回考试第一。咱家康永吉是个'大学漏'，家特别穷，当年他家要是有钱供他去补习，考不上大学最次也能考个中专。他得病那年，康健上小学三年级。康永吉不能干活儿了，就每天晚上辅导孩子。他经常跟康健讲，穷人家的孩子，只有刻苦读书这条路才能改变命运。康健特别懂事儿，从来不向我要零花钱。也很少出去和别的孩子玩，除了写作业就看书。"廖玉芳说着，手从我的胸脯慢慢往下滑。

"我和康永吉结婚十七年，就过了两年好日子。他出去打工那些年，一个月才回家一趟。"

第二天天快亮了，我做了两碗热汤鸡蛋面。廖玉芳临走前，我和她讲了我的心里话。我说，我非常非常感激你来陪我一夜。我既高兴，又非常愧疚。我告诉她，在省城我有个初恋情人。她是当年的下乡知青，由于当时某种特殊原因，我与她没能成婚。她回省城后，很久之后才结婚，但婚姻并不幸福。她丈夫身体很不好。她和我已经约定好了：她丈夫一去世，就来和我结婚。

廖玉芳说："只要你们没结婚，以后我就经常来帮你干活儿。感恩是一方面。我一不图钱，二不图貌，就想来看看你。"

从那以后，她经常来我家帮我干活儿。秋天摘果，冬春季节摘大棚里的草莓。十年了，她一直这样。我每年都想给康健一些资助，这并非因为廖玉芳曾经把她年轻的身体和一颗滚烫的心敬献给我一次。即便与我关系最一般的贫困家庭的大学生交学费时遇到了困难，我也同样会这么做。可是，廖玉芳却始终拒绝我的资助。我本想平时给她些钱补贴家用，她却从来不接受。于是，我就和草莓大王郭天福联系，把廖玉芳介绍到他的草莓大棚基地去做工。草莓大棚基地从九月初到来年的六月末，除了起初的整垄栽苗，每天都需要人工进行采摘、装箱，平时也需要人工进行日常管理。这样一来，康健每年的学费就有了保障，廖玉芳对此非常满足。

"枫山，为十年前那个初秋雨夜发生在我家的事，我内心一直深藏着一份愧疚。我对不起省城的初恋情人常丹丹，我们一直彼此深爱着。我也一直很想再为廖玉芳做点儿什么，来减轻我内心多年的那份不安。"

"康健得了抑郁症，机会来了。"林枫山说着，拿起酒杯与我碰杯。我心情沉重，摇摇头。

21

在我的协助下，康健今天终于过了早晨起床这道关。昨夜康健睡得不错。吃早餐时虽然依旧沉默寡言，但呆滞的神情中有了点儿活力。

"看你的气色，昨晚睡得可以吧？今天天气好。多吃点儿，一会儿我俩到东山坡去日光浴。"他没吭声，悄无声息地慢慢嚼着嘴里的食物。

"想和我上山吗?"我以温和的语气确认一下。他点点头,没说话。

"你慢慢吃,多吃点儿。我去准备一下。"

八点二十分,我背起装满物品的迷彩双肩包,拿着拐杖和康健上路了。远近起伏的山岭上空,蓝天如洗,日光朗照。沿着门前小溪边的上山小路走出约一里,来到红松林东侧那面山坡。回首眺望这大美秋色,我心潮涌动,心里默念着:

"浴金风,花岭披锦绣;游秋山,二人踏征程。

愿苍天,赐我智与慧;脱苦海,还他精气神!"

我蹲在山坡小路旁的一片草地上,从背包里拿出泡沫坐垫。康健一步步慢悠悠走上来。我在身旁的草坡上为他铺好泡沫垫。垫子很大,可供大半个身体躺着。他颓然倒在垫子上,喘着气,接过我递给他的毛巾擦脸上的汗。我递给他一瓶水,水里加了糖和盐。

"今天,我们就在这躺着浴日光,赏美景。等过几天你体能上来了,再去山那边游玩。"康健不搭话,闭着眼,还在顺脸淌汗。宁静的山坡,阳光迎面照射过来。金风拂面,偶尔有山鸟从眼前飞过。身边的草叶与不远处成片的柞树叶子在微风中颤动着。"浴金风,花岭披锦绣;游秋山,二人踏征程。愿苍天,赐我智与慧;脱苦海,还他精气神!"我躺在宁静的山坡,沐浴着秋日暖阳,闭着眼心中默默祈祷着。

我俩就这样静静躺着。康健在想什么无从知晓。我眼前相继浮现出廖玉芳姐妹俩在本溪市广场向我哭诉的情景,与林枫山前天午后那段亮底坦白的无奈情形。林枫山十分知趣,我一讲述完与康健母亲的复杂关系,他就起身离开了。看得出来,他并没有因为他喜形于色的新恋情没能与我分享而沮丧不悦,反而因为知晓了我藏于内心多年的秘密而得到了某种满足。我答应他,等过些日子康健的情形明显好转后再和他一醉方休。我现在内心焦虑,无心喝酒。康健的状态令我忧虑不已,寝食难安。虽然这些天我一直在思考，但至今也没能制订出一套使他康复的完整方案。

侯春光刚才发来信息，询问康健的状态怎样了。他再一次表示，特别希望此刻能在我身边，在收获我人生经验的同时尽量分担康健的痛苦，分担我日常的辛劳。我多么希望康健能了解侯春光此刻的渴望与焦虑的心境，多么希望在这片大山大岭中，康健和侯春光的抑郁都能奇迹般消失，从而回到他们各自理想的生活之路上。

中午回到家，康健在书房看书，我做午饭。油面芝麻花卷，五花肉白菜炖豆腐粉条，一盘水果沙拉。每人一杯牛奶。任何疾病的康复，三样东西不可或缺：稳定愉悦的心境；营养丰富的膳食；身体适度的锻炼。每日里晒晒太阳，也是益处多多。

"怎么样，晒晒太阳，舒服吧?"康健点头。

"午后在家读书、睡觉，还是继续去红松林躺吊床?"

"看书吧，困了就睡。"他小声说。我内心泛起愉悦。好啊，想看书了！看书忘却烦恼，睡眠有益病身。好！

接下来的两天里，上午都是去三百米开外的东山坡浴金风，晒秋阳，看风景，听鸟鸣。我俩谁都不说话，就那么安安静静躺着。晒太阳的同时，尽情享受辽东群山的无限宁静。康健午后照常看书，睡觉。现在，他每顿的饭量比开始时大了许多，苍白的气色略显好转。

今天是康健来我家的第七天。吃过早餐，前往躺了几天的那面山坡。今天，康健没有像往常那样爬到这里就身体瘫软立刻躺下。他支起腿坐着，神情严肃，眺望远方。我顺坡仰卧，闭上眼，放松身心享受日光浴。迷迷糊糊不知过了多久，手机忽然响了一声。我掏出手机，侯春光发来信息："老师，几天来康健的状况好些了吧?"我立刻想起这个一直急着想来的隐匿性抑郁症病患。我转头看看康健，他正在看我向他推荐的《钢铁是怎样炼成的》。我故意轻咳两声，眺望远方，自言自语起来。

"几天前我查过相关资料：现如今，全世界抑郁的人数不胜数。比如你身边的我，比如我们学校的侯春光主任，还有许许多多相识的不相识的人，"我转过头看着康健，"所以说，你并不孤独。我是战胜过它的人；侯春光主任呢，已经开始与它搏斗了。"

"侯春光我想起来了，是花岭中学那个负责教学的侯主任吧？"

"没错。二十几年来，他一直是学校教务处主任。"

"别因为我，他想来就让他来吧。"康健的声音虽然微弱，但吐字清晰。我心头一颤。哈哈，抑郁症患者终究同病相怜！我立刻给侯春光发出信息。

22

侯春光又买了林蛙等鱼肉蛋和水果。我对他如此多次过分破费，内心实感不快。晚餐丰盛，三人围坐于我书房的中型圆桌，侯春光给每人斟满啤酒。一周来，我第一次感到有股淡淡的喜悦从心底慢慢升腾。我端起酒杯。

"已经退休十四年了，还能有学生来我家陪我喝酒，快乐呀！感谢二位！来，喝酒！"三人碰杯，我和春光干下杯中酒。康健脸色苍白，想说什么没说出来。我让他少喝一点儿，别干杯。我忽然发现，康健的脸有了些活力，表情像谦卑，似无奈。

"来，吃菜！这么多菜，我们今晚可劲儿吃，最好别让它剩了。"我给他们的小碗里每人夹一只林蛙、两块排骨。我也夹一只林蛙，破开雪白肚皮，夹出那团营养异常的黑子。

"这东西可是大补，山里人都知道，吃林蛙好处多多。来，吃，吃！"沉默。

"康健，你每年放假回家，都能吃到林蛙吧？"我问。

"啊，也不是每次寒假回来都能吃到。我记得只吃过两次，太贵了，我不让我妈买。"康健说话慢，声音小。虽然眼镜后面的眼神没有过多活力，但刚才与侯春光见面握手时的尴尬已经消失了。

"我说两句吧。"侯春光看看我、看看康健，举起酒杯。

"我能有今天，首先应该感谢父母的养育之恩。当然，最最感谢的是您！"侯春光低着头，声音有些颤抖，"当年中考，我的英语成绩给其他科背了很多分。如果不是您教我们，我的英语成绩绝对不会那么高。初中时打下了良好基础，高中努一把力就考上了大学。虽说不是名牌大学，但是，能让我今天有个铁饭碗，有一份体面的工作。这是我人生的前半程。我儿子要不是在您这儿学习英语，也同样不会有今天的一切。谢谢老师！谢谢您！"说着，侯春光站起身，向我深鞠一躬，将杯中酒一饮而尽。

"坐下，坐下说。"我起开一听啤酒往侯春光的杯里倒。他急忙抢过去自己倒。

"人生之路，无法预料，怎么都不会想到，从孩子三岁以后，我的烦恼和无奈就都来了。二十年来我一直迷茫，整天昏昏沉沉打不起精神。尤其最近三年，家人连遭变故，我几度接近崩溃边缘。所以，无奈之下，我借着向您学书法的机会来向您讨教。两周以来，您又给了我新的影响，这个影响可能无比深远，我大概知道今后的路该怎么走了。谢谢老师！谢谢您！"侯春光又干下一杯。

"别喝那么急，慢慢喝。春光，你不必感谢我。你和你的孩子能考上大学，能有一份较为理想的工作，这并非我什么功劳，都是你们自己努力的结果。我只不过做了一点儿一个教师理所应当做的事，并未特意为你们做什么。至于说你因为抑郁而痛苦不堪时到我这儿来，那是因为你信任我。我为能获得你如此信任备感欣慰，为此，我要感谢你！还有康健，"我转向康健，"能获得你们信任，而且退了休还能为你们做点儿什么，这是我后半生最大的幸福了。来，我们仨共同干一杯！慢！康健，你喝酒……行吗？这样吧，你两每人都少喝一点儿，我干了！"说着，我一饮而尽。开心！高兴！侯春光又干了一杯。康健喝下一口，呆视着眼前的酒杯。

"说来也巧，我们仨都经历过抑郁之苦。其实，得了这种病并不可怕。可怕的是，想不出治愈它的最佳方法。我提议：我们仨今天都说说各自的苦难历程，看看我们各自都经历了哪些可怕的黑夜，好不好？春光，你先说，然后康健，最后我来说。我相信，你们的痛苦会不及我的八分之一。"书上说，抑郁症患者间的相互倾诉，有益于其病情趋好。晚餐开始不久，我便审时度势迅速引入正题。

"从哪儿说起呢？如果从找工作看，我比现在的大学毕业生幸运多了，"侯春光说，"我毕业那时候，正赶上国家计划经济的尾声。对大学毕业生国家全部包分配，不用自己去费尽周折四处找工作。我的婚姻倒也算顺利，可是，这个顺利为我后来二十年间的抑郁之苦埋下了隐患。当时年轻，不仅没有经验，也缺乏思想，没能想到来老师您这儿取取经，只看女方表相、硬件了。女方的父亲是当年方圆几十里有名的企业家，女方本人还是小学民办教师。表面上看，我家属于攀高枝，而实际上，他们那些都是靠不住的泡沫表象。现在明白了：真正幸福的婚姻是两个人精神上的契合，不是物质上的匹配。有形的东西随着时间会发生意想不到的变化，而精神上的契合是稳定的、牢固的、幸福的。"

"说得太好了！"我情不自禁发出感叹，点着了烟斗。

"可是，万万没想到，从结婚第四年开始，我就被戴了绿帽子。知道绿帽子怎么回事吧?"侯春光问康健，康健微微点头。

"你想想，一个堂堂正正的男子汉被戴了二十年绿帽子，会是怎么个感受?!"

"为什么不离婚?"康健小声问，随后点支烟。

"事情发生没多久，这个问题我就想过。可是，我妈死也不同意。她说，你要离婚，我就投河。"

"为什么?"康健向上推了推眼镜，盯视着侯春光。

"我妈说：'很多女人经不住诱惑，会一时把握不住自己。人的一生谁还不犯几回错误啊？等过几年岁数大些了，就明白怎么做人了。还是那句话，你要离婚，我就投河！'我妈这么一说，我没招儿了。"侯春光拿起杯子，一口喝了半杯。

"当时学校领导找我谈话，明确地说要培养我当中层干部。我整天忙于学校工作，无形中冲淡了内心苦闷。两年后，我被提拔为教务主任。随后那些年里，我妻子不但没有收敛，而且越发不顾廉耻了。有一次朋友聚会，她频频举杯喝多了。她说：'今朝有酒今朝醉，快乐一时是一时。这些年，我活得特开心。哈哈！来吧朋友们，喝酒！一醉方休！'这把我气的，好几天吃不下东西，晚上整宿整宿睡不着。"侯春光把剩下的半杯啤酒一饮而尽。我给他的杯子续满酒。

"孩子上中学后，我们搬进了县城。她更加肆无忌惮了，几乎每天晚上都是后半夜回家，一身酒气。我已经不再考虑离婚，离不起了。"

"为什么?"康健呆视着侯春光。

"一是因为我母亲。我若离婚，她就投河。她说：'让她随性去混作吧。人在做，天在看。老天有眼，善恶终有果。她在，这是一个完整的家。一旦离了，这个家就散了。'我离不起婚的第二个原因：我读过心理学方面的书。父母一旦离了婚，孩子的精神世界天崩地裂，世界末日来了。孩子会日趋颓废，再也不会专心于书本了。我深知自己婚姻死了，事业也就这样了，我的全部希望就都寄托在孩子身上了。为了孩子身心健康学业有成，我咬碎牙往肚里咽，什么都忍了。"

侯春光说罢，冲我和康健笑笑，拿起酒杯，将满满一杯啤酒一口喝下，眼里涌出两行泪。我没有继续给春光满酒，他已经喝太多了。他面无表情，眼里继续往外涌泪。长期忍受屈辱、痛失家人、外债压身、事业风雨飘摇，这个已经瘦成纸片人的大孩子内心多么孤独，何等忧伤、焦虑、沮丧？

"俱往矣，俱往矣。孩子成材了，你妻子也去了她该去的地方。春光你看啊，其实你很成功。我说的成功，不是一个人赚了多少钱、做了多大官、住着多大别墅。成功的概念相当宽泛。你长期忍受了常人难以忍受的心灵苦难，赢得了你的宝贝儿子身心健康、学业有成、事业兴旺。这些成功并非谁都能获取的，这是一个了不起的成功，或者说成就！你现在欠的外债如果需要急着还，我资助你！"

"谢谢老师！谢谢您！"说着，他再次起身向我鞠躬，我抬手示意他别这样。侯春光抹一把泪，给我斟满酒，又给自己的杯子斟满。看着康健，我在想，如何能让他开口，如何让他像侯春光这样，尽情吐出藏于心底的苦衷。康健仍然低着头，似乎在沉思，我拿不准让他此刻讲讲自己是否火候恰当。

沉默了一会儿，侯春光微笑着冲康健说："康健，你在北京读书，在中国最高学府进修，我特别为你骄傲。至于工作问题，工作也确实是个大问题，但并不是一个致命问题。'此处不养爷，自有养爷处。'这块儿不合意，再向别处移。世界之大，肯定会有你合适的位置。来，说说你的遭遇吧?"康健没有表情，似乎没有听到侯春光的话。过了几秒钟，他轻轻摇摇头，眼睛继续直勾勾盯着眼前的酒杯。我立刻意识到，让他向外吐露苦水，时机尚未成熟。

"我来说说我的生平遭遇吧。"我看看康健，他微微动了动身子。侯春光一脸庄严，他拿起手机，右手指在机屏上点几下，然后把手机扣放在他左手边。

"老师，您的人生经历肯定是一笔丰厚财富，给我们详细讲讲。"侯春光的眼里充满了渴望。我喝口酒，开始了对往日时光的回望。

"七十四年前，我出生于省城最繁华的北市场。我父亲是一位商人。三岁起，母亲教我认字，教我背唐诗宋词。我姥爷当年是张学良的侍卫官。我母亲受过良好的教育，读过很多书。我家邻居有那么父子俩，他们不光会玩乐器，还练武术拳脚。从十多岁起，我就几乎每天晚上去他们家，跟他们学一种叫秦琴的乐器和一些武术皮毛。我父母对我学习乐器和武术并无反感，但必须在完成作业之后才可以去玩。再说足球。我在入小学之前就开始踢足球了。升入初中后，我迷上了写现代诗。我曾率领学校足球队获得过全市初中生足球联赛第二名;参加省中学生足球联赛荣获季军。由于我在联赛场上的出色表现，体育学院的一位教授看好了我，建议我初中毕业后报考体育学院足球专业。我认真考虑了我的身体素质与足球技能:我的一百米跑步成绩11.6秒;足球感应力极强，综合技能出类拔萃。我极力想报考体育学院，当时我的理想是成为世界级球星，使中国足球冲出亚洲走向世界，为国争光。我父亲极力阻拦我报考体院，我母亲经过几天认真考虑，意外地转变了态度，大力支持我报考体院。我父亲仅仅有些商业头脑，文化素养远不及我母亲，家里大事，最终都由我母亲拍板定夺。"我点着烟斗，接着讲。

"初中毕业那年，我顺利考入省城体院足球专业。可是入学不到一年，毁灭我足球梦想的事儿发生了：我家邻居那个教我乐器和武术的宝田哥和朋友喝酒时，因为说了几句对时事不满的话，被打成了反革命，可能还要被判刑。我与宝田哥情感深厚，听到他因言获罪的消息，我特别难受。当时我住校，无法去他家，也无法去看守所探望，就写了一封信寄往他家，安慰邢老爷子说'您别上火，宝田哥不可能是反革命'。老爷子拿着这封信去找看守所，说有人证明他儿子不是反革命。公安机关顺藤摸瓜找到我们体院，挖出了一个同情反革命分子的人。之后就给我凑黑材料，说我是反动派家庭出身，同情反革命，搞小集团，无故旷课，等等。体院召开批判大会后，开除了包括我在内的七名同学。我被体院的两个保卫干事从省城乘火车押往少管所。一路上我非常恐惧，但并未绝望。尽管没有告诉我究竟要劳教多久，但我还是幼稚而乐观地坚信：出来后我会继续踢球，我要好好表现，争取早日出来。当时我尚未满十八周岁，并不清楚足球需每天训练方能达到比赛状态。在少管所囚磨一段时间后还想回到之前的巅峰状态，无异于痴人说梦。

"到了少管所，眼前的荒凉景象把我惊呆了。少管所由四排长长的灰砖灰瓦平房围成，黑漆铁大门四米高，四周高墙电网，三米多高的围墙内两个角落有高出电网三米的岗楼，持枪狱警站在岗楼中向四下巡视。少管所后面是一座百米高的山岗。山岗上岩石裸露，草木稀疏。监狱周围五公里之内没有人烟。我从小到大没离开过繁华大都市，一列火车把我带到这般荒郊野外，一瞬间从天堂坠入了地狱。

"这里关押的都是未成年罪犯，有杀人犯、抢劫犯、强奸犯等。整个少管所将近五百人，分成五个中队。每顿饭一个玉米饼子，两勺白菜汤。吃完饭，在监舍上课。上课内容无非就是读读报纸，学习一些唐诗。

"我记得很清楚,刚到那儿的第二天,我所在的那个监舍老大就开始找碴欺负我。此人身高在一米八以上,粗壮,一脸匪气。后来得知,此人犯了拦路抢劫杀人罪。当时我一脸文气,一米六五,黑瘦。那个家伙先是故意撞我、踢我。我不理他,躲着他。他一有机会就撞我,踢我,打我嘴巴。我不吭声,忍着。那天中午打饭回到监舍,我拿着唯一一个玉米饼子刚要吃,老大一把抢过去。我冲他要,他不给,一口咬下一大块,一边嚼一边鄙视我。周围的一帮少年犯都在看着我。我感觉浑身热血沸腾,一个箭步冲上去,抓住他前胸衣服转身一个大背将他摔倒在地,疯狂踢他大腿。尽管当时气得发疯,但我仍然保持理智,我不能往他头部、肋部及裆部踢,踢打声很快引来了管教。

"第二天中午吃完饭,五百来个少年犯在劳教所大院里散步。头一天被我打的我们监室的老大,和几个同伙把我逼到一个墙角,拉开架势围攻我。飞脚电炮,一阵疾风暴雨般的对打。不到两分钟,几个家伙被我打趴下三个。我的一只眼睛被打肿了,鼻子被打出了血。这时管教跑来了。我平生第一次尝到当年练武的甜头,也收获了十几年踢球所练就的腿部超凡的速度与力度所带来的意外战果。这场较量过后,我立刻引起少管所领导的注意。不久,我被安排到伙房工作,担任起伙房总管。

"伙房贴出的饼子不足四两,少年犯们每顿一个,吃不饱。我自从当了伙房总管,每顿都能吃饱,出入也相对自由了。后来,管教得知我会画画,就安排我在少管所内墙画一条长十六米的巨龙。东方巨龙,腾空飞舞。不久,少管所组建了一支小型民乐队,我在乐队里弹秦琴。大伙儿在一起排练了十几首曲子,然后在五个中队巡回演出。虽然每天都能接触乐器,几个人在一起吹打弹拉会让我暂时忘了自己身处何方。可是,那种无形的压抑感却无法从心底消弭。

"第二年清明节前夕,我母亲来看我,给我买了很多我爱吃的东西。

母子相见，泪奔了！我好想向母亲倾诉藏于心底的冤屈，可是管教在场，我只能痛哭不止。母亲很平静，没哭。她叮嘱我一定要好好改造，重新做人，争取早日解除劳教。那位在场的管教很和善。他对我母亲说：'你儿子是个大才子，他可是我们劳教所表现最好的一个。'

"母亲来看我之后没几天，我获得了一张奖状。上面写着'先进积极分子，劳教模范'。就是因为这张奖状，我被提前四个月解除劳教。"

"祝贺老师！祝贺！"侯春光显得很激动，两眼发亮。

康健的脸不再木然，有了生气，他睁大眼睛看着我。"祝贺老师！祝贺！"

"告别劳教所的头一天晚上，我兴奋得一宿未眠。梦想着回到省城要好好吃一顿，然后去市青年业余体校进行恢复性训练、打比赛。可万万没想到，为了让我安心改造，母亲隐瞒了家中发生的巨大变故。我被带走后的第四天，我们全家被赶出了省城，下放到群山环绕的花铃镇东崴子村。"我喝了两口酒，平复一下心情。

"释放那天，父亲一个人来车站接我。回东崴子村的一路上，他向我讲述了我被押走后家中发生的一切。一辆卡车一路颠簸，把我父母和两个妹妹从省城拉到辽东大山里，落户到花岭公社东崴子大队。那时候不叫'镇'，叫'公社'。我家到了东崴子后，被大队安排在刘磕巴家北炕。刘磕巴家三间房，中间是厨房，他爹妈住一间，他自己住一间。刘磕巴那年四十一岁，光棍。我大妹妹那年十四岁。我家下放到东崴子后，父母因连遭打击，身体特别虚弱，不能到生产队去干活挣工分，我大妹只好辍学去生产队干活。小妹十一岁，继续读小学。大妹长得壮实，单纯、活泼。一天中午，刘磕巴对大妹说，山上的果子熟了，问她想不想去山上吃山梨野果。大妹很好奇，就跟刘磕巴上山了。在山沟里，刘磕巴强奸了她。

"大妹跑回家向我母亲哭诉。母亲没哭，一袋接一袋抽烟，拿定主意后对父亲说：'我们全家活命要紧，把孩子嫁给刘磕巴吧。'当时自然灾害频繁，地里庄稼收成甚微。为了活命，山民们不得不用野菜、野果甚至树皮充饥。大妹哭了好几天，一个月后，大妹嫁给了刘磕巴。

"我和父亲走近东崴子。站在村外的山岗上，眼前是一处衰败的荒野村落，一座座破旧茅草房散落在沟沟岔岔里。走到山下的一座三间茅草房前，父亲说，这就是咱们的家。这时，大妹和小妹跑出来迎接我。她们身后出现了一个四十多岁胡子拉碴脏兮兮的男人。两个妹妹抱着我痛哭，我也忍不住流出了泪。那个陌生男人呆愣愣站在一旁看着我们。母亲出来了，她没哭，靠着门框冲我们微笑。

"我被释放回家的第一顿饭，并没有想象中的鸡鸭鱼肉、煎炒烹炸。而是蒸了一锅掺了大半山野菜的玉米面窝头。这已经是全家最好的饭食了，平时只能吃掺橡子面的菜糊糊。家人一个个面黄肌瘦，脸上都没了精神。

"那天晚上，我躺在南炕炕头，父亲挨着我，母亲挨着父亲，小妹睡在炕梢。北炕由一块花色帷幔遮挡着，帷幔后面躺着大妹和刘磕巴。我浑身疲惫却睡不着。一年半光景，我的家竟然变成了如此模样。家人吃的东西还远不如少管所犯人的伙食。这都是为什么，为什么呢？迷迷糊糊中听到大妹在啜泣。我立刻警惕起来。母亲问怎么了。大妹抽抽搭搭说：'我不让他碰，他就使劲掐我大腿。'我立刻怒火中烧。母亲说：'她现在都怀孕七个月了，你还那么做，还想不想要孩子了？'刘磕巴没说话。大妹的哭声渐渐平息了。我以为刘磕巴会考虑大妹肚子里的孩子，会考虑与我们睡在同一房间，应该尊重我父母、尊重大妹、尊重我。我天真了。从第二天晚上起，每天夜里都能听到刘磕巴折磨大妹时，大妹反抗的声音。那种声音让我羞辱难当，怒火满腔，恨不能把那头牲口从北炕拖到外面，一顿拳脚打死他。

"在家待了几天，我就回省城了。我想参加市体校足球队常规训练。可是，一个致命难题摆在面前——吃饭问题。当时，吃饭问题已经是全民最大的问题。城里人有定量供应，尚可勉强度日；乡下人把树皮扒光、草根都挖出来吃了。我带着一颗痛苦绝望的心从省城回到东崴子，在炕上趴了三天。父亲愁苦着脸唉声叹气。母亲开导我说：'儿啊，古人云，天生我材必有用。你在少管所不是很好的例子吗？你满身才能，到哪儿都用得上。我就相信，你的才能在这村子里也会有用武之地。'母亲的话给了我一丝安慰和希望。第二天，我就去村里的生产队干活儿了。今天不早了，就讲到这儿。欲知后事如何，且听明天分解。哈哈……"

中秋的夜晚，山里凉得让人打战。中秋的山野，夜晚静得广阔无边。我穿着秋衣，漫步在院门外的小路上。如洗的夜空斜挂着半个月亮，繁星点点忽闪着神秘银光。快乐营活动室的灯光亮着。侯春光在看书，在思考？我的卧室亮着灯。康健在看《钢铁是怎样炼成的》吗？今晚我格外高兴，高兴得想站在红松林的山顶冲着群山大喊几声。过去的一周里，我是多么恐惧、心焦，内心的压抑只有花岭大山和头顶苍天知晓。今晚，两个得意门生，围坐在我这山间书屋喝着酒，陪我竹石回顾那遥远的往日时光。康健起初那双黯然呆滞的眼睛起了变化；侯春光初来时那窘然焦虑的神情一扫而光。小的们，等着吧！等我的遭遇讲述完了，跟我竹石一比，你们那点儿人生挫折算个什么？孩子们，振作起来！树立起一个个小目标和一个终极大目标，克服眼前一个个困难，向着洒满阳光和铺满鲜花的未来勇往直前吧！

23

第二天晚饭前，侯春光来了，带来十只大河蟹和两个榴梿。侯春光看出了我不高兴，说都是同学送的。他母亲不吃海鲜也不吃榴梿，拿这些东西来和恩师一块儿分享是他最大的快乐。他这么一说，我的心舒畅了。煮熟的螃蟹端上桌，三人吃喝了一会儿，我刚要引入正题，侯春光说："老师，昨天晚上您讲到从少管所出来后，去省城想继续圆您的足球梦。梦想破灭，无奈之下您回花岭去生产队干活儿。在生产队干活儿那段经历，一定刻骨铭心吧？"

"是啊，虽然过去了五十多年，但那一幕幕场景仿佛就发生在昨天。"我喝口酒，又开始了对往日时光的回望。

"那天我在生产队一出现，六十几个男女社员就像看外星人一样直勾勾看我，边看边议论。这时，一个膀阔腰圆、满脸黑胡茬儿的中年男人大声说：他一个城里来的学生，没干过庄稼活儿，大伙别看笑话啊，帮帮他。'替我说话的人是生产队工长，他和他妻子晚上经常来我家唠嗑。此人姓田，我父亲让我叫他田叔。时值六月中旬，正是大田铲镗二遍地时候。我拿着平生第一次见到的那种长把锄头，顺着山坡地一里长的垄一锄一锄往前铲。人家铲到垄那头了，我才铲了七分之一。田叔最先铲到垄头，他没歇息就来接我了。不久，一个姑娘和一位中年妇女也加入了接我的行列。我激动不已，羞愧难当。田叔走过来，手把手教我如何握锄，教我腰腿的姿势怎样才协调，锄板与垄台的角度多大最合适，怎样剔除玉米苗两侧丫枝，等等。我马马虎虎看着听着，频频点头，连声道谢。中午回家吃口饭，休息一会儿回来继续铲。终于熬到天黑了，我扛着锄头往家走时，浑身像要散了骨架。回到家，吃个掺菜窝头就一头倒在炕上了。腰酸背痛，两只手掌满是血泡，火辣辣地疼。母亲拿来做活儿的针，在蜡烛的火苗上烧红针尖，把几个大血泡一一挑破，挤出脓血。

　　"到了铲三遍地时，玉米棵子已经长到了脖子高。青青的玉米叶子两侧长满了细密的锯齿状毛刺。哈腰铲地时，满是毛刺的玉米叶没完没了地刮脸、刮手臂、刮脖子、刮大腿。六月底的天气，玉米地里像蒸笼一样热得人喘不上气。衣服是穿不住了。男人们身上只穿一条短裤，几天下来，上身和脸晒得跟非洲黑人似的，浑身上下被玉米叶子划出了一道道血印子。

　　"三遍地铲完，挂锄了。挂锄后，队长让田叔带两个青壮年上山采石。田叔带上我和李大耳上山了。我们仨每天来到本队的小采石场，在坚硬的岩石面上打眼、装炸药、放炮崩石头。时值盛夏，上山的小路长满了蒿草，来往途中每天都看见大小不一、形状色彩各异的蛇，还要时刻防范蜱虫、蚊子、马蜂叮咬。一天，我的胳膊被马蜂叮咬了一口，疼痛不已。听说被马蜂蜇了会致命，我害怕极了。田叔从石场后面采来一把草，把草的汁液涂在叮咬处。肿起的碗底大的包，在我抡锤打钎的过程中不知不觉消失了。蜱虫这种虫子就更可怕了，个头极小却毒性甚大。田叔的一个亲戚就是被这种虫子咬了没及时就医，毒性发作，死了。

　　"刚来石场头两天，我扶钎，田叔和李大耳抡锤。田叔个子不高，背阔臂粗，落锤稳重有力。李大耳三十九岁，不爱说话，光棍一条。抡锤者必须可靠，否则扶钎人就会失去安全感。两天后，田叔教我抡锤，教我如何把十八磅大锤举向空中、砸向钎头，教我如何砸得稳、砸得准。那些天里，我的胳膊、膀子累得生疼，疼得晚上睡觉时直哼哼。

　　"距离我们生产队小石场约五百米远的上面，有一座公社开的大石场。那座石场常年采石。那年夏天，我们生产队采石即将结束的一天午后，上面忽然传来几声高喊：'放炮啦——放炮啦——'我们仨赶紧向山下跑。往常都是在喊声过后二十多分钟炮才响。这回我们没跑出多远炮就响了。轰隆隆连续响了三声，大小石块纷纷从空中飞落。我们仨都吓蒙了，双手护头蜷缩在草丛中。等再也听不到石块落地声了，我慢慢站起身，离我不远的田叔已经站起来了。李大耳没站起来，他在痛苦挣扎着，嘴里一口口往外吐血。一块盆底大的石头砸中了他后背，没一会儿就断气了。

"十月一号，开镰秋收了。与夏天铲地和上山采石相比，秋天的活儿轻松了许多。庄稼收割完了，拉地送粮时，我被派去干装卸的活儿。车装满了，来回运输途中我坐在或趴在车上休息，悠悠然欣赏蓝天白云，欣赏山坡上那大片大片金黄的栎树、火红的枫树和那矮棵灌木遭遇秋霜后的一片片紫红粉红橘红。有生以来我第一次从大自然中领略到什么叫'色彩斑斓''层林尽染'。看着这些震撼心灵的景色，随着马车在高低不平的土路上匀速前行时身体自然地左右摇摆，我的心回到了少年、回到了省城体院、回到了劳教所，常常于不知不觉中，泪流满面。

"秋收结束一入冬，生产队的劳力就分成了备耕组和副业组。田叔担任副业组组长。我来到副业组第二天，夜里下了场大雪。上工后不久，田叔带我和另外两个编筐手上山割黄条。田叔说，这大雪天是捉山鸡的最好时机。他让我们三个人分站成三个方位。花岭东面老大的一面山坡，田叔和我们仨各占一个角。四个角形成包围圈后，一齐向各自的对面一路小跑，以缩小包围圈。山坡的积雪没膝深。白白的雪坡上，满是成片的枯草和低矮的灌木棵子。我们一边跑一边狂呼怪叫。灌木棵子里两只山鸡惊飞起来。一只朝我这边飞，另一只朝田叔的方向飞。当那只个头大的山鸡飞近田叔头顶上空时，只见他摘下头上的狗皮帽子，用力抛向空中。那山鸡猛然向地面俯冲，一头扎进雪里。我们一齐向那只山鸡下落的地方跑。田叔哈哈大笑。我们跑到他站的地方一看，他身前的雪地里，几根漂亮的山鸡尾翎在山风中左右摆动着。我迷惑不解，看看田叔，看看雪中摆动的山鸡尾翎，又看看一旁两个伙伴，他们都一脸喜色。田叔蹲在那几根尾翎旁，双手从尾翎两侧慢慢伸进雪中猛地向下一按，一只漂亮的公山鸡被从雪中掏出来。山鸡在田叔的手中拼命挣扎，嘎嘎嘎一声接一声惨叫着。田叔左手攥住山鸡的两条腿，右手从腰间拔出一把牛耳尖刀，让我拉直山鸡的脖子，刀在脖子上快速地来回抹一下，山鸡猛烈挣扎，鲜红的鸡血忽地喷溅到雪地上，也喷了我一手。平生第一次目睹杀生，吓得我浑身发抖，我转过身干呕了几声。

"晚饭后，田叔来我家唠嗑。他说今天捕获的那只山鸡留着年三十儿晚上吃。他还说，一会儿回家找几条细钢丝做几个套子，后天去山上套山兔。'兔子雪后三日出。'后天兔子出来找食儿，找到它的爪子印，在草密的地方下几个套。兔子总是循着原路返回。我问田叔，那只山鸡为什么会突然一头扎入雪中。田叔笑了。说：'你看见我向天上扔帽子了吧？山鸡一看，以为是老鹰突然飞来抓它，就蒙了，一头扎进雪里。它寻思一扎进雪里，老鹰就看不见它了。哈哈哈……'

"那年冬天过年之前，田叔套得了三只野兔、一只野猪。事实上那只野猪不是他套的，是他在山里捡到的死猪。那头野猪个头儿很大，已经大旱两年，成片的柞树因大旱干枯而死，野猪找不到足够的橡子吃，许多野猪饿死了。饿死的野猪身上没有肉，除了骨头就剩皮了，但心、肝、肺、肠、筋腱和脑还是完好的。

"腊月二十七这天，田叔把红纸送来了。随后，我家的左邻右舍听说我会写对联，也都拿着红纸来了。年三十儿这天上午，田叔送来了一只扒了皮的山兔，一块煮熟的野猪肝，一只煺了毛的野鸡腿。百年不遇的饥荒年月，过年能吃上一顿不掺野菜的饱饭已经知足了，谁还奢望能吃上如此山珍野味呢？这是我在花岭过的第一个春节，苦涩而温馨。毕竟与家人团圆了，毕竟家人还都活着。

"春天播种之前的备耕，一出正月就开始了。春播结束后，一年四季的农活我都经历了一遍。农活不光累人，而且单调乏味。田叔一家给了我太多关爱，使我这颗孤独、迷茫、滴血的心得到了些许安慰。

"春天的山村，弥漫着新鲜青草和嫩黄树叶的淡淡的香气。山泉溪水在沟沟岔岔欢快地流淌。长长的花岭阳坡，珠果黄瑾花开了，金黄金黄的；山杏花开了，粉红粉红的；山梨花开了，雪白雪白的；马兰花开了，幽蓝幽蓝的。一大早，鸟儿在树上叽叽喳喳，燕子飞来飞去忙个不停。平生第一次目睹如此壮美的山村山貌，让我这个二十岁的城市青年眼前一亮。

"春去秋来，转眼又是一年。秋收开镰之前，田叔和几个社员在花岭的东崴子山脚下，给我家盖起了两间土草房。我们一家四口终于搬出了大妹家，离开了那个让我父母痛苦无奈、让我和小妹受辱愤懑的地方。搬离了刘磕巴家之后，我一直想找机会出出这口隐忍了许久的恶气。三个月后，机会终于来了。

"那年春节前的一天，刘磕巴打了我大妹。大妹的左眼被打得肿起老高，她抱着孩子回家来向父母哭诉。我悄悄溜出家门，来到大妹家。刘磕巴见我来了，没理我，蹲在锅灶旁烧炕。我把他拉起来，左右开弓打了他几个耳光，鼻子打出了血。刘磕巴的母亲从屋里出来，吓坏了，问我干吗打妹夫，我说你问他为什么挨打。

"刘磕巴来到我家，对我父母说：'你儿子看……看上去挺……挺瘦，老……老……老实巴交的。他会武……武把操咋的？看……看把我打……打的。我看……看他是我大……大……大舅哥，让……让他。要是真……真打，我还真……真不……不……不服他。'我父母对视了一眼，母亲微笑着说：'你们俩到院子里动真格的，打一架吧。你要是打赢了，以后随你便打他妹妹。你要是打不过他，输了，怎么办？'刘磕巴说：'要是我打……打不过他，输……输了，我就向……向他妹妹赔……赔……赔不是，以后也不……不打她了。'母亲追问一句：'你说话算数不？'刘磕巴急忙说：'怎么不……不算数？我对……对天发……发……发誓，我要……要是说话不……不算数，天……天打五……五……五雷轰！'

"我和刘磕巴来到院子，大妹和小妹跟出来观战了。天太冷了，我不想让两个妹妹卖呆儿挨冻。刘磕巴站稳了，攥紧两个拳头虎视眈眈地说：'来——吧，开……开始！'我冲上去对着他鼻子就是一个直拳，紧接着飞起右脚踹他前胸。他仰面倒地，鼻子流血。大妹连忙跑过去往起拽刘磕巴。她惊叫道：'哥，你也太狠了！看把他打的？你干啥这么狠啊?！'"

"好！打得好！"侯春光拍手叫好。康健眼睛直勾勾地看着小盆里的蟹子。

我点着了烟斗。这时，康健说困了，起身就往出走。侯春光看看我，想说什么没说出来。我笑着拿起酒杯，与侯春光碰杯。

24

第二天，快九点钟了康健才起来。吃完饭，我问他是否还去山坡日光浴。他说不爱动，想在家看书。于是，这一天里，康健看书，我在书房睡觉。我感到前所未有的疲乏，从上午十点直睡到午后三点。醒了，躺在安静的书房里，计划着今天晚上我要讲的内容。青年时期的恋爱是一道谁都绕不过去的风景。康健难道就没有和女性交往过？他的病症起因难道单单是因为工作问题吗？

"老师，那些年，您在花岭东崴子村也恋爱过吧？"晚饭刚吃不久，侯春光笑着又率先把话题引了出来。最近几天里，他似乎总能知道我的所思所想。今晚他带来两瓶红酒，我不懂这种外国酒。春光说，这种法国产的名叫拉菲的红酒，几年前一个朋友送的，自己喝没意思，拿来和老师分享。

"呵呵，任何时代，恋爱问题都是青年人的最大问题。那年我已经二十四岁了。白天干活时，女性的胸脯、臀部时常会吸引我的目光。我常常瞥一眼女性那些部位就立刻把目光移开。农活儿不忙不累的时候，晚上坐在我家门口的石头上，一边弹琴一边想女人。可是，我周围没有一个女人向我示爱。生产队里的男女社员很像太子河里的一群快乐鸭子，或在水面追逐，或撅起屁股将上半身潜入水中觅食；而我，就像游弋于鸭群外数十米远的一只野鸭，孤独地时而警惕四周，时而将整个身子潜入水下，与那群鸭子没有任何交流。天要黑了，那群鸭子悠悠然排成一列纵队回了；我却孤零零或浮在远离危险的河中心，或从河中振翅起飞，飞到一个更为安全的地方，独自在茫茫的黑暗中，孤寂地度过那一个个漫漫长夜。

"那年夏天挂锄了，大队要组织文艺宣传队。由于我是从省城来的，见过大世面，会乐器、会化妆、会创作节目，大队徐书记让我做文艺队队长，所有的节目都由我来安排人员表演。我来了精神，创作了好几个语言类节目。这些节目在公社会演中几乎都获了奖，还代表公社参加了全区文艺会演。我创作的小话剧《一把锄头》和三句半《战天斗地》分别获得了创作奖和表演奖。从那年夏天起，每当挂锄和入冬时节，文艺队都要排练节目，给村里人演出，也到外村进行巡回演出。宣传队里的男女队员有几对已经谈成恋爱，结拜成婚了。我一直看好的白雪梅还没有处对象。她太漂亮了，文艺队中有两个小子争相向她献殷勤，都被她卷了面子。她看我时的目光时而温情，时而火辣。如果放在今天，我一定会拼命追她，直到把她揽入怀中。可是，当时我虽有爱她之心，却缺乏胆量，或者说被自卑困扰，傻傻地等着女方来追我。那个年代的女人不可能像今天这样大胆开放，那时的女人都羞怯，都爱你在心口难开。

"那年冬天的一个晚上，文艺队排练结束后，白雪梅磨磨蹭蹭假装收拾东西。等屋内就剩我一个人了，她红着脸把一包东西放在我手里，转身跑了出去。我打开一看，是一包炒熟的板栗。当时我并未多想，以为就是在一起排练节目的队员一点儿心意。我当时的内心充满着矛盾。一方面觉得自己是一个明星人物，另一方面觉得自己个子不高、黑瘦、家境贫寒。所以，我没有勇气去追自己喜爱的人。等到一年后知道了真相，一切都往事如烟，随风而去了。一九六五年正月十五那天夜里发生的事儿，就更让我刻骨铭心、悔恨终身了。"我喝口酒，继续讲那段不堪回首的往事。

"正月十五这天吃完晚饭，村里的大人孩子集聚小学校操场，观看我们东崴子文艺队演出。演出结束后回到家，我在小屋的炕上刚躺下不久，迷迷糊糊中感觉有人往我的脸上抹东西。我的两只手本能地从被窝里迅速伸出来，摸自己的脸，摸到两只像手的东西。我忽地蹦起来，大喊：'谁?!'我感到一阵恐惧。因为这荒野山村，偶尔会有黑熊、野猪出没。我的眼前站着两个黑影。黑影发出了微小的笑声，女人的笑声。其中一个朝炕上扔下一个东西后，两个黑影便跑出了屋子。我点亮蜡烛，发现我的被子旁边有两块黢黑的青萝卜皮。摸摸脸，再看看手，手心手指漆黑。我拿着蜡烛来到父母房间。他们问我脸怎么了，我把刚才的事说了。父亲坐起来，问我上炕之前是不是没插门，我想了想说忘插了。父亲说，不会是什么山妖山鬼吧？母亲说，不可能，山妖山鬼都是到了半夜才兴妖作怪。母亲问我，那黑影说没说话？我说，黑影笑了几声，没说话。我告诉母亲，那笑声有点儿耳熟。母亲问是不是你们文艺队姑娘的声音，我想了想说，声音不大，有点儿像，又不太像。

　　"第二天上午，母亲去了田婶家，把昨晚发生在我家的事儿说了。田婶忙问，玉程出去追那姑娘了吗？母亲说没追。田婶说，这可是百年不遇的大好事，可惜了可惜了。田婶告诉我母亲说，这是当地民间一个古老风俗。正月十五这天晚上，姑娘们拿着沾满锅底黑的青萝卜皮，这东西叫'花泥'，悄悄来到心上人的家，把萝卜皮抹在情人脸上，希望能喜结良缘、白头偕老。就算结了婚的男女，不管岁数大小，也可以肆无忌惮地向意中人的脸上抹花泥，以示爱慕之情。对此，连最封建的老人也会睁一只眼闭一只眼，不敢横加干涉。更有痴情者，无论怎样山高水远，无论怎样穷困潦倒，也要赶到情人的住所，将花泥抹在对方脸上。因此而成就婚嫁迎娶的不少，酿成挈债上吊投河的也常见。田婶说，玉程也不傻呀，怎么没跟着姑娘后边追出去呢？

　　"这件事儿对我影响太大了。在这穷乡僻壤的山村竟然有暗恋我的姑娘，而且我已经摸到了她的手。她会是谁呢？是与我家间隔五户的齐艳梅？这姑娘可谓干农活的行家里手。那年夏天，我第一次出工铲地时被落得老远。田叔一家接我时，齐艳梅也加入了接我的行列。自那以后，每当我俩单独相遇，她就红着脸冲我笑。她那粗布衣裳裹着的健美身躯，时常让我在夜深人静时想入非非。齐艳梅的长相够不上漂亮，但十分耐看。尤其她那苗条匀称的身材、朴素善良的品质以及干活儿时那动作流畅的优美身姿，都给了我无限美感。能是她吗？不是她还会有谁呢？

"从正月十六那天晚上起，我就从心底生出一种愿望。随着时间的流逝，这种愿望越发强烈。我要选择时机，向她求爱。可是，正所谓'天有不测风云'。就在我要鼓足勇气向齐艳梅表白我心中的美好愿望时，意外发生了。

"四月下旬这天中午，我正在家中吃饭。母亲慌慌张张跑进屋，大声说：'老齐家那边有人喊，野猪，野猪来了！'我放下碗筷，赶忙从我的小屋屋角拿起那根柞木棒子向外跑。春天里，野猪时常会出没于村边、地头。野猪竟然进村了。当我跑到齐艳梅家大门时，只见齐艳梅躺在院子里，身子蜷缩着。她父亲正拿着铁锹和一只个头很大的野猪对峙。野猪向他猛冲过来，一头将他撞倒。这头野猪转回来向他连续拱戳。齐艳梅的母亲站在房门口，手里拿着一根烧火棍大声呼救着。我大喊一声：'嘿！过来！'野猪抬起头向我这边看。这时，我已经接近它了。野猪猛然向我冲来，我猛一闪身，顺势给它后腿一棒，没打中。这家伙转身再次冲向我。我镇定下来，猛地向左闪身，甩手向斜下方力劈，只听咔一声，击中了野猪右后腿关节。它的身子向右歪斜了一下，三条腿拖着身子慌忙向前逃跑。我追上去，挥棒打折了它左后腿。野猪伏在地上，两条前腿奋力向前爬行。这时，田叔田婶跑来了。田叔端着铁锹拍击猪头。野猪挣扎着移动两条前腿，头左右挑拱着。我跑到它前面，两棒打掉它两颗獠牙。野猪失去了獠牙，两条后腿折了，完全失去了威胁。田叔对着猪头连续拍击，野猪倒地不动了。齐艳梅的父亲腿部和臀部多处受伤，流着血。齐艳梅被抬进屋，她脸色惨白，已经没了呼吸。

"当天晚上，田叔给我家送来了野猪肉。从田叔那里，我知道了这场灾祸的起因：齐艳梅的父亲早晨上山采山菜时，从山上抱回来一只野猪崽儿。他用铁链把野猪崽儿拴在房门旁，猪崽儿的母亲循着气味儿下山找到了齐家。田叔说，从齐艳梅身上的伤断定，她不是被母野猪戳死的，是吓死的。我的心一阵阵揪痛、沮丧，野猪肉我一口没吃。

"很长一段时间里，我对人能被吓死感到不可思议。人怎么会被吓死呢？那年我在学校图书馆里看到一本有关生命与死亡的书之后，明白了。人一旦处于极度恐慌状态，心脏会突然狂跳，血压猛然飙升，超速的血液循环洪水般冲击心脏，心肌纤维被撕裂，心脏出血，最终导致心脏骤停。

"时间在压抑中慢慢流逝。这年九月初的一天晚上，文艺队排练结束后，白雪梅磨磨蹭蹭等队员走光了，微笑着说：'玉程哥，后天我要结婚了。'我说：'听说你搞对象了，岭北村的。祝福你们喜结连理，白头偕老。'我的心堵闷起来，在考虑送她什么礼物合适。

"'今年正月十五那天晚上，你知道谁去你家往你脸上抹花泥吗？'我愣愣地看着她。缓缓摇头。'是我和齐艳梅。我和她是姑舅姊妹，无话不说。艳梅说她喜欢你。可是你这么有才，她觉得配不上你。我说我也喜欢你，在一块儿排练文艺节目一年多了，越来越喜欢你。艳梅说，那咱俩正月十五晚上去展玉程家，给他抹花泥吧。我陪你去，你抹，我看着。'白雪梅脸上的笑容骤然消失，眼泪下来了。'我问你，那天晚上我往你脸上抹花泥的时候，你都摸到我的手了，为什么不抓住？我跑出去了，你为什么不追出来？难道……难道我真配不上你？'她睁大泪眼，眼里充满了怜爱、怨恨、不解。她就那么看了我几秒钟，转身跑出去了。我的脑袋嗡的一下，天旋地转，像喝醉了酒似的一步步往家走，到了家就倒在炕上了。我的心撕裂般疼了一整夜。我恨自己为什么没有早一点儿知道正月十五抹花泥这一习俗，从而错过了与那村花美人恋爱结婚的绝佳时机！

"第二天早上，母亲推门进来，问我怎么了。我头昏脑涨、浑身发冷，眼里往出淌泪。她摸摸我额头，热得烫手。生产队的马车把我拉到公社卫生院，大夫给我打了退烧针，开些药。回家后，我在炕上躺了两天。第三天早上，传来了一阵阵迎娶白雪梅那欢快的唢呐声。母亲安慰我说：'儿子，咱不上火。是你的，赶都赶不走；不是你的，煮熟的鸭子也会飞了。儿子，耐心点儿，往后有更好的女人在等着你呢。'母亲是我的主心骨。每当我无助迷茫，她就会给我力量，为我指明方向。我记住了母亲的话，耐心等待了四年后，终于等来了一生中最爱的人。"我拿起酒杯，和两个听得入了迷的弟子碰杯，一口喝下。侯春光给我满酒。康健微微皱着眉，眼里现出了从未有过的淡淡忧伤。

"一九六八年，城里的青年学生开始上山下乡了。这些下乡青年的住处叫'青年点'。那时候，花岭大队（东崴子村已经在几年前和花岭村合并成一个大队）的青年点成了村里一处亮丽风景。山村静逸，除了冬季，几乎每天晚饭后都能听到从青年点传来的悠扬笛声和琴声。我也常常于晚饭后，在自家大门口弹琴。于是，从'青年点'发出的悠扬笛声、琴声同山坡下我的琴声遥相呼应。

"我们生产队有个从省城来的女知青，叫常丹丹，会拉小提琴。人长得白皙高雅，说话声音甜润。当她得知山坡下弹琴的人是我，仿佛在茫茫的荒山野岭中遇到了知音。生产队出工干活儿间歇时，我俩就很自然地凑到一块儿唠嗑，唠各自的爱好、各自的成长经历。常丹丹是家中老大，家里还有一个弟弟、两个妹妹。母亲带着这三个孩子被下放到省城东南郊的一个荒野山村。常丹丹听完我的曲折经历后，流出了一串晶莹泪珠。

"春天来了，小村的路边及庭院内花红柳绿。花岭大山那一望无际的南山坡上，到处盛开着色彩艳丽的山花。从地里收工回来吃过晚饭，青年点的笛声、琴声便悠然响起。山坡下的琴声也随之而起。常丹丹时常拿着琴，带上她的闺密来到山坡下，她拉琴我弹奏，合奏《听妈妈讲那过去的故事》《我的祖国》《洪湖水，浪打浪》。那一曲曲悠扬的琴声随着温暖的春夜和风，在万籁俱寂的山村夜空飘荡。

"一九六九年夏天，革命现代京剧样板戏开始在全国城乡盛行。六月中旬的一天，公社给花岭大队下达任务：三个月内，拿出一台革命现代京剧《智取威虎山》全剧。革委会主任冯山遂一接到公社通知，就让大队通信员到地里找我。我到了冯山遂办公室，他严肃地说：'咱们大队文艺队早就在公社出了名。公社摊派给咱大队一个艰巨任务：三个月内，排出《智取威虎山》。排戏你是内行，这个任务就交给你了。'我接到任务后，立刻着手确定剧中角色。少剑波、李勇奇分别由早年宣传队里的人扮演，杨子荣由一个下乡知青扮演，座山雕由冯山遂扮演，这家伙扮演座山雕不用化装。我让常丹丹扮演这部戏里的剿匪小分队卫生员白茹。常丹丹白皙苗条清秀，身高体态适中，她演这个角色最合适了。我们每天在一块儿拍戏。我负责导演、剧务、化妆、乐队指挥、台词讲解等，这些都被她看在眼里。从她那好看的眉宇间的眼神中，我能读出她对我的无限欣赏与崇拜。

"时间紧迫任务重。我们白天排练，吃了晚饭继续排练。排练结束了，常丹丹就在学校操场南侧的大杨树背后等我。我俩一起朝山边那片槐树林漫步，边走边轻声聊天，聊排练中出现的笑话，聊谁谁谁的角色在哪些地方还需要改进。等出了村子接近山下那片树林了，她就挽着我胳膊，身子贴紧我。

"国庆节前，公社进行了文艺会演。我们村的《智取威虎山》获得一致好评。两天后的县里会演没出任何差错，我们荣获了特等奖。而且当天就获得消息：《智取威虎山》剧组三个月后将代表县里参加迎新年全市文艺大会演。这个消息让剧组成员兴奋不已，大家都感到无比荣光、自豪。回村的时候我们坐在马车上，大队革委会主任冯山逮高兴得直喊：'得了大奖就已经乐得屁颠儿屁颠儿了，还要代表县里到市里去演。做梦都梦不着的美事儿，咋就叫咱们给摊上了呢?!'

"县里演出回来后，剧组白天晚上继续排练。

"这天晚上排练结束后，我和常丹丹在山下那片槐树林中待到很晚。她依偎在我怀里，说今生今世愿意和我在一起。我激动万分，但十分理智。我说我比你大八岁，你要考虑好。她说她从春天一直考虑到现在，一切都考虑好了。我说我家很穷，不能给你很好的物质生活。她说什么样的物质生活她都经历过、享受过了。我的手渐渐伸向她的衣服里面，我的心在颤抖，理智在欲望的极度痛苦中煎熬着。我的心早已刻上母亲的警告：'处对象时，一定要克制住自己。绝不能有婚前性行为，一旦造成女方怀孕，咱们吃罪不起。'我的手突然停止前行，浑身战栗，眼里涌出了泪。

"第二天晚上排练一结束，我和常丹丹又来到山下那片槐树林中。正在我和她拥抱亲吻的美妙时刻，灾难降临了。

"'好啊！你个狗胆包天展玉程！光天化日之下，竟敢强奸革命知青！'我一激灵蹦起来。冯山逮手拎棒子，一步步向我逼近。'走！你俩跟我去大队！'

"'他没强奸我，我和他正在处对象。'常丹丹坚定地说。

"'什么自愿的? 他都快三十了，你才二十刚出头。黄毛丫头你懂个屁?! 你被他骗了，知道不? 他是被大学开除、蹲过监狱的坏分子，你知道不?'冯山逮转脸对我说：'你知道你犯了什么罪吗? 引诱、拉拢革命青年下水! 破坏知识青年上山下乡扎根山村干革命! 走! 到大队写交代材料去!'

"我被吓蒙了。来到大队部，我和常丹丹被分别锁在两个屋子里写交代材料。大约一个小时后，冯山遽推门进来了。我把写好的材料递给他。

"'你知道你的罪行有多大不？'他瞪着眼，整个一副匪首座山雕的嘴脸，'我告诉你，她已经承认了，是你一直勾引她，她不明真相被你蒙骗了！你知道迫害知青是什么罪吗？现在摆在你面前只有一条道儿：和常丹丹一刀两断，然后和我妹妹结婚。这样，今儿晚上的事儿，我给你隐瞒不上报，以后保证你在花岭不受欺负。沉默。我能听到自己的呼吸。

"多年以后我才得知，那天晚上，冯山遽从关闭我的房间出去后，来到常丹丹写材料的屋子，威胁她说：'展玉程已经承认了引诱拉拢革命女知青下水的罪行。他是思想反动的坏分子，加上这个罪，公安局肯定要判他死刑，只有你能救他。'常丹丹问怎么救。冯山遽说：'只要你顺从我，我就不上报，放他回家。'常丹丹无奈，把高洁的天鹅身子献给了这只癞蛤蟆。"

餐桌上再度陷入沉默。

"您答应了冯山遽的条件？"康健皱着眉看我。

"那天夜里我像喝醉了酒，回到家哭着向母亲述说。我告诉母亲，冯山遽的妹妹长得比妖怪还吓人。母亲想了一会儿说：'儿啊，妈很理解你。从眼下看，这很可能是件好事。有了这么个靠山，看谁还敢再欺负咱们？现在最要紧的是保命。人生长着呢，一年四季，不可能总是阴天。'

"冯山遽一定清楚夜长梦多的道理。第二天吃完早饭，冯山遽就指使他的马屁精庞卫东的母亲，一个一九六〇年闯关东的老太太，来我家为他妹妹冯俊英提亲。老太太说话一口山东味儿。

"'俺来给你儿子提亲。'我母亲微笑着说，好啊，谢谢你这么关心我们。

"俺跟你说，别看俊英长得差点儿，她可能干活儿呢！你看她那身板，可壮实呢！那粗胳膊粗腿儿，那大手儿，那腰板儿，像头牛似的，两个壮劳力也不顶她一个。你儿子娶了她，你们公婆俩可享福呢呀！'

"两天后，冯山逵调集全村最好的木匠、瓦匠和十几个力工，三天工夫，在我家房子南侧的空地上盖起了三间砖瓦房。结婚的日子定在十月十六号。按照山村习俗，结婚那天早上，我胸戴大红花，坐上马车去迎娶新娘。车厢板上绑着红布条，两匹马头上各饰着一块红布。车上的两个喇叭匠吹着欢快的曲子。新娘冯俊英并未蒙红盖头。她穿着一套绿军装，头戴两朵大红芍药花。我心酸楚，强装微笑，把新娘从炕上抱到停在大门口的马车上。冯俊英紧闭着大嘴，神情紧张。当马车离开家门那一刻，她突然闭上眼睛，张开大嘴哭号起来。

"婚礼由冯山逵的马屁精庞卫东主持。我和冯俊英首先向立在窗台上的毛主席像三鞠躬，向新娘的家长代表冯山逵三鞠躬，向坐在一旁我的父母三鞠躬。一阵酸楚猛然从我心底向上涌，我极力控制，眼泪还是淌了下来。我咬着牙，泪眼模糊地看两位老人一眼。父亲低着头，眉头紧锁；母亲昂着头，神情庄重。夫妻对拜后，大队领导讲话。冯山逵站起来走到我身旁，冲着院子里的来宾和看热闹的大群孩子，神情严肃。

"'啊——社员同志们！今天，是展玉程和我妹妹冯俊英的大喜日子。我首先祝他们：要抓革命、促生产、促工作、促战备。千万不要忘记阶级斗争。要夫妻恩爱，孝敬老人，互相帮助，互相监督。要反修防修，保卫红色政权。要把无产阶级专政落实抓牢，要密切注意阶级斗争新动向，要把这场轰轰烈烈的革命运动，进行到底！'说着，他把两个拳头同时举过头顶。院子里，齐艳梅的母亲和田婶坐在一桌，两个女人都在默默流泪。我打起精神，强装笑脸。在庞卫东的引导下挨桌敬酒。

"夜幕渐渐拉开。我遵照母亲昨晚的提醒，婚宴上只喝了一点儿白酒。我不是本村土生土长，村里也没什么朋友。我又是冯山遂的妹夫，所以没人敢在婚礼现场起哄，或给我灌酒捉弄我。按照当地习俗，冯俊英由她嫂子护送到婚房，拉上窗帘，放下大红幔子，关了电灯。然后出来把我推进屋，把门关好。我略知当地风俗：夫妻入洞房后，外面会有人在窗下偷听。偷听者多半是些光棍儿，或顽皮的青年嘎子。我对冯俊英说：'你出去看看，有人在前后窗户那偷听，你把他们骂跑打跑。'冯俊英脚步噌噌出去了，很快传来她那粗犷的嗓子叫骂声：'都滚！再来看，叫我哥拿枪把你们都崩了。滚！滚！'

"一个人的情绪会直接影响其性欲，然而青壮年男性的性欲很多时候会压倒一切。人一旦饿到极点，就饥不择食了。

"我仰面躺着，冯俊英凑过来，嘴唇触到我的鼻子。这时，她猛然咬住我鼻子。我下意识大叫一声，抬手击打她下巴。她松开了嘴，坐起来穿上衣服下地了。我蹦起来，捂着鼻子怒视她，疑似她真的是一方害人妖怪。她不吭声，推门出去了。我慌忙开灯，下地照镜子，血从鼻孔两侧向嘴里流淌。我急忙穿衣服，用手纸捂着鼻子走向我父母的房屋。冯俊英从里面走出来，天黑，看不清她面部表情，她镇定自若地从我身边走过。我来到父母房间，还没等我开口，母亲就干脆地说：'赶快去卫生院把伤口缝上！'欲知后事如何，且听明晚分解。"

25

今天周六，上午给几个九年级学生辅导英语，午后和快乐营的孩子们一起玩。侯春光今天有事，没来参加活动，晚上过来吃饭。午后孩子们活动完，回家了。康健还没起床。中午我催他起床，他说今天不想起来了。我没说什么，也不觉得异常。这种病人的情绪反复无常并非其本意，是他没有能力掌控它。我在考虑讲完我的身世后的下一步计划，两个孩子的心灵都缺东西，欠缺了东西就该弥补上。

天黑了，侯春光带着两盒北京御制糕点来了。我和他坐在书房的小餐桌前喝酒聊天。聊他近期情绪的变化、睡眠的改善、体重的些微增加，聊康健的情绪波动。随后就进入了昨晚的话题。

"老师，您新婚之夜以后，才真正陷入人生最低谷吧?"

"没错儿，真正的抑郁从此开始了。"我点着了烟斗。

"新婚之夜以后，我一个星期没起炕。头三天水米不进。第一天，母亲坐在炕上陪了我一整天，给我讲古代司马迁的故事。我闭着眼睛，沉默不语。'你媳妇破了你的相，是怕你以后和别的女人好。她说，咬坏了你的鼻子，以后你就安心和她过日子了。她还说，要是你以后腿瘫了不能下地干活儿了，她养活你。儿啊，男子汉大丈夫，难免妻不贤子不孝，大丈夫就得能忍受巨大痛苦。没有大痛苦，成不了大丈夫。'我闭着眼睛似听非听，心说：'妈呀，我成不了什么大丈夫了。完了，我什么都没有了!'

"冯俊英当天夜里就回娘家了。第三天晚上，冯山逵来了，进屋就大骂他妹妹。我闭着眼睛不吭声。'那什么，以后你就别去生产队干活儿了，那活儿太累，不是人干的。以后你就负责看山吧。我让你们小队长每天给你记一等工分。看山是全大队最俏的活儿，你每天上山转一圈就完活儿了。你不是爱写字、爱看书吗？这回你就有的是闲工夫天天玩儿那些东西了。'

"那些天里，父亲就过来一次。他默默坐着，隔一会儿长出一口气，临走时说了句话：'听你妈的吧。'

"冯山達的马屁精庞卫东来了。

"'玉程大哥呀,想开点儿吧。俊英妹子也是太喜欢你了,生怕你被别的女人勾引走了才使出这种笨招儿。都是一家人了,你就别生她气了。你岁数大,多担待她点儿。人家老冯家你也知道,家大户大权势大,不会给你亏儿吃。我听说让你看山了。你看,村里最好的活儿给你了,你还说啥?老天爷是公平的,有一得必有一失嘛,对不?'

"庞卫东的母亲来了。我母亲领着她来到我的屋里。这个山东老女人来到我身边,摸着我的头假惺惺抽泣两声。

"'谁承想,俊英这孩子会做出这傻事儿。啊?你说,就她那样的,能嫁给这么个大秀才,烧八辈子高香了不是?她怎么能做出这傻事儿呢你说,啊?这是他丈母娘托我给他拿来五十块钱,老太太心疼姑老爷,不好意思来看他。'

"新婚的第二天晚上,田叔田婶过来闲串门,听说了我的事儿,赶忙来到我婚房。看着我躺在炕上,大半个鼻子包着,田婶哭了。田叔大骂:'这也太不是人了!畜生!冯老黑怎么造出这么个孽障东西?!'田婶哭着说:'可惜咱大侄儿啦。你说,文的武的要啥有啥。上哪儿找这么能耐的人去?啊?昨儿典礼,我忍不住坐在那掉泪,白瞎咱大侄儿这人啦!'

"随后几天里,田叔收工后吃完饭就过来看我,田婶白天得空就过来,每回来都先亲亲我额头,临走了又亲亲我额头。她不是给我做一碗鸡蛋蘑菇打卤面端来,就是给我包白菜馅儿蒸饺趁热拿来。我不吃,她硬是喂我吃。我闭着眼睛一边吃,眼里一边往出淌泪。

"出事第二天中午,大妹就知道了。她看着我鼻子包着厚厚的纱布躺在炕上,扶着门框大哭起来。'我们家的人啊,命咋就都这么苦啊——老天爷呀,这还让人活不啦——'过会儿,刘磕巴来了。

"'这——怎么的鼻……鼻子还……还让人给咬……咬了呢？这……这下完……完了，演不了戏……戏了。嘿嘿，嘿嘿嘿。'

"绝食了三天。第四天我开始吃东西了，每顿吃一点儿，我本不想吃，就想那么躺着，昏昏沉沉一直到死。母亲和田婶天天坐在我身边，陪着我。田婶天天劝我说：'人是铁，饭是钢，不吃饭人还能活吗？你要完了，你爸你妈怎么办？还有你小妹，她才二十岁，还没嫁人呢。'

"出事的第二天深夜，自杀的念头第一次在我脑海中出现了。虽然停留时间不长，但是它出现了。

"一天晚上，母亲在我身边静坐了一会儿。她轻声说：'儿啊，明天起来吧。上山走走，散散心。你都不知道你瘦成什么样了，一脸胡茬子，村里人见了都认不出你了。你一直窝在炕上不知道，你爸已经趴炕上好几天了，一天也吃不下几口东西。他本来就瘦，现在浑身就剩骨头架子了。他，恐怕起不来了，你过去看看他吧。'最后几个字，母亲是带着哭腔说的。我的记忆中，从未见过或听过母亲哭泣。我来到父母住的屋子。父亲闭着眼睛仰面躺着，他两腮塌陷，眼窝深陷，嘴自然张着，面色枯黄。

"'老展啊，玉程起来了。他就在你身边，你睁眼看看。'父亲缓缓睁开眼，四下撒目，看见了我，嘴唇动动却没有声音。我把耳朵凑近他的嘴。

"'爸爸不行了。你……挺住，听你妈的……话……'我已经控制不住了，压低声音哭起来。母亲大声说：'儿子，哭吧！放开了哭，哭出来心就好受了！'我大哭了几声，随后向母亲提出带父亲回省城看病。母亲说：'你爸已经站不起来了。再说了，我们哪儿有看病的钱呢？你吃饭吧，吃饱了好好睡一大觉，明天上山去走走吧。'

"第二天，我上山了，在北山山崖边站了好一会儿。向下张望，向远眺望。一个念头冒了出来：如果从崖顶向北一跃而跳会怎么样？这个可怕想法在我脑海中盘旋了好一会儿。随后几天，我每天去山上转一圈。看看秋草，看看仍然开着的成片的山菊花，看看那些形状奇异却叫不出名字的树，看看蓝蓝的天空、雪白的云朵。大自然的壮观景色让我暂时忘了自己是谁，从哪里来；暂时忘了父亲那张可怕的瘦脸，忘了自己可怕的未来。

"一天清晨天刚放亮，母亲急促敲窗："玉程玉程！快起来，你爸不行了！'

"人只有经历过大病，经历过情感的巨大波折，经历过生与死的考验，他才能成熟，才会真正长大。父亲永远闭上了眼睛。田叔田婶来了，冯山遽来了。庞卫东跑前跑后为我父亲张罗后事。冯俊英也回来了，她和我一样，系上了白孝带，跪在父亲停尸板旁守灵。从父亲咽气、入殓到抬棺上山下葬，我一声没哭，一滴眼泪没掉。我已经麻木，不会哭也不会笑了。两个妹妹大哭了好几场。母亲表情严肃，没哭。前来向父亲辞灵和随灵柩上山送葬的人，都以诧异的目光看着我的鼻子我的脸。拆线之后，两片鼻翼外的疤痕十分显眼。我身体枯瘦，半脸胡须，头发蓬乱，新婚不到两星期，人已经变成了山鬼。

"父亲走后，母亲在炕上趴了几天。冯俊英挑起了家里洗衣做饭的担子。她确实很能干。白天去生产队出工，早晚做三顿饭，把屋里外头收拾得井井有条。

"夜里睡不着。每天快中午了，我才勉强爬起来，吃口饭，上山。看看父亲的坟，看看落叶后形状各异的裸树，看看天空中南飞的大雁，看看远近连绵起伏的山岭。父亲的形象总在眼前浮现。自从来到这荒山野岭落户，父亲就像变了一个人。在省城做生意时，他腰身笔直，眼睛炯炯有神。下放没几年，父亲的脸瘦成了一颗山核桃，头发全白了，常年疾病缠身，渐渐地腰弯背驼了。

"刚落户东崴子村不久，母亲就告诉父亲：一旦外人来我们家，你就闭嘴别说话，一切由我应酬。玉程就吃不走脑子乱说话的亏了，害得我们全家落到今天这种地步。你若多言，不知道哪句话说错了，被人告发，我们全家可就再没活路了。自那以后，无论谁来我家，父亲绝不多说话，只是让茶、敬烟、嘘寒问暖说两句日常客套话。就算田叔与我们家走得这么近，母亲和田叔长篇大论唠嗑时，父亲也从不插嘴。他只扮演一个忠实听众的角色，安静地坐在母亲身后。偶尔起来给田叔的白瓷缸里续点儿茶水。父亲刚走那些日子，我常常在山坡躺着，一边晒太阳，一边想父亲的过往，一躺就是大半天。常常望着西山顶上漫天血红的晚霞，眼泪不知不觉流淌下来。

"春节即将来临。母亲说：'快过年了，街坊邻居还得来求你写对联。把头发胡子剪了吧，过了年，愿意留再留。'遵照母亲旨意，腊月二十三那天早晨，我把长了三个多月的胡子刮了、头发剪了。吃过早饭，街坊邻居陆续拿着红纸来到我家。田婶来了，见我头面焕然一新，高兴地拍拍我肩膀。

"'这多好啊！这多好啊！看这几个月把你弄的，像野人似的。'

"腊月二十九这天，田婶送来十个黏豆包，半只山兔肉；齐婶送来一只杀完的大公鸡和一筐冻山梨、半兜子松蘑。自从二妹和齐婶的儿子齐永刚定亲之后，齐婶就常来我家和我母亲唠嗑。见了齐婶，我会时常想起她的女儿——那个被野猪袭击后吓死的齐艳梅。

"经过了秋冬两季，山已经成了我离不开的伙伴。一进三月，早春的气息吹到了花岭的南坡。中午时分，太阳洒下的光辉与山坡形成了直角，坡面暖洋洋的。山间小溪静静地向山下流淌，山雀在树枝间鸣叫、跳跃。躺在山坡上晒太阳，是我一天中最惬意的事了。困意袭来，人就迷迷糊糊坠入了梦乡。

"春天来了。花岭山上的山杏花开了，粉红粉红一片片的；山梨花开了，一树树雪白雪白的；许多不知名的树开花了，山坡的各种草也开花了。远远望去，东西约十四里长的大岭成了花的世界、花的海洋。我想，花岭花岭，这座大岭的名字就是由此得来的吧。花漫山岭的四月下旬，花花绿绿的候鸟来了。它们在山坡飞舞，在树间觅食求偶、叽喳欢叫。山花引来了蜜蜂，也引来了居家妇女三三两两上山来看花采菜。

"一天上午，田婶、齐婶带着我母亲上山来了。她们每人挎一只扁筐，一边往上走，一边说话，一边采山菜。山坡上到处都有猫爪、猴腿、大耳毛、驴夹板等。采着山菜，赏着山花，三个半老的女人有说有笑、喜气洋洋。我在不远处的草丛里斜躺着，春天的花草把我淹没了。忽然，田婶大声喊道：'哎，快来看！看，那是谁？'很快传来母亲的声音：'我儿子玉程。别打扰他，让他安静待着。'田婶放低了声音：'哎，老姐姐，玉程成天不说一句话，胡子也不剃头发也不剪，他是不是真得了精神病？'母亲说：'我儿子命苦，我相信他能挺过去。伤筋动骨还得一百天才能好，何况撕心裂肺呢？'

"四月二十号以后，天气明显暖了。温暖的阳光照耀下，山上的生命在自己的家园尽情欢唱。生命的春天不像庄重而深沉的寒冬，它很像一个性情多变的女人，整日里穿着美丽的花衣裳，风一阵雨一阵。一会儿阴云密布，一会儿云开雾散阳光灿烂。在这气象多变的季节里，我的情绪也极不稳定，忽而兴奋，忽而低迷沮丧，进而坠入绝望深渊。然后，再一点点自深渊向上攀爬。

"'五一'节过后，我开始强迫自己早晨六点钟起床。自四月以来，严重的抑郁已经被如画的春山缓解了些许。六点钟我必须起来，因为我要在上午十点钟之前完成一天的游山巡山任务。十点钟以后，山里的虫蛇就陆续出来了。我生性怕蛇，见了它们我浑身的汗毛陡然竖起。没有腿脚而用肚子爬行，我觉得蛇是世界上最丑陋的动物，蜥蜴都比它们顺眼，起码长着四条腿。

　　"自六月中旬起，我就不再进山了。早晚在山脚下巡视一圈，余下时间，上午和傍晚坐在太子河边钓鱼。午后躺在炕上睡觉。

　　"之前我从未想过钓鱼。六月上旬的一天傍晚，我正在村边巡视，迎面走来了田叔。田叔问我在干什么，我说在看山巡视。他笑了，我知道他为什么笑。我说夏天我对山有一种强烈的恐惧感。他建议我去太子河边钓鱼消遣，他家里有几套钓鱼用具，让我随他去拿一套。

　　"第二天天一亮，我在房前园子里挖出几条蚯蚓，拿着田叔给我的钓竿来到太子河边。我没钓过鱼，田叔头天晚上教了我。当我第一次从太子河里钓出一条三寸多长的鲫鱼时，兴奋得简直无法形容了。这种快乐久违了，它有点儿像足球赛场上带球突破层层阻拦，飞身一脚将球踢进球门那种激动和狂喜。那天上午，我钓了十三条鱼，最大的半尺长。田叔告诉我，神仙难钓晌午鱼。十一点左右，鱼就不再咬钩了。我端着装鱼的搪瓷盆回家，刚一进院就大声喊：'妈——妈——你看！我钓上来这么多鱼！'母亲出来了，她看看盆里的鱼看看我，笑了。她好长时间没有笑容了。

　　"晚饭母亲做了鱼，那味道至今难忘。那个年月，太子河河水清澈，在岸上能清楚看见水中的游鱼。钓鱼实在太美妙了。明年开春了，我一定带康健去河边钓鱼。它会让人集中精力盯着眼前水中的鱼漂，很像一个人在练功。这就无形中阻止了一个人因闲着没事而胡思乱想。每当鱼咬钩了，人就开始兴奋了。因为你无法知道水下正在吞食鱼饵的是一条什么鱼，大鱼还是小鱼。那天夜里我躺在炕上，闭着眼回顾上午钓鱼时的美妙情景，不知不觉进入了梦乡。

　　"第二天天一亮，我又坐在太子河北岸了。随后的日子里，除了暴雨雷电天气，每天我都在河边坐一上午。傍晚时分，我也常常去钓一会儿。头顶辽阔苍天，左右一片绿草，面对一条水面宽阔流速缓慢的大河，安安静静地坐在那里，眼睛盯着红帽鱼漂，内心宁静坦然。除了水中的鱼，我已经无欲无求了。

　　"我对钓鱼已经上了瘾。即便八月二十号那天冯俊英生孩子了，我也照钓不误。从我开始钓鱼那天起，除了冬季，我家几乎天天有鱼吃。酱焖鲫鱼、翘嘴鱼，熬鱼汤。那个年代能经常吃到鱼，可谓极其奢侈了。自从坐在河边垂钓开始，那些使我痛苦不堪的思绪渐渐离我而去。游山虽然与天地融为一体，却无法迫使你时刻集中精神盯着眼前的目标。精神一旦无拘无束了，过往的悲伤会不时从心底泛起。而河边钓鱼不然，精神需时刻集中于水中鱼漂。这时候的人，身体与天地真正融为了一体，忘了忧愁，忘了伤痛，忘了天地间自我的存在。有饭吃有衣穿，每天坐在太子河边钓钓鱼，已经是我最大的快乐和幸福了。一个月过去了，我的饭量逐渐增多，睡眠改善了，身体于不知不觉中恢复了体重。

　　"岁月在无声无息中流逝，孩子在一天天长大。除了夏季，我每天上山巡视一圈；而除了冬季，我几乎每天上午都坐在太子河边钓鱼。胡须一脸，长发披肩，儿子从小就适应了我这一形象。每当我双手举起他，亲吻他那嫩嘟嘟的小嘴巴时，胡须就扎得他一边笑一边后仰。有山依托，有儿子陪伴，有太子河给我提供'鱼乐'场所，有琴弹，有书读，还可随意挥毫泼墨，我的心安宁了平静了，心中的抑郁在悠悠岁月的长河中渐渐随波远去了。"

　　侯春光一脸兴奋，热烈鼓掌。

　　"老师，您这些经历给康健讲过吗？"

"还没有。"

"您一定会给他讲吧?"

"你说呢?"

26

康健来我家这些天里，每顿饭我都营养配餐，和他一起山中漫步、林中交谈、山坡日光浴。自侯春光加盟，按计划讲述我过往人生已经进行了三天。两天前，我谋划出一个大方案。确切说，这个大方案是在几天前我冥思苦想过程中突然冒出的灵感，这灵感使我兴奋不已。我将在康健这次情绪低潮过后宣布实施。今天周日，侯春光早晨临走时说，他今天回县城处理一些事，晚饭回来吃。康健今天的情绪不错，早晨八点之前就起来吃饭了。八点钟我开始给学生辅导。午后长跑一结束，孩子们就回家了。由于晚上有重要任务，为确保精力旺盛，昨天和今天孩子们的长跑活动我都没参与。孩子们走了，我回到卧室。康健没有问昨天晚上我讲了什么，就目前状况看，他不会主动问我任何问题。他仍处于麻木状态，一如当年的我。所以我必须主动，我要让他知道，和我的经历比，他的挫折就不算什么了。

"昨天晚上，我给侯春光讲了我得抑郁症的经过，被治愈的整个过程。你一定想听吧?"我微笑着说。十几秒钟后，康健放下手中的书，轻声说想听。于是，我开始给他讲述昨晚侯春光听到的故事。故事讲完了，我开始做晚饭。六点钟刚过，侯春光来了，带来一箱云南丑橘。

师生三人围坐在小圆桌旁。侯春光精神饱满，拿起掛满啤酒的杯子说："连日来，先生把自己的人生经历分享给我们，我感到特别……怎么说呢？特别感动，也特别受教吧。您以前曾说过，'文革'结束后，曾经去北京信访过。您的冤案平反之前，信访了多长时间？"侯春光似乎完全了解我内心的计划，讲述这段历史恰好是我今晚的安排。侯春光的热情积极，与康健的麻木冷漠形成了鲜明对比。

"三年。"

"三年？！这么长时间，那一定有很多艰难的故事吧？"侯春光期待的目光看看我，拿起手机点几下，屏朝下放在其左手边。

"是啊，正所谓往事不堪回首。"

"您讲讲吧。让我们了解一下那段艰难经历，一定会很有意义。"侯春光微笑着说，看一眼正在吃饭的康健。

"都饿了，先吃饭，吃差不多了再讲。"这时，我的手机响了，我按下免提。

"喂，山伟好！"

"老师好！您，方便吗？"

"方便。有事说。"

"老师，我不是一直在学校附近的一家麦当劳店打工嘛。我同学又给我介绍了两份家教的活儿，收入很可观。做了两周，我感觉体力和精力有些力不从心，很疲惫，晚上很难入睡。但是，还舍不得那两份家教的活儿……特别矛盾。"

"我听明白了。山伟呀，你还记得一个月前我俩那次交流吧？"

"记得，老师。可是，那两份家教的活儿报酬实在可观，我就动心接了。"

"在麦当劳店的一份工作就够了，别再做其他兼职了。身体垮了，就什么资本都没了。锻炼身体、用心读书，是你大学期间两项主要工作。留得青山在，还怕没柴烧？你说呢？"

"明白了，谢谢！老师晚安！"

"晚安，山伟！"我挂断手机，点着烟斗。

"老师，我在想，您在北京上访那三年，一定有不少刻骨铭心的记忆吧？"侯春光说着，拿起酒杯和我、康健碰杯。

"'文革'结束后，国家开展了长达几年的拨乱反正运动。一九七八年春节过后，我买了台收音机。从三月开始，我和我儿子展新程一起，跟省城广播电台学习英语。那时，新程已经八岁了。每天早晚我们爷儿俩坐在收音机旁，以极高的热情跟着收音机里的老师学习英语。不久，我收到我朋友永清来信，要我回省城与他共商大事。

"二十年前和我一起被省城体院开除的崔永清，生活似乎不比我好多少。他一直没工作，几乎完全依靠父母养活。父母都是大集体职工，收入不多。他整天无事可做，抽烟、喝酒、打架。永清身高体壮，性情耿直暴烈。在省城体院那段时间里，我俩几乎形影不离。'文革'初期造反派之间械斗时，他被打折了一条腿和四根肋骨。如今三十八岁了，还一直单身。

"接到永清来信的第二天，我就回省城了。当晚，我俩一边喝酒一边谈论被体院开除的事。第二天上午，我认真措辞写了两份内容翔实的申述材料。接下来的一个月里，我俩先后去体院开证明材料，并将材料分别交到市信访办和省信访办。得到的回复都是：'暂时不予受理。'申述材料被退回之后，永清绝望了，当晚喝了很多酒，烂醉如泥。我没喝那么多，躺在他那间破烂的小屋火炕上，想了许多许多。回顾起自己二十年来的遭遇，设想着我那已经上学的儿子展新程的未来。第二天中午，我回到花岭。母亲得知了事情结果，一边抽烟一边思考。

"'玉程啊，对你的冤案，我们一直在等待机会。机会总算等来了，原来想市里解决不了，省里一定能解决。可是，省里也没受理。我在想，省里不行，一定还有地方可以去申冤。去北京吧，去试试。成了更好，实在不成，也就没有遗憾了。只要存有一线希望，就抓住它，决不放过。'母亲的话让我生出一丝希望。为了自己的清白，为了儿子的未来，一九七九年十月，我揣着几年来积攒的两百元钱，乘火车踏上了进京申冤的茫茫之路。"我喝口酒，抽两口烟。

"到了北京，把两份申述材料递交上去。从那一刻起，我似乎看到了一丝黎明前的曙光。接待我的是一位态度热情、和蔼的中年男子。我在北京待了三天。三天后回到省城，住在永清家，看望了二十年前一起玩乐器、教我武术的邢宝田大哥，喝酒、叙旧、唱歌。

"两个月后，我又去了北京。信访办的接待员说：'已经将您的材料递交上去了，请回去等候结果吧。'我问他我的冤案能否获得平反，他说他无法做出保证，但是他相信，只要是冤案，案情属实，政府就一定能予以平反。他那坚定的语气给了我极大信心。这个时候，我已经开始学习弹吉他了。有弹秦琴的基础，学起吉他来就十分容易了。

"又过了三个月，我再次前往北京，得到的答复与上一次相同。无奈之下，第二天我就返回了省城，住在永清的小破屋子里。永清白天不着家，他的哥们儿多，晚上也常常夜不归宿。

"这天晚上，我正在收听英语广播，永清回来了。

"'我说哥们儿，我早就说，这事儿弄不成。全国的冤案老鼻子了，咱算老几呀？跟我混吧。你文化高，干啥不是吃香的喝辣的？回去跟你家丑八怪离婚！何必窝在那山沟里连受气带受穷呢？'我告诉他进京信访这事儿有门儿，只是不知道要等到猴年马月。我进京的盘缠已经没有着落，希望他能给我提供一些挣钱门路。他说：'你进京的费用我可以全包下来。问题是，我不能眼看着你往火里扔钱。'

"永清想出的几个挣钱途径都被我一一否了。监狱的滋味我尝过，我永远不会做违法的事。闲谈中他提到说在火车站候车室里，有两个人往旅客的钢笔上刻字挣钱，其中一个他还认识。永清在省城火车站也有一号，叫'铁拐清'。他的左腿当年被打折了，平时拄着一根铁拐杖，拐杖兼做防身武器。我对永清说，我当年学过篆刻，在钢笔上刻字那简直是小菜一碟。

"第二天上午，永清把我领进火车站候车室，介绍给一个叫继承的白白胖胖的中年人，在继承的指导下经过两天实习，第三天我就做起了给旅客的钢笔上刻字的生意。

"'剃插'是行话。就是用刻刀在钢笔笔帽或笔身上刻字，刻什么'向雷锋同志学习''无限风光在险峰''一切反动派都是纸老虎'。还有毛主席七言诗'人若有情天亦老，人间正道是沧桑'，鲁迅的'横眉冷对千夫指，俯首甘为孺子牛'，等等。刻完了这些，再刻上钢笔主人的名字。最后落款：省城留念。刻一支钢笔下来能挣一两块钱。那时候的两块钱，下饭店能买一盘猪头肉、一盘花生米、半斤白酒、一碗馄饨，外加俩烧饼。我腼腆，怕遭到拒绝，常常半天也做不上一个活儿。中午了，继承问我剃几个了，我说还没开张呢。继承就说，走，吃饭去，我请你。

"在火车站不光刻钢笔，还刻眼镜。在宽边墨镜或当年流行的咖啡色'麦克镜'镜腿上，一边刻上一条龙，一边刻上一只凤。刻完了，再刻上四个字：龙凤呈祥。当年日本电影《追捕》放映后，很多人戴杜丘的那种宽腿墨镜，帅，有派。经过一个多月实践，我确信可以以此谋生了。于是，第四次踏上进京之路。

"北京是中国的心脏，来自全国各地的人特别多，其中很多都是干部或知识分子。当年，这两类群体几乎都穿着中山装或人民服，上衣口袋几乎无一例外地别着钢笔，有的甚至别两支。到了京城，我找到清华池大澡堂子。那里晚间聚集着全国各地来京的流浪者。睡大通铺，夜间花上七八角钱住一宿，早上八点钟之前撤出来。我第四次进京正值八月份。北京的夏天比东北热。为了省钱，我常常在天安门广场随便找个地方，铺一张报纸就睡一夜。天一亮，到胡同里找家小饭馆，一碗豆汁儿、两根油条、一碟小咸菜，齐了。吃完了，回天安门广场等活儿。

"这次进京我随身带了把吉他，我把它存放在每天早晚吃饭的那家小饭馆里。吃完晚饭了，拿着琴回天安门广场，坐在铺地睡觉的报纸上自弹自唱。唱乏了，躺下，仰望星空。想家里的老母亲，想躺在花岭山坡的父亲，想我儿子展新程，想我省城的爱人常丹丹……在无尽的思念中，迷迷糊糊进入梦乡。

"做这种拔笔刻字索费的生意不体面。所以，为稳妥起见，'剃插'对象专挑那些看上去面相斯文、老实厚道之人。一看来者面目狰狞，就放过去不理他。已经来北京三个月了。每隔三五日，我就去询问申述材料的调查进展情况，每每得到的回答都是：'政府正在办理，回去安心等候。'

"天冷了，人们穿上了棉袄大衣。'剃插'生意几乎无法做下去了。由于没了生意，我每天只能吃一顿饭度日了。饥饿难耐，还有寒冷。十一月的最后一天，我又来到信访办。接待我的是一个新面孔，一位仪表端庄、态度和蔼的中年女士。我向她简述了我的遭遇，请求她帮着催促一下。她说你回去吧，政府正在办理。我说我都把申述材料交上去一年多了，怎么还不给解决？她说全国的冤案多得数不清，政府需要一件件调查核实，这些都需要大量人手和时间，你要相信党相信政府，别着急，回去耐心等待吧。我站在那里，情绪骤然间激动起来。

"'是，我从来都相信党相信政府。可是，为什么因为我替恩师说几句慰藉的话，就把我送进监狱，毁了我一生大好前程？为什么因为我，就把我父母从省城下放到辽东山区？为什么我妹妹被迫嫁给一个大她三十来岁的磕巴？为什么我不能像正常人那样自由恋爱而必须和山村里的一个丑八怪结婚，结婚当晚就被她破了相?!'她看我情绪激动、泪流满面，语气比刚才更亲切了，问我来北京多久了，靠什么生活。我如实做了回答。她长出一口气，从办公桌一侧的挎包里拿出一个精致钱夹，从中拿出五元钱塞到我手里。

"'天冷了，回家吧。一定要相信党相信政府！'

"十二月初，我回到了花岭家中。到了家，立刻被温暖的气氛所包围。每天吃完早饭，就半躺在母亲那热乎乎的炕上，抽烟，和母亲聊天，吃火盆里烧熟的满口喷香的黄豆、花生、玉米，还有栗子、榛子、核桃。母亲非常欣赏她大孙子的那种学习劲头和憨厚品质。母亲说：'新程这孩子长得和你小时候一模一样。这是老天爷给咱们的补偿。我大孙子将来一定会有大出息。过了年才十岁，英语就这么厉害，将来没准儿能当翻译官。'

"一九八一年春节刚过，大年初六我又踏上了进京旅途。立春之后，北京的寒冷天气明显好转，阳光照在身上暖意融融。天安门广场南来北往的人比入冬时明显增多。但生意却赶不上去年夏天那般好。每天最多能挣得三四块钱，除了在澡堂子住宿以及每日三餐的费用，所剩无几。日子悄然过去了三个月。我依旧每隔三五天去追问结果，信访办的工作人员没有表现出一丝的不耐烦，每次都热情而诚恳地说：你的冤案正在审理中，请回去耐心等候。每次我都很礼貌地郑重向他们道谢。转身间心生沮丧，忧伤情绪半天挥之不去。

"一进五月，就可以在天安门广场过夜了。夜晚的广场，出来纳凉的北京人很多，来京出差的外省人更多。我们这种行当不能在光线昏暗中干活，所以，晚上即便看准了生意，也不能做。刻字算一门艺术，在没有足够光照的情况下，很难保证刻下的字优美、漂亮。天热了。人们穿上了半袖衫或背心，很少有人别钢笔了。所以，"剃插"生意的旺季在春秋两季。好在天热可以睡在广场。一个军用水壶灌满自来水，每天六个馒头一点儿小咸菜，花上不到五毛钱就能维持一天的生命了。

"七月中旬连连下雨，彻底没了生意。我回到花岭家中。两个月后天气一见凉，我又来北京了。我天生不是做生意的料，做'剃插'生意面对来客时，要积极、主动、热情，而我却总是瞻前顾后、畏畏缩缩。这次来京，我比之前灵活了。以前在天安门广场固定一个地方等活儿，现在我每天换个地方。通过不断更换等活儿地点我才知道，广场上做刻笔生意的人有八九个，这些人说话我听不懂，即便说的是普通话，也带着浓重的南方口音。

"一天午后，我在人民英雄纪念碑旁等活儿。日落时分晚风习习，空气中渐渐生出凉意。广场的游人渐渐多起来。这时，迎面走来两个知识分子模样的中年人，每人的左侧上衣兜上插两支钢笔。如果我是那种精明的生意人，见来了生意，会盯着看来者的眼神和面相，以此判断这桩生意是否做得。这种经验继承早就向我传授过。虽然这些道理我都知道，但一着急就都忘了。

"我盯着离我越来越近的那四支钢笔，迎了上去。

"'你们好！我想给你们的钢笔刻几个字：天安门广场留念。怎么样？不要钱。'其中一个矮瘦子看了身旁高个子一眼：'好啊，你是哪里人？'说着，从兜盖上拔出一支钢笔递给我。这是支很普通的钢笔。我接过钢笔、拿出刻刀，顺口说我是东北人。他问我在这儿干多久了，我说干了快到一年了。刻完'天安门广场留念'几个字，我说：'这几个字不收钱，白送你。下面我给你刻两句主席诗词，每个字你给一两角钱吧。'说着，我低头下刀开刻。刚刻两个字，我的眼眶鼻梁突然遭到一记重击。我被击倒后，立刻弹起来。使劲睁开眼睛，寻找击打我的目标。我的右眼伤得严重，看不清眼前物体；左眼看物也模糊了。我半蹲马步，两只拳头做好迎战架势。这时，我身后腰部猛然挨踹一脚，我向前扑倒地。还没等我跳起身，臀部又挨一脚。我被踹翻在地，一顿乱踢。我双肘护头，蜷缩着身子大声喊：'来人啊，救命啊，无故打人啦——警察！警察来救人哪——'

"'不许你在这广场刻笔！再看见你在这里刻笔，往死里搞你！'打我的人走了。我坐起来，右眼肿得厉害，几乎看不见眼前物体了。鼻子在流血，身体多处疼痛。我坐在那里，四周围了一圈人。我慢慢爬起来，手中紧攥着刻刀，四下寻找挎包，包不见了。

"我一瘸一拐回到清华池大澡堂子，一宿没睡，想家，流了不少泪。我知道这是一伙南方人。如果我继续在广场干下去，他们还会来围攻我。即便我有反抗机会将他们都打倒，我又能往哪里逃呢？如果被警察抓获，结果就更可怕了。怎么办？回家吗？母亲说：'任何情况下，哪怕有一线希望，也要紧紧抓住不放。任何事只有坚持做下去，才会最终做成。'

"我想了两天，终于又想出一条谋生之道。

"被打的第三天傍晚，我站在天安门广场人民英雄纪念碑旁，地上放着我那顶半新的前进帽，帽子里放着一角、两角纸币和2分、5分硬币，怀抱吉他，自弹自唱起我早年学过的那些苏联歌曲和印度电影歌曲。卖唱属于变相乞讨。刚开始当众弹唱时，很害羞。虽然害羞，却没有了恐惧感。唱了几首歌之后，羞怯感渐渐消失了。到了晚上九点多收摊时，帽子里仅收获了一角钱纸币和两个2分硬币。卖唱了四个小时，挣了一个馒头一碗汤钱。

"在随后的几天里，我吃完早点就到纪念碑旁卖唱。一天下来，收入微薄，有时候弹唱一天也挣不到五角钱。尽管这样，我心坦然。我唱歌的时候常常忘了自己是谁，忘了苦恼，忘了忧愁，忘了悲伤，忘了自己是在北京天安门门前巨大的广场上对着众多国内外游客卖唱。通常情况下，我唱完了《三套车》，就接着唱《莫斯科郊外的晚上》《小路》《红莓花儿开》这些苏联歌曲。

"国庆节将至，天安门广场的人明显多起来。外地人，北京人，还有金发碧眼的外国人。我计划每天晚上卖唱到九点钟左右，可总是唱着唱着就忘了时间，忘了自我，忘了世界上的一切。

"国庆节前的一天晚上，我正唱着《莫斯科郊外的晚上》，忽然发现眼前站着一位金发碧眼的中年女人。这女人身穿一套裙装，头上包着一块纱巾，长相十分漂亮。她身旁还站着一个十岁左右的小姑娘，也是金发碧眼。我唱完了，那女人从精致的小挎包里拿出钱夹，从里面拿出一张十元票面的人民币，让小女孩把钱放进地上的帽子里。那女人向我点点头，正转身要走。我激动万分，一边向她鞠躬一边说：

"'Thank you! Thank you so much! Excuse me, ah, have you got a pen with you? I can, I can carve some Chinese words on it for keeping as a memery in Tiananmen Square.' 说着，我连忙从衣兜里拿出刻刀，比画着做刻字的动作。那女人冲我微笑，慢慢摇头，拉着身边的小女孩儿消失在人群中。

"我拿起帽子里那张十元大钞，生怕有人将它抢走似的，急忙将它放入里怀兜里。随后继续对着围观的人群演唱那些略带忧伤的苏联歌曲、印度歌曲。我唱啊唱啊，想着刚刚收获的十元大钞，心情越发兴奋、情绪越发饱满、歌声越发动情了。正当我如痴如醉地演唱的时候，身后有人拍我肩膀。

"'收拾一下，跟我走！'

"'你……你是谁?'我胆怯地问。

"'我是警察。走,跟我去派出所。'我跟着这位便衣来到广场派出所。这里我之前因刻字被抓来过一次。今天这位便衣挺瘦,两眼特有神。

"'我已经盯你几个晚上了,你净唱那些苏联歌曲,你是不是苏联间谍?'

"'我是东北人,冤案二十多年了,我是来北京信访的。实在没有钱住宿吃饭了,没办法才卖唱。'

"'来北京信访的?你向那个外国女人说了什么?她点点头没说话就走了?'

"'她给了我钱,我要感谢她,问她带没带钢笔,我想在她的笔上刻字,作为天安门广场留念。'

"'你说的是俄语吧?'

"'不是,我不会说俄语,会一点儿英语。'

"'英语?你把刚才对她说的话再说一遍。'我喘了口气,把那几句又说了一遍。

"'嗯,听上去像英语。你不会说俄语?'

"'不会,一点儿不会。'

"'我告儿你说,别在这儿跟我耍熊哭穷。国庆要到了,别在广场那儿卖唱。听明白了吗?那有外国人,别给咱国家丢脸抹黑知道吗?'

"'卖艺怎么能说是丢脸抹黑呢?也没偷没抢。'

"'你甭跟我耍贫嘴知道吗?赶紧走人。'

"我几乎小跑着出了派出所。我一边走一边想:刻字的路堵上了,卖唱的路也堵死了。怎么办?回家?回去了母亲不会说我做事没有恒心吧?她绝不会希望我死在北京。

"做了决定后，我来到每天早晚吃饭的广场东侧'林家小饭庄'，要了二两烧酒、一盘猪头肉、一盘油炸花生米。自己给自己饯行吧！吃喝完了，向饭庄林老板告辞。林老板五十岁左右，矮个儿，一脸亲和。我感谢他两年来让我把一些衣物存放在他店内。

"'哎呀，客气啦您哪。您在我的小店就餐这么久，我应该感谢您呐！走好您哪，欢迎再来北京！'

"我背着帆布旅行包，挎着吉他来到清华池大浴池。在浴池里舒舒服服地一边泡澡，一边和来自南方的两个流浪者闲聊。我给他们讲了今天晚上的传奇和遭遇。那个瘦高的广东人说：'大锅哩好有福气啦。外国人听哩唱郭，还给哩辣么多钱。辣个美好，够哩一辈己回忆啦。'他身旁的矮个瘦子听着我们聊天，眼珠滴溜乱转。他说：'大锅明天要走，我们请大锅喝点酒吧。我去搞些酒来，就算为大锅饯行呐。'

"平时我从不与这两个南方人来往，晚上泡澡时碰到了就闲聊几句。那天晚上，我心情十分复杂。第二天就要回家了，心情激动、悲凉。喝吧。我们仨嘻嘻哈哈一边说一边喝。矮瘦子说：'大锅好有才哪。会刻字，会画画，会弹琴，还会外语。真是鸟不起！敬佩！敬佩！乃乃乃，偶敬哩！'我之前在林家小馆已经喝了二两白酒。我的酒量四两顶天了。矮瘦子敬我，他一口干了大半杯。我有些犹豫，说：'刚才已经喝了二两，实在不能再喝多少了。就喝一口怎样？'矮瘦子说：'和大锅相处这么久，明天就要回去哪。多喝一点没事的。大锅哩要鸡不喝，那就看不起偶。'他这么一说，我就不知说什么了。喝吧，喝！和矮瘦子喝完，高个瘦子举起杯：'大锅明天要回家哪，偶祝大锅一怒顺风！偶先干，先干为敬嘛。'我没再推辞，反正明天就回家了，放开了喝吧。两个南方流浪汉的热情温暖了我这颗孤独忧伤的心。我来了情绪，分别回敬他们俩每人半杯。

"那天晚上喝了不知多少酒，怎么回到房间里完全忘了。只记得那两个南方人向我竖大拇指，冲我笑。第二天早上被浴池领班叫醒时，发现兜里的钱不见了。我立刻傻眼了，忽地出一身冷汗，到处找昨晚与我喝酒的那两个家伙。

"八点钟之前，必须离开浴池。我拎着旅行袋走出清华池大门，浑身无力，头痛。站在浴池门口，不知往何处去。想了好一会儿，来到林家饭庄。林老板见了我，很诧异。我说明来意，求他把我的琴卖了，买回家的车票。他为难地苦笑道：

"'我天天忙生意，哪有时间去为您卖琴啊？'

"'那，您看，我在北京举目无亲、求借无门。我身上唯一值点儿钱的东西就是这把琴了。您看……'

"'这样吧，我给您两块钱，琴您拿走。'我低着头，犹豫了一下，转身走了。

"我背着琴，肩挎旅行袋，呆愣愣站在天安门广场西侧，品咂着身无分文的恐惧与悲凉。我想到了给花岭大队打电话，让冯山逮去我家让我妻子给我汇来十块钱。不妥！母亲知道了会上火，也会被冯山逮耻笑。给'铁拐清'打电报求他给我汇点钱来？他居无定所，打了电报他也不会及时收到。给继承打电报倒可以，可是，那不让他耻笑我吗？耻笑就耻笑吧。顾不得那么多了，回家要紧。可是，拍电报需要钱啊，去哪儿弄钱呢？我心一横，从旅行袋里拿出一把刻刀，来到天安门广场纪念碑南侧人流多的地方。站了一会儿，没有寻到合适目标。想抽烟，一摸兜才知道，烟也被偷走了。我心中猛地升起一股怒火，愤愤然焦躁不安，来回踱步。

"这时，一个戴着茶色'麦克镜'的人朝我走来。他的上衣兜里别着一支钢笔。我迎上去拍拍他的肩，刚要拔他的笔，我立刻认出了来者——上次领头打我的那个南方人。

"'对不起大哥。我想回家，钱被人偷了没有路费。我在这弄几个钱，够路费了就走，以后永远不来了。'

"'谁信你的鬼话？快快滚蛋！不然我搞死你！'

"'我不是和你抢生意。弄一点儿路费就走还不行吗？求求您了！'我边说边向他拱手作揖。

"'你不滚啊？你等着！'我知道他要去喊人了，一股怒火在胸中腾地燃烧起来。我追上去拍他肩膀。他一回头，我一个直拳将他打倒在地，照准他软肋猛踢几脚，转身就跑。"

"好好！好啊！痛快！"侯春光一边叫好一边拍手。

"最后怎么回来的？"康健轻声问。

"我害怕那伙人追来，更怕警察追来，一路往北京火车站方向跑。一气跑了七八里路，来到火车站。摆在我面前只有一条路——上一列开往省城方向的火车，尽快离开北京。"

"你没有钱，怎么坐火车回家呀？"康健直愣愣看着我问。

"那个年代，可以先上车后补票。站台工作人员看看此人如果不像流浪汉或疯癫、傻子，就可以让人上车，上车后补票。大概过了一个多小时，一列开往哈尔滨的列车进站了。还好，上车时没遇到什么麻烦。

"当火车开到山海关站时，我被查出逃票了。列车员让我补票，我简述说了逃票缘由。我从列车员的眼里读出了同情。逃票虽然不予处罚，但必须被撵下车。这是列车上的硬性规定。我被撵下车后，肚子饿得咕咕叫。肚子饿我不怕，再挺一天多就到省城了。两个钟头后，我上了一列开往齐齐哈尔的列车。第二天中午，火车到达了省城火车站。在'铁拐清'家大睡了两天两夜后，我回到花岭家中。"沉默。我抽几口烟。

"从北京逃回来后，几个月过去了。我又颓废了，留起了胡子和长发。时间到了一九八二年四月。从首次进京算起，已经是第三个年头了。随着春天的脚步渐渐临近，我的心情越发压抑不安了。我整宿整宿失眠，早晨浑身无力起不来。午后四点多才勉强起来吃口饭，然后躺在山坡上，目送血红的落日徐徐沉入西山背后。心潮起伏，清泪横流。我是一个彻底的失败者，进京三年，无功而返。我心中的希望之火行将熄灭，绝望的黑暗弥漫心房。我又一连几宿没睡好觉了。偶尔迷糊一会儿，噩梦便一个个接踵而来。我每天只吃一顿饭。我已经连续几天没起炕了。

"四月十七号那天上午，具体几点钟我记不清了。当时那种状态下，时间对于我已经毫无意义。但日期我记得很清楚。当时冯俊英正在屋子里扫地，母亲等她扫完，让她待在屋外别进来。母亲坐在炕边，摸着我满是胡须的脸，捋着我乱蓬蓬的头发。

"'玉程啊，妈理解你，妈特别理解你。'我闭着眼睛，母亲在轻声抽泣。'你要挺住，一定要挺住！只要有一线希望，就不能倒下。我就相信，你的冤案政府最终会给个说法。'她提高了声音说，'你不能这样下去。你若是起不来了，我和新程怎么办？你要是像你父亲那样走了，对得起你父亲吗？对得起你的宝贝儿子吗？对得起这些年来你自己受过的苦吗?!'

"母亲出去了，她的哭和她的话起了作用。我昏昏沉沉从炕上爬起来，吃了些锅里热着的饭菜，踏上了房后通往花岭山的那条走了多年的小路。我浑身无力，慢悠悠往山上走。四月的天空，飘着大朵大朵的白云。温暖的阳光从云团中直射出来。山坡的树返青长叶了，微风中传来几声鸟鸣。正当我绝望的灵魂拖着疲惫的身子向山上缓缓而行的时候，身后忽然传来冯俊英那有力的喊叫声。

"'展玉程——展玉程——你妈叫你回来——省城来人了！开车来的！'

"我慌忙往山下跑。见我进屋来，两个干部模样的中年人站起身。那位矮胖的男人温和地问：

"'你是展玉程吧?'

"'啊，我是展玉程。'

"矮胖身旁的那位戴眼镜的高个男人从黑色提包里拿出一个牛皮纸信封和一个文件袋。他打开信封，宣读一份市政府关于展玉程冤案平反的决定。接着，他打开文件袋，当着我们全家人的面，把文件袋中当年那些关于我的黑材料——撕毁。那位矮胖的男人告诉我，让我一周后去县里听候工作安排。

"两个人上车走了。我们一家三口站在大门口，目送吉普车渐渐远去。冯俊英咧着大嘴笑。母亲老泪纵横。我呆愣愣地站着，眼前的一切仿佛是在夜梦中。母亲说：'上山去吧，和你父亲说说话。'

"我跟跄着上了山，来到父亲坟前，跪下。

"'父亲，黑暗结束了。结束了。都结束了。'我呆呆地跪着，脑子里一片空白。跪累了，仰面朝天躺在坟上。天空湛蓝，白云悠悠。我渐渐恢复了意识，仰天长笑，声泪俱下……"

第三章　黄

27

这些天里，我的收获是巨大的。大到什么程度，现在还无法估量。二十几天里，我的体重增加了三点五公斤。大馒头说，竹石这座"大矿"现已开采出了大部分矿石，可能还有含金量更高的矿石有待于进一步开采。

我正沉浸在久违的快乐中，梅冬艳校长在今天午后全体教师大会上宣布："高松为学校中学部教学主任助理，协助侯春光主任工作。"散会后，高松立刻把他的东西搬到教务处我的座位对面。这项重大人事安排让我感到震惊，恐惧随之而来。当高松神情严肃地坐在我对面的时候，无形的压力使我喘不过气来。此时，我特别想喝酒。我想立刻回县城我的出租屋，整一袋花生米几瓶啤酒，一醉方休。就在这时，竹石发来信息，请我下班后去他家共商大事。共商大事？什么大事要请我商议呢？

下了班来到竹石家，饭菜已经摆上了桌。我说我不喝酒，一会儿回县城。我给先生斟酒。康健面无表情，坐着发呆。竹石拿起杯子喝了口酒，我和康健开始吃饭。我感觉气氛有点儿异常。

"我一直有个夙愿：想在金秋时节，游览我们本溪市境内的五座名山和一些名胜古迹。我原想独自出游，我儿子不放心。今天上午我和康健说，希望他能陪我去，他同意了。春光，我也很希望你能和我们一起去。"竹石微笑着看我。我沉默了几秒钟，说：

"明天我上班，看看能不能安排开。我特别愿意和您一起去旅行。"

"好，我希望你能把工作安排好，安心地和我们一起出去游玩一段时间。如果你的工作安排好了，后天早晨我们就出发。"

从竹石家出来，我立刻给大馒头打电话，说有重要情况向他汇报。

六点十分，我来到太子河北岸别墅区，和大馒头坐在书房里。

"竹石计划要和康健出去旅游。"

"去哪儿?"

"去游览我们市境内的五座名山和一些名胜古迹，他邀我和他们一起去。"

"好事儿啊，好事儿! 怎么，你好像不高兴?"

"今天午后，梅校长宣布高松担任教务处主任助理。这小子开完会就把东西搬到教务处，坐在我对面了。"

"有助手好啊。有了助手，你的压力不就小了嘛。"

"问题是，三周前梅校长已经明确表态：如果我的工作再不见起色，这学期期末让我自动辞职。"

"这事儿之前我不早和你说过了嘛，学校那块儿你不用担一点儿心，你身体状况在这儿摆着。你就跟校长请假，说去省城看病。"

28

我来展老师家休养已经十几天了，这是我半年来过得最舒服的生活了。几个月来，我一直生活在一个黑洞似的噩梦里。不是"生活"，是"生存"，或者说是"煎熬"。因为"生活"应该是丰富多彩的，而这段时间里，我却每天都在焦虑、羞愧、失眠、浑身无力甚至绝望轻生的黑色海洋中漂泊苟活着。我几乎看不到任何希望。焦躁、耻辱、自卑、绝望这几大恶魔时刻在啃噬着我的心。我不甘心就这样死去，在北京挣扎了两个月，看了好几位心理医生也不见好转。我害怕极了，我真不甘心就这么被抑郁症折磨死了。在我同寝的室友多次劝说下，我向学院请了假，回到本溪市姨妈家。

在姨妈家的那些日子里，我每天午后去望溪山散步。看着矗立在山头那座高高的纪念碑，想着那些在解放本溪市的激烈交战中死去的解放军战士。死了死了，一了百了，死了就不会再有痛苦了。可是疑问来了：那些死难者是为理想而献身，死得光荣。我因为什么而死？然而这种疑问没过多久就再次被这种无意义的活着否定了。我整夜失眠、焦虑、满心羞惭、前景暗淡……太痛苦啦！还是结束生命，让心彻底安宁吧！

在姨妈家那一个月里，这样的思绪一直在我大脑中拉锯，几次想从溪山公园的山顶一头扎下去。正当我在绝望的边缘徘徊时，展老师出现了。这个曾经辅导过我小学和初中英语的人，我读高中时他也资助过我。听我妈说，我在北大读书这些年，学费也是由展老师的一个学生资助的。我对这个与众不同的老师印象很好，但我并不怎么感激他。我之所以能考进北京大学，那是我天资聪颖和多年自我奋斗的成果。任何老师只是按照课本讲解里面的内容，这些内容即便老师们不讲，凭我的聪明和自学能力也能学透。从小学到中学，我几乎没有享受过所谓童年的快乐。我很少出去和同学一起玩耍，待在教室或家中解出一道数理化难题时的快乐会胜过一切。我不认为一个人的快乐仅局限于从大众凡俗的游戏中获得。对我来说，每解出一道难题所获得的成就感、自豪感，远远大于其他一切快乐。从小学入学到高中毕业考入北大，这十二年里我获得的这种快乐太多了。我整天埋在书里，在浩瀚的题海中打拼。我几乎每天都会赢得各科老师那充满爱惜的赞许目光和褒奖话语。我是天之骄子，简称就是"天子"。天子是什么？皇上啊！我就是班级里、学校里的学霸、皇上。由于获得的赞赏太多太多，我认为我真的是一个天才，不然怎么会在全县的学生中拔尖呢？在大学学习期间，我仍然铆足了劲儿学，一刻不敢放松。北大人才济济，我知道毕业后的职业竞争也是一道关。

有时候我也会想想小学、想想中学时候的事。小学几乎没什么印象；初中三年里，印象最深的也就算展玉程老师了。这个人的气质里有一种与众不同的东西，具体说不好是什么，但这种东西还是无形中给我留下了深刻印象。高中三年是在整日拼搏的紧张气氛中度过的，竟然没有哪位老师的印象让我记忆深刻。

我怎么都没想到北大毕业后，我的求职之路如此艰辛。我无论如何弄不懂，我一个北大研究生，最后连一个非名校的应届毕业女生都竞争不过。这种打击让我无地自容，无法理解。那天展老师来我姨妈家让我十分意外。我无比羞愧，不想见他，我不想见任何与我有关系的人。可是，他却意外闯了进来，让我猝不及防，无处藏身。那时我已经快绝望了，无奈之下随他来到花岭。十几天了，他像照顾婴儿一般照顾我。他的行为起初让我无比反感。他越是这样我越愤愤不平。我恨我自己，也恨所有状态比我好的人。渐渐地，他的一些话让我认识到了我自身存在的问题，或者说缺项。比如，从小到大到考研到找工作，这么一大段时间里我几乎没有和同学进行过任何交往，也没参加过任何学校活动。没有朋友。没有丁点儿社会经验，缺乏起码的社会常识。我成了一台不折不扣的解题机器。

在展老师家这些天里，我这颗紧张、焦虑、耻辱、压抑得几乎爆裂的心逐渐松弛下来。连续几个晚上，侯春光主任和展老师各自讲述了他们的人生经历。原来，我那痛苦绝望后想自杀的心理，两位老师都曾经历过。于是，我的心一下轻松了许多，仿佛在孤身同强大的病魔搏斗中突然来了援兵，在孤独恐怖的黑夜里看到一丝曙光。我妈每天早上给我发来一条微信，安慰我，鼓励我。以前她和我爸总让我努力学习，大学毕业找个好工作，娶个漂亮媳妇，挣大钱住别墅。又说村里人和镇里、县里领导都对我寄托着无限希望。这无形中给了我巨大压力。

侯春光竟然和我妈是同学，他也正在抑郁的痛苦中煎熬着。他属于那种隐匿性抑郁症患者，是主动来展老师这里寻求帮助的。吃饭期间，侯主任那开朗热情的性格让我感到很舒服。我在花岭中学读书那三年里，侯春光主任给我的印象是诚实、稳重。如果换了粗俗蛮横的德育主任莽宝山，我是绝对不会同意他来展老师家的。

连续几个晚上，展老师讲述他人生的艰辛经历，使我大为震撼。仔细想来，我的求职失败经历同他的悲惨人生相比，真的不算什么了。况且他已经承诺，等到明年春天我的病情消除了，回北京完成学业后，他帮我去找工作，我确实再也没有独自出去找工作的勇气和信心了。而且我不知道我的失眠会不会调整过来，抑郁症状什么时候会彻底消除。不过，朦胧之中我看到了一丝希望的曙光。这丝光虽然微弱，但毕竟出现了。我已经感到心灵深处的冰冻在慢慢发生着变化。从前的那股焦虑感、羞愧感和绝望感在悄然减弱，夜里的睡眠也比从前略微改善了一点儿。今天午后，当展老师问我愿不愿意陪他去完成他多年的旅行梦想时，我不假思索立刻答应了。展老师说的要去游览的那些名山和名胜古迹中，除了平顶山，其他地方我都没去过。小学时去的平顶山，印象也早就模糊了。这次陪展老师去这些地方旅游，看看那些家乡的名山名胜，挺好的。

29

每当我有大困惑或大决定时，都要和林枫山沟通沟通，唠唠，这位花岭地区唯一的知心好友会给我一些建议或忠告。今天午后在松林里，我把明天要带两位弟子出游的事，在电话里和枫山说了。他调侃道：你为那个美丽的雨夜赎罪我能理解。可是，带上侯春光又是为哪般？我告诉枫山，侯春光是隐匿性抑郁症患者，瘦得一根棍儿似的了。二十天前他来我家求我教他书法，想借此调调心态、改善改善睡眠。书法那是慢功夫。这次漫游或许能对侯春光的思想有所启发，以便有益于他生存现状的改观。至于康健，我不单是为了赎罪。换了别人，这种情况我也会尽力拉他一把，不然实在太可惜了。康健童年、少年的人生黄金期几乎都是在房间里和题海中度过的。他的精神世界里，对家乡的概念一片空白，他需要补上这一课。唐僧领着弟子去西天取经，我要领两个徒儿去那山山水水中取经了。

"竹石兄，有道是'上医医未病，中医医欲病，下医医已病'。你现在既是华佗的大哥，又是华佗。佩服！佩服啊！"林枫山听了我的心愿，感叹了一番。

本次旅行将从本县世界级名胜——本溪水洞开始，然后游水洞附近的温泉寺。晚上不到八点钟，侯春光就在书房躺下睡了。康健也躺下了，他在看手机。估计侯春光此时也在看手机。晚饭时，我给他俩留了作业：让他们在百度上查找本溪水洞和温泉寺的相关资料。明天晚饭时，让他们分别讲述这两处名胜古迹的神话故事和历史传说。背着讲更好，看着故事讲或半看半背地讲都行。而且讲述者无论表现如何，都有奖金，奖金数额保密。为了确保他们都有故事讲，我给他俩手机分别发去了一个故事和一个传说的文档，让他们都认真准备，到时候自选讲述题目。

我穿上秋衣来到院门外，拿出手机准备给廖玉芳发信息。几乎每天晚上，我都会简单地向她汇报当日康健的情绪状况。前天夜里我发信告诉她，在我讲述自己人生遭遇的过程中，康健还问过我两次问题，这表明我的经历打动了他。

我一边向村路漫步一边给廖玉芳发信息："明天我将率领两个徒儿出游，计划十日内完成这次旅行。我没有告诉他们这些景点景区我都早已游览过。我谎称说这些地方只有两处景点早年去看过，这次想全部游览一番，希望他们俩能帮我实现我这一期盼已久的愿望。"信息发出后，很快收到回信：

"你太有道行了。你这样说，很像求他们似的。我也很想去那些地方看看呢，我能和你们一起去吗？"

"那怎么行？这次旅行并非随意而为啊。"

"好吧，一切听你的。"

30

早餐很丰盛。吃过早餐，八点整，我们准时坐上了先生昨天预订的车，向十六公里外的水洞方向出发了。

"为什么说，我们马上要游览的这个水洞是世界级著名景区？谁能用一百多字来概括地说说？"上车后不久，竹石便开始了提问。我抢答道：

"首先，它是迄今为止人类发现的世界上第一长地下充水溶洞，被誉为'天下奇观''世界罕见'。自一九八三年对外开放以来，这个水洞已经接待了一百二十多个国家和地区的中外游客八百多万人次。其中，四十多个国家的元首和政府首脑曾经来水洞游览观光。"

"侯春光回答正确，加十分！"先生调侃道。

"康健，水洞你去过吧？"我问康健。康健摇头，我很惊讶。竹石说康健一心只顾用功学习，本市的许多名胜古迹他都没去过。

"水洞我倒是去过几回，都是和同学、朋友去的，"我说，"当时看了，也都是走马观花。这样一处世界级景观就在家门口，咱们确实应该感到自豪啊。可是，我对它了解太少了。去年一位外地朋友问我说：'你家就在水洞附近，给我们讲讲它呗？'这一问，把我整没电了。昨天晚上我查了不少相关资料，这回再有人问我，就不至于尴尬瘪茄子了。"

水洞到了。我们租了棉大衣，坐上游艇进洞。康健上船的动作十分可笑，他两腿颤抖，那么怕掉水里。坐在小船上，我看得特别仔细，用手机将每处奇幻景点一一拍摄下来。洞中游览完毕，参观水洞外"国家地质公园"。九十分钟游览参观完，我们来到五公里外的温泉寺。我和康健跟随竹石认真参观了这座藏身于山中的红柱青砖灰瓦寺院。两处景点的参观过程，先生并未向我们讲述什么。从温泉寺出来，我们来到距寺院约一百五十米的太子河边，面对缓缓西流的大河，我忽然想起了自己隐藏的身份。

"老师，我知道，面前这条河是我们省境内的大河，是我们本溪市的母亲河。这条河名字的来历，我在您的快乐营听过。是因为战国时期燕国的太子丹曾经在这条河河畔避难，后来为国捐躯了。为纪念这位爱国太子，这条河被后人命名为太子。我记得您曾经说过，太子河的河名来历不止一个，它还有哪些来历啊？"

先生要讲这条大河名字的由来了。我急忙拿出手机，调到录音状态。手的动作太快了，引起了康健的注意。他皱着眉看看我，又看看我身旁的手机。

"太子河，古称衍水，又称大梁水。根据司马迁《史记》中的'刺客列传'记载，世人都以为太子河名称的由来与战国时期的太子丹有关。理由是：太子丹生前曾藏匿于衍水，衍水就被后人改称为太子河了。我觉得，此说有些过于牵强。"竹石点支烟。

"因为自太子丹死后，历经了秦汉三国两晋南北朝至隋唐，诸多史籍中均无太子河的记载。记叙中遇到了这条河，只称其衍水或大梁水。如果由战国末期起就称其为太子河，哪有这么长时期不见于诸史记载之理？《辽史》的'地理志'中有这样一段记载：'衍水自东山西流，与浑河合为小口，会辽河入于海，又名太子河，亦曰大梁水。'那么，何以太子河之名在此时出现？据《辽史》记载，契丹国统治者耶律阿保机，立耶律倍为皇太子。耶律阿保机死后，耶律倍不得立，其弟耶律德光继帝位，迁耶律倍及渤海遗民于东平（今辽阳旧城）进行监视。耶律倍不满。于是，应唐明宗之约，借出猎之名航海而去中原。当地人同情耶律倍的不幸遭遇，又习惯称他为太子，故称流经东平的著名大梁水为太子河，以此来纪念耶律倍。"先生抽两口烟，继续讲。

"再一个关于太子河河名的由来是这样的：相传唐二主李世民统领大军到抚顺的新宾小夹河征东。行军中，他对先锋官张士贵说：'我感到很寂寞，你想法给我选个妃子。'张士贵立刻答应下来。可是，这偏僻的深山老林，到哪儿去选一个皇上满意的女人呢？找了多日也没找到。这时，他的谋士献策说：'找几个机灵的士卒一路上注意察看，有老公鸡在大门梁上叫的人家，就一定有凤凰。'张士贵一听，连声说好！

雕塑师

随后就叫谋士安排人去办。原来，这个谋士就是本地大石湖人。当队伍走到他家乡时，便暗地里安排两名士兵，到他的表妹家门前大喊：'这院中有凤凰！'说着，进院叫出一个老头来。这老头便是谋士的舅舅。士兵对老头说：'你老头大喜呀！皇上看中了你家闺女，让你马上把闺女送到军府中去，与皇上成亲。'老头一听，乐颠颠地把女儿送到军中。一年之后，妃子在新宾小夹河为皇上生了一个太子。为纪念太子的出生地，就将宫殿前这条河，起名叫太子河了。"

"哦，唐太宗李世民还到过抚顺的新宾？"我惊讶地看着先生。

"是啊，到过。可是，我一直觉得这个传说不太靠谱。我认为，下面的这个传说最靠谱了。"竹石吸两口烟。

"当年，努尔哈赤不服大明管辖。他手下有十几万兵马，都是些能骑善射的好手。他统一女真各部落建立大金之后，又想占大明江山的土地来扩充其地盘。有一年，努尔哈赤率领他手下的贝勒、亲王，分水旱两路来进攻大明朝领土。旱路的第一关是清河城，由他弟弟攻打；水路的第一关是现在的马城子，也叫太子城，由努尔哈赤领着他的大儿子和二儿子两个贝勒来打。当时正是七月三伏天。守马城子的将官是从辽阳府退下来的李如柏，听说努尔哈赤领兵来了，李如柏就命令士兵把沿河两岸的桥拆了，船毁了。努尔哈赤领兵来了，李如柏领兵出城，向河对岸擂鼓摇旗起哄。意思是说：明军就在河对岸，看你能把我们怎么样？有能耐你们长翅膀飞过来！

"努尔哈赤望着河对岸，气得直咬牙。他狠狠心，要强行渡河。可是，河水一个漩涡卷着一个漩涡，不清楚有多深。如果强行渡河，兵将们不被淹死也得被乱箭射杀。如果不渡河，出师头一仗就退回来，实在晦气。要是拖延了渡河时间，清河城守将邹储贤就会派兵支援李如柏，这仗可就更难打了。努尔哈赤可是熟读兵书战策之人，他认真思考了利

弊得失，回到大帐下了命令：'宣大太子进帐！'

"大太子是个忠厚实在的老实人。听父亲叫他，立刻进了大帐。努尔哈赤心疼地瞅了儿子一眼，命令道：'你带一哨人马去河边视察，看看河水冻没冻实。'大太子听了，打个冷战。三伏天河水怎么会封冻呢？可是君命不可违，只得领旨出去了。

"大太子领着人马来到河边。只见那河水翻着浪花，漩涡卷着漩涡哗哗响。他返回大帐来，对父王实话实说了。努尔哈赤多么希望大儿子谎报河水冻冰啊！那样，他就可以名正言顺地下令进兵了。大太子实情禀报，破坏了他的进兵计策。努尔哈赤含着泪，命令手下把大儿子推出帐外砍了头。接着，努尔哈赤又命令二太子出去巡视。二太子比他哥哥滑，爱耍小心眼儿。见哥哥说实话成了父亲兵渡大河的祭品，立刻打定主意，领兵直奔河边去了。有什么可看的，河水照常哗哗流淌。他在河边转悠了一会儿，望着河水奸笑了两声，带兵回营，假装惊喜地闯进大帐说：'启奏父王，河水冻冰三尺，可渡军马过河！'努尔哈赤一笑，忙传令：'半夜渡河攻城！'

"这天正是月黑头。努尔哈赤命令一下，军马都抢先过河。尽管人们知道这是策略，但一想起大太子的死，就一个个争先恐后向前冲。一时间，河水将前军淹死的尸首堵得漫上了远远的岸边，后军踩着前军尸首风一样扑过河去。

"守城的李如柏认为有大河拦住敌军，马城子会万无一失。他没有一点儿防备，两袋烟的工夫就被努尔哈赤攻破了城池，他只好带着残兵败将向新城子逃去。努尔哈赤进城后，第一件事就是为大儿子举行葬仪，把他埋在大梁河岸边。为了纪念大太子捐躯获胜的功劳，努尔哈赤将大梁河赐名为太子河，把马城子改名为太子城。还在御批里写下一首诗：

清之为清，

务使不蒙。

太子捐躯，

大河留名。

……"

温泉寺距离我住的县城仅五公里。中午在温泉寺一旁的羊汤馆吃完饭，我想搭乘回县城的出租车回家。可是，电动车还在竹石家，明天早晨要坐车去游与县城相反方向的平顶山。于是，我随包车回到先生家。午后睡了一觉，然后根据先生留的作业，把先生发给我的文档，以及在百度上查找到的有关水洞和温泉寺的历史故事、神话传说又认真地看了两遍，然后试着复述，忘记的地方就看看手机上的资料。

晚饭开餐不久，"故事汇"就开始了。我打头阵，第一个讲。先生让我讲水洞的故事和传说。我讲了"古洞神舟"和"水洞平妖"，都是半背着讲的。竹石先生认真听着，不时点头投来鼓励的目光。我讲完了。康健讲"温泉寺的传说"和"老罕王被咬坐汤"。他讲述的声音很小，也是讲一会儿，看几眼手机。竹石认真听着，微笑着不时点头。康健讲的历史传，先生也发给了我，所以他讲的时候我无须再听了。我暗自高兴：我的情报里终于有了康健的讲述录音。

康健讲完了。先生热情评论，说你们俩讲得都不错。抑郁症的康复过程，也是记忆力不断恢复的过程。愿旅行期间的"故事汇"助力康复！一会儿你们俩都将收到今天的奖励红包。

明天去游平顶山。睡觉前，先生发来两个文档，里面有故事和传说。先生还让我们在百度上再查些平顶山的相关资料。我昨天晚上计划好了，从今天开始，写旅行日记。

2016.10.22　周六　晴

今天上午，竹石带我和康健游览了水洞和温泉寺，拍了许多洞内奇幻景点的照片。洞中游览完了，参观水洞外"国家地质公园"——中国地质博物馆本溪馆。参观完了，来到五公里外的温泉寺。从温泉寺出来，来到不远处的太子河边。听竹石讲太子河河名的来历，竟然有四个传说。努尔哈赤"杀太子渡河"的传说太震撼了。晚饭时，竹石安排了"故事汇"，由我和康健分别讲述水洞传说和温泉寺来历的历史故事。为了鼓励我们讲故事，竹石发来二百元红包。

31

我已经多次发现，无论是与展老师吃饭时聊天，还是展老师讲他的人生遭遇，无论老师讲什么，侯春光都在偷偷录音。他为什么要录音呢？展老师知道他在录音吗？这个人录了音到底要干什么？那天晚上，侯春光讲完他的人生经历后，让我讲我的遭遇。我本来也想讲讲，可是一发现他在录音，我心里立刻产生了恐惧，就沉默不语了。第二天，展老师问我怎么不讲讲我的痛苦经历。我犹豫了一下，说我不想让我痛苦的求职经历被录音。展老师听了，微微点头。侯主任的录音行为让我十分反感，也非常害怕。很多时候，我想表达一些自己的疑问或想法。一想到他在录音，就不说了。现在我很后悔当初让他来。这些天来，我对侯春光一直存有戒心和担心，担心他会把我的情况说出去。同时也暗自责怪展老师，不该把我回来的事告诉这个一直用手机录音的人。这个人表面很热情，却不断地在用手机录音。他到底想要干什么呢？展老师说到做到，刚才我收到了他发来的红包。世上的人如果都像展老师这样，该多好啊！

32

今天，竹石先生原计划领我们两个瘦弱的弟子乘坐七点的中巴车到本溪市内，然后打车至平顶山北山山脚下。后来他改了主意，继续租用昨天的那辆车，让司机把我们直接拉到平顶山北山山脚下。此刻，北山上山的阶梯步道已经展现在眼前。先生知道我当年就读的大学就在平顶山山脚下，就将游览此山的导游任务交给了我。

本溪市中的这座山，海拔六百五十多米。沿着阶梯步道，我走在先生和康健的前面。走一段，转身给他们拍拍照，间或拍摄周围山貌林景。先生精神抖擞，充满活力。上了约五十米，康健颓然坐在一旁的石头上，喘着气，脸色煞白。先生果断决定下山坐缆车。十分钟后，缆车把我们送到山顶。下了缆车，站在山顶的观望台，眺望山下的城市和远近山峦。

"如果说，闭着眼睛都知道哪是哪，那是吹牛。我那三年大学生活就在这山脚下度过的。那时候，我们三天两头爬这座山，有时候晚上还要和几个同学上山玩一圈。"我颇为自豪地说。

"那么，你一定知道'神弹李五'居住的山洞在哪儿了?"竹石问。

"应该知道啊，这座山就那么一个洞嘛。"我心虚地说，有点儿尴尬。

"听说过平顶山'神弹李五'的传说吧?"先生问我。

"好像许多年前听说过。忘了。昨晚我读了您发给我的文档后，了解了这位平顶山神人。"

我们师徒三人站在山顶观望台，手扶围栏向东向北远眺。太子河像一条长长的玉带，弯弯曲曲经城中向西流去。放眼望去，茫茫群山高低起伏、一望无际，山下城中的高楼像一堆堆立着的无数积木。我拿着手机不停拍照。求一位中年女士为我们三人拍了张合影后，我们沿着柏油铺就的山路向南走。右侧的天女木兰白玉雕像、百鸟园、百蝶园、红枫林荫步道一一看过。在南天门的"平步青云"牌楼门前，留下了三人合影。然后由"平步青云"折回，游览山路另一边。这边就都是古迹了：努尔哈赤点将台、佛家庙、道家庙、山神庙，古城墙、古碑林，万佛窟、薛礼征东时期的唐代古井、日俄战争石砌掩体、解放战争国民党军碉堡群、"神弹李五"洞，玉皇阁，等等。虽说我是游览此山的导游，面对这些历史古迹却说不出任何一处的历史。我很尴尬，对着景点默默拍照。

直觉告诉我，康健似乎对我怀有敌意。其实，我对他的冷漠、缄默和麻木很是反感。你北京大学的研究生就该这样牛吗？竹石如此这般的爱心付出，难道你就这样冷若冰霜一点儿不受感动？他为什么对我怀有敌意呢？难道我在录音时被他察觉了，因此在防备我？假如真是这样，对我的冷漠我理解。可是，为什么对恩师也如此冷漠？难道这家伙真的成了类似机器的书呆子？对此，我曾经问过竹石先生。先生说，抑郁症患者都自卑，自卑者往往表现为自负，自负是为了掩盖其自卑。这样，就达到某种心理上的平衡了。对于康健的表现，先生似乎早在预料之中了。

游览完平顶山景区所有的景点后，竹石要求我和康健尽量记住游览过的众多景点，以便晚上坐在书房里回顾。先生说，回顾景点名也是恢复记忆力的一种训练。像我这样常年靠安眠药过夜的人，像康健这样吃了多日抗抑郁药物的人，记忆力都受到了无法估量的破坏。我的记忆力差劲在学校里几乎人所共知。我时常在工作中丢三落四。公开课完了评课时，我常常讲着讲着，就忘了下面要讲的话。由于我也算是校园中的元老，而且与人为善、与世无争，校领导和老师们都很包容同情我，只有调来不久的梅校长看我不顺眼。对此我并不怪她，哪个领导都不会喜欢不称职的下属。我不怪她，更不恨她，只是怕她。开学以来，我几乎每天都背着沉重的包袱上班，失眠的痛苦加上心理压力让我苦不堪言。

吃完简餐，来到山顶凉亭下。康健闭着眼睛，一脸疲倦地躺在长椅上。我坐在先生对面，认真倾听他讲述发生在这座平顶山上的两次战役。

"一九〇四年，日军与俄军在这座山上打过一仗……"我听着听着，眼前浮现出电影和电视画面中日军的样子、俄军的样子。日军从这座山下向上进攻，俄军在我们脚下的山顶防御。战火连天、硝烟弥漫……

"解放战争时期，解放军与国民党军队也在这座山上打过一场仗。仗打得十分惨烈……"我的眼前又浮现了解放军从山下向上进攻，国民党军队从山上向下用机枪扫射……讲完两个故事，竹石喝水，点烟。

"老师，南面那座'努尔哈赤点将台'是真的吧？"说着，我也点支烟。坐在平顶山山顶，听着发生在这里的战争故事，震撼又兴奋。

"当然是真的了。平顶山不仅是近现代战争的必争之地，也是兵家必争的古战场。"我拿起手机，检查刚才的录音是否还在继续。康健闭着眼躺在长椅上，瘦削的脸苍白。他在听吗？这家伙似乎对什么都不感兴趣。

"据史书记载，后金汗王努尔哈赤谋攻大明时，曾经在这座山上陈兵操练过。他出兵攻占辽阳、沈阳那一年的三月初三，率领众多谋臣武将和部分金兵赶到这平顶山，观察地形，了解民情。第二天清晨，努尔哈赤的兵将突然把辽阳东边的明军台堡狠狠敲打一顿，然后向东撤去。等大队明兵来到平顶山时，点将台上只剩下一堆堆灰烬和吃剩的兽骨。

老汗王这次亲临点将台，经过实地观察，改变了用兵方略。于三月初十带着后金兵马倾国出师，兵临沈阳城下。于三月十三攻占沈阳城，三月十九进兵辽阳，两日后，攻占了辽阳城这座明朝重镇，随后，将它变成了努尔哈赤的行宫。"

在平顶山下读了三年大学，今天竹石先生给我补了许多课。我检查手机，仍在录音状态。我爱听故事，爱听传说，这些故事或传说在大馒头那里都成了一车车闪闪发光的矿石。对于一个盗采矿藏者来说，没有什么比获得成吨的理想矿石更让我开心了。

"说起这平顶山，就一定要说到一位大名鼎鼎的传奇人物——神弹子李五。这里有一个真实的民间故事和一个神话传说。"先生又点了支烟，喝两口水，开始讲"神弹李五"的传奇故事。因为有手机录音和先生发给我的文档，心里有底，我的精神游离了。平顶山这里竟然发生过两场大战役。努尔哈赤竟然也到过这平顶山，留下了点将台遗址。今天我才知道，这座山竟然如此不寻常。努尔哈赤竟然还到过青石岭，留下温泉寺这一驰名省内外的名胜古迹。太子河名字的由来中，竟然还有努尔哈赤因无法渡河与明军作战，枉杀其子而得此河名。这些都让我震惊不已。我从来不曾想过，传奇人物的足迹与事迹，竟然离我这样近！竹石的手机响铃，他点开了免提。

"喂，新华。"

"老师，我想通了。一个月的学费换来一个深刻教训，很值。今天我睡了一上午，现在心情很好，打电话和您说说，让您别为我担心。"

"好！遇到磨难别灰心，想通了，就会收获满满！"

"还有啊老师，您几天前发给我的那两个小话剧我都看了，我会记住您的提醒。无论将来在工作、恋爱等方面遇到什么挫折，我都不会去自寻短见，那样不仅对不起父母，更对不起自己。我记住了您的教诲：

世间没有过不去的坎儿。谢谢您，再见！"

"再见，新华！每日要保证营养！"

"我会的。Thanks a lot, sir!"

"You're welcome!（不必客气）"

竹石先生接着讲神弹李五降服独角虬的神话传说。讲完了传说，他接着讲神弹子李五童年、少年时期如何在我们明天将要前往的那座铁刹山修行，后来又如何弹杀沙俄兵、报效国家的故事。这个故事不是神话，是真事儿。虽然先生讲的东西昨晚都发给了我，我还是要把它录下来，看故事与听故事的感觉是不同的。先生讲完神弹李五的故事，我们坐缆车下山，回家。

午后，睡觉休息。

醒了，听手机录音。由于山上空旷，录的声音不大。

傍晚，竹石的书房兼客厅、饭厅里，三人围坐。饭桌上四菜一汤，啤酒红酒。吃喝间，先生首先让我和康健说说平顶山上有哪些景点。我说出了七个，康健说出了五个。接着，我尝试复述"神弹子李五"，讲了没几句就卡壳了。我摇摇头，尴尬地冲先生和康健笑笑，拿起手机看先生昨晚发给我的文档，继续讲。讲完了，先生微笑点头，热烈鼓掌。接下来，康健细声细气地讲平顶山努尔哈赤点将台的传说，基本上都是照着手机上文档读的。康健的故事结束时，先生同样给予了热情微笑和热烈掌声。先生举杯，示意我们碰杯。

先生说："平顶山极其不平凡，让我们为今天瞻仰的这座英雄山，干杯！"

"日本和俄国，当年为什么在我们这儿打仗？"康健突然向先生抛出一个问题。先生微笑着看看康健、看看我，点点头。

"一九〇四年至一九〇五年，日本与俄国这场战争之所以发生在我们东北，主要是因为东北这块土地矿产太丰富了、物产太丰饶了。而且，辽东半岛的地理位置又格外重要。于是，两个帝国主义列强国家之间为了争霸这块宝地，打起来了。那么，什么叫'帝国主义'，什么叫'列强'呢？我想你们在学马克思主义哲学时，都已经了解了。春光，你说说这两个词的意思吧。"

"学过，早忘了。"我尴尬地摇摇头。竹石看看康健，他也摇头。

"那就给你们留个小作业。一会儿睡觉前在百度上查查'帝国主义'、'列强'和'日俄战争'。"竹石端起杯，微笑着示意我和康健举杯，庆祝昨天和今天旅行圆满成功。

九点多了。在百度上查完了先生留的作业。把今天的音像情报发给"雇主"后，躺在先生书房的行军床上，翻来覆去睡不着。拿着手机刚要写日记，先生发来二百元红包。我收了红包，发去一个谢谢先生的符号。

　　2016.10.23　周日　晴

今天是和竹石、康健旅行的第二天。游览了本溪市境内五座名山中的第一山——平顶山。由于康健的身体原因，上下山都坐缆车。由于三周前在竹石的快乐营听了天女木兰的神话故事，山上那尊高大的天女木兰塑像特别吸引我，拍了好几张照片。那尊汉白玉的天女木兰塑像实在太美了。听了努尔哈赤点将台的故事，日俄战争、解放战争的那些战事，尤其是"神弹子李五"的那些传奇故事，让我对自以为熟得不能再熟的平顶山有了太多太多新的认识。这座位于城市中的大山真是一座英雄山。山上的赵国泰是英雄，天女木兰是英雄，努尔哈赤、"神弹子李五"也是英雄。山上的古迹太多了，旅行长见识，此言不虚。睡觉。攒足精力，明天游览铁刹山。

33

今天又是个大晴天。前天去水洞租的那辆车车况不太好，山路弯弯，万一车出了问题，后果不堪设想。于是，做好早餐，骑上我那辆半新的电动车来到镇政府门前，租了一辆车况好的私家轿车。司机四十来岁，见了我有些诧异，我也觉得他有些面熟。十几年前，花岭中学每年毕业两百多名学生，他一定认识我。讲好了这一日往返铁刹山的包车费，让司机跟着我来到我家大门前等候。我们仨吃完早餐，坐上车朝铁刹山驶去。一小时二十分后，轿车在铁刹山山门外停车场等候。三人买票进山。

过去的两天中，侯春光热情如火，康健冷若冰霜。侯春光的热情我理解，他是主动找上门来求助于我的。康健为何始终冷漠萎靡？萎靡我能理解，冷漠却又为何？

大气的牌楼式山门门前，约四十米长的阶梯步道两侧，用绿草装饰着老子的"上善若水，道法自然"八个大字，赫然醒目。步入山门，里面是一座广场。广场中央矗立一尊巨大石刻塑像。塑像左右为白色祥云衬托，塑像下六个醒目大字："老子天下第一"。这是一尊道家鼻祖老子的坐姿塑像，光头，大耳，须髯至胸。

昨日游览平顶山，上下山的路线颇多。可驾车，可走索道坐缆车，亦可走规矩的阶梯步道，更有多条林间小路通达山顶。然而今日游览的这座东北名山，上山的路只有宽宽的阶梯步道而别无他途。阶梯步道是一种刻板而严格的约束，你的脚步丝毫不可以随心所欲。向上行进中，你不可以不看脚下而边走边自由欣赏眼前或左右风景。我想，景区的原始设计者或许没有登山经验，或者负责设计的领导者没能实地考察深入思考，没能真正为前来观光朝圣的各种年龄的游客着想，从而没能在阶梯步道旁铺设一条两米左右宽的自由延伸的柏油路。无奈之下，每上行三两分钟，我们就不得不站在缓步平台休息一会儿。我的上山功夫在这里打了折扣。如此长时间行走于这种固定的阶梯步道很是单调乏味，身体很快会感觉疲倦。上行约六十米，康健就坐在石阶旁的一棵橡树下，不走了。看着他那瘦弱身躯和那张毫无生气的脸，我给他留下一瓶水，让他在此休息，等我们回来。

我和侯春光一步步向上走，边走边小声谈论康健。侯春光问我，康健的病情多久能康复。我说这很难说，我当年抑郁两年多症状才基本消失。康健的病情不轻，而且他有毕业和找工作双重压力在身。如果说彻底康复，至少也要两年。侯春光说，他对于康健如此的冷漠十分不解。其实，我对他表现出的冷漠也不太理解。不过我知道，抑郁症患者会有各种各样的表现。

一个多小时后，我和侯春光终于到达了山顶。一处处景点走马观花地逐一看了一遍。千百年的道教历史在东北本溪市展现，这确实很值得自豪。我领两个病患徒儿来此道教圣地，并非引导他们信奉宗教。宗教对于我，犹如喜马拉雅山之于我，实属远而敬之。宗教属于形而上的哲学范畴。这世上哲学流派颇多，仅古希腊时期的哲学就分若干流派，诸如苏格拉底-柏拉图-亚里士多德派、犬儒学派、斯多亚学派等。我最欣赏古希腊百科全书式哲学家德谟克利特的那句话："幸福的最高境界乃心灵之宁静，唯理性发达者方可获之。"而对于中国的儒、道、释三宗教，我比较尊崇道教。敬仰老庄"上善若水，道法自然"的无为而无不为之道家哲学。侯春光面对妻子的出轨乱性，遵从了这一至高智慧，他收获了这一智慧的理想成果；康健违逆了这一哲学，精神遭遇了致命打击，深陷其中而难以自拔。

在游览铁刹山诸多古迹景点过程中，我没有像昨天那样每到一处做简要介绍，而是完全由春光自己看。他神情饱满，边看边用手机拍照。康健没能坚持上行多远，我想，他身体是一个原因，心理上也一定有原因。对于一个宗教知识空如白纸的理科优秀生，对于一个生理与心理皆处于生命低谷之人来说，他能随我来已经不错了。我忽然对我最初的计划产生了怀疑，我不知道接下来的长途旅行康健是否能坚持下来。如果他执意不愿随我往前走了，怎么办？

中午十二点四十分，我们已经来到小市一家正宗羊汤馆。围坐着最里面的一张圆桌，点了羊排、羊杂、羊汤、米饭，三瓶啤酒。吃喝完了，坐包车回家。午后各自休息。

34

从铁刹山回来，很累。之前我去过两次，都是陪外地同学去的，走马观花。这一次游览此山，康健在山下，我和先生也没能看得认真仔细。午后手机充电，睡觉。

睡醒了，在百度查"东北铁刹山"相关资料，这是先生午饭期间留的作业。为了把饭吃好，晚饭期间不再讲故事了，随意闲聊。晚饭后，三人围坐在先生书房那个大树根面的茶几旁，随意喝着啤酒，进行"故事汇"。我和康健分别讲了"铁刹山神赐红匾"和铁刹山东北道教龙门派开山始祖郭守真的故事。故事讲得没多大起色，形式上仍是昨晚的翻版——讲讲就看看手机上的文档。尽管这样，竹石依旧热情点头，热烈鼓掌。

"铁刹山山门脚下向上的阶梯步道两侧，那八个大字'上善若水，道法自然'你们注意到了吧?"竹石说，"那是道家创始人老子的哲学精髓。进了山门，小广场那尊石刻老子塑像记得吧? 下方六个大字'老子天下第一'。此言貌似自夸或幽默，不过，除基督教《圣经》外，老子的《道德经》一书，在西方国家可谓销量巨大。你们一定觉得这很奇怪吧? 为什么你们在高中、大学里进修的哲学不是老庄哲学，而是马克思哲学?"我愣愣地看着先生。康健表情木然。

"马克思哲学，它是一种积极的、明晰的、向上的哲学;而老子的道家哲学，则是一种无为，几乎是一种宇宙天道大而无边、小而护身的保命哲学。其实，这两种哲学从不同角度论述了宇宙间事物的发展规律。老子的道家哲学为格言式，马克思哲学属系统论述的解析式，所以，马克思哲学更便于理解、掌握。我儿子展新程曾经和我说过，高中时期、大学时期乃至研究生考试，无论你进修何种学科，马克思哲学都是必修、必考科目。太多太多的学生只是死记硬背其哲学原理以应付考试，却很少人将其深刻理解，灵活运用。马克思哲学太伟大了，它的唯物论，使我们不相信鬼神;它的辩证法，教我们认清一切事物都具有两面性。当年我深陷于绝望泥潭，我母亲借用古人那句'祸兮，福之所倚'给了我诸多安慰和希望。一九八二年五月，我的冤案被平反后，政府给了我两种选择:一是回省城某中学教书;二是就近安排工作，也是到中学教书。如果我回省城，就只能我自己回去，家人都是农业户口，无法迁入省城。权衡之下，我选择了在花岭中学教书。这并非因为家人的户口问题而迫使我选择留下，最主要的原因是，我离不开这里了，这里的山山水水已经融入我的血液中，我离不开它们。为此，我写过一首诗，题为《终身的爱》:

心的中央

有一处绝美的地方

五月山花漫坡

十月枫叶比火

那里有百鸟 林木 甘泉

那里有山鸡 山蘑 野果

那里有百草 山花 怪石

那里有山兔 野猪 花蛇

我在那里放歌

我在那里呼号

我在那里舞蹈

我在那里狂笑

在那里

怨恨谁就破口大骂

从不担心被人告发

在那里

爱上哪朵花伸手就摸

不顾虑囊中是否羞涩

在那里

渴了痛饮山泉

饿了饱餐野果

一个天真顽皮的老童

天地皆归我

自由而快活

你

拔于大海

高于土地

无论我走到哪里

终身的爱都属于

你"

"好诗！好诗啊！"先生朗诵完这首诗，我一边赞叹一边鼓掌。

"是花岭的山山水水拯救了我的生命。为此，我还写过几首诗。"

"老师，您把您写的诗都给我们朗诵朗诵吧！"为了替我的情报雇主大馒头收集更多有价值的情报，为了挖出深藏于矿脉底层的"矿石"，我不会放过任何机会。而且我知道：诗言志，诗是语言的精华、灵魂的火化。竹石开始朗诵他赞美冬天的诗了。

爱　恋

踩着白雪

撩开山岚

走进黑色的林子

清晨　一个人漫游东山

曙光亮白了山上那片天

春天的山

花媚树新鸟欢

夏天的山

雕塑师

林密草高丰满
秋天的山
通身色彩斑斓
冬天的山
素颜深沉伟岸
四季的山
我都喜欢
然而最让我爱恋的还是那
铺满白雪林木裸立的冬山
只身游荡在寒冷湿润的山野林莽
人就融入了万籁俱寂的无边空旷

冬天的山刚毅
冬天的山庄严
冬天的山威武
冬天的山铁面
冬天的山展现了英雄气概
冬天的山爬上就不愿归返

踩着白雪
撩开山岚
走进黑色的林子
傍晚 一个人游逛西山
晚霞映红了山背后那片天

　　我啪啪鼓掌，连声叫好。此刻，我已经完全沉浸在先生的诗情画意中。我在大学里学的是中文，对于古典诗歌和中外现代诗都读过一些。甚至还背下了几首世界名诗。当然，现在都早已忘得一干二净了，只记住了裴多菲的那首："生命诚可贵，爱情价更高。若为自由故，两者皆可抛。"李白的："床前明月光，疑是地上霜。举头望明月，低头思故乡。"我不太懂如何欣赏诗歌，但好的感人的诗，我还是能鉴赏的。"您的诗写得真是好！言之有物，充满真情，接地气又富于哲理。老师，您一定还写过别的诗吧？"

　　竹石喝口酒，说："可能独处得太久太久了。我到花岭中学上班后，发现自己不知道如何与同事相处了。不知道与他们聊什么，只喜欢一个人在办公室里待着。当时，我教美术、音乐。音美办公室里，只有我和一位女教师两人。她很少回办公室办公，我就独自待在办公室里，感觉特别自在。下面这首诗，就是那个时候写的。

独　处

已经记不得从何时起
你就愿意与众人保持距离
最好隔一座山
哪怕间隔一条河或两亩地

游山
百看不厌
山花山鸟山姿山岚
玩水
流连忘返

雕塑师

波纹水雾水花游鱼

观鸟

留鸟恋故地

俊鸟南北飞

当暖风吹开了报春花

老大的天空成了鸟的乐园

独卧山坡

相伴于花鸟林泉

晨沐朝霞

暮送落日

山岭起伏

天空辽阔

与山水相依

人就鸟一般快活

和大地谈天

向天空说地

一说就是大半晌

忘了喝水忘了休息

然而

一旦与众人相聚

你常常哑然无语

微笑着坐在那里

听妙语连珠

看欢天喜地

我完全沉浸在诗歌作者那不堪回首的往昔遭遇的回忆中。这个人在离开省城城体院之前是一个多么充满活力的人啊！沧海桑田，他却宁愿选择独处！竹石的这首诗朗诵已经结束了几秒钟，我才反应过来。我没鼓掌，也没说话，心情沉重，拿起酒杯，默默向他敬酒。他与我碰杯，也示意康健拿起杯子。三人碰杯，各自随意喝下一口。

"至今，我仍记得十二年前我妻子去世的那个元旦。午后登山回来，炒菜喝酒，自斟自饮。那天晚上，我心潮难平，写了下面这首诗。那时，我退休不到两年，还没确定我的人生后半程如何走，这首诗大体上表达了我当时的心境。

浮生唯愿

读书
爬山
一个人的新年
不孤单

读书
游山
就算常年独处
不孤单

春来野花漫山
秋日枫叶流丹

山姿伟

山色秀

书中佳人伴左右

一个人的日子

心安

拿本书进山

常常忘了看

山就是书

书也是山

有书

有山

不慕仙

浮生唯愿

读着书

化成一座山

"哈哈，有点儿吹牛的意味了，化成山坡的一棵树就行了。"

"好，好诗！"我边感叹边鼓掌。康健一直呆坐着，不说话也不鼓掌。这个呆子，不懂诗，也不懂事！老师如此对你，你怎么就不能……

"如今，我在花岭已经生活了五十余年。再让我回到省城那高楼林立、车水马龙的环境里生活，回不去了。守着这山山岭岭，有书，有音乐陪伴，有孩子们在我身边成长，活得自在！我想，这就应了马克思的唯物辩证法原理。任何事情，都应该一分为二地看。假如当年我没有因言获罪，体育学院毕业后，我会被分配到一所中学任体育教师，然后评级、涨工资、娶妻生子、退休养老。如果不是娶了冯俊英，以及新婚之夜被破了相，我就不会与大山如此频繁接触，就没有机会对大山有如此深刻的认识，更享受不到山中四季的大美景色，也不会在太子河边钓了九年鱼。由此我深深爱上了花岭山、太子河，这种大福并非谁都能享受到的，这正应了那句古语——'祸兮，福之所倚'。"竹石兴奋地点着烟斗，喝口酒。

"再说一个我自身'祸兮，福之所倚'的经历，这个经历给你们讲过了。就是那年，我在办公室教两个女生弹吉他，我妻子说我摸女孩儿的手，耍流氓，她跑回娘家叫来几个人，把我打得面目全非。第二天她又大闹校长室。学校领导无法弄清事实，只好给我停课，让我去管理学校农场。在随后那将近十年中，我从学校图书馆借了很多书读。现在想，假如没有那场变故，无论如何我都不会有机会、有时间去读那么多书。那些书让我对人类历史、对大自然、对人生、对人性都有了较为深刻的认识，对我退休之后的生活方式产生了重大影响。如果没有那场突如其来的变故，一定不会有我今天这样既有意义又有意思的生活。这再次印证了'祸兮福所倚'那句名言。所以说，当一个人遭到打击、遭受苦难时，一定不要绝望，坚持住，挺过去。等熬过去回头再看，那些打击与苦难已经成了一笔丰厚财富，这笔财富足以让你受益终身。"我深深点头。这时，康健突然开口了：

"老师，按你说的'祸兮福所倚'理论，我想知道，我现在遭受的痛苦会有什么幸福藏在里面呢？"康健提出的这个问题我也想知道答案。而且我更想知道，我这二十来年所遭受的精神折磨，除了我儿子上了理想大学，还会给我带来哪些幸福。

"哦，你现在遭受的痛苦会有怎样的幸福藏于其中，这我还没有十分把握确定它。不过，有几点可供我们探讨：第一点，你的成长应该算很顺利吧？顺利就是幸福啊。'福兮，祸之所伏。'幸福的背后却藏匿着因教育漏项而带来的毕业求职屡遭失败之苦。第二点，假如你带着成长中缺失的教育求职成功了，当然，这种假设多数是不成立的。我们来假设一下你第二次求职成功了，那么，由于你不懂职场里的狼性竞争规则，夹在公司里上不去又下不来。到那个时候，你的痛苦或许比现在还要大，大得让你喘不过气，甚至有可能一时想不开去自寻短见。那个时候，你连补救的机会都没了。如此说来，你现在的痛苦倒是一件好事，它给了你喘息的机会，给了你补救的时间。第三点，也是我坚信的一点，那就是，如果你挺过了目前这一关，一定会有很好的婚姻和不错的职业在不远处向你招手。正所谓'失败是成功之母'。默默坚持，寻找机会，永不言弃，这不是口号，这是马克思哲学的量变质变规律。默默坚持，永不言弃，就是在积蓄能量。能量积蓄到了一定程度，质的飞跃就发生了。所以说，马克思哲学是一门很好的学问，里面的'对立统一规律''量变质变规律'等都极具价值。休息一会儿，给你们讲铁刹山与道教。"

竹石起身走出房间。康健闭目静坐。我拿起手机查看录音状况，康健起身走出房间。我出去方便了一下，回到书房，见先生紧闭双目，塑像般坐着。我回到座位上，拿起杯子喝口酒。先生起身走出书房，很快回来了。

"康健说不舒服，躺下休息了。"竹石对着酒杯发呆了几秒钟。

"今天登山都累了，早点歇息吧。"

先生回房休息了，我把今天的音像资料和两份文档一一发给我的情报雇主，发完情报，写日记。

2016.10.24 晴

今日上午游览铁刹山。中午在小市用餐。餐后回来休息。晚饭后"故事汇",喝酒聊天。竹石以自身经历论述了"祸福"之间的辩证关系;他剖析了康健目前的祸难将会给他今后带来怎样的美好前景。竹石的论述和剖析,给了我莫大安慰和信心。以竹石预测康健的未来这样的模式推测,过去我遭受的二十年苦难,将会让我遇到一个"铁刹山神赐红匾"中"张家儿媳"那样的理想女人吗?但愿如此!但愿如此!

35

从书房回到卧室,给侯春光发去两个文档。我没把那些文档发给康健,他情绪低沉,以后再发给他。康健面朝里,好像已经入睡。这两天够他受了。铁刹山海拔九百多米,虽然他只上了几十米,那也够他受了。我在想,这次带他们出来旅行,时间上是否早了些,等康健的身体再强壮些可能会更好吧?可是,如果时间再往后拖,入冬了,山里的雨雪天气会给旅行者带来诸多麻烦。我躺在炕上,翻阅明天要去的关门山资料。读了一会儿,困倦袭来,放下材料本,渐渐进入梦乡。

清晨醒来已经五点四十分了。做好早餐,叫康健起床。康健半转过身,眉头紧皱,闭着眼说浑身无力,今天去不了了。从说话的虚弱程度上看,他昨夜没睡好,或者说他失去了意志力。我并不感到意外。我当年新婚以后那半年里,与他现在的状态颇为相似,情绪反反复复,时好时坏。

我说:"今天我们都好好休息一天,明天去关门山。菜饭给你放在大锅里热着。"

我去书房把侯春光叫起来，告诉他今天休息，明天游关门山。他没说什么，与我吃完早饭，骑车回县城了。走之前，说他傍晚回来。

午后四点钟了，康健才懒洋洋起来。我在炕上阅读关门山资料。他没精打采地吃了点儿饭，又回床上背对着我躺下了。

"康健啊，总体看来，你的气色和身体状态都比以前好了许多。近日来，你的情绪有点儿反常。我也是个俗人，不可能什么事都做得恰到好处。我呢，又是个坦率的人，如果哪里有不当之处，我希望你能和我说说心里话。病魔虽然强大，你我合力，一定能战胜它。你说呢?"我等了一会儿，康健没有反应。我刚要起身出去，康健说话了，声音不大。

"自从发现侯主任在录音，我就一直担心。"

"担心什么?"

"担心他把我的情况说出去。"

"哦，我想他不会的，我让他发誓保证过。放心吧，晚上我再叮嘱叮嘱他。"

36

连续旅行了三天，我也感觉疲乏了，事遂我愿，今儿可以歇一天了。

回到家中，与大馒头联系，语音简述游览计划何以暂停。他没有回信，估计还没睡醒。

躺在床上，想着三天来跟随竹石旅游的感受。一个疑问从昨天晚上就产生了：之前竹石说，请我们陪他游览本溪市的名山名胜。可是他说，铁刹山他已经去过六次，更阅读过大量资料；本溪市的平顶山，估计他也去过不下六次。除了这两座山，其他的山难道他就没去过？关门山他也一定去过。关门山太有名了，那里的红叶闻名省内外。那么，他为什么还要去呢？

十点钟刚过，大馒头回信了：立刻过来。

我穿上衣服骑车来到方府。他穿着一套肥大睡衣，在喝着咖啡吃点心。问我吃饭了没有，今天是否还有其他安排。得到一个肯定一个否定回答后，他让我用一个小时时间讲述几天来的见闻感受。我讲了一会儿，说其他的就都在手机录音里。

"可是我有个疑问，竹石为什么要组织这次游览名山古迹的旅行呢？"听了这个问题，大馒头想了想，说：

"现在还不好说，以后答案会自然揭晓。你想啊，他为什么把患有严重抑郁症的学生接到家里？为什么选择这个时间进行范围如此大的旅行？没关系，现在不必为这事儿劳神，最后自然会水落石出。一会儿咱俩出去喝点儿酒，唱唱歌。"

中午，在酒楼吃喝完，来到歌厅唱歌。我虽说不善唱歌，不懂得怎样抒发歌曲所表达的情感，但我喜欢歌厅这里的氛围，无拘无束、无忧无虑尽情抒发内心深处的压抑情绪，这种感觉实在好。

傍晚，回到竹石家。吃饭前，竹石先生问了我手机录音的事。我顿时浑身一热，说出了早已准备好的答案。我说，我录音是为了把先生讲的宝贵经历和珍贵的民间故事用声音记录下来，以便过后再反复听。竹石说，今晚都早点儿休息，明日去游关门山。竹石再次提醒我，让我别把康健的消息透露出去。我说请老师放心，不会的。

37

清晨，薄云遮空，我们坐着前天那辆私家车出发了。康健戴着口罩。我让他坐在副驾驶位置，他拒绝了。于是，侯春光坐在了前面。我叮嘱他系好安全带。说到安全带，我想起了草莓大王郭天福曾经讲过的一起悲惨事故。一天，他的一个朋友坐在副驾驶的位置上，未系安全带。车子在高速行驶中，一个孩子突然向马路对面跑。司机急刹车，坐在副驾驶的人猛然冲破前挡风玻璃射了出去，摔到十米开外的马路上，结果就可想而知了。我们的车正在高速行驶中，我给车里人讲了这个悲惨车祸。在两个病态的弟子面前，我忽然发现自己像个事事操心爱唠叨的老太婆了。

关门山就要到了。这座以其秋天的枫叶闻名于世的大山，我几乎每年都来一两次。本溪市境内的五座名山中，关门山的自然风光我最喜欢。我答应过快乐营的孩子们，明年春天带他们来这里观赏天女木兰花。

办理完宾馆入住手续，坐观光车上山。在山上观赏风光的一路上，我给两个徒儿讲了有关关门山山名的美丽传说，这个传说也道出了关门山的枫树为何如此之多。午后三点多，坐观光车下山。

回到枫叶山庄宾馆。康健自己独居一室，我和侯春光同住一间。洗完淋浴，四点四十分来到宾馆餐厅。

我说："你们俩都是满族，今天晚上我请二位吃满族风味大餐如何？"

"太好了！"侯春光高兴地说。康健没说什么，脸上有了些活力。我忽然发现，康健表情平和，近期的敌意消失了。

火锅底料放好了。漂亮的女服务员推来小型平车，上面放着三盘羊肉卷，血豆腐片、粉丝、酸菜丝等各一盘。摆放好了，服务员微笑着祝我们用餐愉快。我点的白酒也上来了。主食大黄米饭、酸汤子、黏粒糕、柞椤叶饼，陆续在上。这些都是满族的传统美食。看着这满桌子美食，侯春光喜形于色；康健向上推了推眼镜，眼里放出了光。

吃喝了一会儿，我说："我们县的这座关门山，是国家ＡＡＡＡＡ级森林公园。它素有'东北小黄山''东北桂林'之称。春日山花烂漫，五彩缤纷；夏日柏苍树翠，清幽凉爽；秋日火红金黄，野果飘香；冬日雪舞群山，冰崖百丈。就自然风光来说，本溪市境内的五座名山中，属关门山最美。关门山方圆三十五平方公里，保存着许多原始森林，光枫树就有一百二十余种。关门山的枫树之多，在国内实属罕见。那么，这座大山何以有如此种类众多的枫树？这座山为什么叫'关门山'？这两个问题，你们可以从上午游山时，我讲的那个美丽传说中概括出来。啊，为了静心享受这顿满族风味大餐，今晚的问答就不在桌上进行了。睡觉前，你俩把藏着上面那两个问题的故事，用五百字左右概括出来，发给我。好吗？"

"没问题！"侯春光底气十足地说。康健点头说好。

38

晚上八点多了，我把概括完的故事发给先生。准备休息了。这时，李娟来电话了。

"侯大主任，已经几天未见你踪影，哪里去啦？生病了，还是沉浸在女友的甜蜜蜜中啦？"

"谢谢老同学关心，身体出了些毛病，在我妈家休息几天。"

"什么时候方便，我去看你。"

"千万别来！你来了，我妈还以为你是我女朋友呢。"

"难道我不是你女朋友吗?"

"啊哈，是。我是说，别让我妈误认为你是我对象。"

"你妈还真以为我是你对象了。"

"怎么，你去我妈家啦?"

"去了。前天、昨天、今天，给你打了几次电话都关机。县城太远，中午我就去了你妈家，想从她那打听一下你的下落。你妈对我老热情啦！她说好几天没有你的音信了。你到底在哪儿? 没事儿吧?"

"没大事儿。我在省城看病呢。"

和李娟通完电话，心里有点儿乱。竹石在床上躺着看书，我忽然大着胆子问：

"老师，我一直有个问题想……"

"哦，什么问题?"

"就是……您的身体呀、各方面条件都这么好，身边若是有个女人，不就更好了吗?"

"呵呵，理想与现实总是存有差距啊！我始终忘不了我早年的初恋情人常丹丹。一九八二年我平反后，去省城找过她。没找到。二〇〇一年夏天，她带着孩子和几个当年的知青回花岭村怀旧，打听到了我的下落，从此，我们又联系上了。当年她回城后，和工厂的一个技术员结了婚。九十年代初，她丈夫工厂解体，下岗了。这个男人找不到工作，整天喝酒打麻将，经常打骂她。常丹丹当年没考上大学。她父亲的冤案平反后，政府安排她在她父亲单位上班了，做财务出纳工作，兼收发信件报纸。她体弱多病，五十三岁就提前退休回家了。"

"您，一直在等她？"

"初恋的情感，深啊。有她在我心中，我就不觉得太孤单了。"

"你们经常见面吗？"

"一个月左右，我回省城去看她一次。她丈夫几年前得了脑梗，卧床了，她脱不开身。我去了，就在她家门口和她说说话。临走了，她总是哭，舍不得我离开她。"竹石点支烟。

"春光，你这么年轻，考虑过自己未来的生活吗？"

"这么多年来，我整天昏昏沉沉心情压抑。说心里话，我对自己、对女人，几乎都失去了信心。老师，这两天我一直在幻想着，希望将来能娶一个像'铁刹山神赐红匾'里张老汉的儿媳那样的女人，或者找一个像'关门山传说'里金蟾那样的女人结婚。"

"集纯洁、善良、智慧、忠诚于一身的女人还是有的。要紧的是，先要做好你自己，而后耐心等待。哎，春光，有件事我想知道。"

"您说。"

"几天前康健就说，我们的谈话都被你录了音。昨晚我问你，你说我的经历和谈话，以及讲述的民间故事传说对你来说是一笔宝贵财富，录制下来，没事儿的时候再听听。每次录音，就只为这个？"

"老师，这些天，我心里有了一个想法。就是也想像您这样，在我们村里办一个'周末快乐营'。那时，您讲的很多东西就用上了。"

"哦，你也想办'周末快乐营'？好啊好啊！你计划什么时候开始啊？"

"这个嘛，还没想好，看看我的工作期末是否有变动吧。"

"哦，是这样。春光啊，你知道，我早年因言获罪，落得家破人亡。所以，我一直担心我再犯同样的错误。"

"老师，我知道，您的担心是有道理的。您放心，不会的。"

39

昨天休息一天，恢复了体力。今天来关门山，坐电瓶车游览观赏了一部分景点。这里的风景真的很美啊！大半年来，心情从来没有像今天这样轻松、愉快。心情好的主要原因是，得知侯春光主任手机录音是为了将来像展老师这样，办"周末快乐营"做准备，而且他一再保证，绝不把我的消息外传。这样，我就不用担心了。今天的晚餐真的太好了，都是我们满族传统饭菜。有些美食以前听说过，今天终于吃到了。在展老师家这二十多天里，他每天每顿做的饭菜都不重样。他一定是经过精心计划安排的，我看过一些资料，说抑郁症患者的饮食调养很重要。展老师说他读过好几本有关抑郁症方面的书。他的书柜里并没有这方面书，或许他有意不让我看见，把书锁在书柜下面的抽屉里了。

关门山的美丽传说让我很感动，它让我对自己未来的爱情充满了幻想。我在大学期间之所以没谈恋爱，是因为我们系的女生特别少。而且我性格内向，不善交际，几乎没有参加过系里组织的任何活动。我的生活中几乎没有女性的影子。青春年华所分泌的雄性激素有时会让我坐立不安，魂不守舍。但这种时候不是很多，而且很快被教授们留的那些繁重的阅读任务和其他诸多琐事给冲淡了。我一直憋着一口气，一定要找一份安稳的好工作，然后找一个漂亮女人做妻子。努力拼搏，晚几年享受人生无所谓。谁知道怎么就成了今天这个样子。几个月来，今天的心情格外好。展老师几天前说，凭我的名校研究生学历以及我的身高仪表，将来想找优秀的女人不是问题。展老师的话我信，我一直相信这个人，尤其了解了他的人生经历后，就更加信任他了。努力！拼搏！战胜

222

心魔！去迎接明天美好的生活！睡觉。吃完药就好好睡上一觉，明天去游览关门山另外几处景点。

早晨醒来，心情愉悦。由于睡前精神放松了，这一夜睡得很舒坦。展老师为了使我睡得安稳不受打扰，让我自己住一个房间。

吃过早饭，三人上路。

今天游览关门山最密集的一处景区——夹砬子景区。来夹砬子景区的游客明显没有昨天多，稀稀拉拉的游客在慢悠悠地往前走。我们正在经过一处叫"好汉坡"的景点。突然，我无意中碰掉了路边一个人正在拍照的手机。这个中年男人长相很凶，他捡起手机看一眼，抓住我前胸衣服，瞪着眼睛让我赔他手机。我被这突如其来的灾祸吓呆了。这时，围上来几个人看热闹。在我前面约十米远，展老师和侯主任听到了那个男人粗暴的声音，快步赶来。展老师手中拿着棒子，他微笑着冲那个男人说：

"你好，我是他的家人，发生了什么事？"那男人瞪着眼上下看看展老师，又看看他手里的棒子，说：

"他弄掉了我手机，摔坏了。你看！"展老师拿过手机，正反面仔细看，然后拍拍那人的肩，微笑着说：

"请你跟我到这边来一下，我保证让你满意。"那人犹豫了一下，瞪我一眼，跟在展老师身后往一旁走了约三十米。展老师跟他说着什么，我听不见。那个人上下打量老师，没说话。这时，只见展老师把棒子放到地上，从衣服里怀拿出钱夹，拿出红钞票递给那个人。那人接过钱塞进兜里，转身走了。

我们继续向前走。我走在他俩后面，心情沉痛。我在责怪自己刚才走路时，为什么没留神身边的游人正在用手机拍照呢？我真是废物一个。废物！废物！除了会算题，我什么都不是！早晨醒来时，心情挺好。现在的心情又沉重起来，沉重得几乎喘不过气了。我一下子坐在路边的山坡上，我已经没有了继续往上走的信心和力气。展老师会怎么看我？侯春光会怎么看我？废物！废物！废物！

展老师走了过来，轻声说，"刚才那家伙是个碰瓷的。拿一个二十块钱都不值的破手机故意碰游客身体，摔掉地上，借此讹诈游客。刚才我把他拉到那边，告诉他我识破了他的诡计，让他今后别再干这种缺德事。我给了他一百元钱，让他走了。孩子，这不算什么，别因为这点儿小事儿影响了心情。这种人可能哪里都有，以后注意点儿就是了。走吧。"展老师把我拉起来。他这么一说，我心里轻松了点儿，但我还是责怪自己走路时不够谨慎，让老师破费了一百元钱。而且这件事让我感到后怕，事发时假如展老师不在身边，后果就不堪设想了。天上不会掉馅儿饼，小心社会有陷阱！又长见识了。

40

我和康健一前一后缓步往前走。沙土路面，两旁静立着茂密的槐树、栎树、枫树。前后游客稀少。我不时回头看看康健，他低着头显得十分沮丧。我似乎能感受到他内心在自责。对他来说，多经历些事情不是坏事，经一事、长一智。为了适应这个复杂的社会，他需要不断磨炼、迅速成长。

走过"黑熊洞"，来到一个缓坡转弯处。我正要走回去再安慰安慰康健，忽听侯春光在前面不远处失声呼喊："抢劫啦——有人抢手机啦！警察——来人啊——"听到第一声呼喊，我迅速卸下背包交给康健，转身向前跑。我盯着侯春光的背影向树林深处追赶。我身后跟着几个二十岁左右的男孩子，其中一个手执一根木棒，面相上看，他们不像正常游客，很可能是抢劫者的同伙。

侯春光追了约四十米，跑不动了，脸煞白，弯着腰，两手扶着膝盖在大口喘气。我跑到他身旁，问他手机里是否有重要东西，他的表情紧张而恐惧。

"手机里的……东西，相当相当……重要了！"

我继续向前追，一边跑一边向前面的抢劫者大声喊话："哎，你别跑了。那个手机你卖不了几个钱，我给你一千块钱，你把手机给我，手机里面的东西你要它也没什么用！"

这时，跟在我身后跑的一个家伙大喊："哎，虎子！虎子！别跑了！我说你听见没？别跑了！"

矮壮的抢劫者站住了。我走过去，身后跟着三个大男孩儿。拿棒子的那个男孩儿离我约三米远，手握棒子，做随时挥棒的架势；其他两个男孩儿贴近我，做好了随时抓我的准备。

握棒子的男孩儿凶着脸说："快点儿拿钱！快点儿！"

我说："我得先看看手机是不是完好无损，如果手机完好，马上给钱。"

拿着手机的矮壮男孩儿看向手执木棒的瘦高个儿男孩儿，等待命令。拿棒子的男孩儿无疑是这伙人的头头。

他说："让他看，看他敢耍我们！"

我接过手机反复看。这时，侯春光跑来了，我把手机递给他。

"这是不是你的手机？"

侯春光接过手机只看一眼，说："不是，这不是我的手机！"

我转身看拿棒子的男孩儿，指着侯春光说："把他的手机还给他，我给你们钱。"拿棒子的瘦高个儿男孩儿冲抢劫者点点头。抢劫者从兜里掏出手机，递给侯春光。侯春光拿过来仔细看。

"嗯，这个是我的手机。"

"给钱吧！快点儿！"瘦高个儿男孩儿已经举起了棒子，三个同伙也凶着脸做出打斗架势。我对侯春光小声说："你先走。"他愣了一下，我微笑着向他使个眼色，让他走开。他似乎懂了我的意思，转身走了。我右手握着棒子。

"你们可能看出来了，我是退休老师。你们这么年轻，光天化日之下抢劫，是想去尝尝监狱的滋味吧？我不想伤了你们。赶紧走开，以后别再干这种事儿了。"我温和地劝说他们。

"什么老师？！说话不算数，竟敢欺骗我们！"瘦高个儿男孩儿举棒向我打来。我双手举棒做投降状，架住男孩儿下劈的棒子，向外一磕，顺势一个抢劈，杖梢点击在持棒者手腕上。只听啊的一声，棒子落地。男孩儿左手扶右手手腕，转身向后退。我迅速转身面对其他三个同伙。两个家伙掏出了刀，溜眼看被我打伤手腕的瘦高个儿男孩儿。为尽量避免打伤这几个孩子，我瞪起眼睛大声说：

"你们要是聪明，赶紧走开！要是警察抓住你们，拦路抢劫，少说也要蹲三年监狱。"被我打伤的瘦高个儿一边向后退一边说：

"来吃狗！这老家伙会武术！"四个小家伙纷纷逃向树林。呵呵，那小子还说了句英语："Let's go!"

41

突然遭到抢劫，我吓坏了。如果手机不值钱，如果手机里没有昨天晚上先生讲述的录音，我或许不至于这么害怕。那个年纪轻轻的劫匪头子被竹石先生一棒子打在手腕上，打服了，估计手腕得骨折。我和先生走回到康健身旁，他坐在路边的一段枯木上，一脸沮丧。

"昨天和今天，这里的秋天景色看得差不多了。刚才接连发生意外，兴致没了，回去吧。"竹石拿出手机给包车司机打电话，让他马上开车来接我们。竹石说：

"这是一帮没有抢劫经验的小家伙。刚才这几个家伙如果手里拿着石头，威胁就大了。"

"您的武功必要时真管用啊！不然的话，我今天损失大了。"竹石笑了。

"我的身体力量和反应远不如年轻时候了，也就勉强对付一下几个毛头小子。如果碰到哪怕会一点儿武功的劫匪，我也可能就不是人家对手了。"

"这个时代，有武功的人还会抢劫吗？"我立刻产生了疑问。先生笑了。

"幼稚了吧？世界之大，并非会武功者武德都好啊。"

按照原计划，在我们乘车回家途中，顺路参观了途中经过的山城子镇庙后山古人类文化遗址。在这座遗址中，三百万至一万年前，生活在这两座山洞里的古人类留下了一万余件古生物化石、一百余件土石器，以及一定数量的刃类、尖类骨器。几年前，花岭中学为了对学生进行爱祖国、爱家乡的思想教育，曾组织学生来过这里。那次我也跟来了。所以，当竹石领我们游览这座与北京山顶洞人齐名的古人类文化遗址时，我一点儿不感到陌生。由于惊魂未定，他在现场讲解时，我听得并不专注。

42

参观完庙后山古人类文化遗址，我们乘车回老师家。途中我没问侯主任手机被抢的最终结果如何，我从不关心任何与我无关的事。侯主任手机被抢，冲淡了我内心的自责，心情已经不再像起初那样郁闷了。旅游的地方或者商业街人多的地方必定龙蛇混杂，以后独自出门时，一定多加小心。侯主任手机被抢的事也给了我一个提示：在公共场合，一定看好自己的手机。现代社会，一机万能，手机一旦丢失或者被抢，后果不堪设想。

展老师领我们来到位于庙后山南坡的那两座山洞时，我提起了精神。也许内心存有愧疚的赎罪感吧，我想在今天晚饭时，更多地或者说能够完整地回答出老师将要提出的关于庙后山古人类文化遗址的诸多问题。于是，他解说时的每句话我都听得仔细，留心记在心里。尽管遭到病情的破坏，我还是希望我那经过二十来年刻苦训练的记忆力，今天晚上能再次经得起考验。

我们回到老师家时，已经接近中午十二点了。由于昨晚休息得好，今天又没走多少山路，身体并未感觉疲乏。展老师和侯春光在厨房做午饭时，我躺在里屋床上，翻看手机拍下的庙后山资料介绍，回想着在庙后山古人类文化遗址的所见所闻。跟老师旅游五天了，今天第一次拍照。

午饭要开餐了。餐桌上除了丰盛的饭菜，还有啤酒和自酿红酒。我起开一瓶啤酒，给自己的杯子倒满。展老师已经给自己斟了半杯红酒。我拿着啤酒瓶问侯主任是否也喝啤酒。他笑着看看我，点头。于是，我给他的杯斟满了酒。来老师家二十多天了，我第一次主动给人倒酒。三人举杯，庆祝有惊无险，平安归来。

老师和侯春光边吃边聊手机被抢和我被碰瓷的一些细节。我不插言，只顾自己吃喝。上午经历了让我瞬间惊心动魄的事，压抑呆滞了很久的心似乎一下被激活了。

"发生了两起意外，今天没能游完关门山，好在都有惊无险，多经历些事，有好处。经验多了路好走嘛，是不春光？"展老师微笑着，他像平时一样，气定神闲，稳如泰山。侯主任惊魂未定的样子，深深点头。又闲聊了一会儿，终于到了开动脑筋、锻炼记忆力的时刻了。我有点儿紧张。"故事汇"通常晚饭后进行，午饭期间只进行一些随意性的简短问答。

"庙后山古人类文化遗址，距离我们这只有约三十公里，它可是我们东北地区迄今为止发现的唯一一处旧石器时期古人类生活遗址。它可以和大名鼎鼎的北京周口店古人类文化遗址齐名。自豪吧？啊？哈哈！现在，我们来看看庙后山古人类文化遗址的内涵吧。我先问你们俩，我国的庙后山古人类文化遗址具体在哪里？"老师的话音刚落，我立刻抢答。

"庙后山古人类文化遗址，位于辽宁省本溪市本溪满族自治县山城子镇山城子村后山南坡的天然洞穴中，海拔约二百五十米。太子河的支流——汤河从山下流过。它是一处距今约三百万至一万年，旧石器时代的人类活动遗址。一九七八年被上山采石的山民发现。回答完毕。"侯春光惊异地一直看着我。展老师微笑着看我。

"庙后山遗址的发掘有什么意义，或者说有什么价值呢？"侯春光提出问题后，看看我，然后把目光转向展老师。对于这个问题，我能够回答一些，但不能保证回答完全。于是，我也把目光投向展老师。老师笑呵呵地摸摸脑后，慢条斯理地说：

"庙后山遗址的发掘，证明了原始社会旧石器时代初期，地处关外的辽东地区就有了人类活动。庙后山遗址，填补了中国东北地区早期人类历史的空白。庙后山文化与北京山顶洞人、周口店人等古人类所处的年代为同一时代。"

侯春光感叹道："哎呀呀，真是没想到，咱们家乡竟然还有这样一个意义重大的地方！啊？来，咱们共同干一杯！"我也跟他们俩一齐干了杯中的酒。

展老师说："十年前，也就是二○○六年五月二十五日那天，庙后山遗址被中华人民共和国国务院公布为全国重点文物保护单位。来！为我们家乡拥有这么多闻名于省内外、国内外的名胜古迹，干杯！"

43

问答结束后，我问先生，明天去老秃顶子山几点钟出发。先生说还是往常的时间，八点钟走。我说我要去看望我母亲，今天晚上在她那住了。竹石说，去吧，多陪她唠唠嗑，老人孤独。

明天是我母亲七十二岁生日。可是，明天早晨我们要去二百八十里外的老秃顶子山。爬完山，去桓仁县城住旅馆，后天游桓仁境内的五女山，也是计划游览的本溪市境内最后一座山。今天晚上，我去给母亲提前过生日。我骑电动车来到镇政府门前的市场一条街，买了只笨鸡、一条鲤鱼、五斤排骨、两盒母亲爱吃的绿豆糕。母亲见我推车进院，笑呵呵迎出来。

"我明儿过生日，今儿怎么就来啦？"

"今儿我给你过，明儿我姐给你过，这下你不就能乐呵两天啦。"

"净胡说！哪有这么过生日的？你明儿有事儿，来不了吧?"

"老娘啊，你可真厉害！就凭你这脑筋，再活四十年没问题！"

"可拉倒吧，别活那么大岁数，遭不起那罪。能再活二十年，你妈就老知足啦。"

我拨通了方大馒头的手机。

"喂，春光，我正要给你打电话。你现在在哪儿?"

"在我妈家。老妈明儿七十二岁生日。明天我和他们去老秃顶子，要在桓仁县城过夜，后天游五女山。"

"哦，老娘明天七十二大寿。好啊，明儿我过去看看老娘。"

"你事儿多，别来了。明天我姐过来陪老娘。"

"这两天的'矿石'，收获一定不少吧?"

"可不是咋的，还发生了抢劫案。"

"你马上到我这儿来吧，有要事儿研究。"

"行。吃口饭我就走。"

"别吃了，来我这吃！路上谨慎驾驶！"

"放心。"

半小时后，我坐在了大馒头书房里，简述上午在前往关门山夹砬子景区的山路上发生的两起事件。大馒头在我对面沙发里坐着，闭目凝思。听完了我的讲述，他睁开眼说：

"大难不死，必有后福；突遭抢劫，尽显英雄本色。好，好啊！情报资料不但丝毫没有损失，还让咱们看到了竹石真实的另一面。这一面可不是轻易能够看到的。啊？哈哈！走，跟我去宏鑫酒楼。走啊，愣什么？今天是我四十八岁生日，怕你多想，事先没告诉你。六点钟开席。

231

走吧。"

这是一间豪华包房。前来祝寿的人我一个不认识。三位女士，个个气质不凡；五位男士，人人气宇轩昂。我坐在主人右侧，主人的左手边坐着一位长相精致、气质高贵的中年女人。

"人齐了。我先来向大家介绍今天到场的各位贵宾。按顺时针来。这位，董雪梅女士，本溪市建行副行长。这位，白山滑雪训练基地董事长李炜刚先生。这位，县土地局副局长刘艳福先生。这位女士，本溪市美术馆馆长吴燕楠。这位，著名作家、我的文学导师廖文涛先生。文涛先生的五部长篇小说，其中三部被拍成了电视剧。在先生教导下，我会力争在一年内，写出一部在国内较有影响的长篇力作，以不负多年来先生对我的栽培教诲。这位，孙晓丹女士，溪山旅游管理局副局长。这位，本县商业局盛宏达主任。这位先生，连山岭镇副镇长齐威。现在，我要向各位介绍的这位——侯春光先生，花岭中学教务处主任，我最要好的高中同学。我，大家都认识，就暂时不介绍了。"随着嘻嘻哈哈的笑声，大家共同举杯，祝贺宴会主人生日快乐。

喝了大约十分钟，我感觉夹在这些成功人士中间实在喘不过气来。我小声和大馒头耳语，他微微点头。

"各位，我同学家里有事，他先告辞一步。"我没说话，强装微笑，双手合十向大家告辞。走出包房，长舒一口气。走在回家的夜路上，一阵悲凉涌上心头。不同阶层的人一旦聚到一块儿，谁都感到不舒服啊。现在我明白了：住在县城十几年，大馒头每年过生日时为什么不请我。在那些大树面前，我这株小草实在过于卑微了。

回到家，自己喝酒。一瓶啤酒喝光了，我开始写手机日记。

2016.10.27　多云

昨天和今天，师徒三人游览了关门山。途中竹石讲了一个车祸悲剧：坐在副驾驶位置的人由于没系安全带，紧急情况突然刹车时，那个人从车窗射了出去。昨晚，竹石请我们吃满族大餐，讲关门山的神话传说。今天上午前往五彩湖途中，康健遭碰瓷，我手机被抢，竹石大显身手。回家途中，参观了庙后山古人类文化遗址。午餐时，康健的表现令我惊异。明天母亲生日，可是我要和竹石先生去老秃顶子山。昨晚我向先生说我要办"周末快乐营"，他大加赞赏。什么时候开办，要看回校后的形势而定了。

44

晨起。心情好。

侯春光有办"周末快乐营"的想法了。这我可没想到，这让我无意中看到了这孩子未来的曙光。我很开心，我终于看到了这孩子心灵上的变化。这些年他一直生活在痛苦与无奈中，他需要振作起来树立一个崭新的目标，从悲凉糟糕的旧生活中摆脱出来。我要抓住时机趁热打铁，以防他那美好的想法付诸行动之前成了泡影。

昨晚八点多，廖玉芳发信息来，问关门山游览进行得怎样。我没告诉她康健在关门山遭遇碰瓷的事儿。而将中午吃饭时，康健在关于庙后山遗址问答中的出色表现告诉了她。她发来一个狂喜符号。康健的状况让人欣喜，这是好转的信号。他情绪上可能还会有意想不到的反复，我们齐心合力，助力孩子渡过难关。

今日游览辽宁境内最高山——老秃顶子山。从家到老秃顶子约二百八十里，大约两小时车程。这期间可是介绍该景区以及讲述有关它的美丽传说、讲述东北抗联杨靖宇将军英雄事迹的大好时机。从县城接侯春光上车后，我便进入了导游状态。

"我们今天将要游览的这座老秃顶子山，素有'辽宁屋脊'之称。其主峰海拔为一千三百多米。你们一定觉得它的山名很怪吧？猜猜看，它的山名缘何而来？"康健抢答似的立刻说："老秃顶子，它的山顶是不是像秃顶的老头儿，光秃秃不长草木？"

"康健说得没错，它的山顶状貌的确如此。不过，四百年前，它的山顶可是草木茂盛。后来发生了一件事，山顶就从此草木不生了。"我的话音刚落，侯春光忙问：

"什么事能让一座大山秃顶？莫非又是一个像关门山传说那样，男女恋爱的故事吧？"

"正是。"

"太好了！爱情故事谁都爱听，对吧哥们儿？"侯春光拍拍身边司机的肩膀，司机咧开嘴笑了。

"老秃顶子山位于我们本溪市桓仁境内。桓仁还有一座大名鼎鼎的山，叫五女山。老秃顶子山在五女山西北，两座山相距八十多公里。相传，在柳条边外五女山山下，浑江江畔南边有个石哈达村。村里有个郎二爷，六十多岁，正儿八经满族正黄旗人。郎二爷祖先在兴京考过官，可是，传到他这辈就衰落了。由于郎二爷年轻时误闯过皇山打猎犯了皇禁，就躲进了石哈达，置几十亩山地、拴一挂马车度日。郎二爷有个女儿，叫郎梅。郎梅二八一十六岁，正值豆蔻年华。郎二爷家雇一个长工，叫张柱子，年龄二十岁上下，英俊壮硕。小伙子勤劳能干，把郎家的活儿做得有条有理，郎二爷十分满意。郎二爷整天叼个大烟袋，东游西逛无所事事。姑娘大了，十里八村的都来提媒。郎二爷都未相中，他要把女儿嫁给有权有势有钱的人家。这时，郎梅已经爱上了张柱子。她时常给张柱子洗衣、送饭。张柱子呢，上山打个山梨、摘几颗榛子也要带回去给郎梅尝尝。村里风传说，郎二爷家那个小伙子天天在唱《西厢记》。郎二爷听了恼怒不已，把张柱子和郎梅暴骂一顿。郎梅与张柱子之间的爱慕早已生根。张柱子说：'非你不娶。'郎梅说：'非你不嫁。'

"这天，两个人正在郎梅的房里幽会，被郎二爷撞上了。他火冒三丈，举棒就打张柱子。郎梅挺身来挡。棒子没打着张柱子，却打中了郎梅。这一棒打得太重，郎梅倒地不省人事了。张柱子见状，痛苦万分。郎二爷傻了眼，慌忙张罗找人抢救。郎梅被抢救过来，张柱子被赶出郎家大门。

"郎梅被幽禁家中，不许出门。可是，人虽然分开了，心却连着。这天晚上，张柱子悄悄潜回郎家大院，撬开郎梅房间的窗户，将心爱的人抱出来。两个人拉出一匹枣红马，骑上马就向外跑。郎二爷很快发现女儿不见了踪影，便领着人骑马在后面追。郎梅说：'柱子哥，我昨晚做梦。梦中一个白胡子老头儿告诉我，让我们往西边走。西边有座大山，到了那里，我们就有好日子过了。'

"郎二爷领着人，拿着灯笼火把追上来了。张柱子下马，将马头朝南猛打，马一溜烟向南跑去。郎二爷的人循着马的踪影往南追。张柱子和郎梅摆脱了郎二爷人马的追赶，向西边走去。走啊走啊，三天三夜过去了。他们翻越了九座山，蹚过十八条河，来到一座大山前。这座山看似很近，走起来却很远。一路上到处都是原始森林、奇花异草，那是一处不曾有人来过的蛮荒之地。他们走啊走，快到山顶时，看到眼前通红一片。来到近处一看，是一片棒槌，也就是人参。此时正是棒槌打籽季节，都是八匹叶大货！他们俩乐坏了。人获宝时精神爽，这些宝贝价值不菲，他们挖了好多，下山卖得好多钱。然后远走他乡，过上了无忧无虑的美好生活。

"由于挖棒槌时，山顶被他们通通翻了一遍。从此，山顶不生草、不长树，也不长庄稼，也再没生长过棒槌。天长日久，一直就那么光秃秃的。所以，后人就将这座大山叫老秃顶子山了。"

"呵呵，原来老秃顶子山山名这么来的，"司机惊讶地说，"你们去老秃顶子看啥呀？那里也不是旅游区。山顶上都是军事雷达，有部队专门在那守护，山顶不让上。"

"老秃顶子很有看头啊！"我说，"几年前我去过一次。快到山顶那地方有座哨所，山顶设有卫星定位的军事雷达装置。游客可以上山顶，但不让带手机。当时我拿出了工作证，说来老秃顶子山进行实地考察，考察当年杨靖宇将军在这里的活动情况。那位连长让一名士兵陪我上了山顶。士兵告诉我，除了几处雷达装置不能拍，其他就随便拍了。当时我拍了许多珍贵照片。"我拿出手机，翻出当年拍的几十张这座山的风景照片给他们看。

"老秃顶子山，山体高大，气势磅礴。站在山顶放眼远眺，东南面的五女山、大青顶子、花脖山都隐约可见。夏秋时节，从顶峰俯瞰山下，云海翻腾，气象万千。尤其清晨时刻，旭日东升，白云托日，那真是一派人间奇景。"

"哇，这座山这么漂亮?!"侯春光惊叹道。

"这座山，还有七万多亩国家级自然保护区。山中不仅有大面积原始森林，还是一座动植物资源基因库，有许多较为名贵的药用植物，像什么人参、党参、天麻、木通等有三百余种。食用植物有木耳、猴头蘑、榆黄蘑等二百多种。栖息的野生动物有四十多种、鸟类有二百多种，像什么紫貂、金雕、大鸨、水獭、黑熊、鸳鸯、苍鹰、秃鹫等国家级重点保护的野生动物有二十几种。"

"哎呀,这山里头还有这么多东西啊?"司机惊讶道。

"我们上去会不会有危险?"康健问。

"不会有危险吧?一般情况下动物都躲着人。"司机说。

"刚才说的是动物、山珍和药材。老秃顶子山还有着辽宁境内最大的原始森林区。林中有紫杉、紫椴、钻天柳等国家级保护树种。紫杉这个树种,也就是东北红豆杉,它是世界稀有的古化石植物。还有那种闻名国内外的天女木兰。更有一种叫'双蕊兰'的植物。双蕊兰是著名兰科植物学家陈心启先生在老秃顶子发现,并且由他命名的。世界上唯有老秃顶子山有这种珍稀濒危植物。"

"没想到,这座山这么不一般!"司机感叹道。侯春光拿起手机看了看。

"老师,老秃顶子那里,现在有可供参观的景点吗?"侯春光转过头问我。

"有啊。自然景观嘛,有冰壶沟云天瀑布、百瀑川、靖宇潭,那里古树参天,暖流潺潺。人文景观,主要是杨靖宇将军与日军战斗过的地方,有抗联司令部、兵工厂、练兵场等历史遗址。"

45

母亲昨晚发信来说,展老师对我昨天回答问题的表现很满意。我对自己昨天中午有关庙后山文化对答如流的表现,也非常满意。没想到,我的记忆力在关键时刻并没有辜负我的愿望。今天前往老秃顶子山的路上,我非常认真地听展老师的介绍和讲述,但内容太庞杂,名词生疏了,我一度失去了硬记的信心。我趁着展老师休息的空当,急忙在百度上查找关于老秃顶子山的相关资料。这时，老师开始讲杨靖宇将军在老秃顶子山一带抗日的故事了。我不爱听古代传说，认为那都是些不切合实际的故事。尤其那些神话传说，更是不着边际。我爱听民间故事，抗日英雄的故事我也喜欢听。

"杨靖宇将军是我国著名的抗日民族英雄，我们一会儿上的老秃顶子山，就是他率领东北抗联活动的大本营之一。如此大英雄曾经在我们本溪市境内进行如此伟大的抗日行动，各位，我们不能不为此感到自豪吧?! 这位大英雄是河南人。在河南、东北等地从事党的地下工作时，曾五次被捕入狱，受尽酷刑，坚贞不屈。一九三一年九一八事变后，经党组织营救出狱。当时，他不顾病痛缠身，立即投入了抗日救国斗争。一九三三年，他创建了东北抗日联军，并担任军长兼政委。一九三四年二月，他亲自率领师政治部保安连二十余人，来桓仁老秃顶子山区考察情况，为建立抗日游击根据地做准备。随后，杨靖宇以老秃顶子山为中心，开辟抗日根据地。从一九三四年到一九三八年，他们与日伪军作战三百多次，歼敌两千多人。到了后期，杨靖宇的部队状况越来越险恶了。当过杨靖宇身边警卫的黄生发老人，回忆过那段难忘的日子。他说：'那个年代，冬天嘎嘎冷。我们棉衣又不齐，许多同志手脚都冻伤了。可是，敌人的部队越集越密，"讨伐"越来越频繁。就在杨司令他们为解决棉衣问题召集各方面军负责人开会研究时，由于叛徒出卖，我们被岸谷隆郎带领的日伪军层层包围。我们甩掉一股又遇上一股，很难得到一个休整的机会。雪地行军，裤子总是湿的。寒风一吹，冻成了冰甲。腿很难打弯，迈步都很吃力。鞋子也都跑烂了，只好割下几根柔软的榆树条子，从头拧到尾当绳子，把鞋绑在脚上。衣服全被树枝扯烂了，白天黑夜都挂着厚厚的霜，浑身上下全是白的。这时候多么需要火啊! 要是能生一堆火好好烤一烤，把冻成冰的衣服烤化、烤干，把冰冷的身子烤暖，多好啊！可是，不敢啊！特别是夜里，气温降到零下四十多摄氏度。冻得大树咔吧咔吧直响，粗大的树干都冻裂了缝儿，人又怎能受得了啊？这个时候要是能生一堆火，该多好啊！可是一生火，火光照出老远，青烟飘上林梢，敌人就会像一群绿头蝇一样扑上来。我们只能不停地在雪地上蹦高，生怕坐下就再也起不来了。更难的是，没有吃的。不要说粮食，连草也都埋在二三尺深的积雪里。没法找，没法挖。我们只好吃那难咽的树皮。先把老皮刮掉，把那层泛绿的嫩皮一片片削下来，放在嘴里嚼啊嚼啊，就是咽不下去，勉强吃下去了，肚子却不好受了。'"

"真是太艰难了！"侯春光感叹道。

"是啊！那种生活，难以想象！"司机也感叹了一句。

"一九三八年十月以后，抗日战争进入了相持阶段。日寇视杨靖宇为心腹大患，调集大量兵力，对抗日联军进行严密封锁，疯狂围攻。杨靖宇率部队转移到原始森林中。在零下四十摄氏度的冰天雪地里，以草根充饥，用泥巴裹伤，顽强战斗，毫不气馁。仅一九三九年一个冬季，就歼敌数千人。日寇闻风丧胆，悬赏十万大洋捉拿杨靖宇，并调集三十万重兵'讨伐'抗联。杨靖宇将部队化整为零，开展麻雀战。一九四〇年初，他率领部队转战至吉林濛江时，又一次因叛徒出卖，被敌人重重围困。在四五架飞机配合下，日伪军实行'梳篦'战术八面包抄。杨靖宇将队伍疏散后，与敌人周旋了五昼夜。他孤身一人被封锁在濛江一个村子外的树林中，同几百日伪军激战数小时，最后身中数弹，壮烈殉国，时年三十五岁。"车里一片沉静，老师点支烟。

"他牺牲后，敌人割头、剖腹，在他胃肠中没看到一粒粮食，只有草根、树皮和棉絮。敌人为之骇然，不得不承认他是一个顽强的人。抗战胜利后，党组织费尽周折，找到了他的遗首和遗体。长白山区各族人民为缅怀这位民族大英雄，在吉林通化市郊修建了杨靖宇陵墓。郭沫若为杨靖宇题词：'头颅可断腹可剖，烈忾难消志不磨。碧血青蒿两千古，于今赤旆满山河。'"

车里谁都不说话了。

"如果没有叛徒出卖，杨靖宇将军可能会继续在咱本溪一带抗日吧?"侯春光小声问。展老师说：

"十有八九会是那样。那个出卖杨靖宇的叛徒叫程斌，此人十分厉害，他原是东北抗联第一军第一师师长，是杨靖宇最信任的得力助手。这个家伙有文化，跟着杨靖宇打了不少漂亮仗。一九三八年七月，程斌率领一百一十五个抗联官兵叛变投敌。日军任命程斌为队长，组成'程斌挺进队'。就是这个'挺进队'，把一手将他培养起来的恩人逼上了绝路。"

"这个家伙太阴险毒辣，简直坏透了!"侯主任点支烟，我也想抽烟了。

"程斌从小跟随杨靖宇，对杨靖宇了解透了，常常通过猜测，就知道杨靖宇的大致去向。这家伙投降后，带领敌人摧毁了东北几乎所有的抗联补给生命线，就是密营。密营是什么呢? 密营就是抗联在深山老林中的秘密宿营地，在那里储存粮食、布匹、枪械、药品等赖以生存的物资。密营为杨靖宇所独创。程斌的'挺进队'把濛江境内的七十余座密营全部毁掉，一夜之间，杨靖宇陷入弹尽粮绝之境。"沉默。车里一片寂静。路边的一棵棵树一闪而过。

"叛徒的下场，一定大快人心吧?"侯主任问。

老师感叹说："那是当然，哪一个叛徒都不会有好下场。不过程斌这小子非常狡猾，带领日军杀害杨靖宇之后，又先后跟随他的主子岸谷隆一郎前往热河、山西作恶。一九四五年日本战败前夕，身为伪山西省副省长的岸谷隆一郎用氰化钾毒杀了全部家人，随后自杀。程斌在枪杀了几个投降的日本俘虏后，混入华北野战军，还当上了指挥员。正可谓'天网恢恢，疏而不漏'。在一九五一年沈阳的一个阴雨天，程斌打着雨伞在街上行走。一个人为了避雨，躲到他伞下。程斌一看，此人是一个曾与他一同叛变的原东北抗联干部。不知何种原因，这两个家伙分别举报了对方。结果双双都被政府查处，枪决了。"

"老师，你若是在那种环境下，能跟着叛变不？"司机问。我侧脸看展老师。

老师微笑着说："不身临其境，很难说。在生死考验面前，就看自己的信念坚定到什么程度了。你说呢？"

"那种情况下，谁怎么选择，都很难说了。"司机大声说。

假如当时我也在抗联，那种情况下，我康健会跟着程斌叛变吗？车子到了老秃顶子山下，我的心情复杂起来。

46

车子开到老秃顶子山下，进山路口处设有站卡。栏杆横在路中央，人可以进山，但车子不准入内。为了康健的身体不会透支，竹石先生决定坐车上山。车停在栏杆前，先生下车。这时，从房子里走出一位女士。先生出示工作证，说准备写一些抗联故事，年岁大了，走上去太吃力，请放车子上山。那位女值班员犹豫了一下，看看我，又走近车子向车里看看，说了声"进吧"，就去按动栏杆起落电钮。

车子在蜿蜒的山路上行驶了一会儿，在距离山顶约两百米处一座哨所旁的栏杆前停下。这时，从一旁的房子里走出来一位年轻军人，士兵的样子。竹石下车，说明来意并出示工作证。小伙子转身跑进房里。十几秒钟后，走出一位军官模样的中年人，身后跟着那名士兵。竹石向他说明来意。军官面色温和，看了看我和竹石，又看看车子里面坐着的康健和司机，低声冲士兵说了什么，然后微笑着向竹石点点头，转身向营房走去。

士兵说："连长同意你们开车上到山顶，让我陪同，只是不许冲着山顶的雷达系统拍照。"士兵上了车，挨着竹石坐下。车子一直开到山顶。

东北抗联二连哨所的地窨子在山顶东侧，里面已是破旧不堪了。满是灰尘的土炕上，斜立着一张缺了一条腿的圆木小炕桌。炕的右侧圆木炕沿下方，有一个架柴烧炕的灶膛。为了便于保护此处的珍贵遗址，这座地窨子的外部用钢架玻璃围护着。站在地窨子门口，等于站在了"辽宁屋脊"。向东眺望，一望无际的蓝天下，远近波浪起伏的莽莽群山尽收眼底。一片片山坡尽显色彩斑斓的金秋景色。站在这里，我第一次有了"一览众山小"的感觉。我举着手机，连连拍照。

随后，我们参观了抗联的储藏室遗址、练兵场遗址和一处密营遗址。我拍了大量照片，每一处遗址也都留下了我和竹石先生的合影。康健一直戴着口罩、鸭舌帽，和司机走在我们身后。康健低着头，拒绝同我们合影。

今天来老秃顶子山的目的，主要是参观当年东北抗联的几处遗址，感受一下站在辽宁最高峰眺望遥远风光的激动心情。因为和连长说好了只参观抗联遗址，所以一个小时后，车子开下山顶。士兵在哨所处下车，竹石先生拿起背包下车向士兵致谢。我也下了车。

康健的情绪已经明显不如昨天中午了，他要坐车下山，在山下等我和先生。竹石说："好吧，车后座有点心和罐头。下了山，你和司机师傅一起吃吧。"

车子下山去了。我和竹石坐在一棵高大的杉树下，就着凉白开和牛肉罐头吃起了点心。

"康健的状态似乎好了许多。可是，不知这又怎么了。"我边吃边说。

"唉，这种精神上的疾病，情绪时常波动不稳。我当年也是这样，有时候心情会好一两天。忽然间，或触景生情，或因事扰心，心情就低落了，眼泪不知不觉中就淌出来了。"

天渐渐阴暗下来，几团乌云遮住了正午的太阳。一条黑蛇从对面的路旁探出身子，吐着芯子。我和竹石都看见了它。我向周围摸，摸到一节树棍，站起身向黑蛇投去，没打中。蛇看看我，吐了几下芯子，转头缓缓爬入树丛中。

我和竹石向山下走。恐惧让我不时左顾右盼，心在怦怦跳。竹石不时指给我看身边的树木。我第一次见到黄梓椤、紫椴、钻天柳、水曲柳、刺楸这些国家级保护树种。还见识了紫杉，也就是东北红豆杉，这种树可是世界稀有的古化石植物。由于没深入山中，没见到天女木兰和双蕊兰。

午后两点多，我们到了桓仁县城。原计划是安顿好了旅馆入住，就去游览县城。可是天不作美，车子还没进城就下起了雨。雨不小，哗哗的。竹石说，如果晚上雨停了，观赏桓仁县城的夜景也很不错。

房间安顿好了。我和先生住一间，康健自己一间。康健眼神忧郁，一走进自己房间就把门关上了。从老秃顶子山到桓仁县城，一路上康健没说一句话。他戴着口罩和鸭舌帽，坐在副驾驶的位置。矮个子司机不时侧脸看看这个坐在他身旁的怪人。我无法知道司机和康健在山下吃饭时，康健是怎样的表现。从司机开车过程中偶尔转过头瞭他一眼判断，两个人吃午餐的过程恐怕不是很愉快。

没登山，身上没出汗，我冲了冲脚就上床歇息了。竹石闭目仰卧着。我在翻看手机照片。这时，大馒头发来两张照片：一张是我母亲生日餐桌上的丰盛酒菜；一张是他和我母亲的合影。母亲笑得很开心，大馒头右手臂搂着老太太的肩，肥胖的脸上满是笑意。我有些激动。午后一点多，姐姐已经发来信息，说你的那个大胖子朋友来了，买了一个大大的蛋糕，还给老太太一个红包，里面装有一万块钱。

晚餐在旅馆餐厅吃的。整个吃饭过程，康健面无表情，没说一句话。吃完了，康健小声说不舒服，回房去了。雨仍在下，不大不小的雨下得很稳，今晚游览县城的计划泡汤了。

和先生回到房间。我躺在床上，翻看从老秃顶子山下山途中拍的那些名贵树种的照片。先生让我说说老秃顶子山上的珍贵树种的名字。我想了想，说出四种。先生又让我讲述老秃顶子山名字的由来。我磕磕绊绊讲完后，先生表示满意。他说，恢复记忆力的训练需要坚持不懈才会生效。我没说话，继续看照片。

"春光，看你嘴角的溃疡，上火了？"竹石说着，点支烟。

"也没觉得怎么上火。"我继续翻看照片。

"这一耽搁就是十多天，你的工作能放得下脱开身吗？"

"没事儿。有一个助手在教务处顶岗呢。"

"你和你们校长的关系怎样？"

"马马虎虎吧，她不太喜欢我。您知道，我这个人不活泛，木。尤其近两年，记忆力越来越糟，工作上丢三落四的。"我在继续翻看照片。翻到一张杨靖宇将军属下二连指挥所遗址时，我忽然想起了出卖杨将军的那个叛徒程斌。这个家伙竟然率领一百一十五人向日军投降，最终带领日伪军打散了赫赫有名的东北抗日联军，杀害了抗联最高将领。我从百度上翻出了程斌的黑白生活照片，胖胖的，戴着圆框眼镜。

"今天游老秃顶子山，有什么感受?"

"以前对这座山一点儿不了解，经您一介绍，觉得它太不平凡了。老师，我在山上那几处抗联活动场所拍了一些照片。看着这些照片我就想，如果程斌不叛变投敌，东北抗联会怎样?"

"那就很难说了。事实已经如此，所有的假设，都不过是猜测了。"

"我就纳闷儿了，程斌他身为抗联高级将领，为什么要叛变呢?"

"环境。环境会诱惑或迫使人们违逆初心，就像现在国内的众多贪官。当时抗联的生存环境恶劣至极，威胁他们生命的不光是敌人，还有饥饿和酷寒，意志不坚定的，就渐渐受不了了。"

"难道他们不知道叛变没有好下场吗?"

"也许都知道。可是，谁又不知道抽烟、酗酒会损害身体健康呢?诱惑和心存侥幸罢了。比如那些贪腐官员，难道他们不知道贪腐背后会有牢狱之灾吗?知道。诱惑和侥幸让他们与初心背道而驰，越走越远了。其中，环境起了主要作用，但不是决定性作用。归根到底，还是意志品质出了问题。同样的环境下，杨靖宇和那些没有变节的官兵就经受住了考验。"竹石起身，拿过携带的户外保温壶，倒出一杯水喝。

"再拿我来说吧。当初我和常丹丹在村外林中甜蜜时，被冯山遫抓获。假如我坚定地拒绝接受他开出的条件，宁愿被打、被投进大狱，熬他六七年熬到'文革'结束，一切就都不是现在这样了。可是，我没能坚定初心。在那种极端恶劣的环境下，我背叛了心爱的初恋，投降了。"

"您，一定非常后悔吧?"

"从利益上看，不后悔。如果当时我再次被投进监狱，我父母的命就很难保了，我也不会深爱上花岭的山山水水。"

"其实，我婚姻的不幸，也是源于当时女方显赫家庭背景的诱惑。"

我说着，起身点支烟，走到窗前看县城的雨中夜景。"我时常觉得人生没什么意思。"

"这说明，你还没有真正树立起自己人生的终极目标。职位虽然给你带来了荣誉和实惠，但并未让你从心底感到幸福和快乐，是这样吧？"

"您说得没错。起初感觉挺好，后来不知道为什么，就再也感觉不到那种由衷的幸福和快乐了。"

"因为你已经没有了欲望，失去了目标。日常工作无形中已然成了索然无味的机械运动。加之升学、教学整改等重压之下，幸福感自然就没了。我一直想知道，你最初的理想是什么？"

我想了想，转过身说："大学学了师范专业，我的理想是当个好教师。"

"可是，工作一年以后，你被任命为语文教研组组长。三年后又被提拔为学校教务处主任。"

"您的记忆力真好！"

"也就是说，你从大学毕业到现在，和我从被体院开除到六十岁之前一样，都是被动地一路走来。是这样吧？"

我想了想，深深点头。

"你刚才说，时常觉得人生没有意义，你的感觉很正常。人就自身生命而言，很像悠悠西去的太子河水，其本身自然流动，毫无意义。只有做着自己喜欢的事、感兴趣的事，或对于民众和社会进步有益的事情时，人才会感到生命有了真正意义。人生一旦有了意义，才会产生大的、恒久的幸福感，才会感到满足和快乐。"

"您的人生意义是从退休开始的吧？"

"严格说，我感到人生有了真正的意义是从退休开始的。退休前在学校那二十年里，某个阶段也会感觉自己的人生有了意义，但那种由衷的自豪感和幸福感是短暂的、稍纵即逝的。退休后，我的生活空间和时间完全自由了。家里办起了英语辅导班。周一到周五，白日里我完全成了自由人。生活无压力，精神无负担。读书、写字、弹琴，去山上到处寻找树根弄回来雕刻。晚上和周末，给本村和外村的孩子辅导英语。感觉生活很充实，很有内容。生命有了稳定的意义，内心有了踏实的幸福感。而直到七十岁了，我才最终找到晚年生命中的真正意义——为村里贫困家庭的孩子办'周末快乐营'。四年过去了，它让我感到无比快乐、无比幸福。为此，我在七十岁生日的第二天，写了一首散文诗。我这就把它发给你。"

竹石拿起手机翻找着。我回到床上，拿起手机等待。这时，我忽然意识到刚才犯了个大错误——没有将手机录音打开。一分钟后，先生发来一个文档，我点开文档，阅读起来。

七十岁上路

昨晚的此刻，你在燃着七根蜡烛的蛋糕前端坐，略显紧张地听着亲人们唱："Happy Birthday to You!"。你，头戴皇冠，泪流满面。直觉告诉我：你的心醉了，你的心碎了。

回望身后那七十个春秋，你我都经历了什么？那一条条路啊曲曲折折，每一步都充满了艰辛困惑。苦辣酸甜，喝酒时会常常品咂琢磨。

童年的你我玩打仗，总是争抢那个彼此崇拜的英雄角色。他，是一首我们心中激昂嘹亮的军歌。如今的你我，早已没了儿时的欢乐。而幼时崇拜的那英雄角色，却时不时在夜深人静的某一刻，悄然潜入心窝，让你我静静地温馨一阵儿时那真真切切的欢乐。而后，是一阵长长的茫然沮丧的痛苦折磨。

在一个幽默小品中，那个充当叛徒角色的陈佩斯说，当时我要是咬咬牙，不就挺过来了吗？是啊，你要真的挺过来，不就真的成了模范、英雄？

叛徒与英雄，区别到底在哪里？当十个指盖儿内逐个钉入竹签，橘红色烙铁在胸脯吱啦冒烟的时刻，英雄会咬烂铁嘴嚼碎钢牙，用粉身碎骨铸就他人格的伟大！他的美名，将会在浩瀚无边的时空闪烁耀眼的光华！

叛徒的可耻，只在于变节。在那酷刑毁身的难熬时刻，他的意志远不如蛋壳。生活中的芸芸众生包括你和我，都是一群群意志薄弱的家伙。因某一时刻的磨难与坎坷，就轻易背叛了心中当年那壮志豪情的英雄情结，被貌似吓人的磨难伙同困苦轻轻松松缴了械。

假如，假如真的挺过当时，接着再熬它几天几年十几年，如今的你我干啥还要期待什么明天？早就舒舒服服仰在自家花园的躺椅里，喝着美酒，悠然地目送落日，凝望星空，心驰寰宇，神游苍穹。

然而，半途而废的酒杯注定盛满尴尬痛悔的苦酒，我们是自身的叛徒！我们做了时代阿Q。

啊，怨天尤人自甘泯灭吗？那可不是你我骨子里的原创诗歌。七十岁的你我，不该再为往昔的蹉跎而哀伤、难过。瞧啊，是谁在海边那广袤的夜空下，对着滚滚浪涛在放声歌唱？脚下的大地，最美的舞台；头顶的繁星，忠实的观众。迎面的海风在奏乐，汹涌的海浪在伴舞。

啊，上路吧，七十岁的你我还等什么？未来那多好的二三十年，别再畏畏缩缩不明不白地苟活。启程吧，儿时的梦想者！看，谁在赞红梅傲雪，赏鹰击长空；听，谁在吟山川壮美，颂打虎英雄！

读完先生的"七十抒怀"，我激动不已，那个近期冒出的念头又在脑海中闪现了。难道我人生的真正意义非要等到期末被解职后开始吗？为什么不主动开始呢？这个让我兴奋的念头此刻闪闪发光，它像一轮光照天地的太阳，瞬间照亮了我灵魂中的每个角落。我兴奋不已，深深陷入了无边的幻想中。

2016.10.28　周五　阴雨

今天游览老秃顶子山，收获大。这里属于原始森林，有太多珍稀植物、动物、药材。这里生长着世界独有的双蕊兰。这里留下了众多抗日联军和杨靖宇将军的遗址、遗物和足迹。康健突然情绪极度反常。竹石今晚的一番话点燃了我心中的热望，我的后半生从此将有了新方向、新意义。无论期末时我的官职如何，我都将开启有意义的新征程。关门山手机被抢事件发生后，我曾经想过日后跟先生学他那套杖法。人有了真本事，才会充满自信。明天将游览本溪市五座名山中最后一座山——五女山。五女山距离我们旅店仅八公里。

日记写完了。睡不着，翻来覆去。

47

早晨起来，侯春光脸色发黑，眼袋很大，眼白布满血丝，嘴角的溃疡更大了，但人很精神。我问他是否昨天夜里没睡好。他说是，胡思乱想，睡不着了。我去敲康健房间的门，敲了一会儿，没动静。我找来旅店服务员将门打开，康健侧身躺在床上。我说，起来吃饭吧。他哑着嗓子说，不想吃早餐了。我明显感到，他的情绪又陷入了低谷。我没有多想，和侯春光下楼去吃早餐。

天仍在下雨。无风，雨下得很稳。吃过早餐，侯春光和我回到卧室，喝茶，抽烟，听我讲"五女山五女锁二牛"的故事。故事讲完了，我又点了支烟，刚要讲"五女战官兵"，这时，我的手机响了。

"嘿，赵婕。"

"老师好！我……我……"

"怎么了，孩子？"

"我，就是……就是有一个大三男生，他……他追我，我……我有点儿害怕，不知道怎么办。"

"男生追你？好事儿啊！说明咱有魅力嘛。"

"他……他请我吃饭，看电影，还想……"

"你对他的印象如何？也就是说，你爱他吗？"

"嗯，挺喜欢他的，就是……就是……"

"一定做好自我保护。再就是，一旦觉得对方不适合自己分手了，不纠结、不消沉，坦然面对。有了这些充分准备，就跟着感觉走，尽情享受生活吧！另外谨记：一定不要暗示男生给你买礼物！无所求，一颗金子般的心足矣。孩子，祝你快乐幸福！"

"谢谢老师！谢谢您！再见！"

侯春光躺在床上，闭着眼睛。

我说："你昨晚没休息好，睡一觉吧。中午若是雨停了，午后我们上五女山。我发一个文档给你，醒了看看。"

48

先生刚才讲故事时，我一直昏沉着。他一说发来一个文档，我倒精神了。我揉揉眼睛，拿过手机看文档的内容。

五女山考

五女山，原名兀剌山，坐落于桓仁县城东北八公里处，屹立于浑江右岸。主峰海拔八百多米，雄伟、巍峨、险峻。每当云雾缭绕，远远望去，宛如一艘行驶在波涛中的彩船。这只缥缈秀丽的彩船呈长方体。四周皆为悬崖峭壁，南北长一千五百米，东西宽三百余米。相传古有五女屯兵山上，因而得名五女山……

没读完，迷迷糊糊睡着了。

一觉醒来，感觉好多了。像昨晚整夜失眠的情况，二十年来不多。平时失眠，吃了药就能迷迷糊糊睡一会儿。昨晚和先生交谈完，内心起了波澜，躺在床上翻来覆去，反复追问自己：我的人生意义何在？如何找到属于我的人生意义？于是，前不久大脑里冒出的那个令我既兴奋又恐惧的念头出现了。它一出现，就像猫爪抓挠我的心。先生说，心里无事叫"幸"，身上无病叫"福"。先生还说，如何做到"心里无事，身上无病"，是对一个人的终极考验。二十年来，我的心里一直有事：家中的闹心事，学校教学的事。二十年来，我的身上一直有病：失眠症的折磨曾无数次让我痛不欲生。我怎样才能心中无事？我怎样才能身上无病呢？这两个关乎我未来人生幸福的重大问题，搅得我昨天夜里即便服了顶量的佐匹克隆，也没能睡着。现在我找到了两大问题的答案，兴奋不已。

刚才一觉醒来，感觉虽然好些，但头还是沉。中午，雨停了，云缝中射出了一片阳光。我和先生再次敲康健房间的门，里面没有动静。我去叫来服务员，把门打开。康健躺在床上，闭着眼，脸色惨白。竹石说：

"起来吃点儿东西吧，一会儿我们去五女山。"康健闭着眼，小声说："起不来了。你们去吧。"

在旅店外面的一家餐馆吃完午饭，我和先生乘一辆出租车来到八公里外的五女山下。然后坐观光车来到山门前，一级级向上攀登这座海拔八百多米的辽东名山。这是一座帝王之山、英雄之山，三面悬崖，只有一条上山小路，有一处竟然不足一米宽。当年我第一次看到这处"一夫当关，万夫莫开"的天险时，惊诧不已。

到了山顶，每到一处古迹，竹石就给我做介绍。这些古迹多年前我都看过了，但我还是谦恭地一边听一边点头。游览完山顶古迹，我和先生站在山顶西南侧的悬崖边，隔着围栏，默默地向不远处的桓仁县城俯瞰。这座阴阳八卦图形的县城，在薄雾中朦朦胧胧展现在眼前。通过先生的讲述，我知道了这座辽东名城的建城年代，谁设计了这座中国城市建筑史上罕见的"八卦城"。拥有老秃顶子山、五女山这样的名山，拥有八卦城这样的名城，还有省内第一大水库——桓龙湖这样知名水域，桓仁作为辽东边境的一颗明珠，当之无愧了。

午后三点多，我和竹石先生回到旅店，通过服务员再次来到康健的房间。临上五女山之前，先生留给他的点心和水还在床头柜上。先生让我回房间，他要和康健谈谈。五分钟后先生回来了，一脸愁绪。

"前天好好的，昨天早上出来时也还一脸晴天，怎么下了老秃顶子就突然间阴云密布了?"我冲着先生自言自语。竹石闭目思索了一会儿,拿出手机。

"喂,张师傅你好,我是昨天包你车来桓仁的那个老头儿。"

"哦,还用车吗?"

"啊,暂时不用。昨天你辛苦了,回去路上还顺利吧?"

"还行,两个多小时就到家了。你们仨我都认识。你不是花岭中学老师嘛,我上中学的时候,你给咱班代过课。去老秃顶子山坐在我旁边的那个,是学校教务主任。和我在山下吃饭的那小子,是咱西崴子一个村儿的,他爸叫康永吉。几年前他考上北京大学了,一路上他戴口罩戴帽子,我没认出来。吃饭的时候,他把口罩摘了,我一下就认出他了。我问他是不是大学毕业了,他不说话,问什么都不说。他怎么那么瘦啊?看着像精神不太正常似的。"

"啊哈,你认错人了。那个人不是西崴子的,是我省城的一个亲属。他精神上是有点儿问题,跟陌生人不说话。你安全到家就好,谢谢你了!"

"老师别这么客气,有事你呼我。"

"好,再见!"

竹石仰面躺在床上,闭着眼。神情严肃。

这一夜,竹石翻来覆去的,都十点钟了,他还没睡。我不知道和他说什么好,睡觉前,我写了下面的日记。

2016.10.29 周六 雨晴

上午下雨。竹石讲五女山神话传说。午后去五女山,在山顶看了著名的桓仁八卦城,知道了朱蒙的高句丽。康健上火了,一天没起床,没吃饭。先生看样子很上火。他很自责,说雇车时,他应该问清司机是哪个村的。太巧了，司机竟然和康健是一个村的。看康健这种状态，竹石原来的旅行计划不能再继续下去了。

49

第二天中午，竹石带着康健回花岭了。中途车经过县城时，我提前下了车。按照约定，我直接去了我的"谍报雇主"家。

"怎么不继续游啦?"大馒头给我倒杯红酒。

"出了岔头，康健起不来了。"

"康健怎么了?"

"拉咱们去老秃顶子山的那个司机，和康健一个村的，认出他了。前天午后到了桓仁县城，昨天一早康健就起不来了，这小子昨天一天没吃没喝。"

"这事儿对你没啥影响吧? 我看你情绪还可以。说说这两天感受。"

"感受嘛，怎么说呢?"我点了支烟，长出一口气。

"就咱们本溪市范围内的名胜古迹来说，之前也都游览过，但这一次不同以往。经过这么系统一游，感觉不一样了，咱们家乡实在太不寻常了，从古到今，很多历史大人物、大英雄，都在咱们这儿的山山水水留下了足迹。高句丽国创始人朱蒙，战国时期燕国的太子丹，铁刹山东北道教创始人郭守真，清太祖努尔哈赤，以及东北抗联的抗日民族大英雄杨靖宇，等等，他们都在咱们家乡留下了闪光的历史。"

大馒头接过我的话题说："每次你传回来录音资料，我都会在夜里认真听一遍。听竹石讲述那些历史故事、神话传说，确实是一种享受。"大馒头点支烟。

"这些天通过和竹石连续接触，你还有什么收获？"

"情报收获不说了。这次旅行最大收获是，找到了我后半生的生存意义和目标。"

"哦，是吗？说来听听。"

"前天晚上，和竹石交谈完关于人生意义的话题，我在床上翻来覆去睡不着，吃了足量的安眠药也没管用。我反复追问自己：我的人生意义何在？如何找到属于我的人生意义？竹石说，心里无事叫'幸'；身上无病叫'福'。还说，如何做到'心中无事，身上无病'，是对一个人的终极考验。二十年来，我的心里一直有事：家里闹心事，学校教学事。二十年来，我的身上一直有病：失眠症的折磨曾几次让我痛不欲生。我怎样才能心中无事？我怎样才能身上无病呢？这两个问题，前天晚上我似乎找到了解决方案。"

"哦，具体说说。"

"二十年来，我的失眠症逐年加重，身体状况越来越糟。于是我就想，不如辞去教务主任一职，去一线教课。然后像竹石那样，把咱村里贫困家庭的孩子聚到我家，周末领他们进行快乐营活动。这样，对改善我的失眠症会大有好处。"

"春光，看你今天这么有精神，我真高兴。不过，辞职的事儿非同小可，要慎重考虑。走，喝酒去！"

50

　　昨天晚上，我给廖玉芳发信息，简单说了司机认出康健的事，让她即便听到村里人的传言也不要介意。因为康健与司机没说一个字，我也向司机否认了事实，所以，不会产生任何影响。今天回到家后，我再一次对康健说了发给他母亲的那番话，让他别把此事放在心上。中午，我做了两碗菠菜鸡蛋虾仁疙瘩汤，他吃了少半碗，情绪似乎好了点儿。

午后，我睡了一大觉。旅行了八天，我很疲惫。晚饭做了炸酱面，康健一口没吃。饭后我在书房喝茶、反思。我在想这次出游的时间是否恰当；我在想这次出游的初衷是否如愿；我在想康健的担忧可能会持续多久。八点多了，感到身心疲惫，多少年来少有的疲惫。点着烟斗，在门前小道上来回漫步，几天来的旅行情景一幕幕在眼前浮现。冰冻三尺，非一日之寒；解冻三尺坚冰，也非一日之暖啊。已经迈出了第一步，康健的情绪时好时坏，这已在预料之中。可是，我怎么会料到那个司机和康健是一个村的？我在帮康健与抑郁恶魔做殊死搏斗，我有能力赢得这场决斗吗？

51

今天周一，我到学校的时间比平时早。梅校长还没来，高松也没来。我在办公室里来回踱步，不时从窗前向校门口张望，二十分钟后，我心中忐忑不安，敲开校长室的门。

"校长，那天我头疼得实在受不了了，想跟你请假去省城医院看病。当时你没在学校，没当面请假。看完病，就一直在家休息。"梅校长脸色难看。"从运动会之前开始，你就请假。"我站在她办公桌旁，垂下眼皮。

"教育局派我来花岭中学之前，我已经向局里承诺：两年内，花岭中学的升学率要上一个新台阶。就你这工作态度……我还是那句话：如果工作没起色，这学期期末你就交一份辞职报告吧。"

我回到办公室，在屋子里来回走。这时，竹石发来一条信息："春光，今天康健的情绪很好。你若班后有空，请来共进晚餐。"我立刻回复：好。

下了班，从市场买了几样青菜、两条鲤鱼、一只鸡和五斤猪排。来到竹石先生家时，菜饭已经好了。康健从书房走出来，见了我叫声侯主任，就去厨房往书房的圆桌上端菜。菜饭摆上餐桌，先生拿来一小罐自酿的红酒。

"今日晚餐，我们都喝红酒。这酒为三年前所酿，口感没说的。"我们抽着烟，吃着喝着，东一句西一句闲聊些旅行期间的见闻。吃喝了一会儿，竹石引入正题。

"你们二人陪我游览了本溪市境内的几座名山，几处名胜古迹。对此，我由衷感谢。来，我敬你俩一杯。"

"老师，您这么说，我们就感到惭愧了。说实话，除了老秃顶子山没去过，这些名山、名胜古迹以前我都游览过，但都没什么太深印象。这次这样系统重游，感觉完全不同，收获太大了。"

"说说看。"竹石微笑着看我。

"首先说咱本市范围内的五大名山。依次说，平顶山、铁刹山、关门山、老秃顶子山、五女山，哪座山都有历史故事，哪座山都有神话传说、人物传奇。本溪水洞、温泉寺、太子河这些名胜，以及太子河名字的历史传说，这就更加让人印象深刻了。至于庙后山古人类文化遗址的发现发掘，身为本溪满族自治县的一名教师，我为家乡拥有如此厚重的文化历史感到无比自豪。我们在本市游览的九处景点中，有六处位于我们本溪满族自治县境内。这就不能不让我在外省市的朋友面前为之骄傲自豪了。我会把您在旅行期间讲的故事、传说都整理出来，发到网上，让更多的大人孩子深入了解咱们家乡，从而爱上它！"我已经激动得声音颤抖了。先生深深点头。

"康健，谈谈你对这次旅行的感受。"竹石端起酒杯，与我碰杯，微笑着喝一口。

"之前，除了庙后山古人类文化遗址，其他那些地方我都没去过。庙后山古人类文化遗址，当年学校组织我们去参观了一次。这次和老师旅行，让我大开眼界，从来没有想到，我们家乡竟然有这么多名山名胜。在外求学这么多年，感觉家乡并没有什么值得我留恋、想念的。这次和两位老师游览家乡这么多山山水水、风景名胜，让我对我的家乡有了全面了解，我为家乡拥有这么多名胜古迹感到自豪。感谢展老师给我这次宝贵机会，感谢侯主任在旅行途中对我的包容、关怀和照顾。谢谢！"康健往上推了推眼镜，举起杯，分别与先生和我碰杯。他那白净的脸上头一次现出如此动人的活力。

"这两天我也想了很多。展老师为了让我恢复身体，像对待孩子一样，无微不至地照顾我。我要好好休养，争取明年春天养好身体，回母校完成学业，找一份适合我的工作，来回报父母、回报恩师。"康健话音刚落，我和先生不约而同对视、鼓掌。先生有些激动。

"四十多年前，如果没有花岭的大山，可以说我早就不在人间了。是大山治愈了我，拯救了我。我相信，花岭的大山、辽东的大山也能治愈你们、滋养你们。我们家乡的山山水水、名胜古迹，以及那些曾在我们家乡留下足迹的古代、近代和现代的英雄们，他们的业绩，都会给你们的心灵以鼓励、滋养。欲穷千里目，无须再上一层楼，上花岭的山、上我们游过的那五座山就行了。上山就在登高，登高就能望远。晴天里遥望太子河，宛若一条白亮亮的玉带。人的一生，应该有几个好友。一座山就是一个好伙伴，一个终身厮守的挚友，一个无话不说的知音。痛苦了，你可以和它聊聊；幸福了，你可以和它说说。在它面前，你甚至想哭就哭、想笑就笑，想唱就喊、想舞就跳。无论你对与错，山都不会给你讲一堆道理。山只是默默地听你，山只是默默地看你。登山的路上，你可以采几声鸟鸣，捡一把花香。你甚至可以停下来看一只小小蚂蚁怎样构筑自己的幸福。觉得走累了，你就歇一歇，但你不能倒下，一定要坚持。山路是不是十八弯是山路的事。人生却曲径通幽，常常在没有路的地方，走下去就峰回路转了。"先生吸两口烟。

"一览众山小，那不是我们的高度，是山的高度，是我们站在了山的肩膀上。人这一生，许多时候都是站在别人的肩膀上，提着别人的思想和智慧照亮家门。

"只要我们留下自己的智慧，让后人也站在我们的肩膀上，那就是有价值的人生，就不失为高尚。我们登啊攀啊，寻啊找啊，不是要找到最好的，而是要找到最适合我们的。找到一双合适的鞋子，才能走好上山的路。"听着先生金子般的话语，我已经激动不已了。

"老师，我原打算等自己退休后也像您这样，在村里为贫困家庭的孩子办'周末快乐营'。这些天我一直在深入思考，为了我今后的生活更有意义更有价值，更为了我自身的健康考虑，我不想等到退休了。我已经决定：'春光周末快乐营'从元旦后的寒假开始！而且我正在考虑，下学期我可能到一线去教课。"

"呵呵，孩子，恭喜你！你终于找到一双合适的鞋子了！"

52

吃完先生做的丰盛早餐，骑车来到学校。高松还没来上班。我在办公室来回踱步，从办公室玻璃窗那儿看见梅校长的红色奔驰开进校园。

十分钟后，我来到校长室。梅校长指着对面的沙发让我坐。以往来她办公室，常常会心里紧张，今天完全没了那种紧张感。

"校长，学校的工作我实在力不从心了。我想在家休息一段时间，养一养。"

梅校长垂下眼皮，沉默了几秒钟。

"春光啊，你在花岭中学干了二十多年教学主任，不容易啊！行，你先在家休养一段时间。教务处工作，让高松顶着。他有不明白的地方，随时和你沟通。"说着，她起身走到我面前，拍拍我肩膀："好好养养身体吧。你太瘦了，好好养养。"

"谢谢校长。"

四十分钟后，我来到方大馒头家。他穿着睡袍，刚睡醒的样子。

"我向梅校长请假了，在家休息几个月，下学期开学上班。"

"行，你真得好好休息了。"

和大馒头在饭店吃完午饭，他想去歌厅唱歌，我说我累了，想回去睡觉。借着几瓶啤酒的酒力，到家后就迷迷糊糊睡着了。

晚上八点多，醒了，头脑清醒了许多，感觉心乏，那种因思考过度睡眠不足的心乏。虽然心理上感到疲倦，但心情是从未有过的轻松、愉悦。只是在桓仁那天夜里，先生给我出的那道选择题，暂时还让我犹豫不决。昨天夜里我已经计划好了：从下周开始，从县城搬回村和母亲一起生活；向竹石先生学习他那套"少林达摩杖"；请先生给我开四个月的阅读书单，每天有计划地读书、锻炼。

第二天吃过早饭，我骑车来到先生家。先生不在，去省城了。康健的母亲廖玉芳说，展老师昨天午后走的，让她来照顾儿子。廖玉芳和我是花岭中学同一届同学。康健在花岭中学读书时，她来学校开家长会，见过几次。廖玉芳很热情，说话很爽快。她感谢我在过去十来天的旅行中对康健的关怀、照顾，她主动加了我微信。

53

昨天午后，我乘高铁回省城了。大孙子展绣程听说我来了，特意从学校回来看我。儿子展新程做了几个菜，儿媳下班后，全家聚餐，其乐融融。这种几乎每月团圆一次的聚餐令我很享受。儿子在大学教书，儿媳在大学图书馆工作，孙子在读大学。省城是我的根，这一家三口是我的慰藉，我的自豪。

按计划，今天上午去看望常丹丹，中午去看望母亲。约好九点见面，我八点四十分就到了丹丹家小区马路对面的爱佳大超市。丹丹的丈夫卧床三年了。他不准丹丹外出超过半小时，超了就打她，变着法折磨她。他每天不定时地检查丹丹的手机，看有没有短信、微信或陌生电话号码。六年前，丹丹的丈夫得了脑梗。那时他还没卧床，有一天他查到了我和丹丹的通话记录，把丹丹打个半死。这个曾经工厂的电工，自从得了脑梗，就每天不准常丹丹离开他超过一小时了。卧床后，不准丹丹离开他超过半小时。

九点过几分，我在超市等来了常丹丹。她像往常每月一次的会面那样，衣装整洁，头发绾在脑后，红嘴唇在满是皱纹的脸上特别显眼。她六十六岁了，看上去像七十多岁。为了能经常看到丹丹，她丈夫三年前瘫痪卧床后，我给她买了一款手机。她把那款手机藏在厨房。得空时，我俩视频。所以，每次见面时，我俩都不太激动。丹丹走进超市，来到我面前。我俩浅浅拥抱后，笑着相互打量。然后，我向她汇报了近一个月来家里出现的新情况。平时每次与她视频时间都不长，我通常只询问她健康状况，很少唠我家里的事。康健的情况我没说多少，只说他是一个曾经在我家补过课的学生，得了抑郁症，不好意思回村回家，暂时在我家休养。丹丹微笑着，满眼含爱看我的脸，听我说话，打量我身体。我以尽可能快的语速说完了，就询问她的近况。丹丹眼里含泪。

"我这……还能有什么变化？一天比一天老呗。"说着，低下了头。

她太压抑了。我多么希望此刻把她搂在怀中，让她在我怀里放声大哭一场。她太瘦弱了，猩红色毛衫里面凸起的锁骨和肩胛骨清晰可见。我告诉她多吃鱼肉蛋增加营养。她浑身抖动，啜泣着。时间快到了。后天是丹丹生日，作为生日礼物，我给了她一个装有两千块钱的信封，让她别吝惜钱，想吃什么就买什么。我嘱咐她要保持好心态，心情压抑时，就想想我们不远的未来：山下宁静的小院里，山风习习，阳光朗照，蓝天辽阔，白云悠悠。她拉小提琴，我弹吉他，演奏那些早年我俩在一起合奏过的曲子。丹丹拿出纸巾擦去眼泪，仔细看看我，然后迅速用纸巾擦去口红，抬手把绾在脑后那花白的头发散落下来，在脑后拢成马尾形，用皮套扎上，又认真看看我，转身走出超市大门。我跟着她走出超市，在超市门口目送她渐渐走远，消失在小区大门里。我长舒一口气，打车前往大妹家。

一九八三年春天，大妹与刘磕巴离婚后，回到省城摆地摊卖服装。几年后买了房子，把我母亲接去了。母亲愿意过城市生活。大妹和一个农村出来的服装店老板同居后，母亲独自生活。母亲回省城后，我每月去看她一次，买些她爱吃的，给些钱。几年后，大妹把小妹和妹夫引到省城来，在她的服装店卖货。大妹的服装摊位在不断扩大，她遵从母亲的提议，把东崴子村的老邻居田叔的小女儿招来卖货。有母亲做智囊后盾，大妹在风云变幻的商海中一直顺风顺水。十年前大妹六十岁时，和她一个小学同学再婚了。妹夫是个下岗工人，身体好，人品好，长相也可以。每天和大妹守着服装店，过着衣食无忧的生活。十年过去了，服装店被网购顶黄了。

大妹今年七十岁了，每天给母亲洗衣做饭，推着轮椅带母亲出去遛弯儿，晒太阳。我偶尔和母亲视频聊天。老太太今年九十五，耳不聋眼不花，手机玩得挺明白，就是腿脚不大利索了，大妹怕她出去走路摔了，三年前给她买了轮椅。母亲不是那种爱唠叨的女人，脸上除了皱纹深了，老年斑多了，眼神还是那么坚毅，永远是那种有主见的样子。

母亲七十七岁那年得了一场重感冒。大妹整天忙店里生意，顾不上母亲。于是，大妹来我家把冯俊英接去伺候老太太。母亲说，"冯俊英太能干了，白天晚上就她一个人，谁都不用，把我伺候得舒舒服服的"。母亲康复后，奖励她那丑陋无比的儿媳两千块钱。冯俊英说啥不要，她说，伺候老婆婆是应该的，要了钱就不是儿媳了。大妹给她嫂子买了对金耳环、一个金戒指。冯俊英乐坏了，说："你家服装店要是需要打更看店的，我去！"

母亲越发喜欢冯俊英了。那年冬天，老太太给她买了件貂皮大衣。我退休第二年，要带母亲去北京、西安、成都、苏州、杭州旅游。母亲要我必须带上她儿媳一块儿去，我不假思索地答应了。那个时候，我对冯山远早已没了怨恨，更不恨那个时代和我一样的牺牲品冯俊英了。

由于事先和大妹约好了，也和母亲通了话，十点钟到大妹家时，两个女人都穿着整齐在客厅里等我了。大妹的房子一百六十多平方米，装修花了八十多万，宽敞明亮的大客厅金碧辉煌。大妹的豪爽性格加之背后不菲的财富，说起话来既豪横又暖心。

"哥，想通没呀？搬回来在我这儿住吧。你妈、你儿子孙子，还有你两个妹妹，都在这城里住。何必一家人到老了还南北不团圆呢？那破山沟有什么恋头啊？哥，是不是那地方有女人勾着你，你舍不得回来呀？"

"不是。你们也都知道，我的初恋情人常丹丹也在这城里。我不愿意回来，是因为我太喜欢那里的环境了，还有那帮孩子。我在那过得开心，特别舒服。换了地方，我真不知道怎么活了。"

接着，我给两个老女人讲了最近一个月来发生在我家的事。第一次详细讲了我和常丹丹的情感，以及这个可怜的女人的现状。我讲了有一个教过的学生叫廖玉芳，没想到她在爱着我。我第一次把装在心底的东西亮给我母亲和我大妹。我告诉她们，今生今世我只爱常丹丹一个人，我和她最大的愿望就是在不远的将来，在我那小院里举行一场婚礼。婚后，每天早晨吃完饭就去游山，中午回来休息。在黄昏的小院里，她拉琴，我伴奏。在充满山花和松脂的香风中，以悠扬的乐曲送夕阳落山，迎繁星满天，享心灵宁静，伴爱人共眠。

大妹说："哥，我实在弄不懂你们文化人的心。你和妈唠吧，我去做饭。"

大妹去厨房了。我问母亲近来身体怎么样。

母亲说："我没事儿。我就担心你，你一个人在山里，身边也没个人，万一有啥事儿咋整？"我说我没事儿，你不用担心我。万一有事儿，学生家长都能上前帮忙。母亲对廖玉芳特别感兴趣，她说：

"我感觉你现在还是很天真。你对常丹丹的感情妈能理解，可是，我觉得那是镜中花、水中月。我希望你最终能和廖玉芳在一起，那是最理想的。"

我不理解母亲为什么说我和廖玉芳结合最理想，我更不理解老太太为什么认为我和常丹丹的美好愿望是水中月、镜中花。

54

先生从省城回来的那天晚上，我就去了他家，请他帮我做一个读书、锻炼计划。他给我拉出一个书单，说读书是天长日久的事，建议我在阅读文学作品的同时，最好也读一点儿哲学书。如果要办"周末快乐营"，首先要把小学和初中的语文、数学和英语三学科教材看看，学生有问题时，能给予答疑解析。我提出要拜他为师，学练"少林达摩杖"。我说旅行期间在关门山手机被抢事件之后，就产生了学武术健体防身的想法了。先生一听我想学达摩杖，很高兴，说："春光，这太好了。练武会给你带来数不尽的好处。"他欣然答应了我。

第二天傍晚，我带着两瓶酒、一只鸡、二十只林蛙、一扇排骨、两条江鲤子来到先生家，正式拜师学艺。喝酒前，我大大方方点开了手机录音。

"春光，你想学这套达摩杖杖术，太好了。昨天我说了，学成之后，它会给你带来数不尽的好处。"

"老师，'少林达摩杖'好学不？您看我能不能学会？"

"你知道那个'傻子当保镖'的故事吧？只要功夫深，铁杵磨成针。我看你能行。"先生点着烟斗，我也点支烟，康健在默默吃饭。

"'少林达摩杖'也叫'少林短棍'，传说是禅宗初主达摩用来走路、练体、护身所创。后来经过历代和尚习练成武术器械套路，并称其为'达摩杖'。元末明初，少林寺有一个哑巴僧。这和尚每天除了烧火做饭，其他时间都用来以烧火棍为械演练这套杖法，并在原杖法基础上又进一步研习，使这套杖法更加精妙。不久，在一次护卫少林寺的战斗中，这个哑巴僧用烧火棍同众僧一起，击退了来犯者，保卫了少林寺。后来，明帝封哑巴僧为大圣紧那罗王。他研习的烧火棍法，后人称其为'少林短棍'，也就是'少林达摩杖'。"

"噢，'少林达摩杖'也叫'少林短棍'。"我看着先生，自言自语说。

"是啊。这套武术属于器械类武术。它借助于木棒，来达到护身御敌的目的。所以，若练成了这套杖法，就可以手持一根棒，走遍天下无须怕了。当年，我只略知练武可强身健体、护身御敌，后来在管理农场那段日子读书时，方知中国武术的价值和其文化内涵。"

"哦，中国武术还有文化内涵？"我惊异了。

"当然。首先说中国武术的价值，它的价值可分为几个方面。第一，修体养心。为什么不说修身养心呢？身为身，体为体，身与体实为两个部位。体，四肢也。它通过身心与四肢力量的协调训练，达到与常人不同的体质特征，比如有力量、强健、有毅力等。练武价值的第二点是御敌防身。武术在各种非常时期，对保护自身与保护家人都有很强的威力。通过智慧与力量组合去制服坏人、保护自身。当年野猪闯入我邻居家，假如我没能及时赶到，假如我的棒子没能击中野猪那条后腿，后果不堪设想。还有在关门山旅游那次，你的手机突遭抢劫。"我看着先生，深深点头。先生继续说："练武的第三大价值是锻炼意志，练武对于意志品质的考验是多方面的。比如练基本功时，你要不断勇闯疼痛关。冬练三九，夏练三伏，常年有恒，坚持不懈。再比如，练习套路时，需耐得枯燥。培养刻苦耐劳、砥砺精进、永不自满的品质；遭遇强手时，克服消极逃避心理；锻炼勇敢无畏、坚韧不屈的战斗意志。一个人如果经过长期的武术锻炼，即可养成勤奋、刻苦、果敢、顽强、虚心好学、勇于进取等诸多良好习性与意志品质。当然，练武还有很多其他价值或者说意义。比如，武术技能可使他人认识到你的个人价值。它跟音乐一样，陶冶自身情操的同时，也展现其自我价值。它会给你的生活、事业带来太多意想不到的益处。"

"您这些宝贵认知，可都是从亲身经历中深刻体会出来的。"我拿起酒杯敬先生。

"您刚才讲了练武术的价值，或者说意义。您刚才提到，武术还有文化内涵？"我继续深挖，不光为大馒头，更为我自己。

"是啊。武术的文化内涵相当丰富，而且还是哲学上的。首先来看'武术'一词如何定其位。'武'，止戈为武；'术'，思通造化、随通而行为术。武术往小了说，是一门修习制止侵袭的高度自保技术。若从中国传统文化来解读它，它是守疆卫国、治乱安民的技术。中国武术，上武得道平天下，中武入喆安身心，下武精技防侵害。中国文化是以文、武形式相融汇而成，若剔除中国武术，中国文化无疑就残缺不整了。做人有道德，习武讲武德。武德的具体表现为'爱国、守信、重义、有礼'。中国的武术文化，实为一套全面精湛的'自保'文化，而不是'攻击'文化。我们修习武术，犹如往自己的身体'银行'储存'金钱'一般。武术的日积月累，可以带给我们日渐丰厚、自生复利的财富。"先生喝口酒。

"中国武术，也是中国传统文化的一种载体，它能体现出深刻的中国古代哲学思想和朴素的民族精神与智慧。看过二〇〇八年北京奥运会吧？成龙为什么被选为奥运形象大使？因为他演过太多中国功夫电影，成了国际明星，他有着较大的国际影响力。北京奥运会开幕式上就集体表演了太极拳这一国粹。"

拜竹石先生为师的那天晚上，回到家我就在孔夫子旧书网上下单，买了一本名为《少林武术》的很薄的书。其内含两套武术：连手短打以及达摩杖。四天后，我拿到了快递来的这本书。拿到书的当天，我就粗读了书中达摩杖的全部内容。达摩杖共八趟，每趟六个杖法。当天吃完晚饭，我就迫不及待地开始研究第一趟杖法。根据文字说明，我一边看着图解一边拿根棒子在屋地比画。母亲看了问我在干什么，我说学武术。老太太很好奇，坐在炕上目不转睛地看我。按照第一趟杖法的图解和说明，我一遍遍反复练习动作，再反复研读每个杖法的文字说明和图解。母亲有早睡的习惯。八点钟以后，我自己在西屋继续研读演练，不知做了多少遍。到了晚上十点钟，第一趟六个杖法的动作我终于连贯做出来了。

我研读演练达摩杖法到了走火入魔状态。第二天吃早饭时，吃着吃着嘴就停止咀嚼，手比画起某一不太熟练的动作来。吃完早饭，打开书看第一趟杖法要诀，然后试着背诵：

杖法要诀

拨云望月把兵防，杖梢接打尔太阳。

上边蒙头向左挂，下边鸳鸯攻彼裆。

迎面通天招法紧，杖钩戳平高鼻梁。

正面拨走敌兵器，反手封眼最难搪。

玉女拉枝采桑叶，放虎归山面门伤。

后拉破腹向上抛，谙使少林四平枪。

白天在山中散步时，拿着书一边看一边背诵。晚上睡觉前，再背诵两遍杖法要诀。我的记忆力实在太糟了，第一趟杖法这六句要诀，结合着六个杖法动作，我背了四天才彻底背诵下来。

那天午后，我来到先生家，向他表演了我用功四天的成果。先生很惊讶，连声夸赞我，然后一一指出我做出的每个杖法动作的瑕疵，并为我逐一示范出标准动作。

55

从省城回来的当天晚上，我帮侯春光做了个读书、锻炼的短期和长期计划。他说要跟我学少林达摩杖，学练武术，对他身心健康和人生未来无疑好处多多，我欣然答应了他。第二天午后，我给康健也制定了一套日常锻炼和读书规划：每日上午八点钟起床；饭后半小时，缓步登山，一个半小时后回来；然后读书；午饭半小时后，午睡；起来后，做上肢力量训练，包括俯卧撑、哑铃弯举。

循序渐进到十一月二十号，我开始陪康健慢跑。起初只能向村子方向跑大半程，然后往回走。自今日起，增加到跑一个往返。一个往返一千六百米，可以了。

过去这四十天里，康健阅读完了《钢铁是怎样炼成的》《牛虻》《基督山伯爵》《西游记》以及一本我整理的本溪市名胜古迹资料白纸打印本。从十一月二十号起，大棚里的草莓开始成熟了，我和康健每天将花两小时采摘，装盒。午后，草莓大王郭天福派人开车来取。

旅行归来后，侯春光做出一个出人意料的决定——回家休养，筹办"春光周末快乐营"。他这一决定很让我有种成就感，我把他引上了一条助人为乐、康复身心、追求更大幸福的光明之路。他已经在家休养一个月了，每天都在按计划进行着。他每周末都来我家和孩子们一起活动。一个多月来，他的精神面貌有了明显变化。他每天都生活在母亲身边。

他将从寒假开始，也像我这样，在家里开办"周末快乐营"。

56

展老师从省城回来后，为我做了全面系统的规划。他每天陪我上山散心，教我认识各种树木。虽说我生在山村、长在山里，对于山的认知却少得可怜。展老师对于山可以说了如指掌了，随便一棵树，他张口就能叫出它的名字，说出它的属性、特性。花岭北山的树木，我现在也认识了一些。柞树是山里最多的野生树种。柞树也叫栎树、橡树，树上结类似榛子样的果实，叫橡果或橡子。榛子树我认识，其实柞树也见过，只是不知道它也叫栎树，也叫橡树。这种树的叶片肥厚，秋天变得金黄，好看。冬天，柞树的叶子也不掉落。

十一月八号那天夜里，下了场雪。地面、屋顶、山坡，一片洁白。南山坡的红松林在白雪衬托下，暗绿色的树冠显得异常庄重。早饭后在山坡漫步，展老师指着一棵笔直的红松，教我如何辨认红松和油松、冷杉松、落叶松。落叶松的松针秋天变成金黄色，随后脱落；冷杉松、油松和红松，松针四季常青。油松生长缓慢，而且树身不如红松笔直。冷杉松虽然也笔直，但不如红松高大粗壮。只有红松的松果大而饱满，可以供人食用。小时候我吃过两次松子，特别香，比榛子还香。展老师家南面山坡的那片红松林，每年产松子两千多斤，收入十几万元。老师家温室大棚里的草莓十一月二十号开园了。每天上午，我和老师在大棚里采摘熟了的草莓，然后分出大小，分别装盒。随后，一个三十多岁的男人开车来把装着草莓的白色泡沫盒运走。展老师说，这个温室大棚每年能为他带来六七万元收入。加上松子收入、工资收入，他每年净收入可达二十五六万元。关于收入，他说过不止两次。第一次得知他每年收入这么多时，我很惊讶。他说，他儿子的岳父是抚顺一家煤炭公司老总，年收入千万。所以，十多年来，展老师用他的这些收入资助了不少贫困大学生，他儿子一家毫无微词。

展老师家活动室下面，有一个地窖，里面储存着萝卜、白菜、梨、苹果等蔬菜、水果。窖口在活动室西屋的仓房里，仓房那间屋子没安装暖气。活动室的大屋子北侧靠墙有一道长长的低矮火墙。周末早晨，老师早早生好炉火，孩子们来的时候，屋子里已经热气扑面了。

为了回避那些孩子，周六和周日两天我都待在卧室里，拉严窗帘。周末这两天，展老师和孩子们一起采摘草莓。等到午后四点钟孩子们回家了，我独自上山，在那片幽暗的红松林中散步。展老师不让我独自向山里走，怕我碰上野猪。我和老师每次上山，他都拿着旅行时携带的那根棒子。小时候我听说过村民在山上被野猪追撵，屁股被野猪的獠牙刺伤的事儿。

时间过得真快，一晃来老师家三个月了，我对展老师的感激无法用语言表达。每顿饭他都做得那么认真，每天都能吃到鱼、肉、蛋和豆制品。蔬菜水果，每顿餐桌上都有。他说，你在我家住，不仅能调养身心恢复健康，同时也为我消除了寂寞、孤独。其实，我调养身心、恢复健康确实不假，至于后面那句话，就未必是真话了。我想他可能怕我如此长期吃住在他家，心理会有很大负担。一开始我没有任何负担，对于想死的人，任何事都无所谓了。旅行回来后，我渐渐产生了心理负担。展老师每天这样伺候我，我可怎么办？每顿饭伙食都这么好，一个月下来得花费多少钱啊？我把我的心理负担告诉了我妈。她说："儿子，你在展老师家的生活费不用担一点儿心，妈妈都会安排好。"陪老师旅行回来，我妈来看过我两次。三天前，她又来了一次。

　　我现在体会到了，阅读文学书是一种从来没有过的精神享受。从刚入小学时起，我就只读语文和历史教科书中的故事，读过展老师送给我的几本童话书，却从来没读过一本长篇小说。我一直觉得读小说纯属浪费时间，有那些时间不如做几道数理化习题。现在我把时间都用来看小说了，跟着小说里的故事走，看到伤心处，我会情不自禁流泪。看到书中主人公被陷害、被欺骗时，会为他担心，为他愤愤不平。展老师说，阅读小说不仅能提高人的情商、智商、德商，还能让人大开眼界，深入了解人性、了解社会。一个人如果不了解人性，不了解社会，他的心灵就会在工作、家庭及恋爱婚姻中屡屡受伤。我找工作时的失败，应该归咎于自己严重缺乏社会经验，没能按社会上人与人之间关系的常理出牌，认为把手中的工作做好就万事大吉了，完全忽略了与人之间的交流、沟通。我现在懂了，任何单位的领导都不会录用一个只会吃饭、走路、干活儿的木头人。

　　阅读确实是一种高级享受，它不需要你动一点儿脑子，活生生的社会就展现在眼前了。我在阅读法国作家大仲马的《基督山伯爵》时，被书中的故事牢牢吸引了。白天读，晚饭后继续读，读到深夜了，困得实在不行了，放下书就睡着了。有几个晚上忘了吃药，竟然也睡着了。醒来时想起昨晚没吃安眠药就睡了，心里一阵欣喜。展老师说，精力一旦全部被书中的故事情节所吸引，就等同于在做康复训练了。所以，每天除了上山和午后的身体训练，剩下的时间我都用来阅读小说了。有时候，读一两篇展老师整理出的本溪市名山名胜古迹的打印本。结合着上次旅行的所见所闻，让我真正了解了我所出生、成长的这个地方多么不平凡，多么让人自豪。而在这之前，我对家乡的了解几乎一片空白，自己仿佛是一片没有根基的水中浮萍，一片随秋风飘动的干枯落叶。

　　当读书成为一种娱乐时，你会不由自主地乐在其中。展老师给我规定了读书时间。晚上读书不得超过九点钟，之后如果睡不着，就听音乐。天气已经进入冬季。夜晚的山里，更是寒冷。为了减轻出门时的寒冷，老师把每天上午登山改在了午后，把午后的肢体力量训练挪到了上午进行。为了节省时间和煤炭，把训练场所也从孩子们的活动室挪到了书房兼客厅里。

跑步让我体验到了身体在快速运动时，给心情带来的前所未有的愉悦。散步让人心情轻松，跑步让人心情通畅，而内心的愉悦，会让人的自信心不断增强。一开始我只能慢跑四五百米，一个月后，我已经由最初的五百米增加到一千六百米了。周末快乐营的活动，最后一项是在大门外进行长跑接力赛，孩子们的欢叫呐喊声常常引得我坐立不安，我很想出去看看，很想加入他们的比赛行列。

上周日那天午后，孩子们正在进行长跑接力赛，我忍不住掀开窗帘一角向外张望。恰巧被一个女孩子发现了，她惊讶地急忙拉一下身边一个大个男孩儿的衣服，告诉他刚才她看到了什么。那个男孩儿急忙朝窗户这边看。我立刻放下窗帘，心脏怦怦狂跳不止。我并没有怎么害怕，展老师早就和我说过，即使被孩子们偶然看见了，也不要紧张，因为他们并不知道你是谁。

周一到周五，每天吃完早饭就去温室大棚里摘红了的草莓。展老师告诉我，喜欢哪个草莓就随便吃。草莓是很有营养的冬季水果，每天吃上二十几个，对身体好。我摘草莓时，真的喜欢哪个摘下就吃。我每天不仅能吃到最新鲜的草莓，还能吃到地窖里的梨和苹果。展老师还经常从街上买来香蕉、菠萝和个头超大的丑橘。

旅行回来后，我的饭量逐渐增大，从最初每顿吃半小碗饭或半个花卷、馒头，增加到一小碗饭、一个花卷或馒头。随着运动量不断增加，现在我每顿能吃两碗饭或两个花卷、馒头，两顿饭中间还要喝一碗油茶或黑芝麻糊，体重从九十二斤增加到现在的一百一十七斤。展老师说，如果运动量减少些，体重会增长得更快。我不想减少运动量，运动让我渐渐恢复了自信，身体的各项功能也在明显增强，睡眠质量也得到了较大改善。我已经把读书当作第一乐趣，把采摘草莓、做肢体力量训练、登山和长跑都当成了娱乐。偶尔我还会出现情绪低落的时候，这时，慢跑二十分钟或登山一小时后，情绪就渐渐得到改善。

每当情绪低落时，我就想想保尔·柯察金、牛虻、基督山伯爵，这是展老师教我的。他告诉我说，心中要有一个或几个英雄偶像，情绪低落相当于人陷入某种困境。这时候，你要想想你的优点、你的过人之处；你要想想你心目中的英雄，他们的处境曾经比你艰难困苦得多得多；想想世界上还有多少人连饭都吃不饱，想想有多少人正处于同厄运病魔的激烈抗争中。每当我的情绪突然低落了，我就不断地这样想，时常会产生不错的效果。

"我们的努力不是要找到最好的，而是要找到最适合我们的。找到一双合适的鞋子，才能走好上山的路。"旅行回来后，展老师的话时常在耳畔回响。明天是二〇一六年最后一天了，侯春光浴火重生，已经找到了一双合适的鞋子。我那双合适的鞋子在哪儿呢？

57

那天在竹石先生家，向他汇报完达摩杖第一趟杖法动作后，我每周都来向先生汇报一次新学的一趟杖法。汇报完毕，先生热情夸赞，指出每个动作存在的瑕疵后，给我进行认真示范。达摩杖一共八趟，每趟六个杖法。在每天研习近乎着了魔的状态下，将近两个月后，这套达摩杖四十八个杖法我都掌握了。

昨天中午，我来到先生家，先生已经备好了一桌丰盛酒菜。喝酒前，在先生家的院子里，我要向他汇报表演两个月来的学习成果。我换上竹石送给我的那套冬季运动装（旅行归来后，竹石奖励我和康健每人一千元，我们都没接收。于是，他去本溪市给我俩每人买了一套冬季运动服和运动鞋），我下场了。有些紧张。我暗下决心，一定要把两个月来的心血和汗水所收获的成果展现出来。由于过度紧张，打完了第一趟，竟然忘了第二趟第三个杖法。我尴尬了几秒钟，从头再来，一气呵成啊！我知道，这次打得一定好。因为表演过程中，我完全进入了忘我或者说无我状态。竹石说过，练功时如果进入了忘我、无我状态，就进入了练功的最高境界。康健也看了我的表演，表演结束后，他和先生一起为我鼓掌。康健说，等他找到工作，一切安顿下来后，也学少林达摩杖。

昨天晚上，我自己又喝了两瓶啤酒，我实在太高兴了。学会了这套杖法，无论白天黑夜，我都敢独自上山去散步散心了。

今天十二月三十号，周五，二〇一六年最后一个工作日。我又心潮起伏了，近三个月来，我心潮起伏了多少回已经记不清了。

自从请假回家休养以来，两个月眨眼间过去了。当然，这是回头向后看时的感觉。真正一天天过起日子来，因为充实，并没有觉得时间过得怎样快。没有公务缠身的心理压力，没有无聊社交搅乱心绪，这段时间我过得十分惬意。这两个月，是我自工作以来二十七年间最安宁的一段时光。每天待在老院儿里，生活在母亲身边，生活在我无比熟悉的村子里，仿佛大海中漂泊多年的一只小船回到了它出发前那个港湾，在外流浪多年的人最终回到了他的生长地。心落了底，脚下有了根。如今尽管家庭已经破碎了，没有了早年间那其乐融融的幸福感，但每天吃母亲做的饭，晚上睡在母亲身旁，心里感到从未有过的踏实。

两个月来，我每天按计划生活。早晨醒来，躺在炕上读书。吃过早饭，在院子里散步，在院子里演练达摩杖法，然后躺在炕上继续读书。午饭后小睡一会儿，然后在院子里演练达摩杖法，再继续读书。午后三点钟，穿上那套运动装上山，在山坡上漫游，在山谷里慢跑。这时，我的心情格外舒坦，我对眼前的一草一木感到从未有过的亲切。晚饭后，在院子里一边漫步，一边看天上的星星、月亮，然后演练达摩杖法。休息一会儿，在西屋进行腹部和上肢力量训练半小时。训练完毕，躺在热乎乎的炕上读书。读书、研习达摩杖法和全方位身体素质锻炼，成了我每天生活的全部内容。周末去竹石家和孩子们一块儿进行快乐营活动。

两个月的时光就这样一天天过去了，其间我读了十几本竹石先生推荐给我的书，我的自信心和一种朦朦胧胧的雄心壮志在每天的读书、锻炼中不断增大。我觉得我的未来一定会像竹石先生那样：健康、乐观、豁达。

明天各单位就开始新年放假了，我要在今天了结一切该了结的事，决不把问题带到新年去。我拨通了大馒头的手机。

"放着主任不当，要下去教课?! 你是不是疯了?"

"我已经考虑两个多月了。无官一身轻，不为别的，我就想把自己的身体弄正常了。我想幸福地活着，更有意义地活着。"

"明白了明白了，你整天和竹石混，脑子被洗了。可是，你想过没有？竹石活得幸福，活得有意义，那是因为人家有坚实的经济基础。'幸福'和'意义'属于什么？属于上层建筑。你那没有经济基础的上层建筑，不是纸上谈兵、画饼充饥、望梅止渴、做梦娶媳妇吗？"

"嘉梁，你讲的这些都有道理。可是你不知道，我要的幸福和意义，与你的幸福、意义不一样。它很简单，不需要什么经济基础！"沉默。

"春光，这不是儿戏，一会儿去校长那儿，话不能说绝了。你再好好想想，仔细想想，认真想想。"

"嘉梁，等我找到了幸福，首先要感谢的人不是竹石，是你。"

上午九点四十分，我已经坐在校长室里了。梅校长微笑着给我倒茶，仔细打量我。

"春光，这两个月你休养得不错嘛！体重长了多少？有二十斤吧？"

"长了二十一斤。"

"不错不错！怎么样，新的一年马上到了，心情好吧？"

"嗯，挺好。校长，我决定辞去教务主任职务了。等寒假过后新学期一开学，我就去一线教课。"梅校长十分惊异。

"怎么？想辞职去一线教课？"

"我已经考虑两个多月了。这些年来，失眠症把我折磨得要死，我的状态你都看见了，这种状态很不利于学校工作。我辞职，完全是出于自身健康和学校工作考虑。"梅校长沉思了一会儿。

"春光啊，你的决定让我很意外。到下学期开学前还有两个月，你再认真考虑考虑，然后开学回来再说。你看怎样？"

我回到教务处，拎着元旦学校分的年货下楼了。校园里弥漫着辞旧迎新的气氛，各班的迎新年会正在进行中。我从宁静的校园往出走，心潮起伏。

来到街上买了些东西，骑车来到竹石家。先生正在院子里打达摩杖。等他整套杖法打完，我带着一颗忐忑的心拎着东西走近他。

"老师，新年快乐！我……我有话跟您说。"我忸怩着四下看看。他

277

看看我，微笑着略显惊异。

"哦，到书房说。"我随他来到书房。他坐在茶几旁，我站在他对面，紧张得心怦怦跳。

"坐，坐下说。哎哎！怎么跪下了?! 起来起来！怎么回事? 起来说!"

"老师，我……我欺骗了您!"我哽咽着哭出了声。先生拉起我，扶我坐在他对面。

"说给我听听，如何欺骗了我?"他微笑着，给我倒杯茶。

"九月末我来，不是真想跟您学书法。这几年家里人接连生大病，孩子也需要钱买房、结婚，欠了三十多万外债，弄得我焦头烂额。债主是我一个好友，在县文化局工作，就是九月份和牛威来采访您的那个胖子。他想详细了解您的人生经历，然后写一本书。那天，您拒绝了他的采访后，他和我说了这件事儿。我说我和您关系好，他就让我来接近您，详细了解您，然后把情况反馈给他。"

"哦，原来如此，原来如此。那……你的朋友对你的表现还满意吧?"

"相当满意。我不仅圆满完成了他交给我的任务，而且通过与您这段时间的亲密接触，我对生命意义和教学理念的理解有了质的飞跃。以前我一直迷茫，活得浑浑噩噩。现在好了，有了方向和动力。"竹石缓缓点头。我擦了擦眼泪。

"老师，今天我一来向您赔罪，二来向您致谢，您又一次帮助了我，帮我找到了我后半生最有价值的生活目标。谢谢您!"我站起身，向先生深鞠一躬。先生示意我坐下，他点着了烟斗。

"春光，你还记得当年七年级英语课本里《四季的色彩》那首诗吧?"我摇摇头。先生朗诵起来：

"Spring is green.

Summer is bright.

Autumn is yellow.

Winter is white.

春天一片绿。夏天日光晒。秋天山野黄。冬天旷野白。

黄色，秋天之容颜。

黄色，成熟之浪漫。

黄色金光闪闪；黄色阳光灿烂。"

第四章　绿

58

今天元旦，我做了小鸡炖蘑菇、酸菜白肉血肠等六个菜。新年伊始，六六大顺。快八点钟了，康健还没起床，面朝里躺着。我回到书房，点着烟斗。我希望康健能尽早起来，和我一起享受新年里第一顿早餐。

八点半了，康健还在躺着。我来到他身旁。

"康健，起来吃饭吧。"我轻声说。他微微动了一下，声音微弱地说：难受，不想吃。我没再说什么，回厨房拿出一只大餐盘，从大锅蒸帘上的六个菜中每样夹出一些，放入其中。再从帘上拿出一碗蒸饭端到书房，慢慢吃起来。如果康健此刻坐在这里与我一起分享，那该多好啊！我有些沮丧。康健的情绪突然反常，让这顿新年早餐失去了该有的味道与气氛。

十分钟后，我独自吃完了新年第一餐，坐上九点半的车去本溪市。在车上，我发信告诉康健：菜饭都在大锅里。好好休息，我去本溪市书店了，午后回来。

在溪市火车站下了车，打车来到站北新华书店，转了一圈，没有发现想买的书。从书店出来，按照昨晚和林枫山约定的地点，打车来到望溪公园附近的馨园饭庄，枫山早已坐在饭庄的一个安静角落等我。几分钟后，四个菜陆续上完。我们老哥儿俩举杯，互道"新年快乐"后，开喝。

枫山的情绪明显不够饱满，眼袋很大，发黑。半杯白酒下肚，他开始发感慨了。

"哎呀——竹石兄啊，找一个理想女人，咋就这么难呢？啊？你说，咋就这么难？"我不接话，让他继续吐苦水。

"我已经找了几年了。累了，找不动了。"

"理想的东西，总是与现实有距离嘛，否则就不能称其为理想了。"

"那……你说我还找不找？"

"找啊，为啥不找？我一直记着我母亲那句话：只要有一线希望，就决不放弃。"

"可是，找个理想女人，真不亚于大海捞针，太难啦！"

"你考虑没考虑过降低点儿标准？"

"不降！永远不降！不行就自个儿过。像你这样，宁缺毋滥。"

沉默。

"哎，说说你吧。"枫山喝口酒，手端酒杯看着我。

"先说两个患抑郁症的学生。两个人呢，都有变化。侯春光变化巨大，两个多月来，这小子精神面貌明显好于以往。寒假开始，他要在他村里办'周末快乐营'了。"

"我早说过，侯春光问题不大。问题是康健。"

"康健，身体上、精神上都在向好的方向发展。只是情绪上，时好时坏不稳定。"

"身体好、精神好就行了。情绪，谁的情绪能像你这样稳定？"

"康健的情绪不稳纯属病态啊，是抑郁症患者特有的那种。"

"那怎么办？"

"怎么办？还能怎么办？慢慢来呗。春天来了就好了。"

"哎，你省城那个相好的，怎么样了？"

"新年前，我去看了她。她的状态让我担心哪，肩部后背，都疼。人苍老了许多。"

"你活得太累。要我说，你也别太实心眼儿了，我的意思你懂。"

"枫山，我记得你说过，你没有两情相悦那种真正的初恋过程。初恋，金贵啊。迫于当时那种形势，是我抛弃了她，是我对不起人家。"我点支烟。

"容颜虽易改，初心固难移。只要存有一丝希望，我就会一直等下去。"

午后一点半了，打车往家走。

到了家，康健不在卧室，客厅里也没有他的身影。我站在院子里喊他的名字，没有回声。我去厕所看，没人。我回卧室换上衣服鞋子，拿起木棒爬上南山，在松林中大喊他的名字，没有回声。我从南山来到北山落叶松林，在林中大喊他的名字，也没有回声。这种情况以前从未发生过。他会去哪儿呢？我紧张起来。电话问问廖玉芳？不妥，这会让她心生恐惧。我顺着落叶松林向山上爬。由于今冬只下了场小雪，阳坡的雪很快化了，枯草覆盖的弯曲山路找不到一点儿人走过的痕迹。

走出落叶松林，上面是一段约两百米长的陡坡，岩石裸露，杂树丛生，这是爬上北山山顶的最后一段山路。我仰头对着山顶大喊康健的名字，转身向西山坡大喊、向东面大喊。没有回音。我顺着登顶北山的那条唯一山岩小路一步步向上爬。一小时前和林枫山喝了不少酒，昏沉的大脑此刻已经十分清醒了。我浑身是汗，汗水把内衣内裤都粘在了身上。我喘息着，吃力地、机械地一步步向上攀爬，不时发出两声没了底气的呼喊。在爬到距离北山山顶约三十米处，我发现了康健的身影。他正背对着我，雕塑般站在悬崖边。我用尽最后的力气爬上山顶，慢慢走到他身边，一下瘫坐在他身旁。他木然地继续向北眺望，完全进入了无我状态。我坐在悬崖边，喘息了一会儿，站起身，拉着他的胳膊。

"孩子，回家吧。"

正常情况下，从家里登上北山山崖大约需要七十分钟。天太冷了。从崖顶下到落叶松林，从落叶松林到家，我和康健不得不以最快速度下山。二十几分钟后，我们小跑到了家。我让他喝下一大杯热水，躺在床上盖上被子。我以最快速度换掉被汗水浸透的线裤线衣，拖着疲惫的身子来到厨房，煮上一小盆红糖姜水，烧上一白铁壶开水。水烧好了，我和康健一边在同一个热水盆里泡脚，一边喝热热的红糖姜水。这样又喝又泡，十几分钟后，我俩的额头和身子开始出汗。二十分钟后，我和康健已经通身冒汗了。

我让康健躺在炕头，我去把大灶架上大柴烧炕。我没问康健为什么这么冷的天去北山崖，我不会用这种幼稚的问题为心潮起伏的人添堵。年终岁尾，新年伊始，谁会面对这无情可怕的岁月无动于衷呢？

康健在喝水泡脚的过程中始终低着头。架好一灶大柴，我回到卧室。康健闭着眼，他突然冷冷地说道：

"你为什么把我接到这里来?!为什么对我这么好?!"我愣愣地看着他那张微微泛红的脸，心提了起来。

"如果不是因为你，我可能早就解脱了。"我的心放下了。

晚上九点多了。康健睡在炕头，我躺在床上。身心乏，睡不着。康健今天的行为让我焦虑不安，恐惧不已。当年我抑郁，因为没有压力，终日游荡于山中，慢慢地，好了。康健面临着压力啊！怎么办？我怎样做才能根除他寻死的念头，使他尽快康复起来？

59

今天是二〇一七年元旦，心情大好。前天从竹石先生家回来，心情就格外轻松：圆满完成了我的"谍报"任务；得到了竹石先生的宽容谅解；儿子的婚房已经装修完毕；让我受辱二十多年的老婆去了她该去的地方；我意义非凡的人生后半程即将开启。这是多么好的辞旧迎新！这是多么好的人生转折！

中午，我让母亲做了两个硬菜，我自己喝了三瓶啤酒，喝得很猛。高兴！多少个元旦没这样高兴过了？算起来有二十一个年头了。二十一年间只有过一次，是五年前我儿子侯旭考上大学后的那个元旦。那天我特别高兴，独自坐在县城家中喝了几瓶啤酒。哭了，哭得稀里哗啦。

吃喝完了，我换上运动装刚要上山，手机响了。

"喂，嘉梁，新年好啊！"

"你现在在哪儿？立刻过来喝酒！"

"过去喝酒？喝多了吧你？你在海南，我坐火箭过去啊？"

"早晨我坐飞机回来了。我找你不光喝酒，有事儿。"

"我刚喝完，今儿喝了不少。"

"你喝了酒怎么过来啊？我去接你。"

二十几分钟后，大馒头开车来了，给了我母亲两盒糕点、一个红包，把我拉到他的别墅。

"嘉梁，你不知道我在家待这俩月有多快乐、多幸福。竹石说得太对了：身体无病叫'幸'，心里无事叫'福'。心灵的宁静是幸福的最高境界。也就是说，只有身体无病、心里没事儿，人才是最幸福的。"

"你是真喝多了，舌根子都直了。还有俩月时间考虑，今儿我不跟你办扯辞不辞官职的事儿。明儿我想见见竹石，你这就给我联系一下。"

"你见他干什么？"我十分诧异，盯着大馒头那双永远睁不开的眯缝眼。我忽然发现，这家伙原来那白胖胖的脸，两个月没见，脸变成了大酱色，还瘦了。哦，在海南沙滩上晒的。

"这等高人，怎么能不去拜访一下呢？"

第二天上午九点多，我和方大馒头来到竹石家。书房里，宾主落座，竹石给客人斟茶。

"听春光说，你到海南写作去了？"先生微笑着看来访者。

"我请了创作假，十一月初就去了海南。竹石先生，我特敬重您的人格和您无私的奉献精神。当初我和牛威来采访您，就是想写写我们县里您这样的人。您委婉拒绝后，我才不得不出此下策，让春光到您这儿来。春光说，您原谅了他，我这才特意从海南回来拜访您。"

"你是春光的挚友，听春光说，你给予了他莫大帮助。春光有你这样的朋友，我很为他高兴。说拜访就远了，新年伊始，和春光过来喝喝茶，随意聊聊，挺好。"

竹石的话让大馒头自然了许多。他从大型背包里拿出两条中华烟，一个微型皮箱，里面是两瓶高档红酒。

"来看望先生，这点儿薄礼略表寸心。"大馒头笑着说。

"礼物太重了。写作顺利吧？"竹石点着了烟斗。

"关于您超乎寻常的思想，以及退休之后的扶贫事业，我从春光的录音以及文字材料中都了解了。有些东西，我还得当面向您请教。您说'助人为乐'是您最大的幸福，我该怎样正确理解您这句话呢？"

"你知道，快乐分为很多种。从解出一道数理化难题中，从人本能的欲望获得满足中，从自己的理想得到实现中，等等，都能获得快乐，但这些快乐不会持续很久。从我大半生的体会中，我觉得，不断地帮助他人所获得的快乐，会大于其他快乐。以前我不太理解很多企业家为什么都捐资助教、捐资助学、捐资修路修桥。现在明白了。"

"您的意思是说，'助人为乐'是利己利人的双快乐。"

"如果这种快乐能波及很多人，同时也能为社会发展起到些积极作用，这就有了更高一层的意义。也就是说，你造福的人越多，你的快乐越多，幸福指数越大。"

"那天，我和牛威来采访您。你说办'周末快乐营'是为自己找乐，这不是句虚话吧？"

"真正的大快乐、大幸福，是那种源自心底的大舒服。怎样才能获得这种大舒服呢？帮助他人，帮助社会。"

"助人为乐，我通过春光体会到了一些。您说的通过帮助社会，为社会做善事而获得的那种源自心底的大舒服，至今我还没体会到。有生之年，我还真想体验体验。"

"'大美无言'，其实'大乐'也'无言'。真的，那种大快乐是无法用语言表述出来的。"

60

今天是一月三日。上午，根据学校几个班主任提供的名单，我走访了村里十一家孩子在花岭学校读书的贫困户。我离开村子十几年了，而且很多人家分散在几个沟里居住，多数人家我都不熟。于是，我特意请来江国斌陪我。国斌是我的小学同学，在村里当会计。我从竹石先生那里早已获得与村民打交道的经验，所以，在与这些村民沟通时，还算顺畅。这些孩子中，有几个由爷爷奶奶看护。这些家长听说我要在家里为他们的孩子开办"周末快乐营"活动，既惊讶又兴奋。他们是多么盼望村里能有一个像我这样的人，能在他们的孙儿孙女的学业上给予无偿而有效的帮助啊！

当晚，我骑着我那豪华电动车又来到这些孩子家，见到了放学回家的孩子们，向他们说了"春光周末快乐营"的活动内容。和我的预料不太吻合，这些孩子并没有都像他们家长那样表现出兴奋。几个男孩子木然，竟毫无反应。当我说出，三月份天气暖了教你们武术时，几个小家伙的眼里放出光来。我早已经计划好了，天一转暖，就教孩子们少林达摩杖。一周前在竹石家喝酒时，他听了我这一计划后，大加赞扬。

61

今天是二〇一七年一月十四日，周六。经过二十多天的准备，终于迎来了"春光周末快乐营"开营之日。活动地点就在我家西屋——我那二十多年前的婚房。我找人扒掉了火炕，贴着北窗砌上一面散热火墙。像竹石先生的活动室那样，把从学校仓库拉来的十套旧课桌摆成一个大方桌。

从早晨八点钟开始，除了邻居苏丹、侯俊，其余七个孩子由家长陪着来到我家。送孩子的家长们都笑呵呵的，进屋看看活动室，就被我母亲请到了东屋。母亲忙着为家长们斟茶倒水，把准备好的瓜子、水果拿给客人。家里一下来了这么多大人孩子，老太太兴奋不已。她忙着招待大人，我忙着接待孩子。

八点半，九个孩子围着大方桌坐好了。

"起立！同学们好！"

"老师好！"

"请坐！"我心情激动，好多年没有这样场景了。

"'春光周末快乐营'活动现在正式开始。活动开始前，先进行自我介绍。怎么介绍呢？我先做个样。"我故作憨厚大男孩的样子。

"我叫侯春光，今年四十九岁。一九九二年从本溪市师范学院中文系毕业，现任花岭中学语文教师。爱好嘛，喜欢读书、武术。完毕！"九双兴奋的眼睛看着我，我小声让坐在我身旁的张帅开始介绍。

"老师，什么叫'完毕'？"张帅小声问。

"'完毕'就是自我介绍完了。"

"我叫张帅，今年十一岁，上花岭小学四年级。我喜欢看动画片。长大了我想当警察。完毕。"张帅坐下，眼神有点儿紧张。依次轮到下一个。

"我叫同永强，今年十三岁，念小学六年级。我喜欢游泳，也喜欢数学。长大了我想当工程师。完毕。"

"……"

"我叫侯俊，今年十四岁，在花岭中学读七年级。我喜欢数学和英语。长大了我想考大学，当计算机专家。完毕！"

"我叫苏丹，今年十五岁，半年后就上九年级了。我喜欢学习，长大了我想当律师。完毕。"

"好！大家都进行了自我介绍。虽然你们都在同一个村居住，在同一所学校读书，但由于分散住在几条沟里，相距很远，彼此之间还不太了解。没关系，你们很快就会相互熟悉了。现在，进行今天第一项内容：请快乐营的班长苏丹同学，给大家讲述我们本溪市的母亲河——太子河的故事。"

"老师，是我们这儿的太子河吗？"张帅侧过脸问。

"对呀！就是这条河！现在，大家鼓掌欢迎苏丹给我们讲故事！"苏丹红着脸，把我事先拿给她的《本溪市民间神话与传说故事集》放在桌面上，翻开了第一页。

"我们家门口的这条太子河，是本溪市最大的河，也是我们的母亲河。这条河，古代叫衍水……"苏丹继续讲着故事。孩子们看着她，听得认真。眼前的场景让我想起去年秋天在竹石家听柳欣讲述这个故事的情景。贫困家庭的孩子有一些共同特点：质朴、呆板、谦卑。然而，苏丹的气质中却没有这些，她那微胖的脸上，略带忧郁的眼神中透着坚毅。在我的记忆中，她爸爸苏启亮曾经是村里一个很有性格的男人。苏丹为什么要当律师，我在一月三日第一次到她家走访时就知道了。

苏丹的家与我家住在同一条街，相距不到百米。苏丹的母亲朱春燕，是我教过的学生。家访那天，朱春燕目光呆滞，眼神中饱含哀伤。这个四十来岁的女人头上已经依稀现出少许白发，看上去很苍老。虽然我们住在同一条街，但十多年前我搬到了县城后，很少回村，回来了，也是来也匆匆、去也匆匆。算起来，我和朱春燕也有十几年没见面了。

朱春燕不是本村人。这些年，她丈夫苏启亮养一台小翻斗拉料车。两年前的那个夏天，他给工地拉料。夜里喝了酒，在一处环山路段与一辆迎面开来的轿车相撞，车翻到四十多米的深沟里。苏启亮大腿被撕裂，血流不止。交警赶到现场时，他已经没了呼吸。朱春燕醒来时，已经躺在医院里。她浑身多处受伤，右手臂骨折。

出院后，她一纸诉状将那辆轿车车主告上法庭。她明明记得，当时那辆轿车速度极快，会车时，轿车刮到苏启亮的翻斗车左侧厢板，致使翻斗车滚进右侧深沟里。可是，对方拿出了苏启亮酒后驾车的尸检报告单，反告苏家的翻斗车撞坏了轿车左前脸，要求索赔修车费、司机精神损失费八万元。朱春燕的律师要求负责此次事故调查的县交通事故科出示翻斗车与轿车相撞时的碰撞点照片及相关勘验报告。事故科人员说，由于出事车辆在翻进沟底途中碰撞磕损严重，车况严重毁损变形，已经无法找到两车相撞的撞击点。最后经法院调解：苏启亮酒后驾车肇事，对这起事故负全责，赔偿被撞轿车车主五万多元。这笔钱掏空了家里所有积蓄，朱春燕从此精神萎靡不振，闭门不出，整天躺在炕上，生活几乎不能自理，每年靠政府救济和娘家补贴过日子。苏丹原本是个挺活泼的孩子，自从家里车毁人亡，她变得沉默寡言了。

太子河的故事讲完了。苏丹并没有像竹石快乐营的柳欣那样，谦卑地向同学鞠躬致谢。我没有看错，苏丹的骨子里透着高傲。她向后靠在椅背上，大大方方地看我一眼。我忽然想，"春光周末快乐营"对于苏丹这样的孩子是否还有意义？不容我多想，眼前的活动正在进行中。

"苏丹同学讲的'太子河传说故事'好不好？"孩子们有的小声说好，有的点头。

"我们本溪市有很多很多名山和名胜古迹，有很多很多美好的神话传说故事。以后，我们'春光周末快乐营'活动每天要讲一个这样的故事，你们喜欢不喜欢听啊？"几个孩子稀稀拉拉回答说喜欢，声音不大。

"现在进行第二项活动。把你们的寒假作业拿出来，给大家四十分钟时间做。遇到不会做的，问问身边同学。"

对于语文，我现在能给这些孩子一些帮助。而其他学科，我正在进修中。我将在半年内，把孩子们所学的学科全部看一遍，而这些学科中，只有英语恢复起来要费些时间。

孩子们在做寒假作业。我站起身，在他们身后漫步。从去年十一月中旬以来，我已经从孔夫子旧书网陆续买了一百多本书，其中有些适合孩子们读的世界名著，如《金银岛》《汤姆·索亚历险记》《哈克贝利·费恩历险记》《荒野的呼唤》《一千零一夜》等。我有一个不算大也不算小的理想：两年内，家里的藏书达到五百册，五年内达到一千册。我要把许多古今中外的经典书籍都收纳到我家中。

今天上午的最后一项活动是仰卧起坐、哑铃弯举，以及两组长跑接力赛。我还没有竹石先生那般财力，去给这些孩子购买冬天运动衣装。孩子们把从家里带来的春秋穿的衣服换上。我把准备好的两个垫子、两副哑铃、两根接力棒拿出来。九个孩子站成一排。一至二报数后，一排变成了两个小组。第二组缺少一人，由我补充。第一组由苏丹拿笔记录，第二组由侯俊记录。人数不多，前两项很快做完了。现在将进行最后一项：两组长跑接力赛。

原计划从我家出发，向北跑约五百米，到太子河小桥桥头再折回来。仔细一想，这条路是村里通往外界的唯一一条路，来往车辆或某些家养的狗会对孩子们构成某种潜在危险。于是，改变路线，向南面约两百米远的山坡跑两个往返。

比赛很快结束了。最终苏丹率领的李思华、同永强和张帅毫无悬念地领先一百多米获胜。孩子们回到活动室，擦汗，更衣，喝水，休息。母亲端来一盆鸡肉炖松蘑土豆，我从厨房端来一盆米饭。看着饭菜，孩子们有些不知所措。

我说："今天的最后一项活动——吃饭！"侯俊和苏丹笑了。为了使孩子们自然些，他们一边吃饭，一边听我讲小幽默。二十分钟后，孩子们吃完饭，陆续回家了。

今天是"春光周末快乐营"开营第一天。从明天开始，全天活动。我已经把事先准备好的幽默小故事分别发给了九个孩子。明天的活动室里，一定能听到孩子们开怀大笑的声音。

我坐在刚才孩子们围坐的大方桌旁，喝着啤酒，品味着开营第一天的幸福感。

我忽然想起给大馒头打电话。昨天从竹石家回来，他再三说，让我把"春光周末快乐营"开营情况向他汇报。

"怎么样？来了多少孩子？"

"九个。"

"不少。星星之火，逐渐燎原嘛。有什么感觉，让我分享分享？"

"感觉嘛，具体也说不出来，就是感觉兴奋，心里踏实，舒畅。我在一个人自斟自饮呢。"

"自己庆祝呢！感觉一定不错吧？竹石那天不是说了嘛，帮助社会，为社会做善事，是一种大快乐、大幸福、大舒服。究竟怎么个大快乐、大舒服，大美无言，大乐无言哪，是吧？"

"是啊，这种快乐和舒服无以言表，真的是那种大乐无言。"

"春光，这些天闲暇的时候，我也想了许多，我越来越想体验体验那种大快乐、大幸福、大舒服。我这儿还有事儿，得空再聊。"

62

二〇一七年春节到了。最近这十几年，对过年的兴趣越来越淡，尤其最近几年，家人连遭病灾，过年的心情几乎没了。除了去村里二叔家拜个年，老师、同事以及亲属就统一用手机微信、短信祝福新春了，人们都知道我的处境和心境，没人挑我礼。

今年春节前的心情不同以往，明显有了精神和活力。过年头几天，就在我家老院里立起了挂灯笼的松木杆子。农历二十八那天，挂上了两个红缎面的大灯笼。丧家三年内过年不得贴红对联，不准去别人家拜年，辽东这种风俗由来已久。所以，这两年的春节我甚至连手机微信、短信拜年都省去了。

今年的年货，每样都置办一些，家里人口少，买多了吃不过来。

今天年三十。上午，侯旭从省城赶回来了。奶奶一见大孙子，赶忙上前拥抱。大孙子一米八大个子，奶奶仰视着孙子，哭了。孩子给奶奶擦眼泪，他也哭了。奶奶半年多没见大孙子了，我知道孩子为什么哭：九个月前，他没了母亲。

午后一点多，三人的年饭开餐了。每年大年三十吃年饭之前，我都会在院子里放鞭炮，近两年不放了。我们仨，祖孙三代喝了三瓶啤酒。母亲喝一杯，儿子喝一瓶，剩下的我都喝了。年饭期间，我没怎么说话，我想把时间留给奶奶和孙子。奶奶看孙子的眼神里满满的喜爱，给孙子夹排骨、夹大虾，不停地催促孙子吃她送到孩子碗里的东西，问孙子工作怎样，女朋友怎样，什么时候结婚，等等。孙子一一作答。孙子告诉奶奶，他在省城买了房子，女朋友家很富有，房子是女方家出钱买的。这个谎言是昨天晚上我帮儿子编出来的，我知道老太太一定会问到那些问题。奶奶看着孙子，眼里放光，笑出一脸山核桃纹。

吃完年饭，我和儿子走出村子，上山。

村里的鞭炮声不绝于耳，我和儿子的聊天，在爬山途中时常被空中的突然炸响打断。我不再问他吃饭时老太太问的那些事情，儿子很成熟，许多事无须我过问。我告诉他，这两年我们家欠了些外债，加上他买房的首付一共欠三十万，都是从他嘉梁叔叔一个人手中拿的。我告诉他方嘉梁是一个怎样的人，还告诉他我为这个人做了什么。几个月后，这个人很可能会把我所有的欠款一笔勾销。

"爸，你在善意地欺骗我，世界上哪有这样好的事儿?"儿子瞪大了眼睛看我。

"孩子，这么多年来，或许你知道一些我的不幸，我和你母亲之间存在着三观上的巨大差异。但是，你绝对不知道我有多幸运。你这位嘉梁叔叔，他就是这样一个人。他说，这个世界上我是他唯一信赖的人，我的事儿就是他的事儿。"我和儿子沿着上山的小道默默向上走。

"儿子，我已经失眠将近二十年了，一直靠安眠药过夜，之前我一直不想让你知道。其实，这么多年来，我一直是一个隐匿性抑郁症患者。你看得出来，我一直这么瘦，就是觉睡不好，消化不良，吃饭没有胃口，脑子里整天昏昏沉沉。你爷爷病逝后，我的抑郁心理加重了。"

"爸，这么多年来，虽然你在我面前总是装出快乐的样子，其实，我能感觉出你内心的痛苦。我忙于学习功课、考试，没时间往深处想你为什么压抑。上了大学以后，我知道了。可是，我没有能力、没有办法帮你走出困境。因为，她是我母亲。"沉默一会儿。

"现在她去世了，我希望你能振作起来，开开心心地工作、生活。你想辞官去课堂给学生上课，你办快乐营辅导村里贫困家庭的孩子，这些我都举双手赞成。只要你幸福，我就开心，我就能安心工作，不断进取。"

红红的落日在西山背后沉下去了，我和儿子顺着来路往山下走。鞭炮声声不断，间或有礼花在山下的村子上空炸响，绽放。

63

二〇一七年的春节并非怎样特别，虽然家中多了个特殊之人，但并不影响节日的正常安排。农历二十九这天，我早早给快乐营活动室生火，屋子里热气扑面。二十一副春联、二十一盒草莓从书房运到活动室。为了迎接孩子们，为了营造一个红红火火的过年气氛，农历二十八这天，我写了二十多副春联和三十多个"福"字。午后，我和康健把院门、房门及快乐营活动室的门都贴上了春联和大大的"福"字。院子里竖起了松木灯笼杆子，两个绸面大红灯笼吊在高高的绑着绿色松枝的杆顶。

吃完早饭，孩子们陆续前来领取我送给他们每人两份的春节礼品——一副春联（包括一个大"福"字）和一盒五斤装的新鲜草莓。此外，我还给孩子们每人一份礼物：一套春秋季运动服和一双李宁牌运动鞋。孩子们也都给我带来了代表各自父母心意的礼物：黏豆包、冻豆腐、鸡、鸭、鱼、猪肉，还有冬储的各种山野菜。

几天前我问康健，愿意跟我回省城过年还是留在花岭自己过年？他不假思索地说，留下来自己过年。于是，我教他怎样做鱼、如何做红烧排骨等菜。他学得很快，随后几日里进行亲手实践，效果不错。孩子们大年初八开始活动，之前这段时间我会很轻松。

腊月二十九这天上午，我满怀热情接待完孩子们，草莓大王郭天福开着豪车来了。一个大礼包内装着高档烟、酒、茶，一条编织袋内装着两条江鲤子，皆重达二十余斤。中午，我坐高铁回省城。到站后，打车来到华联商厦，为我孙子展绣程购买春节礼品。绣程在鲁迅美术学院读大一，我当年没能实现的两个梦想——球星与画家，我孙子代我实现了其中之一。

64

今天大年三十，展老师昨天回省城了，临走前的几天里，他教我如何生火、如何做饭做菜。在他的指导下，我试做了两天就学会了。其实，生火做饭做菜，再简单不过了。这些都不是我主动要求学的。展老师说，他每年春节都在儿子家过，今年也不能例外。他笑着问我是愿意和他去省城，还是愿意留在花岭？这道选择题我张口就说出了答案——留在花岭，自己过年。

昨天晚上，这空荡荡的屋子空荡荡的院子就我一个人，心里很恐惧。虽说二十七岁了，但独自一人在群山之间远离村落的一座房子里过夜，还是头一次。来花岭展老师家后，我之所以选择和他同居一室，就是为了消除心中莫名的恐惧感。我提心吊胆，一直在老师的书房里看电视。

老师书房的电视，用白色小锅盖式的接收板接收卫星电视节目。我一边喝啤酒一边看电视剧，胆怯又惬意。到了深夜，我吃了镇静药还是睡不着。我就反复问自己，你究竟怕什么？几个月来，你多次想结束自己的生命，死都不怕了，还怕什么？说来也怪，经过这样多次追问，怕意渐渐消失，躺在床上迷迷糊糊睡着了。

今天中午，年饭我做了四个菜，一边看电视，一边就着自己做的菜喝青岛啤酒。展老师想给我买些烟花鞭炮，被我拒绝了。虽然远离村庄，我也不想弄出任何响动来引起人们的注意。村里不时传来鞭炮声。

天渐渐黑了，恐惧感再度袭来。尽管远处不时传来的鞭炮声似乎给我壮了胆，但莫名的恐惧感仍然会不时地在脑海中闪现。于是我又反复追问自己：你连死都不怕了，还怕什么呢？

昨天午后，我妈打电话问我过年想吃什么，我说老师家什么都买了。我妈问我愿不愿意她过来陪我，我说我愿意自己待在这里不被打扰。其实，我很想回家和我妈一起过年。可是，我没资格回去。

北大研二时的同寝老大幕新刚才发来微信，问候我新春快乐，并且问我近况如何。我回他：近来的身体状况和精神面貌都较为理想，争取在四月下旬回校完成学业。他回复了三个拇指赞、三个拳头、两杯啤酒等表情。

中央台春节晚会在继续，我一边喝酒一边看电视。临近午夜十二点了，村里的鞭炮声就像那里正在进行一场激烈的战斗。我想，这么长时间激烈的爆炸声，即使山里有凶猛野兽也一定吓丢了魂。

65

自从我儿子展新程结婚后生了展绣程，每年春节我就回省城儿子家过了。新程愿意回花岭老家过年，说山村空气好，年味儿浓。新程妻子不愿来，她怕孩子睡在山村土炕上，因屋内温度二十四小时冷热不均而患感冒。孩子一年年长大，新程之妻仍不准全家回花岭过年。我能理解儿媳的担心，与城市相比，山村的房屋确有诸多不便。我孙子今年二十岁，我已经在省城连续过了十几个春节了。

年饭是一定在儿子家吃的。吃完饭，在儿子的书房和儿子聊天，在孙子的房间和孙子聊天。绣程在鲁美进修油画，兼修版画。孩子愿意与我交流，我俩有许多共同话题。

每年寒暑假，绣程都会来花岭住上几日。寒假来时，我几乎每天带他爬山。一放暑假，孩子就从省城来到花岭。因天气炎热，山中草高林密，且随处可能遭遇虫蛇，所以，在他小住花岭的几日里，我通常只带他在清晨里爬一两次山。我俩穿戴好防护，手执木棒上山，在山岚笼罩的北山崖顶观看日出。

我爱看绣程在我家小院门前支起画架写生，画门前小溪、房舍，画南山红松、路旁玉米，画我的书房，画快乐营活动室，有时还让我当模特儿画我。恰逢孩子们来活动室活动时，绣程便坐在窗边，画孩子们姿态各异的速写。

去年夏天的一个晚上，我俩一边喝啤酒一边闲聊。他突然说："爷爷，我爸给我讲过你的人生经历。他说，你很了不起。"我听了哈哈大笑，心里很快乐、很舒服。

今年寒假前，我编了个理由不让绣程再来。绣程问其父，是不是爷爷在谈恋爱？父亲对儿子说，我还真希望你爷爷有生之年好好谈一次恋爱。新程向我学起他们父子俩的聊天时，我心颤抖不已，鼻子酸酸的。

大年初一这天吃过早餐，我带着儿子全家去大妹家给我母亲拜年。小妹一家也来给母亲拜年了。中午时分，大妹家宽敞的餐厅里，每年一次的展家大聚会开始了。

在儿子家过年，我的心温暖而舒畅。省城是生我养我之故乡，这里珍藏着我太多美好过往。置身省城几日，我做了两件事。一、与我的学生李猛阳见了一面，确定数月后，待康健回北京完成学业，到他所控股的东药N厂进行实习。如果康健身体状况稳定，半年后将成为该厂正式员工。二、与常丹丹见一次面。平时她不得抽身，丈夫瘫痪卧床，需要她二十四小时陪护。初二这天，丹丹的女儿来老妈家拜年，丹丹实话跟闺女说，想见我一面。闺女很同情老妈，对她爸爸谎称老妈去医院看病，替老妈看护老爸。

我和常丹丹来到省城附近的一家咖啡厅，从上午九点待到中午十二点多。我俩安安静静坐在那里，一边喝咖啡一边唠她当年在花岭的知青生活，唠我们在村里拍戏的情景，唠她这些年内心的压抑与苦闷，唠我俩不久的将来要过的那种神仙日子。常丹丹今天容光焕发，仿佛年轻了十岁。平时大约每隔二十天，我来省城看望她一次。我俩站在她家小区对面的超市里，唠二十多分钟，她就不得不小跑着回家了。丹丹心脏有病，两年前曾经发作过一次。最近几个月，她的肩、背部时常感觉不舒服，去医院看过一次，没发现什么异常。

已经十二点二十分了，丹丹不得不回家了。我让丹丹把她女儿的手机号给我，必要时方便与她联系。我打车送丹丹回家。我俩坐在车后座，她靠在我肩上，我轻轻摸她的脸，摸到了她眼里淌出的泪。

66

今天正月十二，竹石先生在家摆宴，招待其朋友和得意弟子。昨天晚上，先生打电话给我，请我今天早点儿过来协助他。我正和先生通话时，大馒头来电。我和先生通完话，给大馒头打回去。大馒头问我刚才和谁通话，我说和竹石，他明天摆宴请客。大馒头问几点钟请，在哪儿请。我告诉他明天中午十二点，在竹石家。

九点半开始，客人陆续到了，有草莓大王郭天福、花岭中学退休教师林枫山、花岭镇政府土地办高强，以及竹石的在某村任职的弟子。我能被先生邀请，备感荣幸。为了让康健保持内心安宁不受打扰，今天早晨，廖玉芳带着儿子去本溪市姐姐家了。

中午十二点，在竹石先生的书房兼客厅、饭厅里，宴会开始了。

"我十分感谢诸位赏光，"竹石一脸笑容，"如此年龄，尚能将诸位邀来寒舍做客，特别感动，特别欣慰。半小时前，一位结交不久的朋友来电话，说他刚下飞机，一小时后到我家。他是特意从海南飞过来的。有朋自远方来，不亦乐乎! 好! 好啊! 高兴! 现在，我们就一边喝酒一边聊，说说各自在过去一年里的工作、生活，说说对社会、对人生都生发出哪些新感悟，以及对已经开始的新的一年如何打算。呵呵，还是从我们草莓大王郭天福先生开始吧。"掌声。我正惊异方嘉梁马上就来，郭天福说话了。

"展老师总是这么客气。说老实话，展老师在我心中，比我亲爹亲妈分量还重。亲爹亲妈对儿女做什么，那都是应该的嘛。说老实话，没有展老师，说死也没有我今天! 我当时，那个难哪。展老师借给我钱，还帮我跑关系。说老实话，这辈子我到死也不会忘了这么帮助过我的人!"说着，草莓大王站起身，向老师深鞠一躬，端起杯和竹石碰杯，两人同时喝杯中酒。

"说老实话，去年呢，收入一般。毛收入一千多万，纯收入七百多万。在展老师指导下，资助了十一个贫困大学生，向花岭镇贫困户捐了十多万。今年，打算再扩建十几个草莓大棚。"郭天福一饮而尽。

"说老实话，没有展老师，就没有我今天。没有花岭镇政府的大力支持，也不会有我今天。那个——说老实话，今年呢，我还有个计划。国家不是放开两孩政策了嘛，今年我要加倍努力，一定要再鼓捣出一个儿子来!"一阵笑声。

先生端起酒杯，说："来，大家一齐举杯，为我们草莓大王二〇一七年的两个愿望顺利实现，干杯!"大家举杯痛饮，掀起了第一次高潮。接下来，按顺时针轮到坐在郭天福左手边的双岭村村主任刘凯发言。这位主任黑壮，敦实。他刚站起身，方嘉梁进来了。

"展老师过年好！各位过年好啊！"嘉梁自来熟，他笑着把旅行箱放到屋门旁，脱下黑色貂绒大衣放到旅行箱上，大大方方来到竹石先生右手边的空位上坐下。

"打扰各位了。"嘉梁向大家抱拳施礼。随后，竹石先生向大家介绍方嘉梁，又向嘉梁一一介绍来宾。

"现在，请双岭村刘凯主任发言，大家欢迎！"先生话音刚落，刘凯再次起身，这位黑壮敦实的中年人落落大方。

"过年了，来看望我一生中最尊敬的老师。能坐在这么多大人物中间，我自己也感觉高大起来了。那个——去年呢，我和一个朋友合伙投资，在村里建了二十六座大棚，种植蘑菇。先以每个大棚三万元出租给村民，剩下的，我和朋友兜底。到春节前一结算，收益还比较乐观。村民既可以承包大棚发展经济致富，也可以全年在蘑菇大棚做工。这样，很多人就不用撇家舍亲出去打工了，出工创收的同时，既可以照顾老人孩子，也避免了很多家庭矛盾发生。我们村儿，两口子一块儿出去打工的不少。没办法，都把孩子扔给老人了，孩子的教育问题就出来了。去年在报上看过一篇报道，说全国农村留守儿童最新统计有三千两百多万人。这些孩子的教育和管理，成了大问题，像经常逃学的、打架斗殴偷东西的、搞对象的。这些缺乏教育的孩子，将来很可能给社会治安带来无法估量的负面影响。咱双岭村是个大村子，几条沟加起来三百多户人家，留守儿童有七十多人。我去年曾经突发奇想：咱们村要是有展老师这样富有爱心的老师多好！周末了，给孩子们辅导辅导、教育教育。可惜没有！这些孩子将来会啥样就很难说了。"

我插嘴说："我一直在学校做教学管理工作。班主任和科任老师来教务处反映说，上课不听课、课后不写作业的，打架斗殴的，逃学早恋的，考试许多科不及格的，这些孩子中，绝大部分是留守儿童。"

刘凯说："那个——今天，我端着展老师的酒，借花献佛了。真诚祝愿各位：做官的官运亨通，经商的财源广进，求学的学业有成！衷心祝愿在座的各位，身体健康，万事如意！我干了，各位随意！"刘凯伸出手臂和各位碰杯。坐在他右侧的郭天福仔细打量着刘凯。

"你说那个留守儿童的事儿，我刚才合计了一下。那样不行吗？周末把孩子用车拉到花岭展老师这来，学习完了再拉回去。你要是有心这么做，交通费、午饭费我出了。"坐在我斜对面那两男一女三个大学生兴奋地鼓起掌来。

"这倒是个路子，"刘凯说，"可是，展老师这儿，哪儿有那么大地方啊？再说了，那么多孩子，老师一个人也管理不过来啊。"郭天福转过脸看老师。

竹石说："此乃一条光明之路！留守儿童与贫困家庭孩子的教育问题，其实可以归总为一个问题，就是怎样使这些孩子在将来进入复杂的社会时，过上有尊严、有质量、有幸福感的生活。我这个周末快乐营活动室，你们都看过了，面积就这么大，二十几个孩子活动尚可，人数一增加，空间就显得小了。"

郭天福环视酒桌上的每一个人，说："行，这事儿先放着，等以后我没啥事儿了，再好好琢磨琢磨。"

"这事儿我也想过，"刘凯说，"看似简单，里面的细事儿不少。找到有爱心的老师可能不太难。可是，光有爱心不行啊，还得有教育方法、教育理念。像咱老师这样，又有爱心又有方法，又有资金又有文化教养，这样的人哪儿找去啊?！对不对？"

"等我再奋斗两年，选块地皮，起个三层楼。到那时候，展老师你就只管坐镇指挥，弄几个好老师来。周末了，把全花岭镇各村的留守儿童、贫困户家庭的孩子，通通都拉来。"郭天福话音未落，掌声四起，三个大学生拍得最响。

"到时候选地盖楼，你可得大力支持啊！"郭天福满脸堆笑，看着高强说。

"有展老师在，一定支持！"高强说着，拿起酒杯。

"来，我提议，咱们大家一起敬咱老师一杯。然后，各自再畅谈。好不好？"高强一呼齐应，起立、举杯、碰杯、干杯。我忽然后悔没打开手机录音，这个场面的谈话话题竟然会如此广泛、深刻，太难得了。好在大馒头就在这里，他听得很专注。

"我叫张秀山，在省城理工大学读大二。"依照顺序，轮到了发言的男生。"我非常荣幸，生在花岭镇花岭村。更荣幸的是，这个镇里有一位比父亲更像父亲的展老师。他不仅在经济上慷慨助学，更是在道德培养、身心健康、人际关系以及社会生存等方方面面，不厌其烦地指导我。无论我遇到什么想不开的问题，只要和展老师一沟通，就瞬间想通了。我现在唯一能回报恩师的，就是多读书、多运动，始终保持身心健康，将来更好地回报社会。谢谢老师！谢谢郭总！祝各位新春吉祥、幸福安康！"掌声。

"我叫边国强，读大一。我和秀山是从小的玩伴。说实话，就我们俩这样的家庭，如果没有幸遇展老师，无论如何是走不出这崇山峻岭的。我将来毕业了，一定从事教师这个行业。我始终以展老师为榜样，记住他曾经告诫我们的每一句话。多读书，多运动，不断进行社会实践。我现在课余时间做两份家教，这样，每月的生活费就自行解决了。刚才，刘主任和郭总说了教育留守儿童和贫困家庭孩子的事儿，我听了特感动。我觉得，当你们有了权力有了财富后，能这样为大山里的孩子着想，很了不起。真的！因为我和秀山，我们俩都是从贫困家庭走出来的。我们太了解贫困的滋味，太懂得贫困家庭的孩子那可怜无助的自卑心理了。我早就想好了，毕业后回到家乡，教书育人。像恩师这样，默默为社会发展尽一份绵薄之力。刚才我也想了，如果我回乡从教的愿望能够实现，我也像恩师这样，周末了，为村里的留守儿童和贫困家庭的孩子进行全方位辅导!"

这位大学生的发言戛然而止，没有向在座的各位表示祝福。竹石先生带头鼓起掌来，大馒头坐在竹石身边，很严肃，那双永远睁不大的眯缝眼看着刚才的发言者，一边鼓掌一边微微点头。

接着，边国强身边的那位女生发言了。她是学护士专业的，今天来看望老师，老师留她在这儿吃饭。她坐在众多男士中间，一直很拘谨、腼腆。她发言的声音很小，只简单说了几句祝福的话。

当坐在我身旁的那位花岭镇汽车修配厂的小老板发言结束后，就轮到我了。

我站起身。

"各位好! 在展老师影响下，从这个月十四号开始，我在咱们青石寨村也办起了周末快乐营，为村里贫困户家庭的孩子进行义务辅导。也是因为活动室地方小，村里留守儿童来了装不下。"

竹石说："春光很有些思想啊。由于身体原因，他把学校教学主任辞了，去一线教书。他有多年的教学思考与实践，又有新的教学理念，他的快乐营一定会办得有声有色。"三位大学生带头给我鼓掌。

郭天福说："好啊! 哎，刘主任，这么多人为留守儿童、为贫困家庭孩子着想，你就没必要担心了。来呀，我提议，咱们再来一个高潮，为这些大学生干一杯! 今天是我们的，未来是你们的。啊? 来，干!"三个大学生都站起来，举杯，感谢。

发言轮到坐在先生右手边第三位的高强了。他清了清嗓子，起初声音很小，渐渐地，声音放大，底气很足。

"……现在，展老师办这个周末快乐营，其初衷很显然，他在为这些孩子的未来造福。我之所以一直感谢老师，每年过年都过来看望，就是因为在花岭上学的时候我尊重他、敬重他，还因为我大学毕业到花岭镇政府工作后，老师给了我那几点十分重要的提醒。老师告诫我，负责土地方面的工作千万要小心谨慎，不能贪图别人送来的好处，滥用职权。一旦违纪犯法，一旦堕落下去，家庭和个人的一切，就会瞬间葬送在贪婪手中。凡是贪图眼前利益的，都自认为比别人聪明，以为自己违纪违法别人不会发现。就算事发了，认为上面有人罩着，也不会把自己怎样。其实，你要真出了事儿，谁都救不了你。老师当年的这些警告，现在看来都是神圣预言。现在，多少腐败官员都一个个被揪了出来了？在职的、退了休的，全国各地太多太多了！说实话，我也有过不少他人送我钱的机会，也很想收、很纠结、很矛盾。可是，一到这个节点，老师的话就在脑海中浮现了。我记得，有句话说：'上医医未病，中医医欲病，下医医已病。'展老师就像一位上等医生那样，对于我，水没来先筑坝，病未生先预防，给我早早打了预防针。老师，我谢谢您！"高强起身，向竹石深鞠一躬，拿起酒杯和老师碰杯，一饮而尽。掌声。

林枫山老师一直端坐在高强和大馒头中间，人显得非常矮小，轮到他讲话了。

"时值大年正月十二新春佳节，竹石兄宴请诸位高徒弟子，我有幸受邀前来，深感荣幸。看到在座诸位各自成就斐然，我内心实为竹石先生喝彩。竹石兄在一九八二年冤案平反后，落户花岭中学，开启了以教书育人为本的后半生。我俩性情相投，趣味相近。我教历史，喜欢舞文弄墨。和竹石兄比，除了养花和钓鱼，其余方面他都是我老师。作为一个七十四岁的人，精神领域仍旧这般充盈、饱满、浪漫，这人少说也能高寿过百呀！啊？哈哈。竹石兄的人生充满了传奇、坎坷，没想到，他退休后，做起了这么大的慈善事业，为花岭地区培养出这么多各路人才。说实话，我能有这样一位真挚朋友，由衷感到自豪。祝愿竹石仁兄康寿同在！祝在座各路英豪身心康健，人生美满！"说着，他双手合十，向其他人轻轻点手。这时，竹石先生点着了烟斗。

"现在，欢迎方嘉梁先生讲话。"竹石说着，带头鼓掌。大馒头往上推了推金丝边眼镜，十分自然地微笑着说：

"昨天晚上，从春光那听说今天展老师宴请诸位朋友，我连夜定了机票，今天赶回来凑个热闹。很遗憾，当年我不是展老师的学生，没机会得到他的教诲。我有幸通过春光，今年元旦来拜见竹石先生，听到他许多高论。触动我最深的是，人怎样做才能获得大快乐、大幸福、大舒服。刚才各位的话，也都让我受教了。在此，我祝展老师高寿如松人常青，福如东海水长流。祝各位新春吉祥，万事胜意！"掌声四起。

竹石先生十分兴奋，他说："今天，我特别高兴。方才枫山老师表扬了我一番，我既高兴，又忐忑。除了他们仨还在校求学，你们现在都各有其位了。你们的成绩、成就、成功，都是你们自己奋斗的结果，不可以把功劳记在我这儿。我给予你们的同时，自己收获了足够多的快乐。我的快乐来自你们，我由衷地感谢你们。我现在周末所做的，是为了让自己活得更充实，更有趣。我敢说，每一位真心做公益的人，无不从中获得无法估量的快乐。如果说我现在做的，客观上产生了某种深层意义，那就权当我以此来回报花岭的山山水水和父老乡亲多年来给予我的抚慰与关爱了。感谢诸位！感谢花岭！谢谢！"大家共同举杯，痛饮。

"刚才，高强把我比作一位'上医'，实不敢当。我曾经对你说的话起了作用，那是你悟性高，智慧过人。可惜呀，我并没有那么大本事，让那些被我提醒过的学生都能防患于未然。比如县土地局的申峻岭，高强知道，他因受贿获刑十二年。唉，过年了，不说这个。我再次感谢各位春节期间光临敝舍。我爱花岭，是花岭的山山水水抚慰了我这颗受伤滴血的心，是花岭的山山水水给了我人生各个时期展示自我价值的舞台，是花岭的乡亲们在苦难时期给了我无私的帮助与温暖。我将用我的余生来感谢他们，回馈他们!"

竹石的家宴进行到午后三点多。人都散去了，我帮着先生收拾桌子、洗刷餐具炊具。先生说，明天还要招待一波，都是花岭村的在校大学生和花岭镇已经毕业的一些大学生，共计二十多位。我问先生，明天我可不可以也来凑凑热闹？先生说，如果你明天没啥事儿，最好也来。明天的聚会和今天的宴会，形式完全不同，是西式的，做几盆菜，每人一个餐盘，酒水自己任选。

很遗憾，正月十三竹石先生的第二波家宴我没能参加。头天晚上，我妈去东院刘婶家串门儿，回来时在大门口滑倒，小臂骨折了。嘉梁出席了竹石的第二天家宴。

67

二月二十二日，新学期开学前，老师们上班了。新学期，新变化：梅校长调走了，来了一个与我年岁仿佛的男校长，叫高峻岭。此人原是南岗中学校长，素以教学管理严谨而著称于全县教育界。上午九点钟刚过，高校长在其办公室召开学校班子会议。相互认识一下之后，高校长很老练地讲了一些客气话，然后讲了班子成员的具体分工。讲到中学教务主任的具体工作时，高校长不愧是教学管理的行家里手，他讲得太好、太细致了。散会后，我没走。

"高校长，我抑郁很多年了。梅校长走之前，我已经在家休息了几个月。当时和梅校长说好了，从这学期开始，我辞去主任职务，去一线教课。"

"侯春光，我听说过你。坐。"高校长热情地指着他斜对面的长沙发让我坐。

"怎么抑郁那么久？"

"唉，一言难尽。不是我不支持高校长工作，好多年了，晚上失眠，白天昏昏沉沉、迷迷糊糊的，工作上老是丢三落四、拿东忘西。"

"看你现在的状态，可以呀。"

"在家休息这段时间还好些，一上班工作起来就完了。"

"你想下去教课，准备教哪个年级啊？"高校长学者风范，黑框眼镜后面的目光很温和。

"我二十多年没教课了，身体还在恢复中。我想从七年级开始教，请求校长先给我安排一个班的课。上完课，批改完作业，就回家休息。从下学期开始，我拿正常工作量。"

"梅校长当时答应你了？"

"嗯，算答应了吧。"

"行。你先下去教课，过后再随时调整。"

工作的事落实了，我心里踏实了许多，下一步我要做母亲的工作了。我在考虑我辞去主任的事儿什么时候和母亲说，以什么方式说。去年我请假在家休养那段时间，整天待在母亲身边。她老人家既高兴又担心。高兴不必说了，她担心我除了养病，心里还有别的事儿瞒着她。母亲太在乎我的工作、我的身份了。

这天晚饭后，我帮着老太太收拾完锅盆碗筷，坐在热乎乎的炕上和她唠嗑，唠了一会儿，我说：

"妈，一头是当学校的官，一头是当普通老师。当官名声好，地位高，但压力大，累心，容易得病；当普通老师呢，没什么地位，没什么压力，心不累，身体好。这两样让你选，你选择哪个?"老太太没说话，直勾勾看着我眼睛，想从我眼里看出我说话的目的。

"妈，我的身体是不是比以前好了? 为了我身体更好，为了将来给你娶个好儿媳回来，我呢，不当主任了，过几天去课堂教课。"老太太愣愣地看着我，想说什么说不出来，眼里满是惊恐。

"犯了什么错误，人家给你拿下来了?"

"没犯错误，是我自己不想干了。"

老太太没再说什么，皱起眉头向窗外看。我下地出去，在院子里散步，二十分钟后，我在院子里练起了达摩杖。我每天早中晚练三次，寒假期间从未间断。书上说，"棒打千遍，其义自见"。两个月前，在竹石先生家完整打出达摩杖那全套四十八个杖法之后，随着一天天不间断的练习，在对杖法不断加深理解的同时，我的右手臂力量也在无声无息中增长。我时常在南山漫游时，在较为平坦的缓坡处舞起了手中棒子。山中舞棒与庭院耍棒感觉不同。我在院子里舞棒时，母亲总是透着玻璃窗看，左邻右舍也时常站在其院子看，看得我很难进入状态。在山里舞棒子，我常常有一种崇高感、神圣感，浑身充满力量，容易进入忘我的最佳状态。开学前的一天午后，我来到先生家，向他汇报了一、二月份研习达摩杖的新成果。先生看后，热烈鼓掌。他说："春光，你的达摩杖法长进速度有些惊人了! 看来，你真有'二傻子想当保镖'那股劲儿了。"

回到家，我正在院子里舞棒子，母亲敲窗让我进屋接电话。我进屋拿起手机。

"喂，哪位?

"小弟，你是不是疯了?! 主任当得好好的，干啥说不干就不干了?"

312

"姐，电话里说不清，等你来看妈时，我跟你细说。"

"小弟，你知道不，我妈多为你骄傲啊！咱们都多为你自豪啊！你这么一整，咱们的心……你到底怎么了，想干什么呀！"

"姐，几句话说不清，见面细唠。总之一句话，你要相信你弟弟。你一定希望你弟弟过得好，是吧？见面再和你细唠。"

母亲躺在炕上，双目紧闭，一脸忧伤。

第二天早上，母亲没起来。她小声对我说，她浑身没劲儿，起不来了。我给姐姐打电话，一小时后，姐姐、姐夫打车来了。姐姐给母亲做了碗疙瘩汤。母亲勉强支撑起来，她头发散乱，两眼无神。老太太无精打采地吃着疙瘩汤，姐姐坐在母亲身旁，开始对我进行审问。我说了我辞职的真正原因和未来打算，姐姐皱着眉头，瞪眼看我。

"小弟，你这一不干了，我妈怎么向外人解释？我怎么跟人家说？犯错误被撤职了吧？人家肯定都这么认为。多丢人啊?！"

"说实话，小光，"姐夫接着说，"你在学校里当主任，这在社会上是有地位、有身份的。你要是不干了去当一般老师，地位、身份就没了。说实话，对你将来处女朋友、结婚，这都受影响。人家一听，中学大主任，那啥心情？你想想，是不是这个理儿？"

我非常谨慎地沉默了一会儿。

"姐，我本来不想说。其实，我得了抑郁症，已经十多年了。"姐姐一愣。"因为侯旭他妈，二十来年我一直失眠，情绪低迷，吃不下饭，每天晚上吃了安眠药也睡不实。把我折磨得，有好几回都想自杀算了。我爸去世后，我的病情加重了。安眠药加倍吃，也没多大效果。晚上睡不着，白天昏昏沉沉没精神头儿工作。要不我这么大个子，怎么瘦成这样呢？我一个当医生的同学说，安眠药老吃，很容易得阿尔茨海默病。我这种抑郁症属于隐匿性的，外人看不出来，但是，它暗藏着潜在的危险，说不定哪天，我控制不住自己了，后果就不可想象了。"沉默。

"姐，你肯定不希望你弟弟出现意外吧？有几回，我差点没控制住。一想到我妈一个人孤苦伶仃的，自杀的念头就被我压下去了。"我心颤抖着，鼻子一酸，哭了。姐姐看我淌出了泪，也哭了。母亲也老泪纵横了。

"都怨我。当时图人家是老板、大款，没想到，最后把我儿子坑啦。"母亲哭出了声。

"妈，不怨你，谁知道那个短命鬼儿是那种人呢？"姐姐安慰母亲。

"妈，一切都过去了。现在我把主任辞了，事儿少了，心就静了，慢慢地就能睡好觉了。觉一睡好了，一切就都好了。妈，用不了两年，我保证给你娶个漂亮儿媳妇回来，没准儿再给你生个二孙子出来呢。"母亲笑了。我不能期望我的母亲像竹石先生的母亲那样深明大义，遇事看得长远。竹石母亲那等大智慧，至少需要两辈人的修养。我母亲的娘家和我父亲家一样，祖祖辈辈生活在大山里。

68

三月二日，方嘉梁先生随着一群群北飞的候鸟从南方飞回来了。

嘉梁回来后，没有立刻找我。三天后的这天中午，他打电话让我傍晚去他家喝酒。我如约而至。这家伙没做菜，从饭店叫来几个外卖。我喝啤酒，他喝红酒。我爱喝啤酒，喝着爽，还容易发福。嘉梁总喝红酒，说红酒对心脑血管好。

"感觉你胖了不少，精神头足了，是不是练你那套少林达摩杖练的？"

"体重长了二十多斤，睡眠也比以前好多了。不过，药每天晚上还得吃点儿。肯定跟练武有关。我每天还练练哑铃，隔一天上山跑一圈。"

"我在海南这几个月，也开始健身了。你不觉得我有什么变化吗？"

"有啊，变化不小。黑了，瘦了。"我说。

"唉，都快'50后'了，不能再浑浑噩噩了。"嘉梁点支烟。

"现在看来，你的决定是对的。都这个年龄了，跟健康快乐比起来，其他都不重要了。"

"所以嘛，我打心底感谢你，是你拯救了我。"我举杯向他致谢。

"没那么严重吧？哎，你还记不记得，春节在竹石家喝酒时，那个村主任和草莓大王说，要把各村的贫困户家里的孩子和留守儿童组织起来，周末进行辅导？我当时就有了疑问：竹石为什么只组织花岭村贫困家庭的孩子活动，而没把留守儿童也招来一起活动呢？"

"这个问题，我曾经侧面和他探讨过，他说他也曾经想做这件事，只是没有那么多精力，活动场所也不够大。"

"有时候晚上睡不着我就想，既然你想把'春光周末快乐营'活动当成今后一项慈善事业做，那就把你村的留守儿童也一块儿组织起来多好啊？我觉得，那些留守的孩子和贫困家庭的孩子一样，需要竹石和你这样的人切合实际地对他们进行辅导、引导、教育。"

"这份热情我有。只是……"

"你担心什么？"

"我怕我的精力不能保证。人多了，效果就没把握保证了。再说了，也没那么大场地啊。"

"不试一下，怎么知道精力不足呢？效果嘛，竹石不是做出样板了吗？一个羊是放，一群羊也是放，我看没问题。场地不是问题。你家院子不是挺大嘛，我投资，在你家院子西侧，盖上一座二层楼活动室。"

这天夜里，我第一次在方嘉梁的别墅住。失眠了，这事儿太大了，我能做好吗？嘉梁说，元旦那天在竹石家，先生的一番话震动了他。正月十二那天在竹石家宴会上喝酒，那个村主任和草莓大王的一番话又一次震动了他，启发了他。他回到海南后，反思了很久，除了工作和写网络小说，他不想再像从前那样生活了。他想通过为社会做些善事，真切体验一下竹石先生所说的那种大快乐、大幸福、大舒服。

69

三月七日，方嘉梁投资兴建"春光周末快乐营"新营地计划最终落实。原计划扒掉我家的四间平房，翻盖成六百多平方米三层楼，母亲坚决反对。理由是：老房子有太多值得回忆的地方。她让把大门挪到一旁，顺着大街盖。我说那不行，随便盖那么大楼房，政府不能给办房证。嘉梁说，房证不是问题。我说，咱们不能做违规的事。方嘉梁虽然笑我胆小怕事，但还是觉得我说得在理。于是，买下了街西距离我家约七十米远的一座满是荒草、房子破败多年的大院子。

嘉梁很清楚，平日里我每天要上班，周末还要开展快乐营活动，无暇顾及盖楼的事，况且我对建筑一无所知。所以，建造楼房的事没用我操一点儿心。一周内，房屋产权过户、庭院规划、楼房设计审批等事宜全部办理完毕。因方嘉梁本人及其近亲属全部为城市户口，我也是，所以，买来的那块宅基地以及将要盖起的楼房，最终落到了我母亲名下。我说，咱俩做一个房屋产权公证。

他说："现在不用，以后再说。如果我突然没了，这份遗产就归你了。"

三月十日那天早晨，方嘉梁从县城找来一个工程队，来了三辆面包车、一台基础挖掘机、三辆满载水泥沙石的大卡车。八点五十八分，距离我家约七十米远的那座大院里鞭炮齐鸣，建楼工程破土动工了。

70

一进三月，阳光变得明亮温暖了。学会一套武术，我是多么快乐！早晨起来洗把脸，就在院子里打几趟达摩杖。下班回到家，打几趟杖再进屋吃饭。吃了饭休息一会儿，再出去打几趟。天暖了，母亲时常会站在房门旁观看，笑容里含着满满的欣赏。

“哎呀——没想到啊，我儿子会武术了。这你爸若是活着，看了该多高兴啊！”这些话，老太太已经说过不止几十遍了。

今天三月十八日，周六。昨天清晨，我拿着手锯来到我家的承包山，在山坡的槐树林中锯下十条拇指粗的槐树枝，从粗向细量好十一把后，将多余的树梢部分锯掉，把这十根短棍捆扎一起，扛回家来。今天我要开始教我的九位弟子武术了。

八点钟刚过，孩子们陆续来了。八点半，活动正式开始。今天第一项活动，由侯俊讲述“本溪水洞的传说”。侯俊讲述完，大家鼓掌。随后的第二项活动：我让孩子们根据近期天气及身边自然环境的变化，写出几句对早春的感受，一一读给大家。然后大家讲小幽默故事，活动室里笑声阵阵。上午的最后一项活动：写周末作业，或课业答疑。

十一点四十分，活动结束。午饭花卷，白菜土豆炖肉，每人一个苹果。吃完午饭，孩子们在院子里或晒太阳或相互打闹玩耍。家在附近的侯俊、苏丹回家了。我把昨天早晨从山坡运回的那捆槐树棍从小仓房里拿出来，拆开捆绑的细绳，斜立在窗台外沿，对着正午的太阳一字摆开。

"老师，这些棍子干什么用啊?"张帅好奇地问。

"练武术用。"

"谁练武术?"

"你们。"

"啊? 我们练武术?"

"啊，下午就教你们练。"

"真的? 你教我们?"张帅瞪大眼睛看我。

"是啊，我教你们练少林达摩杖。"张帅又仔细看看我，转身跑去告诉同永强和李思华了。这消息瞬间传开，呼啦一下几个孩子围了过来。

"老师，你真要教我们武术啊?"同永强问。

"是啊，一会儿就教。"

"那，你现在就给我们练练，让我们看看呗。"

"好啊，没问题。"我拿起一根槐树棍，让孩子们闪开到十米开外。我立正站好，开始了第一次当众表演。一套酣畅淋漓的动作下来，棍子移到身后做立正收势。院子里响起了掌声，我发现母亲也站在开着的房门口，冲我笑呢。

"刚吃饱就耍棍子，肚子能好受吗?"母亲说。

"孩子们要求，我……不能拒绝呀。"我喘着气，把棍子斜放到窗台边，孩子们惊奇地看着我的一举一动。

"老师，你教我们练，我们多长时间能学会?"同永强问。

"如果学得认真，加上勤学苦练，估计三个月吧。三个月就能学得差不多了。"同永强和几个男孩子兴奋得眼里放出了光。

午后的活动开始了。孩子们继续做作业，或彼此间答疑。

终于到了午后最后一项活动时间。同永强和几个男孩子似乎等不及了，他们迅速铺好仰卧起坐专用垫，拿出两副哑铃。分好两组后，身体训练开始了。

二十几分钟后训练结束，大家回座坐好。

"孩子们，从今天开始，'春光周末快乐营'教你们少林武术中的一种——少林达摩杖。老师为什么要教你们武术？谁来说说，学武、练武都有哪些好处？同永强。"

"学会了武术，就不怕别人欺负了，谁欺负就干谁！"

"会武术，晚上出去也不怕，遇到坏人抢劫，也能打过他。"张帅瞪着眼说。

"我长大了，当兵考军校。我看过电视剧《亮剑》。李云龙部队里有两个会武术的，在和敌人搏斗时，几个敌人都打不过他。会武术就是厉害，我要和老师好好学，学一身本领，将来上战场，勇敢杀敌！"侯俊说完，我带头鼓掌。

"你们说得都不错。练武术，好处太多了，以后你们都会慢慢体会到。这套少林达摩杖，共有八趟。每趟六个杖法，也就是每趟六个动作，全套一共四十八个杖法。我们每周学习一趟，每天学习三个杖法动作。这样，这套武术在两个月内就学完了。然后再经过半年反复练习，你们就掌握这套武术套路了。现在，大家到院子里去。"

院子里，九个孩子每人手中握着一根槐树棍，分开站在我左右，和我以相同方向站成扇面形，一边观看我做示范动作，一边听我讲解动作要领，一边模仿。

"预备式"孩子们很快会了。"起势"是这套杖法开始前的一个动作。左手变刁钩手，左臂向左上方划弧，举到头上右侧时变成侧立掌，再沿身体右侧下落到右腋内侧。孩子们很快掌握了"起势"要领，接下来教第三个杖法："拨云望月"。

"拨云望月"共有三个动作，第一个动作最难做得标准。我反复做示范，孩子们反复练也还有半数未能过关。我忽然意识到：原来的计划需要修改，每天学习三个杖法任务恐怕不能完成。我忽然间感到一阵疲惫，一股烦躁情绪在脑海里闪动。我让自己冷静下来，竹石先生曾多次告诫我：面对孩子要耐心，戒急躁。

二十分钟后，孩子们经过我一遍遍耐心示范，终于都过了"拨云望月"这关。接下来的"蒙头鸳鸯"和"迎面通天"就简单多了，教"拨云望月"用了一个多小时，而这两个杖法不到十分钟就教完了。接下来的分组接力长跑比赛，用时三十二分钟。三点五十分，全天活动结束。孩子们穿好衣服，陆续离开。苏丹坐在活动室没走。

"苏丹，有事吗？"

"老师，我想知道，学习少林达摩杖对于像我这样的女孩子到底有什么意义？下半年我就九年级了，如果学练武术意义不大，我就不想在这方面花费时间了。"

"苏丹啊，你提的问题，你妈妈和我探讨过。'春光周末快乐营'活动，不单是为了你们将来考大学，最终有一份理想工作。"接着，我说了许多开办"春光周末快乐营"的初衷。

"现在，你还认为来参加活动会影响你学习吗？"

"我觉得考试很重要，人生经验和智慧同样重要。"苏丹思考了片刻说。

"那么，从长远看，哪个更重要呢？"我说完，她又思考了一会儿。

"当然还是人生经验、身体健康和人的智慧更重要了。"她笑了。

"春光啊，天不早了，让孩子回去吧，她妈该着急了。"母亲站在门口，说完转身走了。

"那么，练武术有哪些好处呢？简单说，就是锻炼身体的同时，会一门武功，遇到坏人想侵害你，或者侵害你的家人、朋友时，你有本事保护自己、保护他们。当然了，它还有更多更大的好处，以后再说。天不早了，回去吧。"

苏丹还没走出院子，母亲来到活动室。

"我刚从西院唠嗑回来。你刘婶说，街上人传说你在和苏启亮媳妇搞对象，你刘婶问我有没有这事儿。跟妈说实话，我看你对那孩子挺上心，是不是看上人家妈妈了？"母亲神秘地笑着，等我说话。

"妈，你想哪儿去啦？我不就去她家几回嘛。朱春燕是我教过的学生，她家遭了那么大灾难，两年多了，她还没走出来，再这么下去，人不就废了嘛。我看她挺可怜的，去了几回，开导开导她。"

"那女人倒是挺守本分，也挺能干。嫁到咱村十五六年了，没有一点儿埋汰名儿，模样长得也挺招人耐看。你大她十多岁，岁数也可心，就是人长得黑点儿。"母亲说这些话时，眼睛一直在看我。

今天的活动很理想。晚饭时我坐在炕上，一边吃饭一边喝啤酒，一边想着苏丹的妈妈，想这女人的模样、身材、眼神、声音。母亲的话让我不能不去想。母亲说，如果再找对象，最好找一个小你十岁以上的。年岁小的女人身体好，一直能伺候你到老。朱春燕比我小十二岁，性格好，正派，勤劳。家里养车多年，一直跟着苏启亮当装卸工。她的模样挺招人爱看，就是黑点儿。黑点儿不算毛病，我也黑，又黑又瘦。我像母亲：皮肤黑、眼睛大。朱春燕丹凤眼，好看。

我正沉浸在美妙的遐想中，瘸子侯建明和儿子侯俊来了。侯建明是我们村里侯姓五服之外的本家，三十一岁结婚，媳妇天生双目失明。他家是村里的低保户，三个月前，我第一次去他家，房子窄小，家具简陋，但屋里院子很整洁干净。侯建明很会说话，对我一口一个"小叔"。那天我到了他家说明来意，他高兴得眼睛放光。

侯建明父子来了，我赶忙下地。母亲忙着给来客倒水。

"吃没？上来一块儿喝点儿？"我笑着问。

"吃了吃了。哎呀，我们一来，耽误小叔喝酒了。"

"建明这孩子可仁义了，每回见面都先说话，要不是腿有毛病，这孩子早就去外边工作了。"母亲笑着，看着来客说。

"二奶老夸我。我还是没长那个头脑，不少比我更残疾的，都干出大事业了。哎小叔，我听侯俊回家说，你教他们武术了？"

"啊，今天开始的。"

"你可真厉害。我听孩子说，你的棒子耍得可好啦。什么时候学的？"我犹豫了一下，想说几年前学的，怕母亲揭露我说谎。

"啊，半年前学的。"

"你教孩子武术，我举双手赞成。我儿子若是有一身功夫，以后上不上大学，都能在社会上混得开了。我说对不，小叔？"

"你说得没错儿。一个男人，只要身体好、品德好、不傻不茶、实干、不虚荣，就能过上不错的生活。若是再会一些技能，懂些社会交往规则，就能生活得更好了。"

"小叔你真厉害，三个月就把侯俊归拢得什么都能自理了，还帮我做饭、喂猪喂鸡、收拾屋子院子。现在又教他们武术了，厉害厉害！哎小叔，我来想问问你，你说，我要是想学达摩杖，能学会不？"

"你也想学？"

"啊，你说我能学会不？"

"只要功夫深，铁棒子磨成针。下功夫练，谁练谁会。这东西书上有图解、有说明，照着学呗。"

"你有武术书吗？"我犹豫了一下想说没有。我不愿意把我的宝贝书外借，可是，又怕母亲揭我老底。

"有啊。"

"借我几天呗？我研究研究。"

"行，看完可得还我。"我极不情愿，从三屉桌抽屉里拿出那本《少林武术》递给他。他两眼放光，翻看着。侯俊站在他爸身旁，聚精会神看他爸手里的书一页页翻动。

"这书可是老值钱了吧？你搁哪儿淘弄的？"

"网上买的。"

"这书上有两套武术啊？"

"嗯是。"

"你教他们'达摩杖'，没教他们'连手短打'？"

"达摩杖更具攻击力。"我不能说我不会"连手短打"这套武术，更不能告诉他，我正在自学这套徒手搏击武术。自从买了这本书，我就想好了，学会了"少林达摩杖"，就自学"连手短打"。我不能只靠棒子护身，一旦没了棒子，我也能徒手御敌。我现在几乎迷上武术了。"连手短打"这套武术，一周前我就开始一边研读一边练习了。这时，侯建明端着书，一字一字念起来。

"'达摩杖的全部动作，要求手、眼、身、步、杖紧密配合。周身协调，身杖合一。要充分表现出全身各部位动作与杖法的高度协调性。杖法要柔中含刚，眼神集中不散，身法完整不懈，步法稳健不浮。动静相间，节奏分明，运动速度沉稳缓慢。所以，练习达摩杖，必须很好地理解和掌握此杖的动作含义和运动规律，以及它们不同的力点、方位和路线，熟悉它们不同的运动姿态和速度，并在运动过程中，把它们清清楚楚地表达和刻画出来。'哎哟我的姥姥啊！这也太不好理解啦！行了，我不借了，拿回去也看不明白。哎呀，看来文化浅不行啊！行了，等侯俊学会了再教我吧。小叔，你说我儿子能学会不？"

"我看他很上心，能学会。"

"你说让孩子自己准备个棒子，在家里每天要练一会儿？"

"是。棒子大拇指粗就行。长度呢，用他自己的手量十三把。"我的手机响，我拿起桌上的手机。

"喂，你好！"

"侯老师啊，我是乔娜她爸。你让咱们给孩子整个棒子啊？"

"对。大拇指粗的，孩子的手十三把长。"

"她一个女孩子，学耍棒子有什么用啊？"

"乔娜没向你说明白吧？孩子会点儿武术，万一有坏人欺负她，她有本事反抗。"

"你说的我信。可是，一个姑娘家，不可能天天拿个棒子走路吧？"

"正常情况下，路上人多，不会遭到侵害。万一一两个人走生路，或者开车去某地方游玩，就可以准备一根棒子了。"

"我是说呀，要是教教她们擒拿格斗什么的，就更好了。"

"你的建议不错，我会考虑你的建议，以后再教她们一些擒拿格斗功夫。谢谢你啊！"

"你这么客气呀，侯老师！乔娜可爱去你家学习了，这三个来月，她学会了做饭、洗衣服。她才十二岁，就能做这些事儿了，还帮咱们干家务活儿。孩子比以前懂事多了，也爱学习了。真得感谢侯老师啊！"

"不客气。"

"不耽误你时间了，侯老师！谢谢啊！"

"再见！"

"再见！"

"咱们也再见吧。走吧侯俊，不耽误老师吃饭了。"侯俊父子俩往外走，母亲跟着送出去。两个人往大门外走，母亲回来了。

"他还要自个儿照书学呢，想得挺美，那么容易，谁还拜师学艺了？谁也赶不上我儿子聪明！"母亲看着我，一脸自豪。

71

三月中旬的最后一天，傍晚，侯春光来了，带来三个信息：他去课堂教课了。他说每天和书本和孩子打交道，心里特踏实。上周末快乐营活动时，春光开始教孩子们武功了。他绘声绘色描述孩子们学练达摩杖的场景时，从他脸上我看到了他发自内心的激情与喜悦。他的言行与神情使我无比欣慰，隐约中让我有了某种成就感。更让我惊异和高兴的是：方嘉梁竟然出资在侯春光的村里盖起了一座六百多平方米大的楼。他开始了捐资助学，他要体验生命中的大快乐、大幸福、大舒服了。

春天的脚步在大风中、在暖阳下款款走来。直觉告诉我，这将是一个不同寻常的春天，似乎有许多事要发生。隐约中，我有着莫名的紧张、焦虑和恐惧。

72

六百二十八平方米的三层楼房，二十二天主体竣工。同时建起了四周围墙、霸气的门斗，安装了两扇对开的黑漆金饰透视铁大门。同时，七百一十一平方米的大院子全部铺上了溜平的水泥地面。大楼的内部装修正在紧锣密鼓地进行着。

看着拔地而起欧式造型的三层楼，看着宽敞的大院子，想着六十多个留守儿童和贫困家庭的孩子们很快要在这里进行活动了，我心潮起伏，恍若梦幻，心头依旧笼罩着那份挥之不去的不安、焦虑。

今天四月二十日，周四。农历谷雨。山坡泛绿，微风暖阳，漫山的山杏花盛开了。上午第二节上完语文课，我骑上电动车去县城。一路上看着两侧远近山坡的春色美景，心中泛起从未有过的坦然、温馨。

进了县城，直奔太子河北岸高级别墅区。嘉梁穿着宽大的白底粉格家居服来为我开大门。甬路两侧的葡萄藤长出了淡绿色小叶，院子里桃花杏花开得正旺。亭子里早已摆好了点心、红酒、一盘蒜泥肘花和一盘野山蒜炒鸡蛋。

"咱俩先吃饱喝足，一会儿出去唱歌。"说着，嘉梁开启红酒。这家伙准又有好事儿了，一有好事儿，他就要招呼人去歌厅唱歌。

"这几天，你们村里的留守儿童家都走访完了吧?"

"啊，总共走了五十二家。"

"加上贫困户家的孩子，现在一共多少人了?"

"六十一个。"

"明天进八十套桌椅。前天我从网上买了一个超大型电饭锅，能做六十人的米饭，这两天能到货。炖菜的大锅，还有一系列炊具餐具，明天一块儿都从县城进了。还有一周多，春光快乐营就要在大楼开始活动了。你要在你们村找一个给孩子做午饭的人，这两天你就把人物色好。不需要什么正式厨师，就做一电饭锅饭、炖一锅菜。这两天你带做饭的人先去熟悉熟悉厨房、锅灶等环境，别第一天活动，孩子们中午吃不好饭。"

听完方嘉梁指示，我立刻想到一个给孩子们做饭的女人——苏丹的母亲朱春燕，还需要一个帮手——我母亲。这么多人的饭菜，我不可能像竹石先生的周末快乐营那样，一切都交由孩子们轮班做了。

"春天来了，好事连连啊春光！今天上午，接到华海出版社通知，我的长篇小说《拔穷根的山里人》正式进入出版流程，年底之前出版。怎么样，这半年来你没白辛苦吧?"

"那点儿辛苦算啥? 还是你眼光独到。厉害。"我的手机响了。

"喂，你好!"

"是侯老师吗?"

"是我，你是——"

"我是张娱的父亲张吉呀。老师，你可能忘了，咱们是一个村的，我家在南沟。我上中学那会儿，你给咱班带过课。"

"哦，前天晚上我去了你家。你母亲说，你们夫妻俩在省城打工，是吧?"

"是啊，家里就那么点儿地。两个孩子马上大了，都要用钱了，不出去打工，将来孩子咋办呢? 你去咱家，你走了我妈就给我打电话了。太好了老师! 你这是救了我孩子了。我爸走得早，我妈在家带我那俩孩子过。她没啥文化，不会教育孩子，孩子都让她惯完了。老师总向我反映，说我儿子不写作业，上课调皮捣蛋不听课，还跟几个外班的嘎子在一起混，抽烟、打架。我在外边打工，孩子这样，我都闹老心啦! 这下好了，周末孩子在你那儿，我一百个放心了! 侯老师，我代表我媳妇儿，真心感谢你啦!"

"不客气，你们安心工作吧。我会尽最大努力，把孩子调教好。再见!"

"再见侯老师!"

"像这种电话，这些天接到不少吧?"嘉梁问。

"嗯，接了多少记不清了。"

"哎呀！差点儿忘了。我单位徐姐有个妹妹，在县城农行工作，丧偶几年了。此人经济条件相当不错，一个人住一百二十六平方米的房子，就想找个有文化、靠谱的、有固定收入的。我和徐姐提到了你，她挺上心。后天周末，徐姐想和她妹妹见见你。"方大馒头说完，笑了。

"周末我忙啊。"

"那就晚上见见呗。"

"现在忙，没心情，等过了这阵子再说吧。"

73

整个冬仨月，我几乎每天陪着康健游山。一进三月，康健就每天独自上山了，这样更便于他精神不受干扰，身心融入大自然。冬春交汇的三月里，康健的身心恢复幅度较大，仰卧起坐已经能做三十次，俯卧撑十五次，四公斤重哑铃弯举二十来次、推举十几次；长跑两千米，全程耗时十八九分钟。

四月三日这天，康健从后山回来时，异常兴奋。他在山坡看见了几朵花，见了我，他赶忙打开手机让我看他给花拍的照片。

"哦，这种花叫珠果黄堇。春天里，它是山中草木最早开的花，相当于公园里的报春花。你认识报春花吗？"康健摇头。我立刻意识到，这个终年置身于数理及医药化工领域的书呆子，对于自然界花草树木的知识近乎为零。

珠果黄堇花开了，春风唤醒了辽东沉睡的山山岭岭，春天的容颜在辽东大山南坡露面了。北山南坡那片落叶松，渐渐长出嫩绿柔软的松针。随着春天脚步的临近，松林地面那层一寸厚的棕色松针上，盛开了一片片嫩黄的珠果黄瑾花。山坡、村路旁，树枝冒出了嫩嫩的绿叶，远远看去，仿佛浮着一层淡淡的绿雾。山桃花、山杏花、山樱桃花仿佛一夜间都开了，远远看去，像极了一个个艳装待嫁的姑娘。山中漫步，阳坡枯草中随处可见紫花地丁、莓叶萎陵、齿瓣延胡索、白头翁和玉竹等。

采山菜的季节到了。我和康健每日清晨五点钟起来，简单吃过早餐，背上荆条扁筐上山，筐里放一瓶凉白开和一把小铁铲。野山蒜，一种最先出来的山野菜，其形酷似小根蒜，但比小根蒜大许多。阳面山坡上，野山蒜、蒲公英、泥胡菜随处可见。两小时后，扁筐装满了，趁着蛇还没出洞，下山。

回到家，将筐里的收获倒在院中水井旁。沐浴春日暖阳，伴着鸟语花香，坐着小板凳，将山野菜一棵棵整理干净，放入盆中清洗、晾干。留一些野山蒜晚上包饺子，其余装进塑料保鲜袋，放入冰柜里。

野山蒜猪肉蒸饺，咬一口，香得会忘了姥姥家姓什么。侯春光傍晚过来，喝着啤酒，吃着热气腾腾的野菜饺子，一脸惬意，一脸满足。

"这也太香了！香死人不偿命啊。啊？哈哈……老师，我感觉啊，这比省城老边饺子馆的饺子还香！你感觉呢，康健？"侯春光问康健。康健点头说：

"嗯，确实香。可是，老边饺子我没吃过，还不知道啥味儿。"

野山蒜已经采得差不多够一年吃了。其他山菜开采了，大耳毛、驴耳朵、猫爪、猴腿、刺五加，采了几十年山菜，山坡上哪种山菜长在哪些地方我早已了如指掌。我常常把康健领到某种山菜较多的山坡，让他走在我前面。我非常想看到他发现了大片猫爪或猴腿时发出惊叫，没有，始终没有。而周末我带着快乐营的孩子们上山采菜时，却连连听到找菜的小家伙们因意外发现而惊喜欢叫。

一年中，除六、七、八、九那草高林密暗藏虫蛇的几个月份，几乎每个周末，快乐营的孩童们都会被放飞到山坡一两个小时。我特别爱看他们在花岭的山坡撒欢儿，爱看洒满阳光的大山大岭开阔他们的视野，让汩汩流淌的山间溪流浸润他们充满梦想的心田，让冬日的雪山坚强他们的意志，让山的博大胸襟与坚毅品格在他们稚嫩的心灵深处牢牢扎根。

康健的状态很像春日里的天气，时阴时晴，时好时坏。有时早早起床独自上山，有时直到中午仍横陈于床，眉头紧锁，面色晦暗。我虽然深知康健的身心要达到完全康复需要时间和耐心，但每当看到他处于情绪低谷时，我心中还是愁闷压抑。这时，我就独自在书房喝酒，或去松林弹琴，或在仓房里雕刻我那些树根宝贝。

一进入四月，康健不再读其专业外的文学书了。除了上山采菜，每天都在看他即将回京毕业考试的专业书。他的专业我不懂，事关未来，我相信他会自有安排。

四月二十六日。康健要回北京了。早晨，廖玉芳衣装整洁地来到我家，拿着我提供给她的一万块钱，和康健坐上我雇来的一辆私家车前往本溪市。然后，娘儿俩乘坐高铁去北京。昨天晚上，我和康健聊天，让他回京后放平心态，集中精力完成学业。

娘儿俩上了车。看着车子渐渐远去，我身上仿佛卸下了一个背了很久的沉重包袱。我的生活又将回到从前，然而，我的心却无法像从前那般平静了。

74

经过多半年休养，我又踏上回京求学的路。坐在高铁列车上，心情低沉。北京曾让我无比骄傲，北京曾给我致命打击。完成学业，拿到研究生毕业文凭是我此次回京的唯一目的。然后回来，展老师陪我去找工作。在老师家这半年里，收获了太多自己欠缺的东西。读了十几本小说，了解了家乡历史，游览了家乡诸多山川名胜。身体得到了锻炼，空空的内心充实了。以前自己是个书呆子，现在不是了。跑步能让压抑的心愉悦，读书让我烦躁的心沉静，这是我在花岭的最大体会。展老师说，读书的过程能消解愁苦，消弭心灵创伤。一个人如果停止了读书而不思进取，烦恼的事就会乘虚而入了，然而我却不能毫无忧虑、无牵无挂地快乐。忧愁时常会突然间向我袭击，这时，我的心情猛然间低落，情绪沮丧。我不明白为什么会时常这样。展老师答应我，等我毕业论文答辩通过后拿到了文凭，他保证帮我找到工作。他的承诺我信，他是一个绝对值得信赖的前辈。可是，我的毕业考试能一下子过吗？我的毕业论文能顺利完成吗？我的论文答辩能顺利通过吗？

坐在开往京城的高铁列车上，眺望窗外的村庄、田野。阳光下，路基旁那一棵棵挂满嫩叶的树在快速向后移动。愿苍天保佑，愿天遂人愿，我的心在默默祈祷……

75

康健带着母亲回北京了。我大睡了几个小时后醒来,手机显示来自林枫山的未接来电和一条信息:"老展,为啥不接电话?忙啥呢?"我立刻给他回电话,告诉他,我一直在睡觉。

"怎么这个时候睡觉啊?"

"今天早晨,康健带廖玉芳回北京了。哎呀,这多半年,累死我了。"

"明白了,解脱了呗?"

"不好说呀,现在倒是感觉轻松了。你咋样啊?"

"上午我在太子河钓了不少鲫鱼,想和你喝点儿酒。你来我家,还是我去你那儿?"

"他们一走,我忽然感觉心乏呀。你来我家吧,顺便从饭店要俩菜,我实在做不动了。"

四十分钟后,林枫山骑着电动车来了。在书房的茶几上摆上酒菜,哥俩儿对饮。

枫山爱喝小瓶装四十二度北京二锅头。我喝自酿红酒。这位袖珍型好友今天格外精神,几口酒下肚,讲起他近期的苦恼来了。讲了一会儿,他感叹道:

"唉,我要是再长高十厘米,就妥喽,这辈子我就苦恼在身高上了。"

"英语里有句谚语:'Every family has a bad memory.'翻译过来就是'家家有本难念的经'。落到了个人,就是'人人皆有各自苦'。"

"你现在有啥苦恼？"

"我的苦恼——首先，常丹丹现在瘦得可怜，时常感觉肩膀、后背隐隐作痛，我担心她熬不过她丈夫；康健回北京应付毕业考试、写毕业论文，我担心他考试通不过。"

"康健没好利索？"

"没有，我高估了自己。"我长舒口气，点着了烟斗。

"你也别对自己要求太高了。能想到的，都做了。剩下的，就听天由命吧。哎，我听说侯春光要扩大'周末快乐营'规模了？"

"是。他一个朋友出资盖楼，两个人要合干了。"

76

到了四月二十六日，六百二十八平方米三层楼房的基建加装修、外加院落配套工程全部竣工。同时，"春光周末快乐营"的一系列行政手续，方嘉梁全部办理完毕。

四月二十八日，周五。这天午后，方嘉梁开车来了，把一块白钢黑字的牌匾"春光周末快乐营"从车里拿出来，挂在了一楼房门右侧。一楼的一间一百来平方米的活动室里，讲桌上放一个无线麦克风，两个黑色音箱立在前面左右两个屋角。玻璃钢黑板上方，挂上一条红底黄字横幅：热烈庆祝"春光周末快乐营"正式开营。嘉梁从一个兜子里拿出几个姓名桌牌。

"咋样，够排场吧？"他一脸自豪。

"嘉梁，你事先没和我说，要整这么大呀？"

"怎么，你不高兴？"

"你这么整，我有点儿紧张。没想到，你还请这么多人物来。"

"这么大好事，应该让社会知道嘛。明天县、市电视台、《溪城晚报》记者都来，你准备准备，明天你得做一个有点儿水平的发言。"

一切布置完毕，方嘉梁回县城了。我的心已经处于压抑状态，明天发言，说什么呢？如果没有媒体和来宾，随便讲个开场白倒没什么。可是，面对媒体和诸多有头有脸的来宾，说什么呢？我忽然想起了竹石先生，立刻给嘉梁打电话。

"喂，说。"

"我想明天请竹石和我们学校的高校长也来参加开营仪式，你给他们做桌牌吧。"

"高校长来可以，竹石这次就算了吧！"

"他是最应该来的人。"

"春光，我理解你。可是你想想，竹石一来，不就喧宾夺主了吗？以后有的是机会宣传他。"

77

四月二十九日，周六。晴空万里，风和日丽。早上八点钟之前，孩子们在家长的陪伴下陆续来了。八点五十八分，各路领导、记者均已到位，领导们面对六十一个孩子坐成一排。大部分家长没走，站在活动室后面看热闹。方嘉梁带来的那位男主持面对大众，手握麦克风站在讲台一侧。扛摄像机的两个小伙子站在活动室两侧过道处拍摄。两位记者模样的女士拿着相机在拍照。院子里猛然间响起了激烈的鞭炮声，鞭炮声停止，仪式开始。

"尊敬的各位领导，各位来宾，家长朋友们，同学们，大家上午好！桃红柳绿春光好，草长莺飞春意闹。在这风景如画的美好春天里，'春光周末快乐营'开营仪式正式开启！首先，我向大家介绍今天到场的各位嘉宾：青石寨村村主任李明山先生；青石寨村党支部书记马翔宇先生；花岭中学高峻岭校长；花岭镇党委宣传干事牛威先生；县委宣传部副部长李伟群先生；县教育局武畅副局长；本溪市委宣传部蒋薇女士；县草莓大王郭天福先生；'春光周末快乐营'投资人、县文化局方嘉梁先生。最后这位，就是'春光周末快乐营'创办人侯春光先生。让我们以热烈的掌声欢迎他们！"掌声。我坐在嘉宾席的最右边，面对六十一个孩子和众多家长以及两台摄像机，心情紧张。

"现在，让我们以热烈的掌声欢迎青石寨村马书记讲话！"掌声。马书记比我大两岁，退伍兵出身。他接过主持人递来的麦克风。

"各位领导，各位朋友，同学们，大家好！今天，由方嘉梁先生投资、侯春光老师开办的'春光周末快乐营'正式开始启动了。这是我们花岭镇青石寨村一件大喜事。咱们村村子挺大，出去打工的人比较多，绝大多数都是夫妻俩一起出去打工。孩子留给了爷爷奶奶，岁数大的人管不了孩子，只能给孩子做做饭、洗洗衣服，孩子的教育成了问题，而且问题很多。侯春光老师能把这些孩子组织起来，替孩子们的父母来培养、教育他们，这很了不起。我代表青石寨村党支部、村委会，代表外出务工的孩子们的父母，对侯春光老师表示衷心感谢！对投资人方嘉梁先生致以崇高的敬意！"掌声。"侯春光老师，今后，在教育孩子方面无论遇到什么困难，你可以随时向村里提出来。在我们的能力范围内，一定大力支持你、全力协助你！祝'春光周末快乐营'越办越好！谢谢大家！"掌声。

"谢谢，谢谢马书记。下面请县教育局武畅先生讲话！"

"各位好！今天能来参加这样一个意义重大的活动，特别高兴。

"留守儿童这个特殊群体，数量相当庞大。据最新的统计数字显示，全国十四岁以下的乡村留守儿童有四千一百多万。这一特殊群体，存在着许多隐形问题，而且问题十分严重。这些孩子由于长时期缺乏父母关爱，照顾他们的老人又没有能力给他们正确的家庭教育。这些孩子的心灵出现了问题，如果问题解决不好，不仅会影响孩子一生的幸福，更会给未来社会带来诸多问题。方嘉梁先生能够慷慨解囊，出资兴建规模如此大的办学场所；侯春光老师甘愿在周末休息日，为留守儿童及贫困家庭的孩子奉献如此大的爱心，这是一件值得大力赞扬、广泛宣传、积极推广的利国利民的大好事！我希望咱们县有更多这样富有如此爱心的慈善家和教师投入这场意义非凡的活动中来，为乡村振兴、为山乡巨变发光发热！祝'春光快乐营'越办越好！谢谢！"

"好，谢谢武局长。现在请本县草莓生产销售公司总经理、草莓大王郭天福先生讲话！"

"各位领导好啊！今年过年的时候啊，我老师展玉程请一些学生在他家聚餐。双岭村主任刘凯提出了留守儿童教育问题。当时我就说，等我再奋斗两年，找块地皮，盖它三层大楼，把全镇各村留守儿童周末都拉来。展老师坐镇指挥，再找几个老师教他们。呵！没想到，才三个月的时间，这件事儿有人干了！厉害！佩服！佩服！"郭天福向方嘉梁竖起了大拇指。

"刚才嘉梁兄领咱们参观了上面两层楼，这几个大教室能装三百来人。这么着，让各村儿领导调查、统计一下，把全镇的留守儿童都拉这来上课吧。车费、饭费都我出！"这时，方嘉梁冲郭天福做了个"打住"的手势。

"行，这事儿一会儿再议。祝各位好运，发大财！"掌声。

"谢谢草莓大王，谢谢！现在，让我们以热烈的掌声，欢迎侯春光老师讲话！"

"各位领导、各位来宾，朋友们、同学们，大家好！

"今天本来是大家的休息日，把各位惊动来，有些过意不去。有朋友知道，我原来在花岭中学做主任。因为身体等原因，今年开学之前，把主任工作辞了，去一线教课。去年由于某个机缘吧，和花岭中学退休教师展玉程先生零距离接触了一个多月，受教颇多，深受启发。按照展先生的模式，今年一月上旬，我把我家的炕扒了，简单收拾一下，开启了'春光周末快乐营'活动，为村里十来个贫困户家庭的孩子进行引导、辅导。我的同学、好友方嘉梁先生知道后，觉得我还应当把教育面扩展到村里的留守儿童。于是，在嘉梁先生大力资助下，出现了今天的局面。我会尽我所能，办好'春光周末快乐营'，为青石寨村的部分村民做点儿力所能及的事儿，不辜负大家对我的关怀和期望。谢谢！"掌声很热烈。这时，我看见了母亲和朱春燕，她们并肩站在家长们一旁，笑着，用力拍手。

"谢谢侯春光老师，谢谢！现在，让我们以最热烈的掌声欢迎'春光周末快乐营'投资人方嘉梁先生讲话！"

方嘉梁站起身，笑眯眯接过我递给他的麦克风。

"我首先要感谢各位嘉宾到场，为'春光周末快乐营'开营仪式前来祝贺。我的挚友侯春光，为了在村里办一个专门辅导贫困家庭的孩子怎样做人、怎样获得人生幸福这么一个周末教育活动，竟然把中学主任的职务说辞就辞了。这让我无比震惊，十分敬佩，同时也给了我很大启发。这些年来，我利用业余时间写些东西在网络发表，获得了比工资多一点儿的收入吧。我想用这部分钱去做一点儿更有意义的事儿，于是，找来一个工程队，建了这样一个'春光周末快乐营'场所。刚才，咱们县草莓大王，也是我的好哥们儿郭天福先生的慷慨善举令我十分感动。我和郭天福先生，还有村里领导负责搭台，春光负责唱戏。现在戏台搭好了，就等着看他唱戏了。不过，唱这台戏可是一个很复杂的事儿，而且这么大的戏，他还从来没唱过。所以，等他唱成熟了，我们再考虑郭天福先生刚才的提议：把快乐营的活动面扩展到全镇的贫困家庭孩子和全镇的留守儿童。我们期待着侯春光老师的快乐营越办越好，尽早实现郭天福先生以及全花岭镇这两种家庭家长们的愿望！谢谢大家！尤其感谢侯春光老师！"掌声。我心里一阵激动。我看见母亲和朱春燕用力拍手，张着嘴笑，笑得牙都露出来了。

"谢谢，谢谢方嘉梁先生！最后，让我们以最最热烈的掌声，欢迎市委宣传部蒋薇女士做总结性讲话！"

"各位朋友，同学们，大家好！今天，我是以方嘉梁朋友的身份来出席这项活动的。本来几位朋友一周前就约好了，今天出去玩儿。嘉梁给我打电话，让我务必出席这次活动。当时我有点儿不理解，什么重要活动务必让我出席呢？来了之后，看到了，听到了，觉得方嘉梁很了不起，不声不响做了这么一件既有现实意义又有历史意义的大事儿。还有嘉梁的好友侯春光先生，他牺牲周末休息日，为社会的和谐发展、为乡村的全面振兴默默做事。这种精神是难能可贵的。乡村振兴首先是人才的振兴，我为咱花岭镇涌现出方嘉梁、郭天福和侯春光这样的人才喝彩！山乡巨变，分物质和精神两个领域的巨变，而人的变化至关重要。如今，外出务工的乡民非常多，乡村留守儿童数量庞大，这些孩子的健康成长，对于国家的未来意义非凡。方嘉梁先生和侯春光老师所办的'周末快乐营'，就是在为乡村振兴铺路，为山乡巨变奠基。我相信，'春光周末快乐营'一定能越办越好！我希望这一星星之火在不久的将来，从花岭镇燃遍整个本溪市、燃遍华夏大地！谢谢！"掌声热烈。

"好，谢谢蒋薇女士，谢谢！'春光周末快乐营'开营仪式结束。再次感谢各位来宾的光临！谢谢！"

方嘉梁领着来宾朝门口走，我来到讲台。两个女记者朝我走来，身后跟着两个扛摄像机的小伙子。

"你好，侯春光老师！我是县电视台记者宋茜。"

"你好，春光老师！我是市电视台记者刘薇薇。我向你请教几个问题好吗？"我立刻警惕起来，紧张地面对她们。

"你办'春光周末快乐营'是出于什么理念？"

"简单说，就是把这些孩子身上存在的、某些不利于他们未来幸福的东西去掉，同时，给他们的心灵注入他们所缺失的那些未来幸福人生所必备的诸多元素。"

"请问，这些孩子身上存在哪些不利于未来幸福的东西？你要给他们的心灵注入哪些元素？"

"对不起，我们要开始活动了。"

"再占用你几分钟。你刚才说，创办'春光周末快乐营'是受一位退休教师的启发，他具体给了你哪些启发？"

"对不起，我们要开始活动了。"

"最后一个问题请务必回答。你开办的教育机构为什么取名'春光周末快乐营'？难道这些孩子在学校和家里得不到快乐吗？"

"得到的快乐不是那么多。你们想啊，他们或者因为家中贫穷受人白眼而自卑，或者因为缺失父母关爱，心灵孤独无助。这些孩子怎么可能像别的孩子那样快乐呢？"

"你有多大把握能让这些孩子成为快乐的人？具体有哪些措施呢？"

"对不起，我已经回答了你刚才最后一个问题。我们要开始活动了。"我面对孩子们大声说，"同学们，愿意听故事吗？"

"愿——意!"

"好!现在请侯俊同学给大家讲'二傻子当保镖'。听完了这个故事,大家想想,二傻子为什么能当保镖,好不好?"

"好——"那些今天新来的孩子,小脸儿顿时现出了惊异、好奇、无声嬉笑。我拿出手机,关机。侯俊来到讲台前,手拿故事打印本,大大方方讲起了故事。

"从前有个傻小子,长得胖墩墩、憨乎乎的。他从来不知道什么叫愁,整天笑嘻嘻的,人们都叫他二傻子。

"二傻子有个姐夫,会武术,专给做大生意的商人当保镖。商人每天都大鱼大肉大碗酒地招待他。他不但每天有好吃好喝,还赚了许多银子。二傻子看在眼里,有点儿动心了。这个差事不错呀,溜溜达达银子就到手了。于是,他对姐夫说:

"'姐夫,再有这样的活儿,让我也去干一趟,挣点儿银子花,省得你们老说我是白吃饱儿!'姐夫一听,觉得可笑。

"'你还能当保镖?'

"'我怎么不能?你能我就能。'姐夫想,这个傻小子认准一条道能走到黑,硬不让他去还不行呢,得给他出点儿难题。

"'那好。不过你得学会一样本事,学不会就不能去。'二傻子一听,乐了。

"'什么本事?只要你告诉我,我就能学会。'

"'那好,你每天用手抓苍蝇。什么时候把飞来的苍蝇一伸手就抓到了,你告诉我。'

"'好嘞,我保证能学会。'二傻子乐呵呵地去练抓苍蝇了。

"从此,二傻子除了呼呼睡大觉和大口大口地吃饭外,不干别的,就是东一把西一把地练习抓苍蝇,抓不着也不泄气。二傻子一练就是三年，还真有成绩，飞来的苍蝇只要让他看见，一伸巴掌就能抓来。

"这一天，二傻子来找姐夫。

"'姐夫，练好了，我能抓苍蝇啦！不信我抓给你看。'二傻子说着，一伸手把正在空中飞的两只苍蝇抓在手中，送给姐夫看。姐夫一看，还真练成了。不过当保镖可不是只会抓苍蝇就行，还得再难难他。

"'我说，你还没练成呢。只用手抓还不行，得用筷子夹。苍蝇飞过来，用筷子一夹就能夹到了，那才行呢。'二傻子一听，哦，还得用筷子夹。

"'行。我去练用筷子夹，不过你可得说话算数。'

"'肯定算数。'

"从此，二傻子手拿一双筷子练起夹苍蝇来。

"日月飞转，转眼又是三年，二傻子的一双筷子可以随意夹住飞来的苍蝇了。

"这一天，二傻子又来找姐夫。

"'姐夫，这回该让我去当保镖了吧？你看，我能夹到苍蝇了。'说着，他又表演了一下夹苍蝇。姐夫一看，还真行，有点儿希望。

"'练得不错。不过，要当保镖，还差点儿火候儿。这回啊，你用筷子专夹飞来的苍蝇翅膀，练好了再来告诉我，保证有你活儿干。'

"'好嘞，我马上就去练。'二傻子受到了夸奖，心里高兴啊。练功的兴趣更高了。拿起筷子就去练夹苍蝇翅膀了。

"又过了三年，二傻子的技艺练得精准纯熟。飞来的苍蝇，他想夹哪个翅膀就能夹哪个翅膀。只要他向空中一举筷子，苍蝇就像粘在他筷头上一样，嗡嗡嗡就是飞不走。二傻子练艺，专心致志，前后经历了九年时间，一天也不间断。姐夫见二傻子能夹飞蝇翅膀，这一手可真够惊人的，同意让他去走一趟镖。

"这一天，二傻子打扮起来。他身穿夜行紧身衣，腰挎一口柳叶单刀。这若是穿在别人身上可就够精神了，可是穿在他身上，那憨里憨气的样子显得更傻了。商人对他姐夫说：

"'这个人，行吗？'

"'行。你们只要好酒好肉招待他，保你们一路平安。'姐夫肯定地说。可是商人还有点儿不踏实。又问：

"'我看这个人怎么有点儿傻乎乎的？'

"'傻？能就能在这个傻劲儿上。你们竖个旗子吧，上写'二傻子保镖'。贼寇一看这个旗号，就不敢动你们了。'

"这些商人无话可说，就按照他姐夫的话去做了。绣了一面旗，上面写着'二傻子保镖'。这面旗高高插在队伍的第一辆车上。

"这一天，队伍来到一座大山脚下。山上草高林密，过往客商没有不害怕的。这是一个雁过拔毛的地方，商人们害怕起来，就问二傻子是在山下歇脚，还是在山上歇脚。二傻子傻乎乎地反问：

"'山上有好吃的还是山下有好吃的？'商人一听，得，这人就知道吃，还不知道本事有多大呢。不过，看他满不在乎的样子，也就没什么可说了。商人想了想，就说：

"'山下有酒馆儿，就在山下歇脚吧。好吃的好喝的拿上来，吃完了再走。'

"商人们就在山下小酒馆儿里歇着脚，把'二傻子保镖'的绣旗挂在酒馆儿门口，商人们在里面陪着二傻子大吃大喝起来。

"再说山上贼寇听说保镖换了人，还绣一面'二傻子保镖'大旗，就派了几个高手去试探。几个高手来到酒馆儿，绕到后窗窥探。见几个商人围着一个憨里憨气的人吃酒，只见这个人肥头大耳，嘴唇挺厚，嘴挺大，呆里呆气倒是挺逗人的。不用说，这个人就是保镖二傻子了。哈哈！可笑，可笑，这样的人还能当保镖？当保镖的英雄们多半都是眼观六路耳听八方，即使吃饭睡觉，那也是八面威风。

"'好，我叫你保镖！'

"'嗖！'高手甩出一镖，这一镖直奔二傻子面门而来。二傻子正狼吞虎咽地吃呢，突然觉得有个大苍蝇飞来了，赶忙举起筷子夹下来，放到一边，又大口大口吃起来。高手紧接着又'嗖''嗖''嗖'连发三镖，都被二傻子轻而易举夹住，放在一边。眼睛连向窗外看都不看一眼，就像没事儿一样。可是，陪他吃饭的商人都吓坏了，冒出一身冷汗。

"再说窗外那几个高手见镖都落了空，惊呆了。这才叫真人不露相，露相不真人哪。这个人看着不咋地，功夫可不一般，万万动不得。好汉不吃眼前亏——放行！

"从此，贼寇只要看到'二傻子保镖的旗号'，就不敢轻举妄动了。二傻子保镖竟然远近闻名了。"

……

中午休息了。苏丹、侯俊、同永强在给孩子们分发装好的盒饭。我拿出手机开机，有方嘉梁的两个未接电话和一条信息。我点开嘉梁微信："你为什么拒绝记者采访?！这是多么难得的宣传机会啊！开机后回话！"我走出活动室来到院子，给嘉梁打电话。

"别挂！我出去和你说话！"话筒里传来嘈杂的说话声。

"春光，你怎么能拒绝记者采访呢？你知道这是多么难得的机会吗？这样，一会儿我们这边吃喝完了，记者返回去采访你。你一定要想好了怎么说，知道不？这不是可有可无，必须有的！必须！知道不?！"

"嘉梁，记者最想知道的我都说了，别的就没必要采访了。"

"你说什么了？宋茜和我说，你态度很不配合，表现得十分不耐烦。"

"嘉梁，我们这才刚刚开始活动，还没有任何成果就夸夸其谈，有意思吗？"

方嘉梁没说话，立刻挂断了电话。

午后的活动开始了。孩子们分成八个小组，讨论"二傻子当保镖"，然后写作业。同年级的相互研究课后单元验收题，低年级的向高年级的请教答疑解析。

午后第二项活动——体能训练开始了。这项活动并没有因为人数增多近六倍而变得杂乱无章。做完了身体力量训练，孩子们来到院子，进行第三项活动——学练少林达摩杖。我照例先为孩子们做达摩杖套路表演，然后由侯俊、同永强和苏丹分别表演。随后，孩子们分好的八个小组，由早期来"春光周末快乐营"的孩子做各小组组长兼教练。我手中拿着棒子，自由地在八个小组成员间来回走动，不时进行个别纠正、示范、指导。孩子们使用的木杖，都是我之前上山砍回的拇指粗的槐树枝，木杖看上去色彩整齐一致。

阳光下，春风中，八个小组的孩子们精神抖擞，在各自的"教练"指导下认真练习着。此情此景，我的心早已从紧张、焦虑的状态中解脱出来。我眼前出现了幻觉：站成方队的孩子们手持木杖在集体表演少林达摩杖，孩子们的动作整齐划一、刚劲有力，一张张稚嫩的小脸沉着冷静、自信满满。围观的家长们面展笑容，双目放光。围观的还有方嘉梁等一帮领导、记者，他们一边观看，一边相互交流、点头赞叹。

教习少林达摩杖活动结束，开始了今天最后一项活动。分成八组的孩子们换上各自不同的运动装，由同永强和侯俊在起点主持，从"春光周末快乐营"的院子出发，向着两百米远的南山脚下往返长跑。第八组少了一人，我换上运动装，加入其中，而且首发。我跑出院子，慢慢跑向南山脚下的折回点。一路上，孩子们奋力奔跑的身影不时从我身边闪过。之前我已经和村主任李明山通了电话，上午他就向长跑路线两旁养狗的人家打好了招呼，让他们提前把狗弄到后院拴好。

此刻，长跑的孩子们往返在青石寨村这条主要街道上，形成了一道流动的风景，引来不少家住道路两侧的村民站在自家门口观看。他们还不清楚：我为什么弄来这么多孩子赛跑？我这个中学主任何时变成了孩子王，跟着孩子们一块儿跑？

78

四月三十日，周日。午后长跑活动一结束，我就倒在了西屋那张单人床上，疲劳至极，浑身像散了架子。躺了一会儿，起身去从冰箱里拿出一瓶啤酒，一口气喝下半瓶。方嘉梁在和我赌气。我很压抑，一口气又把剩下的半瓶啤酒喝下肚，骑车去竹石家。太阳挂在西半天上，春风拂面，村里、山坡上，红花绿柳。山下的坡地里，一个男人扶着小型播种机在种地，女人跟在后面。

先生的快乐营活动也已经结束，孩子们都回家了。先生独自在家，康健已经回北京了。我和先生对坐在书房那面树根大茶几两侧，喝茶。先生看上去有些疲倦，神情略显不安。我向先生汇报了"春光周末快乐营"开营仪式以及在新场所的活动情况。

"老师，自从方嘉梁提出要建楼扩大快乐营规模那天开始，我就焦虑不安。本来睡眠调整得挺好，这段时间又不好了。昨天因为记者采访的事儿，我跟方嘉梁整得很不愉快。"

"无官一身轻，身轻心安宁。宁静方致远，致远或祛病。心情愉快，一份心教书，你的抑郁失眠渐渐就康复了。"

"是啊，当初就是这么想的。班上没什么压力，周末像您这样辅导几个孩子，挺好。可是，没承想方嘉梁把快乐营给整成这么大。"

"规模大，受益者广，这不是坏事，你得往开了想。"

"规模是我一直担心的。孩子一多，管理上就很麻烦了。问题是，刚开营他就让我对着记者对着摄像机夸夸其谈，还没有一点儿成就呢，有什么可讲的?"

"方嘉梁投资不小，他想在社会上赢得声望，这是人性常理。在不违背良知、不违背事实的前提下，配合配合他吧。"

"郭天福要把全镇的留守儿童和贫困家庭的孩子都拉到我这来活动，方嘉梁也有这个计划。我听了很闹心，特来向您讨教。"

"小付出，小快乐；大付出，大快乐。郭天福、方嘉梁，他们这些人有能力有爱心，要为国家为社会弱势群体做些善事，从而获得心灵上那种大快乐、大幸福、大舒服。凭你我一己之力，很难获得心灵上那种大舒服啊。他们借助于你，你同时也在借助于他们，彼此联手，共享那种大付出之后的大美好。这，何乐而不为之? 又何不乐而为之?"

79

先生的话为我解开了心结，我心释然了。回到家，我给嘉梁打电话，向他认错：昨天记者采访时，自己的消极态度是不对的。嘉梁态度还好，他说，过一段时间，媒体还会来采访。那时，他希望我能有一个不令他失望的出色表现。

晚上七点多了，我躺在西屋床上，迷迷糊糊中手机响了。我伸手拿过手机。

"喂，李娟，你好！"

"我的天哪，哥们儿，这下你可出大名儿啦！"

"怎么了？"

"哥们儿，听着怎么好像没精神头儿呢？"

"几个晚上都没睡好，累了。"

"你做这么大的事儿，怎么不事先和哥们儿我唠唠呢？藏得太深了你。要不是昨天晚上看了电视新闻，我还不知道呢。"

"刚起步，还没有一点儿炫耀资本。展玉程老师做了这么多年，资助培养了那么多孩子，从不炫耀，深藏不露。我这算啥呀？"

"你还别跟我拽老头儿胡子过马路——谦虚。不过，哥们儿得提醒你，你这一出名儿，会有很多人给你介绍对象，到时候你可得长正眼珠儿喽，别再像当年那样看走眼了。"

"那……你来给我把关吧。"

"哎呀妈呀！让我把关？那还不得看一个黄一个？！"

"此话怎讲？"

"谁能配上咱这大帅哥儿呀？"

"可拉倒吧你！"

"真的！要个头儿有个头儿，要人品有人品，浓眉大眼的。嘻嘻，就黑点儿、瘦点儿。瘦怕啥呀？有骨头不愁肉。黑点儿也没啥，大老爷们儿黑点儿结实！"

"这把我夸得，跟美男子似的。哈哈……"

"真的，不是夸你。当初你要没和孙艳梅结婚，我非把你追到手不可。哈哈……"一阵说笑，消去大半疲劳。没一会儿，我睡着了。

睡了不知多久，我被手机铃声吵醒了。一个陌生号码。

"喂，你好！"

"您好！您是侯春光老师吧？"

"是我，你是……"

"我叫艾山月，县二中的老师。打扰您啦！"

"没……没关系。"

"昨天晚上，我从县电视新闻中看到了您，您办了一个'春光周末快乐营'是吧？"

"啊，是。"

"电视上的报道让我很激动，您真是一位胸怀高尚的老师！"

"过奖……过奖了！"

"我从花岭中学一个同学那儿要了您手机号。您的事迹太震撼人了！其实，我也一直想为山村里的留守儿童做点儿什么。明天'五一'节，您没有活动吧？"

"啊，明天休息。"

"那，我能请您来县城找家咖啡馆坐坐，聊聊办快乐营的事儿吗？"

"这个——"

"要不，我开车到您那儿去？"

"哦，你刚才说，花岭中学你有同学？"

"是啊。关茜，你们语文组的，我和她是高中同学。"

"噢，那这样吧，明天上午我要去县城看一位朋友。你约一下关茜，上午十点左右，我们一块儿找个地方坐坐吧。"

"好！一言为定，不见不散！"我拿着手机呆愣了一会儿，给关茜打电话。

"喂，侯主任。"

"别再叫我主任啦，叫我侯儿哥。"

"哈哈……"

"哎，关茜，跟你打听个人，你认识一个叫艾山月的女人吗?"

"认识啊，我高中同学，在县二中教书，省城名牌大学毕业。侯哥怎么想起问她了?"

"这个人……怎么样?"

"此人很有思想，绝非一般女人。"

80

今天"五一"节，醒来时，已经早晨七点多了。吃口饭，上路。昨晚和嘉梁约好，八点半到方府相亲。

八点钟来到方府，把我母亲包的野山蒜猪肉蒸饺拿给嘉梁，还热乎呢。嘉梁身着一套乳白色休闲衣裤，拿过一瓶红酒、一只高脚杯，就着酒吃起饺子来。我说十点钟有个约会，嘉梁问什么约会，我说有个老师要向我咨询办快乐营的事儿。

"男的女的?"

"女的。"

方嘉梁瞅瞅我，眼睛转了转。

"春光，你现在名声在外了，你知道这意味着什么吗?"我不解地摇摇头。嘉梁今天表情一直很严肃，他可能还在生我的气。

"我得提醒提醒你，今后在看对象之前，心里一定要有个准谱儿。找对象是为了过日子，不是扯淡。还用我说别的吗?"

"不用不用。"

十点二十日，我和艾山月坐在县城一家高级咖啡厅的一个角落。艾山月一米六五左右，一身雪白的休闲装，系一条宝蓝色丝巾，头发盘在脑后，面色白净，朱红色细框眼镜后面闪动着一双不大的笑眼。

"昨天，关茜说好了今天来。早晨又说，今天有事儿，来不了了。"这些话，艾山月和我在华龙超市门口刚见面时，已经说过一遍了。我不自然地看着她，微微点头，手里的小匙慢慢搅动杯里的咖啡。

"春光老师，我可以这样称呼您吗？"她大大方方地笑着看我。

"可以可以，当然可以。不过，最好把'您'字去掉，好像我已经七老八十了。"艾山月哈哈大笑，露出一口漂亮的牙齿。

"你的名字好，尤其你的姓。艾老师，多好听！"

"好听是好听啊。可如今，有几个人还尊敬老师、爱老师啊？"艾山月低下头，慢慢搅动杯子。

"作为个体，我们无力改变现实啊！"我发自内心地感叹道。

"是啊，我们只能洁身自好，做自己喜欢的、有意义的事了。春光老师，说实话，前天晚上，我从县电视新闻中看到'春光周末快乐营'的报道之后，可以用'激动不已'来形容我当时的心情。起初我不大相信：这个年代，竟然还有这样的老师？我立刻给关茜打电话，询问你的情况。"艾山月火辣辣的眼睛盯着我。

"我就特别想知道，当初，你怎么就那么毅然决然辞去官职，下一线去教课呢？是什么促使你，下了如此非同小可的决心？"

"这个……关老师可能向你说了些我的情况。这个决定，最初源自我不幸的婚姻。二十年来，我一直隐匿性抑郁着，失眠害得我消化不良，整天昏昏沉沉，工作提不起精神。去年秋天，因某种机缘巧合吧，我和我的恩师零距离相处了一个多月后，经过深度思考，我决定换一种生活方式，辞去教务主任职务，静心读书，去一线教课。也像我的恩师那样，周末给村里贫困家庭的孩子一些辅导，帮帮这些孩子。"

"你是说，你的恩师现在也在开展周末快乐营活动？"

"嗯。我现在办的'春光周末快乐营'活动，就是仿照他的模式。"艾山月低头摆弄咖啡杯子。我打量着眼前这个女人，想着花岭中学语文组关茜的年龄。作为关茜的同学，艾山月应该在三十五至三十七岁之间。

"你办的快乐营和你的恩师的理念一样吗？"

"差不多。就是想通过几年的快乐营活动，将这些孩子身上的弱点转化，使这些弱势家庭的孩子，将来能拥有幸福人生所必备的基本素质。"

"你说的'弱势家庭的孩子幸福人生所必备的基本素质'指的是什么？"

"身体好，品德好，了解社会，抗压能力强，乐观向上。"

"难道他们不需要'知识改变命运'吗？"

"知识固然能改变命运，但它太狭隘了，而且未必都能带来真正的幸福。"我立刻想起了康健，他的经历十分典型。

"看来，你的恩师不是一般人吧？"

"他，今年退休十五年了。他的人生经历可是无比丰富。怎么说呢，他是一位真正的教师，相比之下，我只能算作一个蹒跚学步的孩童罢了。"我笑了。艾山月也笑了。

"春光老师，你未免太谦虚了吧？"

"一点儿也不。和他相比，的确如此。"

"哪天我能拜访一下这位老先生吗？"

"有机会一定带你去见见他。"

中午，我和艾山月每人吃了一份南瓜甜点沙拉。然后，她开车把我送到华龙附近的路边存车场。她下了车，站在路旁看着我骑上电动车。我向她挥挥手，走了。

81

五月二日，周二。中午，艾山月来电话说，今天下班后，她要来参观"春光周末快乐营"活动场所，顺便到我家坐坐。她问我家里都有谁，我说就我母亲和我。

五点多我到家时，大门口停着艾山月的白色奔驰。我进了屋，艾山月笑眯眯地正在和我母亲往蒸帘上摆饺子。母亲一脸喜色，见我回来了，就说："我去蒸饺子，你们唠。"

吃完蒲公英馅儿饺子，我领艾山月来到"春光周末快乐营"营地。天已经完全黑下来，借着左右邻家和前院的灯光，眼前是两扇漂亮的透视大门。大门内，宽敞的大院子里面，一座欧式三层楼房。打开房门，开灯，一间雪亮的大教室展现在眼前。

"活动空间真大！"艾山月环视着空旷的活动室。

"这座楼房和配套设施，耗资不小吧？"

"七八十万。"

"你说过，投资人是你同学？"

"嗯。我高中同学，在县文化局工作。"

"他一个公务员，这么有实力吗？"

"是。他写网络小说十多年了，经济上非常有实力。"

"看来，这个人也和你一样，相当有爱心了，不然怎么会往这上投资呢？"

"你说得没错儿，他是我最好的哥们儿，很大气，真诚，坦率。没有他，肯定没有我今天。"艾山月疑惑地看着我。

"哦，我是说，如果没有他资助，我肯定很难渡过去年秋天那道难关，也绝不会有后来的一系列变化。"

"能详细说说吗？我很想听。"

"说来话长了，以后说吧，这两天我说不少了。说说你吧。"

"我嘛，很简单。我父母早年都在县城工厂上班，后来厂子黄了，他们就都下岗。我一个舅舅在铁矿当总经理，我父母一直在我舅的矿里做事。我今年三十六岁。三月份过本命年生日时，我舅送我一辆车。就是停在你家门口的那辆。十三年前，我从省城一所大学的中文系毕业。当时我想去市报社工作，我舅不同意，说当记者很累人，时间长了，身体健康会受到影响，不如当个老师安稳。周末休息不说，每年还有很长的寒暑假。我们家的事儿都是我这位舅舅拿主意，一切听他安排。我在县二中上班第二年，我舅就把我嫁给了一个县委副书记的儿子。我丈夫在县水利局工作，去年雨季的一天夜里，他喝完酒，开车回来的路上，出了车祸。"沉默。

"我有个女儿，今年十一岁，每天由我母亲照顾她，送她上学，接她放学。我现在在学校里当工会主席，不上课，时间上较为宽松自由。艾山月同学自我介绍完毕！怎么样，春光老师，满意吗？"我低下头，看着她那双红红的长筒靴，笑了。

送走了艾山月，回到母亲身边。母亲说，姑娘拿来了牛腱子和猪肘子，都是炸好的，放在冰箱里了。香蕉和猕猴桃也在冰箱里。母亲埋怨我，说处了女朋友为啥还瞒着她。我支支吾吾应付两句，就回西屋躺下了，睡不着，来回翻身。

82

第二天，风和日丽，上完语文课，在走廊抽了支烟，回办公室备课。看着课本，眼前又浮现了艾山月的音容笑貌，心烦躁起来，课备不下去了，作文也不可能批改了。做点儿什么呢？我正茫然若失，艾山月发来一条微信：

"春光老师，你不是说校长特批你这学期是自由人，上完课就可以走吗？我这就买点儿东西过去，中午咱俩在'春光周末快乐营'活动室吃午餐，然后你带我去山上走走，好吗？"我毫不迟疑，立刻回了"好"。

午餐极简：牛肉馅儿饼、豆浆、水果沙拉。吃完了，拿上一根木棒，上南山。

五月初的山，矮棵灌木刚刚长出嫩叶。曲曲弯弯的山路两旁，草木开着五颜六色的花。阳光朗照，天空蔚蓝，白云朵朵，微风拂面，耳畔不时传来鸟儿的欢叫。艾山月今天梳着马尾辫，穿一身蓝色牛仔装和紫红色户外运动鞋，戴一顶雪白的棒球帽和淡蓝色眼镜，系一条雪白的丝巾。一路上，我给她讲述去年秋天竹石先生领我们游览一座座山的经历。当讲到在关门山我遭遇抢劫时，她突然问我：

"假如此刻有坏人出来打劫，你怎么办？"

"我有棒子，不怕。"

"如果有两个坏人，一个拿刀、一个拿棒子呢？"

"那我也不怕，我会武术。"她笑着看我，面现嘲讽。

"不信？看我给你打一趟少林达摩杖！"

在山坡一块较为平坦的草地上，我充满激情地打完了这套达摩杖。她惊异地上下打量我，若有所思，低着头默默向山上走。一路上，我讲了许多竹石先生的故事。走累了，在宁静的山坡坐着，眼前展现了生我养我的村庄、我家小院和"春光周末快乐营"营地。春天的和风吹拂着我们的脸，山坡和村庄满眼新绿，几只燕子在蓝天白云下飞舞。我问艾山月，平日里都做些什么。她说，班上时间除了工会的日常工作，大部分时间听音乐、读书。她说她最喜欢听小提琴曲，爱看诗歌、散文，偶尔也写点儿小感悟。她说，下班后大部分时间在家读书、听音乐、看外国影片、做美食。周三、周五去游泳馆游泳，周末偶尔和朋友小聚。她让我猜猜她舅舅为什么在她三十六岁生日那天，送她一辆豪华奔驰车。我轻轻摇头。她说，她第一次婚姻并不幸福。她说，十多年来，她和丈夫一直同床异梦、貌合神离，他出车祸走了之后，她一点儿都不想念他。

从山上下来，又回到活动室。艾山月说，这个周末她想来参加快乐营活动，问我欢不欢迎。我说，当然欢迎啦。我告诉他，我一直很遗憾自己在音乐方面毫无天赋。如果在孩子们活动时，还能像竹石先生那样，和孩子们用歌声琴声互动，那该多美好啊！艾山月说，自从今年年初以来，她一直在跟她本校一位音乐老师学钢琴，现在能弹奏不少曲子了。她说她可以买一架二手钢琴，放在这间活动室里，孩子们唱歌，她伴奏。我说我不会唱歌，教不了孩子。她说她会，说着，她唱了起来。

"因为爱着你的爱，因为梦着你的梦，所以悲伤着你的悲伤，幸福着你的幸福。因为路过你的路，因为苦过你的苦，所以快乐着你的快乐，追逐着你的追逐……"

83

今天周四。上午九点多，艾山月发来信息说：今天她跟校长请了事假，想请我去县城看一部刚上映的意大利影片。上午第三节一下课，我就打车来到县城一家店面不大的餐馆门前。艾山月身着一件宝蓝色长风衣，拎一个精致的白色小包等候在那里。今天，她戴了副旗红色细框眼镜，系一条乳白色丝巾，头发盘在脑后。她十分自然地挽起我的胳膊，走进餐馆。这家餐馆门脸不大，但内饰相当雅致。艾山月请我吃米饭、炸羊排、凉拌山野菜和小碗鸡蛋汤。午后一点半，我俩走进了电影院。这部意大利影片，讲述一个中年女子为夫报仇的故事，故事情节紧张，场景动人心魄。我正为那女人的刚烈性格所感动时，一只手伸过来，轻轻蜷缩在我的手掌中。我怦然心动，心慌跳起来。

三点半，电影散场了。艾山月带我来到太子河岸边漫步。午后的阳光暖融融，岸边的杨柳绿茵茵，河水清清，缓缓西流。艾山月给我讲述她学生时代的一些趣事。我也给她讲在县高中读书时，如何与方嘉梁成为好友，以及嘉梁的一些趣事。我告诉艾山月，当得知方嘉梁写网络小说发了财，我也试着写了两个月。我让她猜猜结果。艾山月哈哈笑了，说那还用猜吗？结果一定是以失败告终啦。艾山月说，方嘉梁这种高智商的人，在你身处困境时能这样帮你，说明你的品质是靠谱的，你的德行是厚重的。当今时代，德行厚重者能万里挑一就不少了。山月的话让我心里暖暖的、美美的。我长出口气，给她讲了这些年来，我和妻子一起生活的悲苦心境，我儿子给我的希望、自豪与欣慰。山月高度赞扬我为孩子所付出的一切。她说，当今离婚率年年递增，男人能为了孩子甘愿忍辱前行者，实在凤毛麟角。

"当你知道她给你戴上绿帽子那一刻，有什么念头？"对于山月这个遥远的情感问题，我想了几秒钟。

"是有几次想自杀。"

"为什么？忍受不了耻辱？"

"不全是。当时整夜整夜失眠，把我折磨得痛不欲生了。"沉默。

"我可以抽烟吗？"我有点儿胆怯地问山月。

"怎么不可以呀？抽吧。"我点支烟，用力吸了两口。

"你烟抽得重吗？"

"不算重。情绪激动时，特别想抽。"

"你有没有过戒烟的想法？"

"以前没有。"

"现在呢？"

"嗯，有了。"我不好意思看山月。我眼睛的余光告诉我，她在笑。这时，我手机响了，我打开免提。

"喂，嘉梁。"

"后天周六，我计划再把县、市两家电视台的记者请到青石寨来，现场采访'春光周末快乐营'活动，这次要全程录像，作为资料进行广泛宣传。这回无论如何要把采访弄好了，记者问什么，你就大大方方回答什么。绝不能像上次那样，断然拒绝回答人家提的问题。"山月一定看出我脸色变了，她冲我耳语。

"嘉梁，给我五分钟时间，一会儿我给你打过去。"

"山月，我实在不想再接受什么采访了。周末快乐营活动才开始一周，又要把记者整来采访，有意思吗？"

"我理解你。可是，人家方嘉梁投资这么大，他需要让社会知道啊。

357

你告诉他最好一周后来采访。"我愣愣地看着她。

"这个周末，我可以教孩子们唱歌，我再把钢琴拉去。一周后采访，内容不就更丰富了吗？武术、音乐，身体素质培养，音乐修养熏陶，再加上家乡美的故事，这样的采访不就更有内容了嘛。"我立刻给方嘉梁回话。

"喂，嘉梁，我想你最好让他们下周来采访。"

"为什么？"

"这周教孩子唱歌，等下周电视台来采访时，孩子们又唱歌、又讲故事、又练武术、又长跑，那多壮观啊。"

"净扯淡，你能教唱歌吗？一唱歌跟驴叫似的。"

"不是我教唱歌。县二中有个老师愿意当志愿者，她会唱歌，还能钢琴伴奏。"

"哦，这个……我考虑一下。"几分钟后，嘉梁来电话了。

"春光，两家电视台的朋友下周也都已经安排好了采访内容，雷打不动。你看这样行不？原定这个周六过去采访，现在改在周日咋样？周六这天，你们抓紧排练排练。"我抬头看山月。她想了想，然后冲我深深点头。

"行，那就定在这个周日吧。"

"好！就这个周日了，雷打不动啊！采访你时怎么说，还用我再提醒你不？"

"放心，我知道怎么说了。"

84

今天周五，山月又请了事假。早晨第一节上完课，我就打车来到县城，和山月来到劳务市场，雇了一辆小货车、两个装卸工，来到山月家楼下。山月领着两个装卸工上楼把钢琴抬下来，装上车。我坐在小货车副驾驶位置，两个装卸工坐在山月的车后座。装载钢琴的小货车跟在白色奔驰后面，以四十公里每小时的速度向花岭镇青石寨村开来。

两个装卸工把钢琴抬进活动室，山月付了搬运费、运输费，装卸工坐上小货车走了。我和山月在宽敞的活动室里研究明天的活动方案，以及后天迎接采访的诸多事宜。我焦虑的心理，山月看出来了。

"春光先生，我可能比你更了解孩子，他们的接受能力远远超出你的想象。《中华人民共和国国歌》孩子们早就会唱了。《我爱你，中国》这首歌，两个小时我就能教会他们。不信咱俩打赌，你输了咋办？行了，别担心了。咱俩回县城，把《我爱你，中国》歌词打印出六十几份，中午我请你吃烤乳鸽。然后，你回学校，把歌词发给那些孩子，让他们先熟悉一下。"

85

廖玉芳跟随儿子去北京已经十天了。她每天与我微信联系。他们在距离北大约十公里的地方租了个单间，她睡在小客厅沙发上，康健在里面房间看书写字。康健回到北京就关闭手机了。我每天都询问康健的状态，玉芳说，前些天看着挺好，昨天一天没吃饭，晚上才起来吃了点儿饭。玉芳说，这两天康健整天也不和她说一句话。昨天晚上，我拨通了玉芳电话，让她把手机给康健，我想和他说几句话。康健拒绝接电话。我对着玉芳的手机向康健说了几句鼓励的话。我让他别有负担，顺其自然，研究生毕业考试不过也不要紧，北京大学的本科文凭也可以找到一份工作。

86

周六，细雨蒙蒙，这一天的全部计划完成结果出乎意料。山月说，快乐营孩子们的活动要自然些、随意些，不应该显得过于刻板、标准，这些孩子的表现如果都那么有板有眼、整齐划一，反倒显得虚假了。我觉得山月言之有理，她不是在有意安抚我这颗紧张焦虑的心吧？

87

周日的清晨，大雾弥漫山村。七点钟，孩子们就到齐了。他们坐在座位上，面对着讲台一侧钢琴后面的艾山月老师，一遍遍演唱《中华人民共和国国歌》和《我爱你，中国》。山月的头发盘在脑后，面色粉嫩，戴着宝蓝色细框近视镜，穿白上衣、墨绿色长裙。

七点五十分，孩子们来到院子，按小组划定好的位置，挥起木棒，复习上周学的几个达摩杖杖法。随后，大家围成一圈，观看侯俊、苏丹、张帅等八位小组长列队表演一整套少林达摩杖。

八点二十日，孩子们进屋坐好。这时，方嘉梁领着县、市两家电视台的记者和摄像师走进活动室。

山月端坐在钢琴后面。钢琴那激昂雄壮的前奏过后，六十一个孩子唱起了《中华人民共和国国歌》。接着，又齐唱《我爱你，中国》。歌声过后，"春光周末快乐营"活动正式拉开帷幕。

活动第一项：六个孩子分别来到讲台前讲幽默笑话。由于活动室里来了几个陌生人，起初的两个笑话没能引起孩子们的欢笑。

讲完了笑话，苏丹大大方方走到讲台后面，自然而流畅地讲起了"天女木兰的传说"。接着，侯俊上来讲"二傻子当保镖"。这个故事，上周开营当天侯俊已经讲了一遍。侯俊今天完全是脱稿讲的，故事讲得绘声绘色，孩子们听得非常专注。

侯俊的故事讲完了，八个小组分组讨论听了这两个故事的各自感想。摄像师扛着机器从不同角度拍摄。这时，方嘉梁朝我走来，因为这两位记者和摄像午后还有其他采访任务，嘉梁让我把午后的体能锻炼、学练达摩杖和长跑都挪到上午进行。突然调整活动安排，我的心紧张起来。

两位女记者采访完八个小组孩子们的讨论后，走到讲台边，拿着麦克风准备采访我。面对伸过来的麦克风和两架摄像机镜头，我紧张得心怦怦慌跳。我瞭一眼站在一旁的山月，她朝我挥了挥拳头。她的动作被一个记者看见了。

"侯春光老师，您好！请问'春光周末快乐营'活动什么时候开始的？"

"二〇〇一七年一月十四日开始第一次活动。开始时，有九个孩子，发展到今天的六十一个。"

"请问，'春光周末快乐营'的宗旨是什么？"

"练好身体，增强自信；培养抗打击能力；培养孩子们积极进取、乐观向上的品质。"

"具体要通过哪些活动来实现这一宗旨呢?"

"通过讲幽默故事，讲发生或流传在我们本溪市的英雄故事、民间故事、历史传说和神话传说，通过表演短剧的形式，通过唱歌、体能锻炼等活动来贯彻这一宗旨。"

"您有多大把握将这一活动宗旨贯彻落实好?"

"大规模的快乐营活动刚刚启动，要说对此有多大把握，还为时尚早。但我会以不变的热情和极大的爱心、耐心，竭力将这一事业做好，以不辜负孩子们和家长们对我的信任和期望。"

"听说您为了把快乐营办得更好，毅然决然辞去了学校领导职务。是这样吗?"

"其实，做学校行政工作和办快乐营并不冲突。只是由于我多年患有失眠症，记忆力和工作效率明显下降，不再适合继续担任领导职务了。"

"听说您还教孩子们武术?"

"是的。"

"这样做又是出于怎样的目的呢?"

"武术是中华文化的组成部分。练武能健体防身，更能培养一个人坚强的意志、恒心、耐心以及抗打击能力。"

"您刚才两次提到'培养孩子们的抗打击能力'，能具体说说吗?"

"这些来自社会底层的孩子将来步入社会后，会遇到来自许多方面的打击。怎样去应对那些打击呢? 清代大画家郑板桥有一首诗，诗名叫《竹石》:'咬定青山不放松，立根原在破岩中。千磨万击还坚劲，任尔东西南北风。'"

"太好了！一会儿您能为我们表演一下教授孩子们的那套武术吗？"

"当然可以。"

"请问侯老师，咱们快乐营活动对孩子们的影响和教育，在学校里不能完成吗？"

"学校以传授知识为主，同时对学生进行德、智、体、美、劳等各项素质教育，周末快乐营的活动，会起到补充和完善的作用。快乐营活动配合学校教育，使孩子们各方面得到均衡发展。"

"谢谢您，侯老师！"本溪市电视台女记者转身去采访艾山月。

"您好！请问您是——"

"我是县二中的老师，'春光周末快乐营'活动的志愿者。"

"志愿者？您是说——"

"我负责教孩子们唱歌。"

"您没想过自己要办个周末快乐营吗？"

"嗯，曾经想过。"

"谢谢！祝您心想事成！"记者们转身去采访站在一旁的方嘉梁，我也跟了过去。

"您好，方先生！请问您出资建造的这座'春光周末快乐营'活动基地，初心是什么？"

"去年出于某种动机，详细了解了花岭中学一位退休教师。他的人生之路，深深打动了我。我开始思考：怎样的人生才更有意义？今年年初，我的好友侯春光先生辞去官职、一心教学，在家里办起了规模不大的'春光周末快乐营'。他的善举，又一次触动了我，同时给了我灵感。经过深入思考，我决定投资建造一座规模较大的快乐营活动基地，以便使更多弱势家庭的孩子都能有机会得到切合实际的良好教育。"

"谢谢您为花岭镇的留守儿童和贫困家庭的孩子们所作出的巨大

奉献!"

"没什么，应该的，应该的。"

采访告一段落。为了缩短采访的间隔时间，接下来的各项活动每项只要求做做样子。于是，八个小组纷纷抬来仰卧起坐的垫子、每组一副哑铃，开始了胸腹和臂力锻炼。摄像拍够了所需场景后，进行第二项活动——到院子里学练"少林达摩杖"。

八个小组的孩子手持木棍，在各自位置站好。首先由我给在场的人表演。我换上那套藏蓝色运动装，手持木杖来到孩子们面前。两家电视台的摄像师扛着机器在拍摄。我双臂自然下垂，右手持杖藏于肩后，深呼吸酝酿好情绪，开始了学杖以来第一次在这么多观众面前的表演。这套四十八个攻防杖法耗时约两分零八秒。整套打完，收势亮相。接下来，侯俊、苏丹、张帅等八位小组长站成一横排，在各自的小组前面进行表演。随后，孩子们在各自划定的范围内操练起来。七百多平方米的大院子里，孩子们身影移动，棍棒飞舞。摄影记者忙着从不同角度拍摄了十几分钟后，孩子们学练武术停止，按小组站成八列纵队，长跑比赛开始了。

八个小组的第一棒起跑后，两个摄像记者跟随我和孩子们跑出院子，来到大街上。我以轻快的步子跑到南山脚下折回来时，扛机器的两个摄影记者对着我和奔跑的孩子们拍摄完几组镜头后，便和两位采访记者钻进车里，走了。

今天快乐营的活动，中午就结束了，孩子们吃完午饭回家了。山月把我拉回县城，来到一家装饰精致的餐馆。坐在不大的包间里，山月点了四个精致的菜、两瓶红酒，她要为今天采访活动的成功庆祝。

红烧羊排、清蒸鲈鱼等菜陆续上齐。我和山月喝着酒，兴致勃勃地说着上午采访的事儿。

"春光先生，我原想，你当过二十多年中学教务处主任，早已经风雨见世面了。没想到，今天采访时，你还这样拘谨。"艾山月目光温柔，上下打量我。

"你也看出来了，我这人胆子小。"

艾山月酒喝得很猛。自己喝，不强迫我喝。

"我俩相识相处才一周，怎么感觉像相处一年了呢?"山月说完，猛地干了杯中酒。

"我也有这种感觉。"我给她斟满酒。

"我原以为，今生今世也见不到一个远离官场商场、有理想有朝气、干正事儿的男人了。不承想，这么快就遇到了。"她又一口喝下杯中酒。我迟疑着是否继续为她斟酒。她拿起盛着红酒的醒酒器，自己倒。

"众里寻他千百度，蓦然回首，那人却在灯火阑珊处。"说完，她又一口喝下一满杯。我不知道她到底有多大酒量，想劝她别这么喝，又觉得还是不说好。

"山月，与你相识，你都不知道我有多高兴。"

"啊，我太高兴了! 多少年没这么高兴了。呵呵，酒喝猛了，头有点儿晕。"她手支着额头。"本想喝完酒去唱歌，看来，今天歌唱不成了。"

"吃点儿东西，压压酒吧。"

"不吃，吃不下。你送我回家吧。"

我让服务员拿两个餐盒来，把排骨和鲈鱼打包。结了账走出餐馆，乘一辆出租车来到河滨路那个高档小区。电梯在八层停下，我扶着山月慢慢走出电梯，走进一个宽敞明亮的大房间。山月蹒跚着去拉上窗帘，打开客厅的落地灯，从冰箱里拿出一瓶绿茶饮料放在茶几上，转身走进一个房间。

我坐在豪华的真皮沙发上，拧开饮料瓶喝几口，环视宽大客厅的窗帘、墙上的装饰画、家具、摆设。我站起来刚要去看一幅画，山月披散着头发，裹着一件长长的粉色睡衣缓缓朝我走来。我的心猛然慌跳起来。

88

五月九日这天午后，我正在仓房里雕刻一个形似狐狸的小树根，大妹从省城来电话说，母亲中风了，她老人家特别想我。两小时后，我坐着一辆私家车来到大妹家。母亲躺在卧室里，已经瘫痪卧床了，但神志不糊涂，语言表达还可以。我问大妹，为什么不送母亲去医院，母亲接过话说：

"她要打'120'，我不让她打。我不去医院，死也不遭那份罪。玉程，我让你来，是想告诉你，你立志这辈子扎根山区了，就该娶个山区女人。你说的那个廖玉芳，我想看看她。"

我告诉母亲，廖玉芳在北京儿子那儿陪读呢，月末能回来。

母亲说："那我等不了了。玉程，你记着，和疼你爱你的女人过日子，那是真幸福。那种镜中月、水中花的女人，指望不上啊。"母亲闭上眼睛，过一会儿又说：

"我告诉你大妹妹了，我不想死在医院。从现在开始，你们别给我整吃的喝的了，我啥也不吃了。我瘫了，活着是别人的累赘了。"母亲说这些话时，眼睛一直闭着，面色平静，语气也平静。大妹站在我身边，默默流泪。

母亲绝食了。我一直或坐或躺在她身旁。头两天，我偶尔给母亲点支烟，她吸几口，然后就晃头不要了。她吸烟时，我就看着，仿佛又回到了我很小的时候。母亲要吸烟了，我就给她点火。第三天上午，母亲进入昏迷状态。第四天午后，母亲像一根渐渐燃尽的红蜡烛，随着一缕轻烟升天了。

母亲火化当天，我就抱着她的骨灰盒，坐我儿子展新程的车回花岭了，一起回来的还有我孙子展绣程、大妹一家和小妹一家。在北山落叶松林中，将我母亲的骨灰和父亲的合葬后，一座比父亲原来的坟更大的坟出现了。父亲在这片松林里孤独了三十多年，现在有母亲陪伴，他再不会孤独寂寞了。

安葬完两位老人，我儿子、大妹和小妹都让我跟他们回省城。他们怕我因伤心过度，身边无人出现意外。我没听他们的，我说有花岭大山，我不会出现意外。这话除了在场的大学教师展新程，没人能理解。

连续两天了，夜里睡不着，我就坐在书房喝酒，喝自酿的红酒。一边喝一边想过往的七十几年中，母亲于各个时期的不同形象。印象最深的，还是她在我不同时期决定命运的节点上，给予我的支持、鼓励和指引。我觉得母亲很像一个了不起的军事家，在人生的战场上，她不光指挥我父亲，指挥我大妹、小妹，更多是在我多次身陷绝境时，指挥我如何前行。如果没有她，我可能早已不在人世了。

母亲走了，说心里话的人没了，世上最疼爱我的人没了。

89

今天是母亲节。快乐营活动一结束，我和山月就回老院儿来。姐姐、姐夫中午就赶回来了。我和山月进屋时，饺子都快包完了。姐姐、姐夫头一次见到山月。姐姐满脸堆笑，盯着未来的弟媳妇看不够，把山月看得直不好意思。姐夫笑嘻嘻地刚要和山月开玩笑，被姐姐一瞪眼，话说一半就憋回去了。饺子包好了，姐夫开始炒菜。人多菜多，地上支起了大圆桌。等六个菜和饺子都上了桌，我端起酒杯。

"今天是母亲节，也是我们家今年第一次大团聚的日子。首先呢，这杯酒敬老妈，感谢老妈养育之恩。这么多年了，你老跟我没少操心。我祝你老人家：福如东海长流水，寿比南山不老松。"说完，我干了一杯啤酒，把酒杯再次倒满。

"这第二杯呢，敬姐姐、姐夫。这么多年来，你们身体健康、家庭和睦、敬老爱小，我妈省了不少心。不像我，老让父母跟着急上火。"说着，我干了杯中酒。

"哎呀，这我爸要是还活着，看着小弟上电视，女朋友又这么漂亮，他该多高兴啊！"姐夫一定看出我难过了，对姐姐说："今儿妈过节，你说这些干啥？"姐夫端起酒杯，"今儿是妈的节日，小弟的亲爱的也来了，我们两口子也回来了。首先呢，我祝咱妈，健康快乐，活到百岁！"姐夫喝完酒放下杯，我给他满酒。

"这第二杯呢，敬你们俩，衷心祝愿，你们俩加快恋爱速度，我和你姐都等着盼着，早点儿喝你俩喜酒，早点儿让咱妈抱上二孙子。"

姐姐用胳膊肘撑姐夫："说啥呢？这刚喝上就多啦？"姐姐举起酒杯。

"今儿非常高兴。母亲节呢，年年过。今年过的心情就不一样了，主要是咱妈特别高兴。这么多年了，我妈心情一直压抑着，什么原因呢，就不说了。祝我妈：天天快乐，年年快乐！祝小弟和弟妹幸福美满！"

90

在我四十九年的生命中，生活从没像现在这样美好。从"五一"节那天起，每天我都梦幻般生活在让人陶醉的蜜罐里。人逢喜事精神爽，过去两周里，在同事之间我极力保持低调，克制自己尽量不把幸福感外露。可是，一旦进入课堂，尤其朗读课本上的诗歌、散文时，我就无须顾忌，激情澎湃了。

今天是五月十五日，星期一。上午第二节，语文组听了我一节公开课，听完课，几位老师和接替我教务主任职位的高松坐在语文组评课。高松说：

"春光的课，给我的感觉讲得特流畅，特有激情，简直就是激情四射了。内容衔接得也特别紧凑。这是不是爱情产生的效果啊？啊？哈哈……"几位老师跟着笑。我也笑了。

"我是学数学出身的，不太懂语文教学，"高松说，"几个月来，你们语文组老师的课我都听遍了。说实话，课一开始我还能听下去，过了一会儿，就走神儿了。我说这话你们别不爱听啊。你们应该谦虚点儿，好好向春光学习嘛。他的课总的来说，给我的感觉就是特别吸引人，从开始上课一直到下课，我的注意力都在跟着他一起活动。哎，你们发现没？春光现在的精神状态比半年前能年轻十五岁！你今年四十九吧？哎，大伙儿看看，这哪像四十九的人啊？说他二十九，信不？"大伙儿点头笑。我也笑了。

"人家正在恋爱，能不年轻嘛。"李娟的话阴阳怪气。

"我知道春光在谈恋爱，什么时候喝你喜酒啊？"高松以领导的口气问。

"才刚认识两个星期。"我有些不好意思了。

"漂亮不?"高松问,两眼放光。

"老漂亮了!又漂亮又富有。"关茜说。

"你咋知道的?"高松忙问关茜。

"侯老师的女朋友是我高中同学。"

中午,吃完午饭从食堂出来,我一边在操场散步,一边吸烟。操场对面的山都绿了。天空阴沉沉的,山风呼呼吹,风中夹带着阵阵凉意。要下雨了。我回到办公室,头枕在胳膊上刚要睡着,迷迷糊糊中手机响了。

"喂,老师。"

"春光啊,今天晚上六点二十分的高铁,你跟我去趟北京吧。"

"怎么了,老师?"

"康健。他在医院抢救呢。"

91

午后两点多廖玉芳来电话时,她那绝望的哭声犹如晴天霹雳。我让她别慌,立刻拨打"120"送康健去医院。在过去的几个小时里,我一直在安慰廖玉芳。前往北京的高铁上,侯春光坐在我身旁,我只能用文字与她沟通,安慰她。

在乘高铁前往京城的这段时间里,我感到浑身阵阵发冷,惶恐占据了我整个心房。如果康健有个三长两短,我是罪责难逃的。我知道他的病症还没有完全康复，他怎么能扛起毕业考试这副担子呢？我当时为什么没想到这点？可是，如果我阻拦他回京城考试，他能接受吗？回京考试可是他早已计划好的。愿苍天保佑！保佑他转危为安！老天爷，请你再给我一次机会吧！我会想尽办法，使他康复！

<h1 style="text-align:center">92</h1>

　　我和竹石先生打车来到省城，再从省城坐高铁前往北京。十几天没见，先生竟瘦得如此吓人了。我问先生为什么如此消瘦。他说，他母亲几天前辞世了。一路上，先生一直闭着眼睛，脸上现出从未见过的惶恐、悲伤。

　　我和先生在北京站下车，赶到正在抢救康健的那家医院时，已经夜里十一点半了。廖玉芳坐在重症监护室外，见我们来了，像绝望的人见到了救星一样向我们小跑过来。她两眼含泪，神情惶恐，一手抓住竹石的手，一手抓住我的胳膊，哽咽着哭出了声。竹石拍拍她的肩膀说：

　　"哭吧玉芳，哭出来会好受些。我们要相信医生，相信现代医学，相信医院有能力把孩子抢救过来。"

　　在高铁列车上，廖玉芳一直和先生保持着微信交流。竹石告诉我说，廖玉芳午后三点钟去康健的房间给他送水果，康健蜷缩在床上，已经昏死过去了。廖玉芳赶紧给先生打电话。先生让她冷静，立刻打"120"叫急救车。急救车把康健和廖玉芳拉到医院。化验结果：康健是盐酸帕罗西丁药物中毒。立刻洗胃、导泻、吸氧、挂点滴排毒，同时进行各项生命体征监测。现在，康健在重症监护室已经八小时了，仍处在昏迷中。廖玉芳曾问过医生，她儿子能不能抢救过来。医生说，根据化验报告单结果，病人抢救过来的希望很大。但因患者体质不同，还有很多不确定因素。

在随后的两天里，廖玉芳似乎一下老了十几岁。竹石让她回去休息，她死活不肯。她白天不回去，晚上也不回去，困了就蜷缩在长椅上睡一会儿。好像她必须把守在重症监护室门口，一旦走开，康健的生命就会被魔鬼夺走了。于是，先生在医院附近的一家旅店订了个房间，我和先生分工，我晚上在医院守着，先生白天来换我。

93

谢天谢地！谢天谢地！两天后，康健终于醒过来了！

过去两天分分秒秒都在煎熬的过程中，我在安慰廖玉芳的同时，一直在认真反思，反思自己当年是怎样康复的，花了多久康复的。我为康健做了那么多，为什么他还要自杀？在过去的七个月里，我还应该做哪些事情才会效果更好，从而使康健彻底摒弃自杀念头？

康健凌晨苏醒过来后，侯春光就坐上午的高铁回去了。康健又在医院观察治疗了三天，在办理完康健的房屋退租和北大研究生院的一些相关事情后，五月二十一日午后，我们三人坐上开往省城的高铁，回家。廖玉芳和儿子挨着坐。到省城近三小时的旅途中，廖玉芳一直沉睡着。偶尔我去卫生间经过她们母子俩时，母亲在睡，儿子似乎也在睡。这两天里，我看到了廖玉芳的另一面。从她那惊恐、忧伤、痛苦、坚毅、希望和偶尔闪现出绝望的眼神里，我看到了一种令我惶恐战栗的东西。廖玉芳曾不止一次说过，如果康健死了，她也不活了。从十余年的交往中，我早已了解她，这女人貌似弱小，却从不食言。

94

　　从北京回到花岭已经三天了，展老师睡在东屋书房，我和我妈在西屋。我妈在高铁上就大睡，回来又大睡两天。过去两天里，展老师像从前一样，每天给我们做三顿饭。我问我妈，展老师为什么这样瘦。我妈说，老师的母亲一周前去世了。

　　今天是从北京回来的第三天。三天里，展老师和我妈谁都没问我为什么要自杀。起初回北京时，我还雄心勃勃。每天认真看书，准备毕业考试和论文。几天后，我发现我的记忆力完全不听使唤了，每天头晕头痛、心情烦躁焦虑。面对"医学数据挖掘""R语言医学数据分析""生物医学科研设计：从模仿到创新"等毕业考试科目，我茫然若失。为了提高睡眠效率，增强记忆力和分析力，我加大了盐酸帕罗西丁药量。可是几天后发现，作用不大。我渐渐失望了，但还没有绝望。我继续加大药量，以求保证睡眠质量来提高记忆力和自信心。可是，没用，仍旧头晕头痛、焦虑恐惧。我渐渐绝望了。我本是一台考试机器，什么考试都不在话下。从小到大我从不参加任何同学间的游戏，不参加学校活动、社会活动。我在任何方面都不行，就是考试厉害，没有任何考试能难住我。可是，如今连考试都不行了，我已经完全成为一个废物了。活着对于我已经没有任何意义，吞下二十片盐酸帕罗西丁，长眠不醒彻底解脱了吧！

　　醒来后，我妈告诉我，医生说如果再晚发现二十分钟，药物毒性就在体内扩散开了，那就彻底完蛋了。我妈说这些话时，我没产生任何情感波动，死活对我来说已经无所谓了。展老师握着我的手，温和地说：

"康健，俗语说：大难不死，必有后福。我的人生经历你知道了。没有过不去的坎，正面过不去，就绕着过去。硕士毕不毕业无所谓，有北大大学毕业文凭，找个工作足够了。跟我回花岭吧，回去好好休养，休养好了，我陪你去找工作。"

放弃了硕士学位，解除了毕业考试的重压，几天来，渐渐地我又有了生活的希望和信心。

大睡了两天，我妈精神了。展老师却倒下了，他躺在书房里，几乎处于半昏迷状态。我妈说，老师的母亲十天前去世，他太悲伤了，加上北京这么一折腾，把他累坏了。年纪这么大了，谁也禁不住这么连续打击。

我不知道一个人失去母亲是什么感觉。从小至今，我的生活里只有那些毫无情感的数字计算和图形分析，我对情感早已麻木了。

95

今天下班后，我想去看看竹石先生。几天前先生从北京回来了，这几天不知他身体恢复咋样了。下班前，我给先生打电话，关机。下了班，我骑车来到先生家。

院门虚掩着。我走进院子，来到房门前刚要拉门，廖玉芳推门出来了。

"老同学！快进来！谢谢你陪展老师去北京！"廖玉芳大大方方地拉我进屋。

"哦，没什么，应该的。我来看看老师。他，在家吗?"

"在书房躺着呢。"廖玉芳小声说。

"怎么，老师病了？"

"嗯，是心病。城里他那个相好的，心肌梗死了，"她小声说，"前天中午他从省城回来，就一头扎那屋床上了，这两天他一口东西不吃。今儿早上我做好了饭，他还不吃。我急眼了，打我自己嘴巴子。我告诉他，再不起来吃饭，我就不停地打。你看我这脸肿的。"面对这突如其来的噩耗，我心慌跳，不知所措。廖玉芳转身进了书房，几秒钟后，她冲我招手。

我走进先生书房。他侧身躺在靠北墙的那张行军床上，身上盖一条墨绿色线毯。先生一脸白胡茬儿，双目紧闭，眼窝深陷，面色晦暗，瘦如枯木。我已经完全认不出他了。我的心怦怦直跳。

"老师。"我小声叫了一声。他慢慢睁开眼，目光黯然无神。他缓缓伸出手，示意我坐在床头的折叠椅上，他又闭上了眼睛。我侧身坐在他面前，看着这张酷似死人的脸，我心生恐惧，茫然若失，不知所措。

在先生家坐了约二十分钟，我起身告辞。廖玉芳送我到院门口，我让她有事儿随时给我打电话。

电动车行驶在回家的路上，眼前浮现着先生那张吓人的脸。我想起了恩师不久前和我说过他未来的理想生活：等常丹丹的丈夫死后，把她从省城接来，把林枫山和几位得意弟子请来，在小院举行一场婚礼。早晨他起来做饭，吃过早饭，和新娘子山中漫步，看蓝天白云，听鸟语啾啾，闻山花芳香，赏秋叶斑斓。午后，两个人坐在书房或小院里喝茶。常丹丹拉小提琴，先生弹吉他，二人合奏那一曲曲早年的情歌：《山楂树》《莫斯科郊外的晚上》……

我骑着电动车缓慢行驶在回家的夜路上，浑身一阵阵发冷，心一揪一揪地痛。

96

今天上午的辅导课，我又拿出两套九年级英语升学模拟题，给三个前来求教的学生自己做。我坐在一旁，判昨天发给他们的模拟题试卷，我没有体力讲解。快到十一点了，他们留下两套做完的模拟试题，走了。

快乐营的孩子们，午后第一项活动时，我没能像往常那样，弹着吉他，和孩子们一起尽情放歌。我的心在汩汩流泪，我害怕一张口歌唱，眼泪情不自禁流淌出来。

午后最后一项活动开始了。我自知无力参与孩子们长跑，就虚着身子，坐在大门口小溪边，惆怅地欣赏孩子们那活力四射的青春光华。

快乐营的活动结束了。我回到书房，躺下。这时，廖玉芳端着一小碗鸡蛋疙瘩汤进来了。

"汤热，晾一会儿，你歇一会儿起来喝。"

看着她走出书房的背影，我又想起了母亲那句"镜中花，水中月"的预言。我的心在一揪一揪地痛。我头脑昏沉，迷迷糊糊中走来了常丹丹。她眼里含泪，说："走了。我陪不了你了。走了。"我伸手想拉住她，忽悠一下，醒了。

我用力爬起来，强迫自己喝下那碗鸡蛋疙瘩汤。我必须把汤喝下去，否则，廖玉芳会不停地打自己嘴巴。几天来，她的脸一直肿着。喝完鸡蛋疙瘩汤，躺着休息了约半小时，起身走出房门。廖玉芳跟了出来。我告诉她，我要去落叶松林和父母说说话。她要陪我去，我说你去了不方便，我想自己去。她犹豫了一下，点头"嗯"了一声。

我一步步吃力地上到北山，来到落叶松林父母坟前，坐在嫩绿的小草围着的墓碑旁。

"母亲，最近十几天里，我的心灵连遭重创，我快要支撑不住了。母亲，您走了，我忽然间觉得，身后失去了靠山。回望过往这大半生，如果没有您，我早就不在人世间了。"我擦擦脸上淌下的泪。

"母亲，三天前，常丹丹走了。她走得太突然了，一句话都没留下。我接到她女儿的电话后，去参加了丹丹的葬礼。葬礼上，我险些昏倒。我现在整夜整夜睡不实，想您，想常丹丹。您走了，我心没了依靠；常丹丹走了，我的精神支柱折了。她真的成了您预言过的镜中花、水中月了。母亲，我现在太孤独、太悲痛了。我太……悲痛了！"我哽咽起来。

"母亲，现在还有一个大问题，等着我解决。您走了没几天，康健在北京服了大量药物，企图自杀。我原本把恢复康健的精神和体能，当成我的一项事业。可是，七个月过去了，我失败了。母亲，您不知道，当我听到康健服药自杀的消息时，几乎吓破了胆。谢天谢地，他抢救过来了。现在，他又回花岭来了。母亲，让我惶恐不安的，不仅是这个结局，还因为，时至今日，我仍找不到我失败的真正原因。我不知道过去那七个月里，我怎样做，才不会出现康健今天的结果。"长舒一口气。

"母亲，您说得有道理。既然我立志在山区扎根，就该娶个山区女人为伴。冯俊英不该是我的女人。廖玉芳爱我，疼我。她是真疼我呀，这些天我吃不下东西。她就硬逼我吃，我不吃，她就使劲打自己嘴巴。母亲，您知道吗？从她第二次打自己嘴巴那一刻起，我才真正爱上她。"我的话音刚落，忽然传来女人哇哇的痛哭声。我循声望去，只见廖玉芳坐在下边不远的草丛里，张着嘴大哭。我赶忙站起身下去安慰她，刚走几步，天旋地转，地转天旋，眼前的一切瞬间黑了。

97

明天就是端午节了。快乐营活动结束后，我和山月回老院儿帮我母亲包粽子。包好煮熟了刚端上桌，我的手机响了——廖玉芳。

"侯春光你快来呀！展老师……展老师倒了，快来……快来救人啊！"

山月以最快的速度开车来到先生家。廖玉芳简述经过：在北山松林里，她看见先生站起来，朝她走几步就倒了。当时，她不知道哪儿来的力气，一口气把展老师从北山坡背到家。

我的心慌跳着。我把耳朵贴近先生鼻孔，先生的呼吸正常。我把先生抱进山月的车后座，上身和头放在我大腿上。这二十来天里，先生瘦得只有七八十斤了。山月开车，直奔市医院。廖玉芳留在家里照顾康健。

前往医院途中，我给郭天福打了电话。郭天福说，这事必须通知展老师儿子。我说，我没有老师儿子的手机号。郭天福说，他有。

四十分钟后，我们到了医院。山月交了各项费用后，吸氧、做胸、头部CT，同时进行血压、心电图等多项生命体征监测，抢救在有条不紊进行着。

晚上九点多，郭天福和展新程先后来到医院。郭天福问抢救花了多少钱，艾山月说没多少钱。郭天福问到底多少钱，说着，从手包里往出拿钱。山月笑着说，真的没多少钱。郭天福问我这女人是谁，我说是我女朋友。郭天福犹豫了一下，把钱放回手包里。

"春光，展老师怎么回事儿?"郭天福问。

"老师上山去给父母扫墓，下山的时候摔倒了。"我没提常丹丹的事儿，几句话说不明白。展新程略显沉稳，一身大学教师气质。他站在郭天福身旁，一直没说话，看样子，他们俩早就认识了。过了一会儿，展新程小声对我说，谢谢你，春光老师！我说别客气，应该的，我和我儿子都是展老师的学生。

检查结果都出来了。护士把我们叫到急诊室，医生看着验血报告单和胸CT、脑CT报告单说：

"患者的心肺和大脑都没发现异常。他的血糖很低，需要挂点滴补充葡萄糖。"

"大夫，他因为什么昏迷呀？多长时间能醒过来？"郭天福问。

"低血糖会造成病人昏迷，严重的会致人死亡。什么时候醒过来，不好说。一般情况下，血糖补充上来，人就醒了。"

"血糖补上来大约需要多长时间？"展新程急切地问。

"大约半小时。"

一瓶葡萄糖滴完了，先生没醒过来。我们再次去问医生。医生说，心脏、大脑都没问题，血糖也上来了，还不醒，可能就是别的原因了。郭天福问什么原因。医生说，具体原因现在不好说。展新程问，有无生命危险？医生说，暂时看没有。新程问，现在转院有没有危险？医生说，用救护车转院，应该没有危险。

十分钟后，医院救护车把先生送往省城医大一院。我坐在救护车里陪着先生，展新程开车尾随其后，郭天福和山月没跟来。

医大一院门诊室里，戴眼镜的中年男医生听着展新程对患者的情况介绍，看看一个半小时前的几份报告单，说：

"住院观察治疗吧。医院床位紧张，一般病房需要等两天，有一间高干病房暂时空着，收费略高些，你们要住吗？"

"我们住。"展新程立刻说。

高干病房条件确实好。有两张床、三个沙发、一个茶几，屋角有一盆长势茂盛的虎皮兰，有一个衣柜、一个橱柜，还有微型冰箱，卫生间还装有淋浴器。

护士刚安排好病人，一位中年女医生来了。她详细询问病情、检查病人，然后拿着我们带来的检查报告单走出病房。护士来了，给先生挂上两瓶点滴。半小时后，我和展新程被叫到医生办公室。

"医生，他大约多久能醒过来？"我急切地问。

"目前还不好确定，还需要做几项检查。"女医生说。

98

大学教师展新程，每周要上三个半天课。周一上午他有课，办理完入院手续，我就让他回家休息了。

第二天上午，在护士的帮助下，我推着竹石先生去做了头部核磁共振等检查。先生的大妹和小妹来看望哥哥了。大妹很富态，看着哥哥闭着眼睛，吸着氧，身上手上满是监测仪器，她叫了一声"哥"，就哽咽了。小妹很秀气，进屋看了一眼哥哥，就捂着脸落泪了。下午新程来了，我和他一起去了医生办公室。中年男医生说：

"检查结果都出来了。老人家除了后脑枕部皮下轻微血肿，没有其他外伤。没有失血，心脏正常，颅内也没有出血，低血糖已经纠正，生命体征基本正常。看他目前的体征和检查结果，不应该这样昏睡不醒。他最近受没受到什么刺激，或者过于疲劳？"

"是，最近发生了很多事儿。"展新程说。新程知道，他的奶奶绝食去世和常丹丹突然离世对他父亲打击太大了，这位大学老师还不知道康健自杀的事儿。

"到现在还没苏醒。目前看，应该是脑部受到震荡，或者过于疲劳、过于悲伤，患者潜意识里想彻底休息，不想醒来。"

"医生，您的意思是说，他现在没有生命危险？"展新程问。

"目前看没有。"

"有没有什么办法，让他尽早醒过来？"我急切地问。

"给他按按摩，多和他说说话，说些让他高兴的话，说鼓励他的话，说掏心窝的话。给他一些良性刺激，三五天应该能醒过来。"

医院陪护我太熟了。过去的几年里，我跑过无数次医院。相对而言，陪护竹石先生就轻松多了，每天输一些葡萄糖营养液，换两次尿不湿就行了。不用帮着大小便，也不必一日三餐楼上楼下跑。可是，需要不时翻身、按摩，白天需要有人跟他说说话，以便唤醒先生的意识。我比展新程大，经历了太多生生死死，我和他协商了一下，因为他上午有课，我让他午后到夜里十点来看护他父亲，其他时间我来。

过去两天里，这位大学教师跟他父亲都说了些什么，我不得而知。白天，我除了给先生换尿不湿、翻身、按摩，就坐在先生身旁，跟他说些当年他给我们上音乐、美术、英语课时的趣事，说些去年深秋，我们去游览五大名山的感受。起初，我想说但又不敢说我和艾山月恋爱的点点滴滴，担心他听了，会勾起自身不幸的过往。但转念一想，只要能刺激他醒来，勾起过往的不幸又能怎样呢？于是，昨天我就把和山月恋爱的经过跟先生说了。

今天周二。从入院起，三天过去了，先生安睡如初，我开始着急了。山月上午来了，听我说了我的担心后，她让我给和竹石先生关系密切的人打电话，把先生住院的消息告诉他们。先生一生不愿意麻烦人，这样做是否合适呢？中午，我和新程商量了一下，分别给一些人打了电话。

第二天上午，来了一男一女两个大学生。两个孩子都有些面熟，我让他们跟老师说说话。男生说：

"老师，这么多年来，您教我英语，教我做人，给我买衣服，帮我交学费。我现在唯一的愿望，就是盼望您尽快醒来。"男生说不下去，哭了。女生只说一句话："老师，尚琳琳来看您了。"就哭得说不出话了。

中午，方嘉梁来了，问了我一些情况后，看着静静躺在病床上的竹石，笑着大声说：

"竹石老先生，方嘉梁来看望您老人家了！我来是感谢您的！感谢您为我提供了绝好的创作素材，展示了家乡美，为本溪市和本溪满族自治县赢得了荣誉，我本人也获得了荣誉和收入。我更要感谢您的是，元旦那天我去您家拜访您，您和我说的那番话，那真是'听君一席话，胜读十年书'啊！还有春节期间您宴请您的高徒弟子时，我也能被允许到场。那天您那几位高徒的几番讲话，对我触动太大，给了我莫大启示。春光以您为榜样，尽心尽力办快乐营的善举令我震撼，让我深思，所以，才有了现在的'春光周末快乐营'新营地，我也能为社会、为百姓做些事了。这都多亏了您哪！以后我会经常去花岭看望您，孝敬您。您快睁开眼睛看看，侯春光都急得不行啦！"嘉梁最后这句话，让我的心颤抖了几下，我咬着牙不让眼泪淌出来。

下午三点刚过，艾山月领着曹睿、马东旭、胖子李彤和瘦高个女孩儿柳欣来了。或许是第一次看见老师闭着眼睛、一脸灰白的胡茬儿躺在病床上，孩子们的眼神里满是惊恐、忧伤。

山月说："你们几个，每个人都和老师说说心里话吧。谁先说？"李彤举手，山月把李彤拉到老师身前。

"老师，我是李彤。我来告诉你一个好消息：我的体重已经降到一百三十二斤了。我会继续努力，争取到今年十二月末，完成你给我规定的指标——一百二十斤，"他停了一下继续说，"老师，你这么瘦，脸上全是胡子，我一进屋都认不出你了，你怎么一下子变成这样了？我爸、我大爷，还有我妈、我姑、我舅，你都教过他们。听说你生病住院了，他们都让我向你问候，祝愿老师早日康复！"李彤一边抹脸上的眼泪一边向后撤。马东旭过来了。

"老师，我是马东旭。听说你生病住院了，我心里特别难受。我妈我爸都要来看你，车里坐不下了。我特别特别希望你早日康复，和我们一起唱歌、赛跑。你不和我们在一起，我觉得特别没意思。老师，你就快点儿醒过来吧！"几个孩子都在流泪。山月含着泪把柳欣拉到老师身旁。

"老师，我是柳……欣。呜呜……"柳欣捂着脸，已经泣不成声了。山月把柳欣拉向一旁，示意曹睿。曹睿走上来，抹一把脸上的泪。

"老师，我是曹睿，"曹睿又抹一下脸上的泪，"来的时候，艾老师说你太疲劳、太悲伤了，只想沉睡下去，不想醒来，"曹睿蹲下，双手握着老师的手，"老师，你不能这样。你是怎么对我们说的？面对任何困难，都要坚强不屈，坚强是战胜困难、摆脱困境的锐利武器。老师，坚强起来吧！我们这些孩子都在盼你回去呢！快乐营的同学都想来，可是，不能都来。老师，我们都相信：你一定能战胜困难！"曹睿站起身，双手捂脸，浑身颤动。

看着这些孩子一个个真诚的表述，我眼里不停地往出淌泪，我多么希望先生这个时候醒过来！

山月和孩子们走了。离开前孩子们恋恋不舍的情景，让我想起了我那些孩子，想象着假如我处于先生这种状态，孩子们会怎样。看着先生安静地躺在床上，灰白胡茬儿覆盖着那张黑瘦的脸，我心一揪一揪地疼。

今天周四。中午，展新程的儿子展绣程来了。小伙子长发披肩，一身艺术气质。他笑呵呵地和爷爷像唠嗑似的说了一会儿，拍拍的爷爷脸颊，握握爷爷的手，说了声"爷爷再见，放假我去看您"。

午后一点钟刚过，林枫山老师来了。他站在先生床前，仔细看看多年的老友，抬眼环视整个病房，去了卫生间。出来后，一边朝先生走来一边系裤带。

"呵呵，行啊老哥，你老也不生病，一生病就住高干病房，我是比不上你呀。有病了，能有人把我送到医院就不错了。"我拿过来一个小方凳，拉他坐下。

"唉，你说你啊，出了这么大事儿，春光要是不打电话告诉我，你死了我都不知道。老哥，都睡好几天了，休息差不多就醒了吧。我家里存了不少新钓的鲫鱼，等你回去了，咱俩痛痛快快喝一场，把你的苦水通通倒出来，我也把最近一段时间的烦心事儿说说。老哥，别睡了，再睡就睡过去了。你说你要是真走了，以后我有心里话去跟谁说呀？哎！醒醒。别装了，醒醒！为咱哥俩儿的友情你也该醒啦！今儿几天了？"林老师的目光从先生的脸转向我。

"第五天。"

"大夫没说几天能醒过来？"

"快的两三天，要是两周醒不过来，后果就不好说了。"

展新程在看护父亲，我出去吃晚饭了。吃完了，在街上溜达，心情沉重。看着来来往往的车辆、行人，我浑身无力，深感孤独。李娟又来电话，问展老师醒了没有。周一我没去上班，中午她就打来电话询问过。我告诉她，我们正在努力，盼望先生早日醒来。我给山月打电话，谢谢她为先生所做的一切。

"我特别愿意为你生命中这么重要的人做点儿事。都五天了，特别想你。"山月温柔地说。

"我也特别想你。让我们为先生早日醒来，共同祈祷吧！"

晚上九点多，展新程回家了。郭天福来电话说，一会儿就到。我站在窗前，看着这座万家灯火的大都市，想着花岭山中先生家那座孤独的庭院，想着先生在这座繁华都市里度过的那些美好的童年少年时光，想着先生大半生在花岭镇的种种遭遇，心潮涌动。我转身来到先生身旁，坐在小方凳上，看着先生这张两腮塌陷、胡茬儿覆盖的黑瘦的脸。

"老师，去年九月下旬以来，因为受了您的明示暗喻、言传身教，我的命运发生了翻天覆地的变化，这种变化不仅使我后半生的生活更有意义，还给我带来了做梦都不敢想的爱情。您的大恩大德，我不知道该怎样报答。"我看着先生的脸，希望他的眼睛忽然间睁开。

"老师，我不知道是我还是林老师更了解您内心的愁苦、忧伤。您等了一生的心中女神突然辞世；您在康健抑郁症的康复中竭尽所能，结果却出人意料。老师，您不必太自责了。康健的康复可以从头再来嘛。我记得您曾经给我讲过魏文王向名医扁鹊求教的故事。您说过，我们现在办'周末快乐营'，就是在学扁鹊的大哥——防患于未然。而康健的人生，是最好的'亡羊补牢'范本。"我想点支烟，算了，一会儿出去抽吧。

"老师，您醒醒吧，您的学生在等您回去呢。您没听到昨天孩子们跟您说的话吗？他们是多么爱您，多么需要您啊！他们需要您，我更需要您。如果您不醒来，'春光周末快乐营'那么多孩子，一旦遇到问题，我去向谁请教呢？方嘉梁说，假期他要把全花岭镇的留守儿童和贫困家庭的孩子都集中到'春光周末快乐营'来。我很担心我能否办好'春光周末快乐营'啊，老师！您已经把我引上这条路，您不可以撒手不管！那就太不负责任了！那是您的性格吗?!"我哽咽着。

"老师，还有一件最重要的事儿：康健回北京后的那段日子，您曾经忧心忡忡地对我说的那些话，当时我没理解，现在明白了。老师，您说过，您把康复康健的抑郁症作为您人生中一项重大工程来实施，这项工程已经奠基，您不会扔下不管，您怎么能扔下不管呢?"我发现先生的嘴角略微动了一下，我的心猛然激动起来。

夜里十点钟刚过，郭天福来了。他出差去了外地，一下飞机，就打车过来了。郭天福端详了先生几秒钟，蹲下。

"老师啊，我是郭天福。你听见了吗？我去了趟深圳，四十分钟前刚下飞机。老师啊，你都睡好几天了，别睡了，醒醒！你有什么事儿别憋着，和我说说。都怪我成天忙，每年只去你家两三回。你不怪我吧？你不可能怪我。你从来都不怪我。上学那会儿，我在班里最淘气，科任老师罚我一节课一节课站着，还骂我、打我；你从来没骂过我一句，每回找我谈话，都笑呵呵鼓励我。那时候我家穷啊，你给我买运动服、买鞋，替我交班费、交课外辅导资料费。当年我创业，多难啊！你帮我到处跑关系，主动借给我钱，把手里仅有的十二万都拿出来了，帮我闯过了最最艰难的一关。老师，你知道吗？你比我亲爹对我都好。"郭总泪流满面了。

"我知道，你住在山里，身边也没个伴儿，肯定孤独。有那么两回，我想给你介绍个老伴儿，也不知道你心里怎么想的、什么标准，就没说出口。等你好了，我保证一个星期去看你一回，陪你喝茶、唠嗑。"郭总抹一把眼泪。"老师，老师你就醒了吧。老师，老师！爹！我跪着求你啦！"郭天福跪着喊出最后一句，头伏在床沿大哭起来。我的眼泪下来了。这时，我惊讶地发现，先生的眼里缓缓淌出了泪。

99

今天六月四日，周日。经过两天观察，竹石先生已经恢复了正常，医生让他回家调养。

早晨九点钟，四辆车排成一列纵队行驶在返回花岭镇的高速公路上。方嘉梁打头阵，先生坐在郭天福的豪华大轿车里紧随其后，我坐在先生身旁。后面由山月和展新程的车护驾。车队下了高速公路，行驶在绿色的崇山峻岭间。

"春光，喜欢绿色吗？"先生向车窗外眺望。

"喜欢，绿色让人看着舒服。"我也看着车窗外的绿色群山。

"这满眼的绿，铺天盖地。这一望无际的绿，实在霸气！春光，绿色象征什么？"

"我只知道，绿色代表生命。"

"绿色不仅代表生命，还代表成长与希望。西方文化中，它还象征爱情、友谊、和平与幸福。"

从进山的沙土道拐进通往竹石先生家的小路时，我看了看时间：十点二十六分。车子在距离先生家大门十几米处停下，一群孩子和部分家长早已等候在大门口。这时，人群后面响起了噼里啪啦鞭炮声。先生下了车，略显忧伤。人群中响起了热烈掌声，柳欣和曹睿上前向老师献花。大门两旁立着两个齐胸高的筒式大花篮。

为了让先生休息，大家陪先生在书房坐了一会儿就都撤了。廖玉芳忙着做午饭，康健躲藏在西屋。竹石已经和儿子说明了自己和廖玉芳的关系，展新程十分高兴。有这样一个山里女人深爱着父亲，这位大学老师放心了。他坐了一会儿，就告辞回省城了。

我和山月回到村里时，孩子们已经吃完午饭了。正午的阳光洒满了"春光周末快乐营"活动室楼外宽敞的院子。孩子们有的在院子里玩耍，有的在屋子里读书、写作业。苏丹和侯俊向我汇报完上午活动情况后，我和山月对他们的组织工作给予了高度赞扬。午后长跑一结束，我和山月就回县城了。

100

从一开始和山月交往，我就处于服从、顺从地位，我总觉得幸福来得太突然、太不可思议了，晕晕乎乎的，总感觉自己每天都活在梦幻中。我常常夜里睡不着时扪心自问：我何德何能，竟然被一个天使般的女人如此喜爱？这种梦幻般的美好会持续到哪一天呢？我不敢想结婚的事儿。因为说不定哪天，山月就像天空中的一朵白云，从我的视野中飘然而去。

一周没在一起了，我和山月回到她家，在那张舒适的大床上亲热了好一阵子，然后静静躺着。十几分钟过去了，谁都没说话。我预感到有什么重大事情要发生，心紧张得慌跳起来。

"侯春光先生，有个问题我可以提问吗？"

"当然，当然。"

"你打算什么时候向我求婚啊？"我犹豫了一会儿。

"山月，说实话，在你面前我一直很自卑，觉得无论哪方面，我都配不上你。其实我……非常非常盼望和你永远在一起，我不会说那些豪言壮语，我只说，苍天在上，我会一辈子对你好！如果你同意，我恨不能明天就把你娶回家！"房间里安静极了，我的心突突跳，像等待一个生死攸关的终极判决。

"侯春光先生，通过一个多月的考察，我觉得我没看错人。明天午后，咱俩去看房吧。不买太大的，六十平方米左右挺好了。我出首付你贷款，贷款咱俩还。"我浑身颤抖呆愣了几秒钟，猛然起身，把山月那好看的嘴唇深深吻了三次。

101

出院十天了。在廖玉芳的精心照料下，我的身体和精神恢复得很快，体重以每天一斤的速度增长。这段时间里，我深刻反思康健回京后那极端行为背后的深层根源。当年我抑郁时，两年多才彻底康复，那是在轻松自由、毫无压力的状态下康复的。由此来看，康健达到最终康复，至少需要两年时间。

通过我的了解与分析，康健的情商问题最大。在过去的几个月里，我只让他阅读《钢铁是怎样炼成的》这种励志小说，现在我已经为他重新制订了阅读计划，我开始让他阅读饱含人性情感和社会方面的小说、散文了。我觉得当年我抑郁最严重的时候，一坐在河边钓鱼，心就格外沉静舒畅，钓上鱼时的紧张喜悦会让人忘掉一切压抑与烦恼，每天置身于大自然中，身心放松、愉悦忘忧。

六月初的早晨，天清气爽。此刻，虫蛇尚未醒来。我和康健上山去松林中漫步，然后回来吃早餐。吃完早餐，我和康健各自骑着电动车（我又买了一辆电动车）去村子南面太子河边钓鱼。有时早晨不上山，起来吃口饭就骑车去河边钓鱼。午后，康健读书，我在藏着那些根雕宝贝的仓房里雕刻树根。

一周前的那天早晨，当康健在太子河边钓上来第一条鱼时，他竟然高兴得大笑起来。从小至今，我还从未见他这般高兴过，这让我想起当年我第一次钓上鱼时的喜悦心情。从康健的笑声里，我看到了他未来康复的希望。他的笑给了我从未有过的信心，这种感觉，在过去的那段时光里从未有过。

三天前，廖玉芳回家了。临走时，她向我借那本《少林武术》。她说，侯春光能学会少林达摩杖，她也能。她说如果她学不会，就不回来和我结婚。她还说，等结了婚在一起了，闲着没事儿时，她唱歌，我伴奏，我俩一起游山。一旦遇上了野猪，她就用达摩杖来大战野猪。如果说当年我与常丹丹一见钟情，那么和廖玉芳就属于日久生情了。我和玉芳已经约定好：等她儿子康复后去工作了，她就搬来和我住。届时，把事儿跟孩子挑明，然后领证。

几天前，侯春光和他女友来看我。春光向我汇报了快乐营的孩子们各项活动情况。他说，对比之下，贫困家庭的孩子比留守儿童更好管理，留守儿童散漫，不太听话。我和春光早就探讨过那些缺失父母关爱和管理的留守儿童问题。其实，这些孩子相当可怜，他们的爷爷奶奶或姥姥姥爷大都没有教育孩子的能力。所以，要想办好这样的快乐营，那些看护留守儿童的老人教育管理孩子的能力是个不小的问题。要想把快乐营的留守儿童培养好，必须有家长配合。于是，我向春光建议：办一所家长学校，定期给家长讲课、辅导。我这个建议立刻得到春光女友的赞扬。春光的女友气质不凡，长相不俗，谈吐颇有见地。

几个月来，侯春光的精神面貌变化很大。他双目有神，一脸怡然，早先脸上的忧愁已荡然无存，体重已经增到一百三十多斤。

102

从竹石家回来第二天，山月就投入了《春光周末快乐营·家长学校课本》编写工作。她从她们学校图书馆借来几本《家长学校课本》，经过仔细阅读和筛选，用大众浅显的语言编写了这本教材。这本教材分上、下两部分，上部分讲小学生的家长应该了解和掌握哪些知识，下部分讲初中生家长该如何如何。

昨天晚上，方嘉梁请我和艾山月去他家吃饭。吃饭是引子，实际上是讨论快乐营规模发展的事儿。我和山月已经买了婚房，作为好友，嘉梁怎能不摆宴庆祝一下呢？

见了面，嘉梁假装不认识山月，非得让我给正式介绍一下不可。其实半个月前那次采访时，他们已经见过面了。那时，我俩的关系还没公开。

"像这种情况，我得叫她什么呢？"嘉梁问。

"叫嫂子呗。"我笑着说。

"叫妹子吧。"山月说。

"那就叫嫂妹子吧。"嘉梁一本正经地说。

"行，行，叫啥都行。"山月笑了。

随后，嘉梁又问了房子什么时候装修，婚礼什么时候举行。

当方嘉梁拿到《春光周末快乐营·家长学校课本》打印本时，十分惊讶。他翻看几页后，赞不绝口。

"太好了！好啊！你们怎么想起办家长学校的？"

"那天去竹石家，我说了留守儿童的一些不好管理的现象时，他就提出最好办个家长学校。回来后，山月白天晚上连续大干了十几天，编出了这本教材。"

"好，太好了，没想到咱嫂妹子这么有心思、有水平啊！"

"那是啊，人家可是省城名牌大学中文系毕业的。"我很自豪地说。

随后，我们边吃喝边聊。我说，明天把这本打印本拿给竹石先生看看，根据先生提出的意见和建议，增补修改后，就印出六十几本，发给快乐营六十一个孩子的家长，让他们自己先通读一遍，然后定期（一周一次）由艾山月在快乐营活动室给他们上课。

方嘉梁说："'家长学校'开学那天，我还得把县、市两家电视台和报社记者都整来。让他们看看，咱嫂妹子作为家长学校的校长兼讲师多么有范儿！啊?!"

嘉梁举杯和我碰杯喝酒。

"郭天福昨天晚上给我打电话，说他已经和各村书记联系好了，今年暑假开始，把全镇的留守学生和贫困家庭的学生，周末都集中到'春光周末快乐营'来活动。咋样，我想听听你们的意见。"

"上次县、市电视台和报社采访快乐营活动报道后，我们校和县城里有几位青年教师已经和我取得联系，他们热情很高，渴望加入'春光周末快乐营'，指导孩子们活动。更让我没想到的是，我同学李娟、山月的同学高茜，也热情高涨，想加入进来。这样，一个月后，'春光周末快乐营'的规模将扩大几倍。如此大规模的快乐营活动如何开展，指导教师将如何培训，我心里还没什么底。山月和李娟将负责教孩子们唱歌，山月钢琴伴奏。可是，一架钢琴如何能给六个活动室里的孩子们伴奏呢？还有，少林达摩杖如何教？让已经掌握了这套杖法的孩子分别去做教练，这没问题。可是，这么多孩子，一旦出现了安全问题怎么办？家长学校应该没啥问题，先在现有这六十一位家长中进行实验，有了经验，再全面铺开，这个没问题。我最担心的，还是教练达摩杖过程中的安全问题。"

"春光老师，我觉得安全问题是永远的问题，哪怕我们工作做得再细致，意外也在所难免，总不能因噎废食吧？"山月说着，拍拍我肩膀。

"嫂妹子言之有理。教练达摩杖会出现什么问题呢？大不了两个孩子用棒子打起来。棒子不像刀具，伤了人不会一下致命，没大问题。"

"关键在于对孩子要耐心教育，杜绝他们对同学、对朋友使用棒子。"山月说。

我又想起一件事。

"半月前，外县的几位老师看了市电视台报道后，要来咱这儿观摩快乐营活动。他们也要照我们的模式，办周末快乐营。前些日子事儿多，我想在这个周末让他们来。"

"好啊！让他们来吧。春光兄，星星之火已经燎原啦！等暑假全镇的留守和贫困家庭的孩子都来了，我再把省电视台和县、市媒体都整来，到时候再报道一回。怎么，你好像不大高兴？"

"我不是不高兴，只是担心。"

"担心什么？"嘉梁直盯盯看着我。我轻轻摇头。

"嫂妹子，就咱哥这样胆小怕事的人，你也能看上？"

"说实话，我看中的正是他这胆小怕事。"山月说着，笑了。

快乐营的事谈完了，方嘉梁突然问山月：

"哎，嫂妹子，春光没和你说他有三十万外债吧？如果他有三十万欠款，你还愿和他结婚吗？"方嘉梁很严肃，那双永远睁不开的眯缝眼紧盯着山月的眼睛。我心慌起来，不知道这家伙想干什么。

"春光和我说过欠款的事了。因为什么欠款、欠谁的款，他都告诉我了。"

"看来我这两个问题你早已有了答案。行，够执着、够坚定的。那我还有个问题要问，欠款打算什么时候还啊？"

山月蒙了，我更蒙了。这家伙一个月前不是说，那三十万欠款一笔勾销了吗？山月很快冷静下来。

"如果方先生急等用钱，明天我去卖车，车卖了就还钱。"山月镇定自若地说。

"行。那我再问嫂妹子一个问题。你们'十一'结婚，是吧？结婚后，你还让侯春光老师冬夏骑电动车来回上下班吗？"大馒头仍然一脸严肃。

"结了婚，就不让他再骑电动车了。我马上让他学车票，到时候给他买辆三四万的二手车先开着练手，以后再给他换车。"我的心温暖、慌乱。

"最后一个问题：请嫂妹子给我介绍一个像你这样的女人好吗？"

山月笑着说："方先生身边应该美女如云，为何还要我这等女人？"

大馒头走过来给我肩膀一拳，小声说：

"哥，这女人经受住了考验。我嫉妒死你了！"

清晨，县城刚刚醒来，环抱县城的绿色山岭大雾弥漫。在小区对面吃完早点，山月开车送我回花岭上班，然后她要去竹石家，请先生看看她编写的《春光周末快乐营·家长学校课本》。我在车上给竹石先生打电话。先生说，现在他和康健在太子河边钓鱼。我问怎么能找到他。先生说，从县城快到花岭的公路边有两台电动车。路基下面的河边，有两个戴着草帽钓鱼的，就是他们俩。

跋　章

你认识你自己吗？三千年前，古希腊德尔菲神庙门前有一句最有名的石刻铭文："Know yourself."（认识你自己）我国古代儒家学派创始人孔子说：五十知天命（到了五十岁才知道自己的命运和能力）。这都说明了什么？认清自己是一件最难的事。竹石说，有一定思想的人，一生都在认识自己，寻找自己。寻找自己什么呢？寻找自己的幸福。回过头来看，我算不上一个很有思想的人，但我运气好：我有一个挚友——方嘉梁；我有一位灵魂导师——竹石。正是这两个人，让我在五十岁这一年里真正认识了我自己，使我最终找到了属于自己的幸福。

今天是二〇一八年九月二十九日，从我创办"春光周末快乐营"那天起，二十个月过去了。过去的这段时间里，我和与我关系密切的几个人都发生了诸多变化。我的变化最大：买房了，结婚了，当上了二百五十九人的"春光周末快乐营"营长。我的妻子艾山月当上了"春光周末快乐营"旗下的"家长学校"的校长。我们夫妻俩一个任营长，一个任校长，业余时间里都在为自己的事业尽心尽力地忙着。

"春光周末快乐营"的规模在去年暑期全面扩大之前，我们成立了

"春光周末快乐营委员会"，竹石先生任顾问，方嘉梁和郭天福任名誉营长，山月任副营长兼"家长学校"校长。李娟、高茜和我们语文组的另一位老师也加入了快乐营，山月所在的学校语文组有两位老师加入了"春光周末快乐营"。有竹石先生做榜样，有郭天福和方嘉梁做后勤，规模庞大的"春光周末快乐营"发展得很好。

山月负责的"家长学校"也办得有声有色。每隔十天，山月就给家长们上一次课，二百五十多位家长分三拨授课，时间是晚五点至七点。平日里，山月每天都会接到十几位家长的电话，这些家长在电话里或向山月汇报孩子在家的情况，或就某一问题向山月请教。山月总是认真听，耐心解答。"春光周末快乐营"名誉营长方嘉梁说，艾山月负责的"家长学校"，为"春光周末快乐营"的成功运行提供了坚实保障。没有山月的"家长学校"，快乐营的效果会大打折扣。为此，山月获得了"春光周末快乐营委员会"二〇一七年度最佳贡献奖。

又经过竹石先生一年多精心调养、陪伴，康健已经在省城一家药业公司上班两个月了。康健上班不久，竹石先生和廖玉芳在先生的小院里举行了婚礼。这场婚礼先生只邀请了四位来宾：林枫山老师，郭天福董事长，我和山月。我们夫妻俩能被邀请来参加先生的婚礼，备感自豪。婚礼由小个子林枫山老师主持，整个主持过程枫山老师忽而一本正经，忽而风趣幽默。婚礼上，由竹石先生吉他伴奏，廖玉芳演唱了一首苏芮的《牵手》。婚礼过程中，小院儿里不时响起阵阵掌声。时值盛夏，竹石先生一头银发，精神饱满，微笑着的眼里略带忧伤。他身穿半袖白汗衫、裤线笔直的背带裤；廖玉芳烫一头金发，一身紫红色半袖旗袍，脸上写满了幸福。令人惊讶的是，婚礼进入尾声时，廖玉芳进屋换上一身练功服，给我们表演了一套少林达摩杖。那套达摩杖打得如行云流水，一招一式力点分明，节奏感极强。竹石先生说，廖玉芳几个月前就学会了这套达摩杖法，周末就由她教"竹石快乐营"的孩子们这套武术。

去年十一月，方嘉梁的长篇小说《拔穷根的山里人》出版后，好评如潮。这部小说以竹石、郭天福和我为故事原型，写了辽东山区某镇各阶层的人为振兴乡村无私奉献的感人故事。由于故事中写了许多本溪市境内的名山名胜，无形中把家乡的壮美展现给了华夏各地。今年元月，方嘉梁被评为本溪市年度"十大杰出贡献人物"。

自去年五月以来，方嘉梁的名字和其本人频频出现在报纸和电视上。今年五月和八月，他又先后两次邀请省、市电视台及报社记者来"春光周末快乐营"采访。两百五十多个孩子在偌大的院子里演练少林达摩杖，而后在村中的一条大街上往返南山长跑，场景极为壮观，甚是震撼。随着小说《拔穷根的山里人》出版发行，随着省内各媒体的宣传报道，不时有省内的乡村教师前来观摩取经。

如今，省内的乡镇中已经出现了十几个"周末快乐营"。如此看来，"竹石快乐营"这一星星之火已现出燎原态势。我想这都是方嘉梁的功劳，当然了，草莓大王郭天福、我和山月等人也功不可没。

今天是九月二十九日，周六。明天，镇政府将在政府大院儿举行花岭镇一年一度的大型迎国庆文艺会演。届时，全镇十四个村都将演出各自的拿手节目。今年的迎国庆文艺会演，镇政府负责宣传的牛威十天前打电话给我，让"春光周末快乐营"出三个节目。经过一周排练，在今天午后快乐营活动结束前，三个节目在快乐营大院子里进行了彩排试演。在二百五十多个孩子面前，二十个精选出来的代表"春光周末快乐营"的孩子表演了少林达摩杖；艾山月、李娟等五位教师表演了小合唱《我爱你，中国》；第三个节目，由我表演达摩杖。

今天的彩排，十分成功。

两年来，我的达摩杖功夫日渐长进。竹石曾开玩笑说，"凭你现在的达摩杖武功，可以在县城开班收徒挣外快了"。两年间，在继续修炼达摩杖的同时，我还学会了中国传统武术之一的"形意拳"。这套十二形拳是模仿十二种动物特征的实战技法，分别为龙形、虎形、熊形、猴形、马形、蛇形、鸡形、燕形、鹤形、鹞形、鼍形、鹰形。有了这两套武术本领保护自己和家人，我的心最终有了安全感；有了快乐营这一终生的公益事业，我有了极高的荣誉感；有了艾山月做终身伴侣，我有了无以言表的自豪感、幸福感。就这样，我多年的抑郁失眠症在不知不觉中已消失得无影无踪了。

今天快乐营活动一结束，我和山月休息了一会儿，就应邀前往竹石先生家。路过镇政府门前时，山月下车去水果店买水果。我坐在副驾驶的位置，见镇政府大半个足球场大的院子里，靠近大楼房门处已经搭好了一座约一米高的超大型舞台。五层办公大楼楼顶国旗招展，大楼前二十多面彩旗随风飘扬。两个超大的红灯笼悬挂在办公楼房门雨搭下面。这座院子能容纳两千多观众。明天，十四个村外加两个快乐营的五十多个精彩节目，将在这座宽大的院子里演上一整天。看到这里，我的心激动起来。

我和山月走进竹石家的书房兼客厅、餐厅时，两个人在争吵。

"春光、山月，你们看，怎么决定好？"廖玉芳紧张地说：

"明天我要表演达摩杖。他老先生说，我们快乐营的三个孩子表演达摩杖，我再表演就不够新颖了。不如他唱一首歌，我唱一首歌。我就想在那么多观众面前表演一下武术，好让认识我的人知道，我廖玉芳会武功。"此刻，我满心高兴。明天，我们夫妇就要和竹石夫妇分别在一个舞台表演了。

餐桌上早已摆满了酒菜。四个人一边喝酒，一边聊明天花岭镇文艺会演的事。听说明天我要表演达摩杖，廖玉芳笑了。她说她的功夫不如我，还是听先生的话，唱歌吧。两杯红酒下肚，竹石和廖玉芳不谋而合，要在我和山月面前彩排一下。

两个人回到卧室，都换上了明天表演时穿的服装。令我惊讶的是，竹石明天表演时要穿的这套灰色中山装，正是当年他在学校操场领操台上怀抱吉他自弹自唱时穿的那身衣服。

廖玉芳穿着一件粉红色旗袍，站在离餐桌约两米远的屋门旁，竹石吉他前奏完，她便大大方方唱了起来。

> 我和我的祖国一刻也不能分割
> 无论我走到哪里都流出一首赞歌
> 我歌唱每一座高山　我歌唱每一条河
> 袅袅炊烟　小小村落　路上一道辙
> 啦……啦……
> ……

掌声。我第一次听廖玉芳唱歌，没想到她唱得这么有味儿。接下来，竹石先生上场了，他怀抱吉他，面带微笑，冲我们浅浅地鞠一躬。

"尊敬的花岭镇父老乡亲们，你们好！我叫展玉程，是花岭中学退休教师。五十七年前，我从省城来到花岭落户。我非常感谢这么多年来，花岭的父老乡亲给予我的深切关爱。今天，我为你们演唱一首歌——《我的中国心》。"

> 河山只在我梦萦
> 祖国已多年未亲近

可是不管怎样也改变不了

我的中国心

洋装虽然穿在身

我心依然是中国心

我的祖先早已把我的一切

烙上中国印

长江 长城 黄山 黄河

在我心中重千斤

无论何时 无论何地

心中一样亲

……"